FREYA SAMPSON

Ms Darling und ihre Nachbarn

FREYA SAMPSON

Ms Darling und ihre Nachbarn

ROMAN

Aus dem Englischen
von Claudia Voit

Für Bethany, meinen Lieblingsmenschen

KAPITEL 1

Dorothy

Wenn die Bewohner von Shelley House Jahre später auf die außergewöhnlichen Ereignisse dieses langen, turbulenten Sommers zurückblickten, waren sie sich uneins, wie alles seinen Anfang genommen hatte. Tomasz aus Wohnung fünf zufolge hatte es an dem Tag begonnen, als die Briefe eintrafen: sechs harmlos aussehende braune Umschläge, die eines Mittwochmorgens im Mai durch den Schlitz des Gemeinschaftsbriefkastens geflattert waren. Omar aus Wohnung drei behauptete, die Probleme hätten ein paar Wochen später angefangen, als ein Rettungswagen mit heulender Sirene vor dem Haus gehalten hatte und jemand auf einer Bahre darin verladen worden war. Und Gloria aus Wohnung sechs erklärte, bereits im Januar habe ihre Astrologin ihr vorausgesagt, sie habe in naher Zukunft Drama und Zerstörung zu erwarten (und, was noch wichtiger war, sie werde noch vor Weihnachten verlobt sein).

Doch für Dorothy Darling, Wohnung zwei, stand immer außer Frage, ab wann das Unheil seinen Lauf genommen hatte. Sie konnte den exakten Moment benennen, in dem sich alles verändert hatte: den einzelnen Flügelschlag eines Schmetterlings, der den Tornado ausgelöst hatte, der sie alle verschlingen sollte.

Es war der Tag, an dem das Mädchen mit den pinken Haaren in Shelley House eintraf.

Der Morgen hatte begonnen wie jeder andere. Um sechs Uhr dreißig wurde Dorothy von einem Poltern aus der Wohnung über ihr geweckt. Mehrere Minuten lang blieb sie mit fest zugekniffenen Augen im Bett liegen und jagte den letzten Schatten ihres Traums hinterher. Als sie es nicht länger hinauszögern konnte, stand sie auf und begab sich für ihre Morgentoilette mit hartnäckig knackenden Knien ins Bad. In der Küche zündete Dorothy mit einem Streichholz den Herd an und machte ihre allmorgendlichen Dehnübungen, während sie darauf wartete, dass ihr Ei kochte und der English Breakfast Tea in seiner Kanne zog. Sobald beides fertig war, trug sie ihr Frühstück auf einem Tablett in den Salon und nahm es an einem Kartentisch am Erkerfenster sitzend zu sich. So weit, so gewöhnlich.

Beim Essen beobachtete Dorothy, wie ihre Nachbarn das Gebäude verließen. Darunter war der große, grimmige Mann aus Wohnung fünf, der von seinem ebenso grimmigen, stets den Bürgersteig verunreinigenden Hund begleitet wurde. Als Nächstes kam die Jugendliche aus Wohnung drei, ein sehr hübsches Mädchen, wenn sie nur nicht immer so finster dreinblicken würde. Sie starrte auf ihr Handy und ignorierte ihren Vater, der ihr mit einer ramponierten Aktentasche unter dem einen und einem überquellenden Eimer Recyclingabfall unter dem anderen Arm folgte. Als er den Inhalt in die Gemeinschaftsmülltonne leerte, verfehlte eine Blechdose ihr Ziel und rollte über den Gehweg. Dem keinerlei Beachtung schenkend, eilte der Mann seiner Tochter nach. Dorothy zückte Tagebuch und Bleistift, die sie immer zur Hand hatte.

7.48 Uhr O.S. (3) Inkorrekte Abfallentsorgung

Sobald die morgendliche Stoßzeit vorbei war, zog Dorothy sich an, bürstete sich die langen silbernen Haare und legte ihre Perlenkette an. Um acht Uhr fünfzig war sie wieder am Fenster, gerade rechtzeitig, um zu sehen, wie die Rothaarige aus Wohnung sechs das Haus Hand in Hand mit ihrem derzeitigen Angebeteten verließ, einem großen, grobschlächtigen Mann in einer billigen Lederjacke. Danach kehrte Ruhe ein, Dorothy bezog das Bett frisch und staubte die Bilderrahmen und den Nippes auf dem Kaminsims ab, begleitet von Wagners *Götterdämmerung*, um den Krach aus der Wohnung über ihr zu übertönen.

Und dann, kurz nach zehn, als Dorothy sich gerade ihre zweite Kanne Tee kochte, hörte sie von draußen einen gewaltigen Knall. Sie ließ den Kessel stehen und eilte zum Fenster. Ein altes, klappriges blaues Auto fuhr vor dem Haus vor und setzte mit dem Hinterrad auf dem Bordstein auf. Eine große schwarze Rauchwolke quoll aus dem Auspuff, während der Motor stotternd zum Erliegen kam. Kurz darauf öffnete sich die Fahrertür und jemand stieg aus. Es war ein junger Mensch, dem Augenschein nach zwischen zwanzig und dreißig, aber auf den ersten Blick konnte Dorothy nicht mit Gewissheit sagen, ob es sich um einen Mann oder eine Frau handelte. Die kurzen, ungekämmten Haare waren in einem grellen Pinkton gefärbt, und die Person hatte eine Latzhose an, wie man sie von Arbeitern auf einer Baustelle kennt. Sie trug weder Mantel noch Strickjacke, obwohl es für Anfang Mai ungewöhnlich kühl war. Tätowierungen schlängelten sich an ihren Armen hinauf wie Graffiti. Die Person griff auf den Rücksitz des Wagens und hievte einen großen, abgewetzten Rucksack heraus, dann stieß sie mit dem Fuß die Tür zu, was das Fahrzeug bedenklich wackeln ließ. Erst als sie sich Shelley House zuwandte, erkannte Dorothy, dass sie eine junge Frau vor sich hatte.

Die Pinkhaarige betrachtete das Haus mit undurchdringlicher Miene, aber Dorothy vermutete, dass sie es mit einer Mischung aus Beklommenheit und Ehrfurcht auf sich wirken ließ. Ein Gebäude wie Shelley House sah man schließlich nicht alle Tage. Das während der Regierungszeit von Königin Victoria erbaute und nach dem englischen Dichter der Romantik benannte Gebäude hatte eine breite Fassade aus präzise gemauerten roten Ziegelsteinen mit weißem Außenstuck und wurde von einer kunstvollen Balustrade gekrönt. Ausladende Steinstufen führten zu der imposanten Eingangstür, über der in gotischer Schrift die Worte SHELLEY HOUSE, 1891 eingraviert waren. Beeindruckende Erkerfenster in den ersten beiden Stockwerken rahmten die Tür ein, während die oberste Etage, die das Dienstbotenquartier beherbergt hatte, bevor das

Gebäude in Wohnungen unterteilt worden war, kleinere, rechteckige Dachgauben aufwies. Dorothy konnte sich noch gut an das erste Mal erinnern, als sie das Haus gesehen hatte; wie sie mitten auf dem Bürgersteig stehen geblieben war, es mit offenem Mund angestarrt und in all seiner Pracht und mit all seiner Geschichte bewundert hatte. Noch nie zuvor hatte sie ein derart schönes Haus gesehen, und genau da, in diesem Augenblick, hatte Dorothy sich geschworen, dass es ihr Zuhause werden würde. Vierunddreißig Jahre später war es das immer noch.

Das pinkhaarige Mädchen begutachtete weiterhin das Gebäude, und als ihr Blick über das Erdgeschoss schweifte, schien er einen Moment lang an Dorothys Fenster zu verharren. Instinktiv wich Dorothy zurück, obwohl sie wusste, dass sie durch die Gardine nicht zu sehen war. Ihr Herz schlug ein wenig schneller, als die junge Frau die Treppe hinaufstieg und an der Haustür aus ihrem Blickfeld verschwand. Wen mochte sie bloß mitten an einem Werktag besuchen? Vielleicht den ungehobelten neuen Mieter in Wohnung vier? Dorothy wartete auf ein entferntes Läuten und war völlig perplex, als sie den ungewohnten Klang ihrer eigenen Türklingel vernahm. Ach du liebes Lieschen, sie wollte zu ihr! Sollte sie aufmachen? Es war lange her, dass Dorothy zuletzt Besuch empfangen hatte, und das Mädchen sah alles andere als vertrauenswürdig aus. Vielleicht war sie eine Halunkin, die es auf wehrlose Seniorinnen abgesehen hatte, in ihre Häuser eindrang, sie ausraubte und mit dem Tod ringend zurückließ? Natürlich war Dorothy weder wehrlos noch war sie dumm genug, um auf solch eine Masche hereinzufallen, aber das konnte diese junge Schurkin nicht wissen. Sollte sie sich zur Sicherheit ein Messer aus der Küchenschublade holen?

Es klingelte erneut, und Dorothy schreckte aus ihren Gedanken auf. Sie griff nach ihrem Bleistift – die Spitze war scharf genug, um nötigenfalls als Waffe zu dienen – und ging zur Wohnungstür. Ein paar Jahre zuvor hatte ein früherer Vermieter ein äußerst ausgeklügeltes Videoüberwachungssystem installiert. Auf einem kleinen Bildschirm neben der Wohnungstür konnte Dorothy sehen, wer vor der Haustür stand, und über eine Gegensprechanlage konnte sie mit dem Besucher sprechen, bevor sie den Summer betätigte. Dorothy war entsetzt gewesen, selbst als der Techniker ihr versicherte, das Video funktioniere nur in eine Richtung und die Person draußen könne sie nicht sehen. Nun trat sie so nah heran, dass ihre Nase beinahe den Bildschirm berührte. Er zeigte das körnige Schwarz-Weiß-Bild der jungen Frau, die an einem Fingernagel kauend darauf wartete, dass man sie einließ. Was wollte sie bloß von ihr?

Zum dritten Mal läutete es, diesmal lange und anhaltend. Dorothy räusperte sich, bevor sie auf die Taste mit der Aufschrift INTERCOM drückte.

»Wer sind Sie und was wollen Sie von mir?« Sie musste schreien, um über den dritten Akt der *Götterdämmerung*, die immer noch in voller Lautstärke lief, gehört zu werden.

»Ich bin wegen dem Zimmer hier.«

Dorothy runzelte die Stirn. »Da müssen Sie sich irren. Hier gibt es kein freies Zimmer, das kann ich Ihnen versichern.«

Durch den Lautsprecher war ein entnervtes Seufzen zu vernehmen. »Ist es schon vergeben? Das hätten Sie mir sagen können, ich bin extra hergefahren.«

Dorothy war empört über diesen unverschämten Ton. »Dann fahren Sie dorthin zurück, woher Sie gekommen sind. Und vergessen Sie bloß nicht, Ihr Auto mitzunehmen – das ist ja eine Bedrohung für die Allgemeinheit!«

Selbst auf dem winzigen Monitor sah Dorothy den Anflug von Wut im Gesicht des Mädchens.

»Es ist widerrechtlich geparkt«, stellte Dorothy klar.

Die Besucherin drehte sich nicht einmal zu dem Fahrzeug um. »Ist es nicht.«

»Doch, ist es. Ihr Hinterrad steht auf dem Bordstein, was gegen Vorschrift 244 der Straßenverkehrsordnung verstößt. Wenn Sie das Auto nicht wegfahren, sehe ich mich gezwungen, die Stadtverwaltung anzurufen.«

Das Mädchen stieß einen Laut aus, der wie eine Mischung aus Lachen und Schnauben klang. »Wow, Sie scheinen ja eine echte Stimmungskanone zu sein. Da habe ich ja noch mal Schwein gehabt, was?«
Dorothy hatte nicht den blassesten Schimmer, was das Mädchen ihr damit sagen wollte, aber bevor sie etwas angemessen Bissiges erwidern konnte, machte die junge Frau auf dem Absatz kehrt und stieg, ohne sich zu bedanken oder auch nur zu verabschieden, die Treppe hinunter.

Triumphierend trat Dorothy von der Tür zurück. Sie hatte keinerlei Zweifel, dass das Mädchen bei Wohnung eins hatte klingeln wollen. Der grässliche Mieter dort hatte die Angewohnheit, sein zweites Zimmer unterzuvermieten – ohne Erlaubnis vom Eigentümer. In drei verschiedenen Fällen hatte Dorothy ihn gemeldet, aber Konsequenzen hatte es offenbar keine gegeben. Dennoch empfand sie eine gewisse Genugtuung darüber, zumindest diesen Versuch vereitelt zu haben. Das Niveau in Shelley House mochte seit Jahren sinken, aber dass diese respektlose Ganovin auf der anderen Seite des Flurs einzog, hatte ihr gerade noch gefehlt.

Dorothys Blick wanderte zu ihrem Tagebuch auf dem Tisch. Sie sollte diese Interaktion schriftlich festhalten, solange sie sie noch frisch im Gedächtnis hatte.

10.17 Uhr Unverschämte pinkhaarige Besucherin erkundigt sich irrtümlich nach Zimmer. Habe sie über Straßenverkehrsordnung belehrt und weggeschickt.

Aber das musste warten. Dringender musste sie sich um ihre zweite Kanne Tee kümmern, die sie mitten in der Zubereitung stehen gelassen hatte. Begleitet von dem anschwellenden Gesang von Wagners Brünnhilde, die in den Flammen ihrem Tod entgegenritt, kehrte Dorothy in die Küche zurück.

KAPITEL 2

Kat

Kat machte den Kofferraum auf, warf ihren Rucksack hinein und knallte die Heckklappe zu. Was für eine Zeitverschwendung. Gestern Abend hatte sie extra noch eine SMS geschickt, um sich zu vergewissern, dass das Zimmer nach wie vor frei war, und ihr war versichert worden, dass das der Fall sei. Jetzt hatte sie durch die Fahrt hierher einen ganzen Vormittag verloren, den sie hätte nutzen können, um anderswo nach einem Zimmer und einem Job zu suchen. Kat hatte sowieso gezögert, nach Chalcot zurückzukehren. Vielleicht war das ein Zeichen, dass sie nach so vielen Jahren lieber doch nicht hier sein sollte? Sie riss die Fahrertür auf und verzog das Gesicht, als diese protestierend quietschte.

»Sorry, Marge«, murmelte sie und tätschelte den Türrahmen. Heute auch noch von ihrem Auto im Stich gelassen zu werden, war das Letzte, was sie jetzt gebrauchen konnte.

So behutsam wie möglich setzte sich Kat auf den Fahrersitz, aber gerade als sie die Tür zuziehen wollte, rief jemand ihren Namen. Sie schaute zurück zum Haus. In der offenen Tür stand ein weißhaariger Mann und winkte ihr zu.

»Hallo? Sind Sie Kat?«

Sie nickte, rührte sich aber nicht vom Fleck.

»Sagen Sie bloß, Sie haben es sich schon anders überlegt?« Der Mann lächelte schief.

Sollte das ein Scherz sein? Kat machte erneut Anstalten, die Tür zu schließen.

»Ich weiß, so toll sieht es von hier draußen nicht aus, aber das Zimmer ist wirklich hübsch«, rief er. »Sie sollten es sich zumindest mal ansehen, bevor Sie es ganz abschreiben.«

Noch immer lächelte er sie hoffnungsvoll an. Kat stieß die Tür wieder auf und sprach laut und langsam, für den Fall, dass er Schwierigkeiten hatte, sie zu verstehen.

»Ihre Frau hat mir gesagt, dass das Zimmer schon vergeben ist.«

Er runzelte die Stirn. »Meine Frau?«

»Ja. Sie hat gesagt, hier ist kein Zimmer frei.«

Er zögerte kurz, und Kat empfand ein bisschen Mitleid mit ihm. Der arme Mann musste wirklich schwer verwirrt sein, wenn er sich nicht mal an seine eigene Frau erinnern konnte. Doch dann grinste er, und um seine Augen bildeten sich Fältchen.

»Oje, ich glaube, Sie haben die falsche Tür erwischt! Keine Sorge, da sind Sie nicht die Erste.«

Nun war Kat diejenige, die die Stirn runzelte. »Also ist das Zimmer doch noch zu haben?«

»Aber sicher. Kommen Sie rein, ich zeige Ihnen alles.«

Er trat von der Eingangstür zurück und hielt sie für Kat geöffnet, aber sie blieb im Auto sitzen. Wollte sie wirklich hierbleiben? An das Gebäude konnte sie sich noch lebhaft aus ihrer Kindheit erinnern. Immer wenn Kat zu ihrem Großvater geschickt worden war, um vorübergehend auf seiner Farm am Dorfrand zu wohnen, hatte sie der Weg zur Grundschule von Chalcot an Shelley House vorbeigeführt. Damals hatten sich die anderen Kinder Geschichten erzählt, dass in dem unheimlichen, verfallenen alten Haus eine böse Hexe lebte, die Kinder auf dem Dachboden einsperrte, und darum hatte Kat immer einen Zahn zugelegt, wenn sie an dem Haus vorbeiging, nur für den Fall, dass die Hexe auch sie entführen wollte.

Sie ließ den Blick über das Haus schweifen. Vor kinderfressenden Hexen hatte sie keine Angst mehr, aber etwas Beklemmendes hatte

Shelley House nach wie vor an sich. Die Farbe war verblasst und das Mauerwerk bröckelte, die Fensterrahmen waren verzogen und der Lack blätterte ab wie in einem Horrorfilm. In der steinernen Balustrade auf dem Dach fehlten Teile, und das ganze Bauwerk schien sich bedrohlich zur Seite zu neigen. Wenn es schon von außen so aussah, weiß Gott, in welchem Zustand es dann innen war. Kein Wunder, dass die Zimmermiete so günstig war. Kat konnte sich kaum vorstellen, dass jemand freiwillig hier wohnte.

Noch immer stand der Mann in der Tür und beobachtete sie. Über seinem Kopf prangte der in Stein gravierte Namen des Gebäudes. Seit ihrem letzten Besuch war der Schriftzug dem Vandalismus zum Opfer gefallen, und nun war da nicht mehr SHELLEY HOUSE zu lesen, sondern HELL HOUSE. Kat konnte sich ein Lächeln nicht verkneifen, und der Mann strahlte zurück.

»Na los, kommen Sie! Ich habe gerade Wasser aufgesetzt.«

Ach, was sollte es. Sie hatte den ganzen Weg auf sich genommen, da konnte sie sich auch das Haus ansehen, vor dem sie als Kind so viel Angst gehabt hatte. Sie stieg aus Marge und schloss vorsichtig die Tür.

Oben auf der Treppe streckte ihr der Mann die Hand entgegen.

»Joseph Chambers. Freut mich, Sie kennenzulernen.«

»Kat Bennett«, sagte sie, ließ aber die Hände in den Hosentaschen.

Sie folgte ihm hinein, und hinter ihnen fiel die Tür schwer ins Schloss. Kein natürliches Licht drang herein, und es dauerte einen Moment, bis sich Kats Augen an die Dunkelheit gewöhnt hatten. Sobald das geschehen war, stellte sie fest, dass sie sich in einem unscheinbaren Hausflur befand. Schwarz-weiß karierte Bodenfliesen ließen eine prächtige Vergangenheit des Gebäudes erahnen, aber inzwischen war der Flur zu einer Deponie für ungewollte Besitztümer verkommen. Auf einem Regalbrett stapelte sich ungeöffnete Post, und von irgendwo weiter oben hörte Kat Drum-and-Bass-Musik, aber sonst gab es keine Anzeichen von Leben. Links und rechts im Flur befand sich je eine Tür ohne Schild, und Kats Blick huschte zwischen ihnen hin und her.

»Ich wohne in Nummer eins, gleich hier«, sagte Joseph und deutete auf die linke. »Wohnung zwei gehört Dorothy Darling. Ich glaube, Sie hatten bereits das Vergnügen, mit ihr zu plaudern.«

Kat hatte nichts Nettes über die alte Frau zu sagen, die sie über die Gegensprechanlage angeschnauzt hatte, darum hielt sie lieber den Mund. Joseph schmunzelte.

»Das habe ich mir schon gedacht. Keine Sorge, Dorothy ist exzentrisch, aber bellende Hunde beißen nicht. Und wo wir gerade dabei sind …« Er ging zur linken Tür, und als er sie erreichte, ging auf der anderen Seite Gekläffe los. »Sie sind aber nicht auf Hunde allergisch, oder?«

»Nein.«

»Gut.« Er stieß die Tür auf, und prompt stürmte ein kleiner braunweißer Jack Russell Terrier aus der Wohnung, umkreiste Joseph und kam schlitternd vor Kats Füßen zum Stehen. Sein Bellen erreichte einen neuen Geräuschpegel, während er an ihrem Bein hochsprang.

»Das ist Reggie«, rief Joseph über das Getöse hinweg. »Er fängt sich gleich wieder. Er ist immer sehr aufgeregt, wenn er jemand Neuen kennenlernt.«

Kat beugte sich hinunter und hielt Reggie auffordernd die Hand hin. Eifrig schnupperte er daran, seine Nase fühlte sich feucht an. Kat strich ihm über den Kopf und musste dabei an einen anderen Hund denken, dessen Fell ebenso kurz und drahtig gewesen war wie Reggies – und an den beruhigenden Geruch von Zigarrenrauch, der ihn stets begleitet hatte. Sobald Kat begann, Reggie zwischen den Ohren zu kraulen, hörte er auf zu bellen.

»Er mag Sie!« Joseph klatschte vor Freude in die Hände. »Das ist ein ausgezeichnetes Omen. Meinen letzten Untermieter konnte er nicht ausstehen. Hat ständig hinter seinen Kleiderschrank gepinkelt, aber ich glaube, das Problem werden wir mit Ihnen nicht haben. Komm, Reggie, dann wollen wir Kat mal alles zeigen.«

Beim Klang seines Namens trottete der Hund gehorsam zurück in die Wohnung. Kat machte sich auf alles gefasst, als sie auf die Tür zuging, aber beim Eintreten stockte ihr der Atem. Das Zimmer, in dem sie sich wiederfand, war riesig, hoch über ihren Köpfen spannte sich eine Gewölbedecke auf, und ihre Füße standen auf polierten Holzdielen. Die Wände hatten einen neuen Anstrich nötig, und es roch ein bisschen muffig, aber durch das großzügige Erkerfenster strömte Licht ins Zimmer, und der überwiegende Teil der hinteren Wand wurde von dem größten Kamin eingenommen, den Kat je gesehen hatte. Mit so einem beeindruckenden Anblick hatte Kat im Leben nicht gerechnet. Ihr war, als befände sie sich am Set eines Historiendramas, nur dass die Möbel von IKEA stammten und in der Ecke ein Flachbildfernseher stand.

»Nicht schlecht, oder?«, sagte Joseph.

»Es ist unglaublich.«

»In viktorianischer Zeit hat hier ein reicher Industrieller gewohnt. Tatsächlich standen in der ganzen Straße Villen wie diese hier, und alle waren nach berühmten englischen Dichtern benannt: Byron, Wordsworth, Keats und so weiter, daher auch der Name Poet's Road. Die Hälfte der Villen wurde im Zweiten Weltkrieg zerbombt, der Rest wurde später abgerissen und durch kleinere, praktischere Häuser ersetzt. Irgendwie hat Shelley House überlebt, wurde aber in den Sechzigern umgebaut und in kleinere Wohneinheiten unterteilt.«

Schweigend ließ Kat das alles auf sich wirken. Ihr Großvater hatte sein ganzes Leben lang in diesem Dorf gelebt, was bedeutete, dass er die Poet's Road schon gekannt haben musste, als die anderen Villen noch gestanden hatten. Wer weiß, vielleicht war er sogar mal in Shelley House gewesen? Bei dem Gedanken spürte Kat ein Stechen in der Brust.

»Wenn Sie das Haus jetzt schon beeindruckend finden, hätten Sie es vor dreiunddreißig Jahren sehen sollen, als ich hier eingezogen bin«, fuhr Joseph fort. »Damals war es eins der prächtigsten Gebäude in der Nachbarschaft und wurde tadellos instand gehalten. Aber im Laufe der Jahre haben es die wechselnden Vermieter leider ziemlich vernachlässigt, daher der jetzige Zustand.« Er deutete auf einen feuchten Fleck an der Wand neben ihnen, an dem die Farbe abblätterte. »Aber genug von der Geschichtsstunde. Ich führe Sie herum.«

Joseph steuerte die beiden Türen am anderen Ende des Raums an, und Reggie flitzte ihm schlitternd über den glatten Boden hinterher.

»Hier ist die Küche«, sagte Joseph und stieß die hintere Tür auf.

Kat fragte sich, ob es darin auch aussehen würde wie am Set von *Downton Abbey*, aber als sie hineinschaute, stellte sie fest, dass die Küche klein und enttäuschend gewöhnlich war.

»Ich glaube, ursprünglich war das mal die Spülküche«, sagte Joseph. »Nicht gerade prunkvoll, aber sie erfüllt ihren Zweck. Fühlen Sie sich hier ruhig wie zu Hause – ich bin ganz gut ausgestattet mit Töpfen und Pfannen. Und das Abendessen ist in der Miete inbegriffen.«

»Oh, für mich muss nicht mitgekocht werden«, warf Kat hastig ein. Davon hatte nichts in der Anzeige gestanden, und sie verspürte nicht die geringste Lust, jeden Tag ein angespanntes Essen mit ihrem Vermieter abzusitzen. Schon in jungen Jahren hatte sie gelernt, dass man seinen Mitbewohnern am besten nicht zu nahekam. Nie würde Kat die vermeintlich nette alte Dame vergessen, bei der sie ein Zimmer gemietet hatten, als sie sechs oder sieben Jahre alt gewesen war. Nach der Schule hatte sie Kat immer Kekse angeboten und mit ihr über ihren Tag geplaudert. Dann, eines Nachmittags, kam Kat nach Hause und wurde bereits vom Jugendamt erwartet, das ihr einen Haufen schwieriger Fragen stellte. Noch in der gleichen Nacht floh ihre Mum mit ihr, und sie schimpfte, weil Kat der Vermieterin gegenüber »nicht die Klappe gehalten« hatte. Diesen Fehler machte sie kein zweites Mal.

»Ich stelle Ihnen das Essen in den Kühlschrank, dann können Sie es sich aufwärmen, wann immer es Ihnen passt«, sagte Joseph, als hätte er ihre Gedanken gelesen. »Um ehrlich zu sein, würden Sie mir damit einen Gefallen tun. Ich habe mich immer noch nicht daran gewöhnt, nur für eine Person zu kochen, wissen Sie. Inzwischen ist es drei Jahre her, und trotzdem …«

Er unterbrach sich, und einen schrecklichen Moment lang dachte Kat, er würde gleich in Tränen ausbrechen, aber dann blinzelte er, sah zu ihr auf und lächelte wieder. »Das ist einer der Gründe, warum ich Untermieter habe. Na ja, das und um einen Teil der Miete abzudecken, jetzt, wo ich in Rente bin. Sollen wir mit der Besichtigung weitermachen?«

Er wies zur zweiten Tür, die in einen kleinen Flur führte. Das Badezimmer war bescheiden und in Avocadogrün gehalten, an einigen Stellen blätterte die Tapete ab, aber im Großen und Ganzen sah es sauber aus. Die Tür daneben war geschlossen – Josephs Schlafzimmer, vermutete Kat –, die letzte Tür hingegen stand offen.

»Besonders groß ist es nicht, aber ich find's gemütlich«, sagte Joseph und blieb auf der Schwelle stehen. »Es war das Kinderzimmer unserer Tochter.«

Der Raum war tatsächlich klein, aber Kat gefiel er sofort. Darin standen ein Einzelbett, ein Kleiderschrank und ein altmodischer Schaukelstuhl neben einem kleinen Bücherregal, vollgestopft mit abgegriffenen Taschenbüchern. Kat warf einen Blick auf die Titel: *Stolz und Vorurteil* ... *Bleak House* ... *Moby Dick* ... alles alte Bücher, die sie nie gelesen hatte und auch nie lesen würde. Sie drehte sich wieder zur Tür und registrierte erleichtert, dass sie sich von innen verriegeln ließ. Joseph wirkte zwar harmlos, aber man konnte nie vorsichtig genug sein. Oberhalb des Betts befand sich ein Fenster, und Kat trat heran, um sich die Aussicht anzusehen. Sie rechnete mit einem Garten oder zumindest ein bisschen Grün, aber sie blickte auf den Betonparkplatz eines modernen Wohnblocks.

»Früher hatten wir einen Gemeinschaftsgarten, aber der wurde vor Jahren von dem damaligen Eigentümer verkauft«, sagte Joseph.

Kat drehte sich wieder um und begutachtete das Zimmer. Es war wirklich klein, aber das machte nichts. Ihre Habseligkeiten passten locker in den alten Rucksack im Kofferraum – sie brauchte also echt keinen begehbaren Kleiderschrank. Und Joseph machte einen ganz netten Eindruck: ein bisschen zu gesprächig vielleicht, aber ihm würde sicher bald auffallen, dass sie kein redseliger Mensch war, und dann würde er sie in Ruhe lassen. Die größere Frage war, ob sie überhaupt nach Chalcot zurückkehren wollte. Immerhin gab es einen sehr guten Grund, warum Kat sich fünfzehn Jahre lang von hier ferngehalten hatte, und daran hatte sich nichts geändert. Na und, was machte es schon, dass sie in den letzten Monaten immer öfter an das Dorf und ihren Großvater gedacht hatte und die Erinnerungen sie juckten wie ein Mückenstich, der einfach nicht heilen wollte? Das hieß noch lange nicht, dass sie das Risiko eingehen musste, hierher zurückzukommen. Am vernünftigsten wäre es sicher, weit wegzufahren und sich nie wieder blicken zu lassen.

»Also, was meinen Sie?« Joseph sah sie an. »Nehmen Sie das Zimmer?«

Kat atmete tief durch. Jetzt, da sie sowieso schon hier war, konnte sie auch ein paar Wochen bleiben. Und dank Marge vor der Tür hatte sie, falls nötig, jederzeit die Möglichkeit, schnell zu verschwinden.

»Okay, danke.« Sie zögerte, als ihr ein Gedanke kam. »Wollen Sie nichts über mich wissen, keine Referenz einholen oder so was?«

»Wozu sollte ich denn eine Referenz wollen?«

»Was weiß ich. Ich könnte eine psychopathische Axtmörderin sein.«

Joseph brach in schallendes Gelächter aus. »Ach, wie eine Axtmörderin kommen Sie mir nicht vor. Nein, wenn überhaupt, würde ich eher darauf tippen, dass Sie der Typ Mensch sind, der seine Opfer vergiftet.«

Kat konnte sich ein Lachen nicht verkneifen. Der Kerl hatte sie nicht mehr alle. Aber wenn er keine Referenz wollte, war ihr das bloß recht. Je weniger er – oder sonst jemand hier – über sie wusste, desto besser.

»Na, kommen Sie«, sagte Joseph und ging zur Tür. »Sie holen Ihre Sachen rein, und ich koch uns erst mal einen Kaffee.«

KAPITEL 3

Dorothy

Jeden Tag, kurz nach dem Vormittagstee, zog Dorothy ihren Hausmantel an, holte die Handtasche vom Tischchen neben der Wohnungstür und nahm ihre Inspektion von Shelley House vor.

Im Laufe der Jahre hatte sie festgestellt, dass elf Uhr die optimale Zeit für diese Aufgabe war, denn da befanden sich die meisten Nachbarn außer Haus. Nicht, dass Dorothy ihre Aktivitäten verheimlichen wollte; schließlich gab es nichts, wofür sie sich schämen musste. Sie wünschte einfach nicht gestört zu werden und hielt den Kontakt zu den anderen Anwohnern gern so gering wie möglich.

Wie immer begann Dorothy im Eingangsbereich. Bei ihrem Einzug in Shelley House war dieser eins der Glanzstücke des Hauses gewesen. Damals waren die Wände in einem satten Burgunderrot erstrahlt, ein gläserner Kronleuchter war dort angebracht gewesen, und so wie der Fliesenboden geglänzt hatte, hätte man darauf frühstücken können. Heute sah das völlig anders aus. Mit missbilligend geschürzten Lippen durchquerte Dorothy den dunklen, übel riechenden Raum. Ihr fiel auf, dass der übliche Unrat – eine Tüte mit Damenschuhen und ein ausgedienter Staubsauger – inzwischen um ein Fahrrad ergänzt worden war, das nun unter dem Schild mit der Aufschrift KEINE PRIVATEN GEGENSTÄNDE IN GEMEINSCHAFTSRÄUMEN ABSTELLEN stand. Dorothy hatte das Schild vor einigen Jahren persönlich angebracht, aber das hatte keinerlei Effekt gehabt. Sie stupste den Drahtesel mit dem Fuß an. So nah an der Treppe war er wahrhaftig ein Sicherheitsrisiko. Was, wenn jemand in Eile auf dem Weg nach unten darüber stolperte? Sie holte ihr Tagebuch aus der Tasche und kritzelte eine Notiz hinein.

11.17 Uhr Alexander Properties wegen unzulässigen Abstellens von Gegenständen im Hausflur schreiben. Auf ~~acht~~ neun vorangegangene Briefe in selbiger Sache hinweisen.

Dorothy beschleunigte ihre Schritte, als sie an der Tür von Wohnung eins vorbeikam, in der Joseph Chambers, seine Ratte von einem Hund und – trotz Dorothys Bemühungen – das pinkhaarige Mädchen wohnten. In den letzten zwölf Tagen hatte Dorothy das Kommen und Gehen der jungen Frau besonders gut im Auge behalten, aber bislang nur feststellen können, dass sie sich stets wie eine Landstreicherin kleidete und offenbar weder Freunde noch Familie hatte. Das überraschte sie nicht – Joseph sammelte Heimatlose wie andere Leute Porzellanfiguren von Royal Doulton.

Nach dem Rundgang im Eingangsbereich stieg Dorothy die Treppe hinauf in den ersten Stock, wobei ihre Knie sie jedes einzelne ihrer siebenundsiebzig Jahre spüren ließen. Bis vor Kurzem war dieser Aufstieg ein regelrechtes olfaktorisches Abenteuer gewesen. Die Familie Siddiq – bestehend aus Omar, seiner Frau Fatima und ihrer Tochter Ayesha – mietete seit sieben Jahren Wohnung drei. Eines der Familienmitglieder (Dorothy schlussfolgerte nun, dass es sich um Mrs Siddiq gehandelt haben musste) hatte offenbar begnadet gekocht, und Dorothy war bei ihrem täglichen Kontrollgang von den himmlischsten Düften in Empfang genommen worden. Dann, eines Nachmittags vor etwa sechs Monaten, hatte Mrs Siddiq Shelley House auf den Arm ihres Mannes gestützt verlassen, und die Gerüche waren schlagartig verschwunden. Ein paar Wochen später hatte Dorothy beobachtet, wie ein Leichenwagen vor dem Gebäude vorfuhr, gefolgt von einer dunklen Limousine. Omar und Ayesha waren schweigend in den Fond des Wagens gestiegen. Zu Dorothys Beunruhigung waren ihr die Tränen gekommen, als die Fahrzeuge abfuhren, und es hatte einer zusätzlichen Kanne Tee und dreier Garibaldi-Kekse bedurft, bis sie sich wieder gefasst hatte. Seither roch es im ersten Stock von Shelley House nur noch nach Schimmel und in jüngster Zeit nach dem schweren, unverwechselbaren Aroma von Marihuana, das unter dem Türschlitz von Nummer vier hervorkroch.

Vor dieser Wohnung blieb Dorothy jetzt stehen, zückte eine Dose Lufterfrischer und besprühte großzügig den Flur vor Nummer vier. Von drinnen hörte sie das schwere Hämmern der entsetzlichen Musik, die der Mann rund um die Uhr laufen ließ, aber Dorothy wusste, dass es keinen Zweck hatte, zu klopfen und ihn zu bitten, sie leiser zu stellen. Denn der neueste Mieter von Shelley House war unnachgiebig, streitlustig, ausgesprochen unhöflich und ignorierte sämtliche Ermahnungen Dorothys, mehr Rücksicht auf seine Nachbarn zu nehmen. Erst seit ein paar Wochen wohnte er hier, und die beiden waren bereits mehrfach aneinandergeraten. Ein Lichtblick war jedoch, dass so furchtbare Nachbarn wie er selten lange blieben; gewiss würde ihn der Vermieter bald vor die Tür setzen.

Nachdem sie den Flur gründlich mit *Glade Vanilla Blossom* eingenebelt hatte, ging Dorothy hinauf ins oberste Stockwerk. Auf jeder Stufe hielt sie an, um sich zu vergewissern, dass sich der abgetretene Teppich nicht über Nacht gelöst hatte und eine Stolperfalle darstellte. Einer Familienlegende zufolge war ihre Urgroßtante Phyllida mit dem Fuß an der Ecke eines persischen Bidjar-Teppichs hängen geblieben und in den Tod gestürzt. Dorothy wusste also nur zu gut, wie wichtig die gewissenhafte Instandhaltung von Teppichen war. Sie benötigte mehrere Minuten, um den Teppich auf jeder der zwanzig Stufen sowie auf dem Treppenabsatz zu inspizieren, was ihr genug Zeit verschaffte, die recht hitzige Diskussion in Wohnung sechs zu belauschen.

Nun war Dorothy stolz darauf, kein neugieriger Mensch zu sein. Dennoch hielt sie es als die am längsten ansässige Mieterin für ihre Pflicht, ein Auge auf die anderen Bewohner zu haben und deren Sicherheit zu gewährleisten, solange sie in Shelley House lebten. Das galt insbesondere für Gloria Brown, die Mieterin von Wohnung sechs. Vor rund zehn Jahren war Gloria mit ihrem damaligen Freund eingezogen, einem untersetzten Jamaikaner mit strahlenden Augen. Leider hatte er nicht einmal ein Jahr durchgehalten, und auf ihn war eine Reihe von Rüpeln und Männern ohne jede Moral gefolgt. Denn wenn Gloria Brown sich durch etwas auszeichnete – abgesehen davon, in Stretch-Leggings umwerfend auszusehen –, dann durch ihren furchtbaren Männergeschmack. Der aktuellste Kandidat, ein Leder tragender Einfaltspinsel, dem ständig der Mund offen stand, war vor sieben Monaten auf der Bildfläche erschienen, und bislang hatte es so ausgesehen, als befände sich das Paar in der Flitterwochenphase seiner Beziehung. Doch so sicher wie das Amen in der Kirche, das hatte Dorothy gleich gewusst, würden das Gekicher und die überflüssigen öffentlichen Zuneigungsbekundungen bald in Groll und Feindseligkeit umschlagen. Und den Geräuschen nach zu urteilen, die jetzt aus Wohnung sechs tönten, schien dieser Moment gekommen zu sein.

»Scheiße, ey, du hast sie doch nicht mehr alle!«

Die Stimme des Mannes dröhnte aus der Wohnung, und seine vulgäre Wortwahl ließ Dorothy zusammenzucken. Wie unnötig.

»Ich dachte, du wärst anders, aber du bist genau wie alle anderen ... paranoid und eifersüchtig.«

»Paranoid?«

Das war Glorias Gekreische. Man konnte es ja wohl kaum als Lauschen bezeichnen, wenn die beiden in dieser Lautstärke stritten, während Dorothy im Treppenhaus stand, oder? Sie ging zur Feuertreppe und drückte die Türklinke hinunter, um sich zu vergewissern, dass der Ausgang fest verschlossen war. Seit Mr F. Alexander das Gebäude vor einem Jahr übernommen hatte, schrieb Dorothy ihm jede Woche und forderte, dass dieser Zugang zum Dach ein für alle Mal verschlossen wurde. Selbiges hatte sie auch bei sämtlichen früheren Vermietern getan, und trotzdem war nie etwas unternommen worden. Sie machte sich eine Notiz.

»Was hat das mit Paranoia zu tun, Barry?« Glorias Tonlage hatte die

Höhe eines Mezzosoprans erreicht. »Erklär mal, was ist paranoid daran, den Slip einer anderen Frau in deiner Tasche zu finden?«

»Ich hab dir doch schon gesagt, dass ich keine Ahnung hab, wie der da hingekommen ist. Da muss sich einer der Jungs einen Spaß erlaubt haben.«

Dorothy schnaubte. Diese alte Leier? Der Mann hatte anscheinend keinerlei Fantasie.

»Es ist nicht nur der Slip. Wo warst du gestern Abend? Du warst erst nach vier daheim.«

Er war also für die zuknallende Haustür verantwortlich, die Dorothy morgens um vier Uhr vierzehn geweckt hatte. Sie machte sich eine weitere Notiz.

»Mir reicht's, Gloria. Den Scheiß muss ich mir echt nicht mehr geben!«

Aus der Wohnung war lautes Scheppern zu hören, und Dorothy erstarrte. Sollte sie eingreifen? Das hatte sie schon einmal getan, vor mehreren Jahren, als sie spätnachts von Glorias Schrei geweckt worden war. Im Nachthemd und mit einem Küchenmesser bewaffnet war Dorothy die Treppe hinaufmarschiert und hatte mit der Polizei gedroht, falls Gloria die Tür nicht öffnete. Schließlich war sie aufgetaucht und hatte Dorothy in schroffem Ton versichert, dass sie nicht in Gefahr sei. Doch was, wenn die Situation diesmal ernst war? Was, wenn er Gloria verletzte? In der Wohnung herrschte bedrohliche Stille, und Dorothy drückte das Ohr an die Tür, um nach Geräuschen eines Kampfs zu horchen. Vielleicht sollte sie gleich die Polizei rufen und melden, dass –

Zu Dorothys Überraschung schwang die Tür auf. Sie kippte nach vorn und streckte die Hand aus, um sich abzufangen. Eine dicke, bullige Brust empfing sie.

»Was zum Teufel machen Sie da?«

Dorothy richtete sich auf und errötete. »Ich wollte nur …«

»Haben Sie uns wieder hinterherspioniert?« Spucke spritzte ihm aus dem Mund und traf Dorothy im Gesicht.

»Natürlich nicht! Wie können Sie es wagen, mir so etwas zu unterstellen?«

»Warum haben Sie dann an der Tür gelehnt?«

Seine Stimme war tief und bedrohlich, und Dorothy kam der Gedanke, dass sie womöglich selbst in Gefahr sein könnte. »Ich ... ich wollte sichergehen, dass alle ihre Türen gut verschlossen halten. Hier in der Gegend gab es in letzter Zeit eine Reihe von Einbrüchen.«

»Was ist los, Barry?«

Hinter ihm war Gloria aufgetaucht. Sie sah unverletzt aus, wie Dorothy feststellte, aber sie hatte Tränensäcke unter den Augen und ihre Haare hatten dringend eine Bürste nötig. Glorias Gesicht verfinsterte sich, als sie Dorothy sah.

»Die neugierige alte Schachtel von unten hat mal wieder rumgeschnüffelt«, sagte der Mann.

»Ich habe nicht herumgeschnüffelt! Gloria, ich wollte mich nur vergewissern, dass Sie ...«

Aber die Frau wandte sich ab, bevor Dorothy den Satz beenden konnte, und zog sich wortlos in die Wohnung zurück.

»Verpissen Sie sich und lassen Sie uns in Ruhe«, knurrte der Mann und knallte Dorothy die Tür vor der Nase zu.

Sie eilte die Treppe hinunter, und erst als sie den Eingangsbereich erreichte, hielt sie inne, um Luft zu holen, wobei sie versuchte, den schmerzhaften Stich der Demütigung zu ignorieren. Genau aus diesem Grund vermied Dorothy den Kontakt zu ihren Nachbarn – weil sie ein Haufen undankbarer, gemeiner Dummköpfe waren. Sie versuchte doch lediglich, sich um ihrer aller Sicherheit und Wohlergehen zu kümmern – und was war der Dank? Nichts als Beleidigungen und verleumderische Anschuldigungen. Sie griff in ihre Handtasche und zückte Tagebuch und Bleistift.

11.32 Uhr Häuslicher Streit in Wohnung sechs. Wollte G.B. Unterstützung anbieten, wurde von männlichem Bewohner in Lederjacke verbal angegriffen und bedroht.

Einen Augenblick lang überlegte Dorothy, ob sie direkt in ihre Wohnung zurückkehren sollte, um sich auf den Schreck eine Kanne Tee zu gönnen, aber nein. Sie straffte die Schultern und stopfte das Tagebuch wieder in die Tasche. Eine letzte Aufgabe war noch zu erledigen. Eine Aufgabe, die Dorothy in den letzten dreißig Jahren jeden Tag ausgeführt hatte. Eine Aufgabe, von der sie sich nicht von Gloria Brown und ihrem ungehobelten Ignoranten von einem Freund abhalten lassen würde.

Das Postregal.

Jeden Morgen wurde sämtliche Korrespondenz, die durch den Briefschlitz von Shelley House fiel, kurzerhand auf einem Regal neben Dorothys Wohnungstür abgelegt und anschließend weitgehend ignoriert. Das bedeutete, dass der Stapel von Briefen, Flugblättern und Gratiszeitungen stets rasant wuchs wie eine Familie promiskuitiver Kaninchen, der niemand Einhalt gebot. Dorothy hatte es auf sich genommen, Ordnung im Postregal zu halten, und das nahm sie äußerst ernst. Nun machte sie sich daran, den Haufen zu sichten, wobei sie richtige Post auf einen (kleinen) Stapel und alles andere auf einen zweiten (deutlich größeren) Müllstapel legte. Da waren zwei, nein drei Rechnungen für Omar aus Wohnung drei, von denen Dorothy wusste, dass er sie später holen und in seiner Aktentasche verstecken würde, bevor seine Tochter von der Schule nach Hause kam. Außerdem lag da ein Paket für Tomasz Wojcik aus Wohnung fünf von einer Firma namens *Haare für Ihn* und eins für Gloria Brown von *Ann Summers* (Dorothy hatte einmal den Fehler begangen, die Firma mit dem entzückenden Namen am Computer in der Bücherei zu recherchieren, und war vor Schreck beinahe vom Stuhl gefallen). Wie üblich hatte Dorothy keine Post bekommen, genauso wenig wie der Rüpel aus Wohnung vier, der bislang noch nie Post erhalten hatte.

Gerade wollte Dorothy zurück in ihre Wohnung gehen, da klapperte der Briefschlitz. Als sie sich umdrehte, flatterte eine Handvoll brauner Briefumschläge auf die Fußmatte. Der Postbote musste vorhin vergessen haben, sie zuzustellen. Tadelnd schnalzte sie mit der Zunge und durchquerte die Eingangshalle, um sie aufzuheben, wobei sie dem Ächzen, das ihr beim Hinunterbeugen unwillkürlich entfuhr, keine Beachtung schenkte. Insgesamt waren es sechs Umschläge, von denen jeder an den Mieter einer anderen Wohnung adressiert war, aber sie hatten weder Briefmarke noch Poststempel, was darauf hindeutete, dass sie persönlich zugestellt worden waren. Wie seltsam.

Dorothy legte fünf der Umschläge in das Postregal und kehrte mit dem sechsten in der Hand in ihre Wohnung zurück. Sie nahm ihren Brieföffner aus der Tischschublade, schlitzte das Kuvert auf, ohne sich hinzusetzen, und zog die beiden gefalteten Blätter heraus. Bei dem zweiten schien es sich um eine Art Formular zu handeln, also richtete sie ihre Aufmerksamkeit auf die erste Seite, einen maschinell getippten Brief.

Dorothy las die Worte einmal, dann ein zweites Mal, was, so sehr wie ihre Hände zitterten, leichter gesagt war als getan. Danach fiel ihr Blick auf den Kamin, und sie eilte in die Küche, wo sie eine Schachtel Streichhölzer fand. Sie entzündete eines – wofür sie wegen des bereits erwähnten Zitterns mehrere Anläufe benötigte –, streckte dann den Brief von ihrem Körper weg und hielt das Streichholz darunter. Als die Flammen an dem Papier leckten, ließ sie die Seiten in das Spülbecken fallen. Keine zehn Sekunden dauerte es, bis der Brief verbrannt war: Die Wörter glühten und kräuselten sich, bis sie der Vergangenheit angehörten. Dann feuerte Dorothy den Herd an, griff nach ihrer Teekanne und schwor sich, keinen Gedanken mehr an diesen Brief zu verschwenden.

KAPITEL 4

Kat

Es gab nicht vieles im Leben, was Kat Bennett Angst machte, aber als sie sich der Hauptstraße von Chalcot näherte, zog sich ihr Magen zu einem festen Knoten zusammen. Was, wenn sie ihrem Großvater über den Weg laufen und die Hölle losbrechen würde? Oder was, wenn jemand sie erkannte und ihn informierte, dass sie im Dorf war? Kat mochte inzwischen fünfundzwanzig sein und einen anderen Namen tragen, aber es bestand dennoch das Risiko, dass jemand die Ähnlichkeit zu der dürren, rauflustigen Zehnjährigen bemerkte, die damals für so viel Ärger gesorgt hatte. Und so hielt sie die Luft an, als sie am *Golden-Dragon*-Imbiss vorbeiging und nach rechts in die Hauptstraße einbog. Adrenalin rauschte ihr durch die Adern, und ihre Füße waren bereit, jeden Moment umzudrehen und loszusprinten.

In den letzten fünfzehn Jahren hatte Kat oft an dieses Dorf gedacht und damit an den schmerzhaften Erinnerungen gekratzt wie an einer verschorften Wunde, aber jetzt, da sie hier war, fühlte sich auf einmal alles ganz anders an als früher. An den Ladenfronten hingen immer noch bunte Wimpel und Blumenampeln, und sie erkannte die alte Bibliothek und den *Plough*, den Pub, in dem ihr Großvater gerne gesessen hatte. Aber die meisten Geschäfte waren neuen gewichen, und irgendwie kam ihr alles kleiner und gewöhnlicher vor, als sie es im Gedächtnis gehabt hatte. Die Gesichter auf der Hauptstraße waren ihr fremd, und niemand würdigte sie eines genaueren Blickes, als sie die Straße entlangging. All die Jahre hatte Kat sich davor gefürchtet, zurückzukommen, als ob ein wütender Mob sie aufs Polizeirevier zerren würde, sobald sie das Dorf betrat, doch anscheinend war sie hier genauso anonym wie an jedem anderen der zahllosen Orte, an denen sie gelebt hatte.

Jetzt, da sie ihre Angst, erkannt zu werden, überwunden hatte, war es Kats nächste Priorität, einen Job zu finden. Sie mochte zwar nicht lange bleiben, aber Geld verdienen musste sie trotzdem. Und so verbrachte sie die nächsten Tage damit, mit Marge durch die Gegend zu fahren und nach Arbeit zu suchen. Anfangs sah es so aus, als hätte sie kein Glück; fast nirgends war etwas frei, und die wenigen, die eine Stelle ausgeschrieben hatten, warfen nur einen kurzen Blick auf ihre Tattoos und pinken Haare und schickten sie weg. Doch gerade als sie aufgeben und das Dorf wieder verlassen wollte, kam Kat zufällig am *Remi's* vorbei, einem billigen Café, das etwas versteckt hinter der Hauptstraße von Winton lag, und entdeckte im Fenster einen Aushang, laut dem eine Spülhilfe gesucht wurde. Der Besitzer, ein großer, bärtiger Mann, brummte ein paar Fragen und bot Kat den Job auf der Stelle an. Die Arbeit war dreckig und ermüdend, den ganzen Tag auf den Beinen und mit den Armen bis zum Ellbogen in schmutzigem Spülwasser, aber sie wurde bar auf die Hand bezahlt, und lange würde sie das sowieso nicht machen.

Und so hatte sich in Kats zweiter Woche in Chalcot bereits ein ruhiger, wenn auch eintöniger Alltag eingependelt. Sie arbeitete zehn Stunden am Tag und kehrte bei Sonnenuntergang nach Shelley House zurück. Da war Joseph meist außer Haus. Im Grunde genommen hatte Kat ihren Mitbewohner seit dem Einzug kaum zu Gesicht bekommen. Manchmal liefen sie sich morgens über den Weg, bevor Joseph zu seiner täglichen Jogginrunde mit Reggie aufbrach – als Kat zum ersten Mal Zeugin geworden war, wie sich der Fünfundsiebzigjährige in winzigen Laufshorts und mit Schweißband ausgestattet aufwärmte, hatte sie sich das Lachen verkneifen müssen –, aber er schien zu spüren, dass Kat es bevorzugte, in Ruhe gelassen zu werden. Ihr Kontakt beschränkte sich hauptsächlich auf die Teller mit Essen, die er für sie in den Kühlschrank stellte, immer mit einem handgeschriebenen Zettel, auf dem stand, wie sie das Essen am besten aufwärmen sollte. Noch nie hatte Kat jemanden gehabt, der sie frisch bekochte – die Vorstellung ihrer Mutter von Kochen war ein Laib Brot und ein Glas Erdnussbutter gewesen, und manchmal nicht einmal das. In den ersten paar Tagen hatte Kat das Essen nicht angerührt, aber schließlich stimmte sie ein Teller mit köstlich aussehendem Chicken Pie um, und seitdem ließ sie sich jeden Tag ein selbst gekochtes Abendessen schmecken.

Als Kat am Freitag die Poet's Road hinaufstapfte, war sie so erschöpft, dass ihr alles wehtat. Sie hatte sieben Schichten ohne einen freien Tag hinter sich und wollte nur noch ins Bett. Als sie die steilen Stufen zur Eingangstür von Shelley House hinaufstieg, bewegte sich etwas im Fenster zu ihrer Rechten. Sie drehte sich um, sah nichts als die schweren Gardinen, wusste aber trotzdem, dass dahinter Dorothy Darling stand und ihr hinterherspionierte. Kat hatte sie zwar immer noch nicht persönlich kennengelernt, und ihr einziger Kontakt war die angespannte Unterhaltung über die Gegensprechanlage an ihrem Einzugstag gewesen, aber Kat fühlte sich oft von ihr beobachtet, wenn sie in Shelley House ein- und ausging. Vielleicht war Dorothy ja wirklich die böse Hexe, über die damals in der Schule alle gesprochen hatten, und sie plante gerade jetzt in diesem Moment, sich auf Kat zu stürzen und sie auf dem Dachboden einzusperren. Kat lächelte in sich hinein, als sie die Haustür aufschloss und zu Wohnung eins ging. Nur noch ein paar Schritte, dann konnte sie sich ihr Abendessen aufwärmen und ins Bett fallen. Doch als sie die Tür öffnete, stand sie nicht nur Joseph gegenüber, sondern auch vier Fremden, die sie unverhohlen misstrauisch anstarrten.

»Ah, Kat, perfektes Timing«, sagte Joseph und stand auf. »Wir wollten gerade anfangen.«

Oh nein, wo war sie da nur hineingeraten? Kat musterte die seltsame, bunt zusammengewürfelte Truppe. War sie in ein Treffen der Anonymen Alkoholiker hineingeplatzt oder war das hier eine schräge Sex-Sekte? Reggie wedelte begeistert mit seinem kurzen Schwanz und tippelte zu ihr, um sie zu begrüßen. Sie beugte sich hinunter und streichelte ihn, um den Blickkontakt mit den Leuten im Zimmer zu vermeiden.

»Tut mir leid, dass ich keine Gelegenheit hatte, dich vorzuwarnen. Es war recht kurzfristig«, sagte Joseph. »Wir haben diese Woche eine schlechte Nachricht bekommen, deshalb habe ich eine Notfall-Versammlung der Mieter einberufen.«

Aha, dann mussten das also die Nachbarn sein. Bislang war Kat noch keinem von ihnen begegnet, aber manchmal hörte sie ihre gedämpften Alltagsgeräusche: eine Toilettenspülung von oben, Musik oder ein Streit aus der Ferne.

»Ich würde dir gern alle vorstellen«, sagte Joseph, als Kat sich aufrichtete. Sie klappte den Mund auf, um zu sagen, dass sie dringend etwas essen musste, aber Joseph fuhr bereits fort. »Also zunächst mal, das hier ist Gloria Brown aus Wohnung sechs.«

Er nickte einer zierlichen Frau zu, die aussah wie Ende dreißig, Anfang vierzig. Sie hatte kupferrotes Haar, trug hautenge goldene Leggings und war perfekt geschminkt. Mit langen Acrylnägeln tippte sie auf ihrem Handy herum und murmelte ein halbherziges »Hi« in Kats Richtung.

»Und das sind Omar und Ayesha aus der Wohnung über uns«, sagte Joseph und zeigte auf die beiden auf dem Sofa ihm gegenüber. Kat vermutete, dass es sich um Vater und Tochter handelte, aber sie saßen so weit auseinander, wie es die Couch zuließ. Omar stand die Erschöpfung ins Gesicht geschrieben, während Ayesha aussah, wie Teenager eben aussehen, wenn sie lieber sonst wo wären. Das konnte Kat ihr nicht verübeln.

»Freut mich, Sie kennenzulernen«, sagte Omar und nickte ihr knapp zu.

»Und zu guter Letzt: Das ist Tomasz aus Nummer fünf.«

Der Mann, den Joseph meinte, war so riesig, dass der Sessel Mühe zu haben schien, sein Gewicht zu tragen. Er war locker zwei Meter groß, hatte muskulöse Arme so massig wie zwei Schinken, und sein Kopf war kahl geschoren.

»Wann fangen wir an?«, fragte er mit einem breiten osteuropäischen Akzent und machte sich nicht die Mühe, Kat irgendeine Form von Beachtung zu schenken. »Ich habe nicht den ganzen Abend Zeit. Princess muss raus.«

Reggie knurrte leise und sein Nackenfell stellte sich auf.

»Ich wollte warten für den Fall, dass sich noch jemand anschließen möchte«, sagte Joseph, und Kat fiel ein strenger Ton auf, den sie bisher noch nicht von ihm kannte. Offenbar war er ein ähnlich großer Fan von Tomasz wie Reggie. »Kat, warum holst du dir nicht einen Stuhl? Das betrifft dich schließlich auch.«

»Ehrlich gesagt, ich hab echt Hunger. Ich muss was essen.«

»Okay, schade.«

Kat hörte ihm die Enttäuschung an, eilte aber trotzdem in die Küche. Eine Mieterversammlung war ihr persönlicher Albtraum. Außerdem war Kat sowieso keine offizielle Bewohnerin, sondern nur für ein paar Wochen zur Untermiete hier. Was auch immer da vor sich ging, es hatte nichts mit ihr zu tun. Auf dem Herd fand sie einen Topf mit einem Post-it, auf dem *Wärme mich langsam für 10 Minuten auf* stand, verziert mit einem Smiley. Als Kat den Deckel anhob, schlug ihr der köstliche Duft von Zitronengras und Knoblauch entgegen.

»Okay, dann fangen wir eben ohne die beiden anderen an«, hörte Kat Joseph im Wohnzimmer sagen, gefolgt von etwas, das wie ein Schnauben klang.

»Als ob uns die feine Dame Darling mit ihrer Anwesenheit beglücken würde.« Das musste Gloria sein, ihre Worte trieften nur so vor Sarkasmus. »Eher würde sie das Haus niederbrennen, als sich mit uns in einen Raum zu setzen.«

»Das ist nicht fair«, sagte Joseph sanft. »Dorothy wohnt schon länger hier als wir alle. Ich kann mir nicht ausmalen, wie schwer das für sie sein muss.«

»Nun mach aber mal einen Punkt, Joe. Du weißt so gut wie ich, dass sie sich ins Fäustchen lachen würde, wenn man dich und mich zwangsräumt.«

Zwangsräumt. Kat rutschte das Herz in die Hose. Wie oft hatte sie dieses Wort schon gehört? Sie hatte es bereits gekannt und gefürchtet, bevor sie das Alphabet aufsagen konnte. Zwei Wochen durften ein neuer Rekord sein, selbst für sie. Kat atmete tief ein. *Du wirst nicht zwangsgeräumt. Das ist Josephs Problem, nicht deins. Du findest eine neue Bleibe, das tust du immer.*

»Was ist mit dem Neuen in Wohnung vier, kommt der nicht?«, hörte sie Gloria fragen.

»Ich habe bei ihm geklopft und eine Nachricht hinterlassen, aber nichts von ihm gehört«, sagte Joseph.

»Wundert mich nicht. Der Typ ist der reinste Albtraum.« Das war Omar. »Laute Musik rund um die Uhr, wilde Partys, Drogen. Das einzig Gute an dem ganzen Schlamassel ist, dass ich dann nicht mehr gegenüber von ihm wohnen muss.«

»Selbst ohne ihn und Dorothy sind wir immer noch zu fünft«, sagte Joseph. »Ich bin mir sicher, gemeinsam finden wir einen Weg, diesen Räumungsunsinn zu verhindern.«

»Und wie stellst du dir das bitte vor?« Das war die unverwechselbare tiefe Stimme von Tomasz. »Wir sind bloß Mieter. Der Vermieter kann machen, was er will. Dieser Paragraf-21-Bescheid bedeutet, wir müssen gehen.«

Noch so ein Begriff, den Kat schon häufiger gehört hatte, als ihr lieb war. Tomasz hatte recht; ein Räumungsbefehl »ohne eigenes Verschulden« nach Paragraf 21 bedeutete, dass sie allesamt rausgeschmissen werden konnten, obwohl sie nichts falsch gemacht hatten. Diese Leute waren am Arsch.

»Also, seit die Briefe am Mittwoch angekommen sind, habe ich ein bisschen nachgeforscht, und vielleicht ist es gar nicht so schlimm, wie wir denken«, sagte Joseph. »Ich habe mich da mal eingelesen, und rechtlich gesehen können wir in unseren Wohnungen bleiben, auch nachdem unser Mietverhältnis am fünfzehnten Juli endet. Wenn wir das tun, muss *Alexander Properties* vor Gericht gehen und einen Räumungsbefehl von einem Richter erwirken, erst dann können wir zwangsgeräumt werden. Und bei der Anhörung vor Gericht können wir dann persönlich vorsprechen und begründen, warum die Zwangsräumung abgelehnt werden sollte.«

»Der Richter könnte also entscheiden, dass wir bleiben dürfen?«, fragte Gloria, und Kat nahm einen Funken Hoffnung in ihrer Stimme wahr.

»Ganz genau. Wenn wir nicht nachgeben und unsere Argumente überzeugend vortragen, entscheidet das Gericht vielleicht zu unseren Gunsten.«

»Das sind ja tolle Neuigkeiten«, sagte Omar.

Kat schüttelte den Kopf. Wenn die dachten, das würde funktionieren, dann machten sie sich ordentlich was vor. Sollte sie rübergehen und ihnen sagen, dass sie die Räumung sowieso nicht stoppen konnten? Aber dann müsste sie ihre oberste Regel brechen: sich nie in die Angelegenheiten der Nachbarn einmischen. Nein, sie sollte sich raushalten; das war schließlich nicht ihr Problem. Aus dem Wohnzimmer war aufgeregtes Geplapper zu hören und mittendrin Josephs Stimme. Sie sah auf die Haftnotiz mit dem Smiley und seufzte.

»Sie können versuchen, sich vor Gericht dagegen zu wehren, aber Sie werden nicht damit durchkommen.«

Fünf Augenpaare richteten sich auf Kat, als sie das Wohnzimmer betrat.

»Und woher bitte schön wollen Sie das wissen?«, fragte Gloria.

»Weil ein Richter Paragraf 21 nur dann aufhebt, wenn der Vermieter im Bescheid einen Fehler gemacht hat, was hier wohl nicht der Fall sein wird. Der Richter wird so oder so einen Räumungsbefehl erlassen, selbst wenn Sie vor Gericht ziehen, und dann müssten Sie auch noch die Kosten für das Verfahren und die eigene Räumung tragen. Das wird Sie alle ein Vermögen kosten.«

»Bist du dir da sicher, Kat?«, fragte Joseph. »Woher weißt du das?«

Kat schwieg. Sie würde ganz sicher nicht erklären, wie oft der Gerichtsvollzieher bei ihr und ihrer Mutter auf der Matte gestanden hatte, um sie zu räumen. Auch würde sie nicht erzählen, wie es sich anfühlte, zuzusehen, wie die eigenen wenigen Habseligkeiten auf die Straße geworfen wurden, oder unter der ständigen Bedrohung der Obdachlosigkeit aufzuwachsen.

»Ja, bin ich.« Mehr sagte sie dazu nicht. Sie drehte sich um und ging zurück in die Küche.

Ein paar Augenblicke lang herrschte Stille im Wohnzimmer.

»Wir sind geliefert«, sagte Omar, und all der Optimismus von eben war aus seiner Stimme verschwunden.

»Nicht unbedingt, Dad.« Das musste Ayesha sein. »Ich denke trotzdem, dass es sich lohnt, sich zu wehren.«

»Aber du hast doch gehört, was Kat gesagt hat, Schatz. Außerdem ist Fergus Alexander eine Institution hier vor Ort: Die Hälfte der Immobilien gehört ihm. Meine Güte, er sitzt sogar im Vorstand der Schule. Nie im Leben stellen sich die Behörden gegen ihn.«

»Ayesha hat recht, wir sollten es zumindest versuchen«, sagte Joseph. »Selbst wenn wir nicht vor Gericht gehen können, gibt es noch andere Möglichkeiten, zu protestieren. Was, wenn wir versuchen, Aufmerksamkeit auf die Sache zu lenken, vielleicht schaffen wir es sogar in die Lokalzeitung? Wenn Fergus sein Ruf wichtig ist, können wir ihn vielleicht durch den Druck der Öffentlichkeit zum Einlenken bewegen?«

»Das klappt niemals«, blaffte Tomasz. »Vermieter wie er scheren sich einen Dreck um die öffentliche Meinung, denen geht's nur ums Geld.«

»Aber eine andere Wohnung in Chalcot kann ich mir nicht leisten«, sagte Omar, und Kat konnte die Angst in seiner Stimme hören. »Solange wir auch Fatimas Gehalt hatten, sind wir klargekommen, aber jetzt bin ich auf mich gestellt. Die Wohnung hier ist schon teuer genug, aber habt ihr euch mal die anderen Mietpreise in der Gegend angesehen?«

»Dad, ich habe dir doch gesagt, dass ich mir einen Job suchen kann.«

»Nein, Ayesha.« Omar hatte einen scharfen Ton angeschlagen. »Darüber haben wir gesprochen, und ich werde auf keinen Fall zulassen, dass du dich von der Schule ablenken lässt.«

»Aber ich bin fast sechzehn, also ...«

»Ich habe Nein gesagt!«

Die Jugendliche antwortete nicht, und es wurde wieder still im Wohnzimmer. Kats Essen hatte zu köcheln begonnen, und sie nahm sich einen Teller aus dem Schrank, ganz vorsichtig, damit er keinen Lärm machte und alle an ihre Anwesenheit erinnerte.

»Ich war gestern bei der Stadtverwaltung«, sagte Gloria schließlich. »Anscheinend gibt es eine zweijährige Warteliste für deren Wohnungen. Zwei Jahre!«

»Du ziehst aber nicht mit deinem Freund zusammen, oder?« Das Wort »Freund« spuckte Tomasz geradezu aus.

»Geht dich doch nichts an, mit wem ich zusammenwohne«, schnauzte Gloria zurück. »Wenn wir ausziehen, muss ich mich wenigstens nicht mehr mit deinem stinkenden Hund rumschlagen.«

»Princess stinkt nicht.«

»Ach, kommt schon, Leute, bleiben wir ruhig«, sagte Joseph. »Wir stehen doch alle auf derselben Seite.«

»Princess stinkt aber wirklich«, sagte Ayesha. »Ich kann sie immer schon von der Treppe aus riechen. Echt ekelhaft.«

»Sie ist nicht ekelhaft!« Tomasz hatte die Stimme erhoben. »Sie hat hin und wieder ein bakterielles Problem, aber dafür kann sie nichts. Wenn du ein Problem mit Hunden hast, dann ist doch wohl Josephs Kläffer schlimmer.«

»Halte Reggie da raus«, sagte Joseph. »Er ist ein Schatz, außer wenn Princess ihn terrorisiert.«

Kat schüttelte den Kopf. Was für ein schräger Haufen. Das war noch so ein Grund, warum sie sich stets von Nachbarn fernhielt: Früher oder später geriet man sich wegen irgendwelchen bescheuerten Kleinigkeiten in die Haare. Man musste sich nur diese fünf hier ansehen; offenbar konnten die sich absolut nicht ausstehen.

»Ich glaube, wir schweifen gerade ein bisschen vom Thema ab«, sagte Omar. »Ich dachte, bei diesem Treffen geht es um den Räumungsbefehl und nicht um Hunde?«

»Du hast recht, Omar«, sagte Joseph. »Ich weiß nicht, wie ihr das seht, aber ich will mein Zuhause retten, ich will unser aller Zuhause retten. Wer unterstützt mich dabei?«

Lange herrschte Stille, dann hörte Kat Stuhlbeine über den Boden schaben.

»Ich werde meine Zeit jedenfalls nicht damit verschwenden«, sagte Tomasz. »Es ist, wie es ist. Das müssen wir akzeptieren und nach vorne sehen. Jetzt entschuldigt mich, ich muss zurück zu meinem *stinkenden Hund*.«

Seine schweren Schritte polterten über den Boden, dann schlug die Tür zu.

»Was ist mit dir, Omar? Ayesha?«

»Ich würde mich ja gern dagegen wehren, Joseph, aber was können wir schon machen?«, sagte Omar. »Fergus Alexander hat alle Fäden in der Hand, und wir haben nichts.«

»Mama hätte gewollt, dass wir kämpfen«, sagte Ayesha leise.

»Deine Mutter hätte gewollt, dass ich tue, was für die Familie am besten ist«, erwiderte Omar, und seine Stimme zitterte kurz. »Im Moment ist das, dafür zu sorgen, dass wir ein Dach über dem Kopf haben und du dich auf deine Prüfungen konzentrierst. Jetzt komm, ich muss kochen und du musst lernen.«

Kat hörte sie ebenfalls gehen und Ayesha eine Verabschiedung murmeln.

»Tja, sieht so aus, als bleibt es an uns hängen, Gloria«, sagte Joseph.

Sie hüstelte. »Hör zu, ich würde dir ja gern helfen, aber ich habe echt viel um die Ohren. Auf der Arbeit werden gerade Leute entlassen, und meiner Mutter geht's nicht gut, und dann ist da noch Barry ... Ich muss mich darauf konzentrieren, was ich als Nächstes tun will. Tut mir leid, Joe.«

»Schon okay, ich verstehe das. Aber versprich mir, dass du vernünftig darüber nachdenkst, bevor du wichtige Entscheidungen triffst. Du kennst meine Meinung: Du verdienst jemanden, der dich gut behandelt.«

»Das mach ich, versprochen.«

Glorias Absätze klackerten über den Holzboden, und die Wohnungstür fiel ins Schloss. Einen Moment später ertönte ein langer Seufzer, und Joseph erschien mit gesenktem Kopf an der Küchentür.

»Ah, Kat. Abendessen ist in Ordnung?«

»Köstlich, danke.«

»Ich vermute, du hast alles mitbekommen?«, fragte er und nickte in Richtung Wohnzimmer. »Ich hatte gehofft, dass mir zumindest einer von ihnen helfen würde, aber anscheinend haben alle schon aufgegeben.«

Kat fuchtelte mit der Gabel herum und versuchte, sich nicht anmerken zu lassen, wie unwohl ihr bei dem Gespräch war. Besser, sie verließ die Küche, bevor sie etwas Falsches sagte und alles noch schlimmer machte, aber Joseph blockierte den Ausgang. Sie wartete darauf, dass er wieder das Wort ergriff, aber er war in Gedanken versunken.

»Hat sich so angehört, als hätten gerade alle ihre eigenen Probleme«, sagte Kat schließlich.

»Natürlich. Es wäre nur schön gewesen, in diesem Kampf einen Verbündeten zu haben. Allein kann ich so was nämlich nicht gut – ich funktioniere besser, wenn ich mit anderen zusammenarbeiten kann. Du weißt ja, wie das ist.«

»Eigentlich nicht, fürchte ich.«

Joseph sah sie fragend an, und sie zuckte die Achseln.

»Ich war schon immer der Meinung, dass man allein besser dran ist. Andere lassen einen am Ende sowieso nur im Stich.«

»Tut mir leid, dass du das so siehst«, sagte Joseph sanft.

»So ist es wahrscheinlich am besten. Wenn dich alle unterstützt hätten, dann hättest du die nächsten zwei Monate wahrscheinlich damit verbracht, dich gegen deinen Vermieter zu wehren, und wärst am Ende trotzdem rausgeflogen. Jetzt kannst du dich darauf konzentrieren, eine neue Wohnung zu finden.«

Joseph runzelte die Stirn. »Kat Bennett, wenn du glaubst, dass mich meine Nachbarn davon abhalten, gegen die Zwangsräumung zu kämpfen, dann hast du mich unterschätzt. Im Team wäre mir das zwar lieber gewesen, aber von so einer kleinen Hürde lass ich mich nicht abschrecken.«

»Ernsthaft?«

»Ernsthaft. Wir haben noch acht Wochen, bis wir vor die Tür gesetzt werden. Ich werde mich wehren und ich werde gewinnen, nicht nur für mich, sondern für alle. Wart's nur ab.«

Das war so absurd, dass Kat lachen musste, und Joseph stimmte ein.

»Du hast sie doch nicht mehr alle«, sagte sie.

»Sehr richtig. Fergus Alexander sollte sich also besser in Acht nehmen.«

KAPITEL 5

Dorothy

Als Dorothy von der Mieterversammlung Wind bekommen hatte, war ihr sofort klar gewesen, dass diese eine Katastrophe werden würde. Daher war sie nicht im Geringsten überrascht, als sie nun durch den Türspion beobachtete, wie ihre Nachbarn mit mürrischen Gesichtern Wohnung eins verließen. Aber mal ehrlich, was hatten sie denn erwartet? Dass sie auf einmal wie eine gut geölte Maschine zusammenarbeiten würden? Dass all ihre kleinlichen Differenzen, der unsoziale Umgang und die Streitereien über Hunde und Parkplätze mit einem Mal vergessen sein würden, wenn sie sich heldenhaft zusammentaten, um ihr Zuhause zu retten? Dorothy schnaubte spöttisch. So etwas passierte vielleicht in Büchern, aber doch nicht im echten Leben, und schon gar nicht mit diesem nichtsnutzigen Haufen.

In den nächsten Tagen wurde die eisige Atmosphäre in Shelley House nicht besser. Omar und Ayesha, die Dorothy seit dem Tod von Mrs Siddiq kaum noch miteinander hatte sprechen sehen, verließen das Haus nun jeden Morgen getrennt. Dorothy vermerkte in ihrem Tagebuch, dass das Mädchen abends immer später nach Hause kam, als versuchte sie, so wenig Zeit wie möglich daheim zu verbringen. Omar, dessen Stapel Rechnungen täglich zusehends wuchs, sah derzeit noch gestresster aus als sonst. Für Gloria in Wohnung sechs schien es nicht besser zu laufen. Sie und ihr Hornochse von einem Romeo waren nun von der Streiten-hinter-verschlossenen-Türen-Phase ihrer

Beziehung in die Streiten-in-der-Öffentlichkeit-Phase übergegangen, und mehr als einmal war Dorothy Zeugin einer handfesten Auseinandersetzung zwischen den beiden geworden. Am Samstag wurde es so schlimm, dass sich Dorothy gezwungen sah, an ihr Fenster zu klopfen und sie höflich daran zu erinnern, dass sich eine solche Zurschaustellung von Aggression nicht für die Bewohner von Shelley House gehörte – ein Rat, dem der Gentleman mit einer von Kraftausdrücken strotzenden Schimpftirade begegnete. Seither hatte Dorothy ihn nicht mehr zu Gesicht bekommen, und dabei würde es hoffentlich auch bleiben.

Und dann waren da noch die zunehmend unberechenbaren Launen von Joseph Chambers. Wenn Dorothy gedacht hatte, die desaströse Mieterversammlung würde den Enthusiasmus des alten Narren bremsen, dann hatte sie sich gewaltig getäuscht. Am Morgen nach dem Treffen beobachtete sie, wie Joseph mit einer umgehängten Reklametafel aus dem Haus marschierte. Vorne hatte er RETTET DIE BEWOHNER VON SHELLEY HOUSE und hinten STOPPT DIE ZWANGSRÄUMUNGEN auf die Schilder gepinselt. Erst am späten Nachmittag kehrte er zurück, und am nächsten Morgen wiederholte er dieses bizarre Ritual. War das ein frühes Anzeichen von Demenz oder eine Art psychische Krise? So voll wie in dieser Woche war Dorothys Tagebuch noch nie gewesen.

Und als gäbe es nicht schon genug Drama, war da auch noch das Problem mit dem höllischen Nachbarn aus Wohnung vier. Am Sonntag veranstaltete er eine nächtliche Party, die so laut war, dass Dorothy um drei Uhr morgens an seine Tür klopfen und mit der Polizei drohen musste. Nicht nur, dass sie damit keinen Erfolg hatte, am Montag stellte sie zudem beim Betreten des Badezimmers fest, dass sich aus der Deckenleuchte Wasser ergoss. Vermutlich hatte sich der Einfaltspinsel ein Bad eingelassen, es vergessen, und es war übergelaufen. Dorothy hatte mehrere Nachrichten im Büro des Vermieters hinterlassen, aber bislang war ihr Appell unbeantwortet geblieben. Und so kam es, dass Dorothy am Donnerstag erschöpft und emotional ausgelaugt war und die Nase gestrichen voll hatte. Nach dem Frühstück und der Inspektion von Shelley House zog sie Mantel, Kopftuch und Gummistiefel an und machte sich auf den Weg, um Fergus Alexander persönlich zu konfrontieren.

Schon die Fahrt dorthin war die reinste Odyssee, denn Dorothy musste mit dem Bus vom Postamt in Chalcot den ganzen Weg bis nach Winton fahren, und mehrere Male wäre sie beinahe umgekehrt, so überreizt war sie von dem Verkehr, dem Lärm und all den fremden Menschen. Doch letzten Endes erreichte sie Winton und steuerte geradewegs die Büros von *Alexander Properties* an. Der Plan war, das Gebäude zu betreten und nicht eher zu verlassen, bis sie Mr Alexander persönlich gesprochen hatte; sie hatte eine Liste mit zweiundzwanzig Punkten vorbereitet, die sie mit ihm durchgehen wollte. Ganz oben stand die gefährliche Feuerschutztür, die auf das Dach führte, gefolgt von dem Mieter in Wohnung vier, dem Wasserschaden in ihrem Bad und dem Unrat im Hausflur. Dorothy hatte darüber nachgedacht, auch den Brief vom 15. Mai auf die Liste zu setzen, sich aber dagegen entschieden – je weniger über diesen Unsinn gesprochen wurde, desto besser.

Ihren Recherchen zufolge befand sich das Büro von *Alexander Properties* am südlichen Ende der Hauptstraße von Winton, und so marschierte sie hoch erhobenen Hauptes und mit eisern entschlossenem Blick dorthin. Nichts würde Dorothy Darling daran hindern, in die Tat umzusetzen, was sie sich für den heutigen Tag vorgenommen hatte. Nichts käme ihr in die –

»Rettet Shelley House! Sagt Nein zu kaltherzigen Zwangsräumungen!«

Dorothy erstarrte. Rund dreißig Meter vor ihr stand Joseph Chambers mit seinen absurden Schildern um den Hals, einem Megafon an den Lippen und dem kleinen, dummen Hund zu seinen Füßen. Hierher kam der Schuft also jeden Tag: Er ging vor Fergus Alexanders Tür protestieren. Einen Augenblick lang verspürte Dorothy einen Hauch von Bewunderung für den Mumm ihres Nachbarn, bevor sie das Gefühl entsetzt unterdrückte. *Rein gar nichts* an den Taten dieses Mannes war bewundernswert. Dorothy machte auf dem Absatz kehrt und ging davon, wobei sie Joseph dafür verfluchte, ihre Pläne wieder einmal durchkreuzt zu haben. Aber sie kam keine fünf Schritte weit, ehe ihr Name gerufen wurde und ihr jemand hinterherlief.

»Dorothy, wie schön, dich hier zu sehen!«

Als sie ihren Namen aus dem Mund dieses Mannes hörte, verzog sie das Gesicht. Sie spürte ihn ganz nah hinter sich und beschleunigte ihren Gang, wovon er sich allerdings nicht beirren ließ.

»Mir ist klar, dass dir die drohende Zwangsräumung genauso zu schaffen machen muss wie mir. Wir sollten uns zusammentun. Ich könnte deine Hilfe wirklich gut gebrauchen.«

Kurz war Dorothy geneigt, Joseph mitzuteilen, dass er so ungefähr der letzte Mensch auf dieser Welt war, dem sie helfen würde, aber sie hielt sich zurück. Vor dreiunddreißig Jahren hatte sie sich geschworen, nie wieder ein Wort mit diesem Mann zu wechseln, und sie beabsichtigte nicht, dieses Versprechen jetzt zu brechen.

»Bitte, Dorothy.« Verzweiflung klang aus seiner Stimme und ließ Dorothy peinlich berührt erschaudern. »Ich weiß, über die Jahre hatten wir zwei unsere Probleme, aber die können wir doch jetzt mal vergessen. Hier geht es um etwas Größeres – es geht um unser Zuhause, Ch…«

»Nein!« Das Wort war Dorothy herausgerutscht, bevor ihr bewusst war, was sie da tat. Mit wutverzerrtem Gesicht wirbelte sie herum. »Dir steht es nicht zu, diesen Namen auszusprechen, Joseph Chambers. *Tu das nie wieder.* Und jetzt lass mich in Ruhe!«

Dorothy wandte sich ab und taumelte davon, ihre Sicht war getrübt von den Tränen, die ihr plötzlich in die Augen geschossen waren. Hinter sich hörte sie Joseph noch einmal ihren Namen rufen, aber schon bald ging seine Stimme im Straßenlärm unter.

KAPITEL 6

Kat

Montag war Kats erster freier Tag seit einer Woche. Sie wachte erst nach elf Uhr auf und genoss die selige Stille in der leeren Wohnung. Joseph musste schon vor Stunden das Haus verlassen haben; die letzten neun Tage hatte er vor dem Büro des Vermieters demonstriert, und Kat hatte ihn kaum gesehen. Aber wenn sie abends nach Hause kam, wartete trotzdem zuverlässig ein Abendessen auf sie; besonders gut hatten ihr der Lammeintopf und die Zitronen-Tarte gestern Abend geschmeckt.

Kat gähnte, griff zu dem kleinen Bücherregal neben dem Bett und zog wahllos ein Buch heraus. *Jane Eyre* stand auf dem Einband. Das Buch sah uralt aus, und als Kat es aufschlug, staunte sie über die unzähligen Zeilen in winziger Schrift. Sie las die ersten paar Sätze, dann klappte sie das Buch zu und schob es zurück ins Regal. Was tat sie da eigentlich? Bücher wie dieses waren für kluge Leute, für Leute, die einen Abschluss gemacht und studiert hatten, nicht für Schwachköpfe wie sie, die mit sechzehn die Schule abgebrochen hatten. Außerdem konnte sie sich den Luxus nicht gönnen, im Bett rumzugammeln und zu lesen, selbst wenn sie das gewollt hätte. Kat hatte einiges zu tun, und ganz oben auf der Liste stand die Wohnungssuche. Joseph mochte vielleicht nicht wahrhaben wollen, dass sich die bevorstehende Zwangsräumung nicht abwenden ließ, aber Kat hatte nicht vor, denselben Fehler zu begehen. Noch heute wollte sie ein paar Stunden am Computer in der Bücherei verbringen und nach einem neuen Zimmer suchen.

Die große Frage – die Frage, die sie, seit sie von der Zwangsräumung erfahren hatte, beschäftigte – war, ob sie versuchen sollte, in Chalcot zu bleiben, oder ob sie woanders hinziehen sollte. Die naheliegende Antwort war, das Dorf zu verlassen. Immerhin hatte Kat sich geschworen, nur ein paar Wochen zu bleiben, und sie wohnte inzwischen schon seit über drei Wochen bei Joseph. Aber immer wenn Kat übers Wegziehen nachdachte, fühlte sie sich auf ungewohnte Art hin- und hergerissen. Wäre es denn so schlimm, noch ein bisschen länger in der Gegend zu bleiben? Bisher hatte sie noch niemand erkannt oder mit den Ereignissen von vor fünfzehn Jahren in Verbindung gebracht, die Arbeit bei *Remi's* war okay, und im Sommer war Chalcot schon immer am schönsten gewesen. Kat erinnerte sich daran, wie sie früher im Fluss geschwommen war, vom Feld zum Selberpflücken Erdbeeren geklaut hatte und natürlich an das Dorffest, bei dem ihr Großvater drei Jahre in Folge den Wettbewerb um den größten Kürbis gewonnen hatte. Bei dem Gedanken daran, wie stolz er gelächelt hatte, als er die Siegerschleife trug, spürte sie ein unangenehmes Ziehen im Bauch und sprang eilig aus dem Bett. Deshalb musste sie immer beschäftigt bleiben, auch an ihrem freien Tag. Zu viel Zeit allein mit ihren Gedanken war gefährlich.

Nachdem sie sich angezogen und ein Stück Toast gegessen hatte, verließ Kat Shelley House und machte sich auf den Weg zur Chalcoter Bücherei. Seit ihrer Kindheit war sie nicht mehr dort gewesen, und es fühlte sich komisch an, jetzt unter dem Uhrenturm das alte viktorianische Gebäude zu betreten, das sie früher so geliebt hatte. Wie überall in Chalcot hatte sich auch hier viel verändert – es gab jetzt eine Kaffee- und Kuchentheke, von der Kat sich sicher war, dass es sie früher nicht gegeben hatte –, aber sie erkannte den kleinen Raum mit den Kinderbüchern, in den ihr Großvater sie immer gebracht hatte, wenn sie zu Besuch war. Damals war Kat noch eine begeisterte Leserin gewesen, und sie hatten stundenlang gemeinsam in den Regalen gestöbert und die Optionen sorgfältig abgewogen, bevor sie eine Auswahl trafen, welche Bücher sie mit auf die Farm nehmen wollten. Wieder spürte Kat einen schmerzhaften Stich von Nostalgie, und sie wandte sich von den Kinderbüchern ab, um nach einem Computer zu suchen.

Nach einer halbstündigen Recherche stellte sich heraus, dass es in Chalcot kaum Wohnungsangebote gab, und die wenigen verfügbaren waren mindestens doppelt so teuer wie das, was sie Joseph bezahlte. Omar hatte bei dem Treffen letzte Woche recht gehabt: Die Mietpreise hier waren unverschämt hoch. Aber als Kat den Umkreis auf die umliegenden Ortschaften ausweitete, bekam sie doch ein paar Treffer, darunter ein Inserat für ein Zimmer in einer Sechser-WG in Winton und eine Einzimmerwohnung im zehnten Stock in Favering, die beide gerade noch in ihrem begrenzten Budget lagen. Sie notierte sich die Kontaktdaten, um später dort anzurufen.

Nachdem Kat die Möglichkeiten des Internets ausgeschöpft hatte, stand sie auf und wollte die Bücherei verlassen. Aber als sie sich der Tür zuwandte, fiel ihr im Regal eine Zeitung ins Auge. Es war eine Ausgabe des Lokalblatts, der *Dunningshire Gazette*, und von der Titelseite lächelte ihr ein vertrautes Gesicht entgegen. Kat nahm die Zeitung und las die Schlagzeile: MIETER PROTESTIERT GEGEN ZWANGSRÄUMUNG. Darunter war ein Interview mit Joseph über seinen Ein-Mann-Feldzug zur Rettung von Shelley House abgedruckt, und als Kat seine Kampfansage las, spürte sie einen ungewohnten Anflug von Zuneigung zu dem alten Mann. Joseph mochte sich etwas vormachen, aber entschlossen war er, das musste man ihm lassen.

Vielleicht sollte Kat heute Abend zur Abwechslung mal für *ihn* kochen? Der Gedanke überraschte sie. Das war das erste Mal, dass sie überhaupt in Erwägung zog, für einen Mitbewohner zu kochen, doch nach so vielen Mahlzeiten, wie Joseph sie ihr schon zubereitet hatte, wäre das vielleicht eine nette Geste. Aber was? Kats kulinarisches Repertoire beschränkte sich auf einfache und günstige One-Pot-Gerichte, die man in jeder noch so bescheiden eingerichteten Küche hinbekam. Aber so gut wie Josephs Küche ausgestattet war, könnte Kat sich heute Abend vielleicht trauen, etwas experimentierfreudiger zu sein?

Bestimmt gab es irgendwo in der Bücherei eine Kochbuchabteilung, vermutete Kat und machte sich auf die Suche. Doch als sie um die Ecke eines hohen Regals bog, blieb sie wie angewurzelt stehen. Mit dem Rücken zu ihr stand ein Mann und stöberte in dem Regal. Er war zwar muskulös und groß, aber seine Schultern waren vom Alter leicht nach vorn gesackt; er trug eine marineblaue Latzhose und schwere Arbeiterstiefel, und unter seiner Tweedmütze lugten weiße Haare hervor. Kats Puls begann zu rasen, und sie drehte sich weg, um den Rückzug anzutreten, dabei stieß sie gegen einen Tisch, und ein Bücherstapel fiel zu Boden. Aufgeschreckt von dem Lärm fuhr der Mann herum.

Ich will dich nie wiedersehen … Wenn du jemals wieder einen Fuß nach Chalcot setzt, wirst du verhaftet für das, was du getan hast … Du bist für mich gestorben.

Kat schloss die Augen und wartete auf den Wutausbruch ihres Großvaters, aber sie hörte nur das Schlurfen von Schuhen auf dem Teppich.

»Alles in Ordnung, Miss?«

Kat öffnete die Augen, und der Mann sah sie besorgt an.

»Was ist denn hier los?« Eine Bibliothekarin mit schriller Stimme war herbeigeeilt.

»Alles bestens, Marjorie, da sind nur ein paar Bücher runtergefallen«, sagte der Mann.

Kat betrachtete das von Falten gezeichnete Gesicht und versuchte, darin eine Spur des Mannes zu finden, den sie als Kind so sehr geliebt hatte. Aber nein, seine Augen hatten die falsche Farbe: Die ihres Großvaters waren blau gewesen, er hatte braune. Und jetzt, bei genauerem Hinsehen, hatte das Kinn die falsche Form, zu spitz, und die Haut war viel weniger rot. Erleichterung durchströmte Kat, aber es mischte sich auch etwas anderes darunter, ein Gefühl, mit dem sie nicht gerechnet hatte. Enttäuschung. Und irgendwie war der Schmerz darüber noch bedrückender als die Alternative.

Einen schrecklichen Moment lang dachte Kat, sie würde hier, mitten in der Bibliothek, in Tränen ausbrechen. Sie drehte sich um und floh Richtung Tür, ohne auf die Rufe der Bibliothekarin hinter sich zu achten.

Als Kat die Poet's Road erreichte, war sie außer Atem. Es war verrückt gewesen, zurückzukommen; was hatte sie sich nur dabei gedacht? Der Mann in der Bücherei war vielleicht nicht ihr Großvater gewesen, aber mit jeder Minute, die sie hier verbrachte, riskierte sie, ihm über den Weg zu laufen. Außerdem war es nicht nur ihr Großvater, vor dem sie sich in Acht nehmen musste. Ja, er mochte zwar derjenige gewesen sein, der sie verbannt hatte, aber viele andere waren genauso wütend auf sie gewesen, und jeder von ihnen könnte Kat jetzt erkennen. Seit ihrer Ankunft spielte sie eine gefährliche Partie Russisch Roulette, und langsam reichte es. Sie musste ihre Sachen in Marge packen, noch heute Nachmittag aus Chalcot verschwinden und durfte nie mehr zurückkommen.

Kat betrat Shelley House und ging durch den Flur zu Wohnung eins. Als sie die Tür erreichte, hörte sie bereits Reggie bellen. Mist, das bedeutete, dass Joseph schon zu Hause war und sie sich nicht unbemerkt davonschleichen konnte. Sie würde ihm etwas über einen Notfall in der Familie vorlügen müssen. Kat tat es fast ein wenig leid, den guten alten Joseph zu verlassen, aber dann verfluchte sie sich wegen ihrer Sentimentalität; nach Chalcot zurückzukommen, hätte sie fast in wahnsinnige Schwierigkeiten gebracht. Außerdem wäre Joseph ohne sie besser dran: Am Ende würde sie ihm doch nur Probleme machen, genau wie ihrem Großvater.

Kat schloss die Wohnungstür auf, und sofort sprang Reggie aufgeregt an ihrem Bein hoch.

»Hey, runter«, ermahnte sie ihn, aber er hüpfte weiter bellend an ihr hoch. »Ich hab jetzt keine Zeit zum Spielen.«

Kat zog die Tür hinter sich zu, was, da sie immer noch von dem Hund bedrängt wurde, leichter gesagt war als getan. Sie versuchte, ihn wegzuschieben, und machte sich auf den Weg zu ihrem Zimmer, blieb dann aber abrupt stehen.

Mitten im Wohnzimmer ragte ein Paar weißer Turnschuhe hinter dem Couchtisch hervor.

Sie ließ ihre Tasche fallen und sprintete durchs Zimmer. Mit immer lauter werdendem Gebell rannte Reggie ihr voraus. Kat hielt die Luft an, hoffentlich war das nur ein schlechter Scherz, aber als sie hinter den Tisch sah, rutschte ihr das Herz in die Hose. *Joseph.*

Er lag ausgestreckt auf dem Rücken, seine Augen waren geschlossen. Auf den ersten Blick hätte man meinen können, er würde einen Mittagsschlaf halten, nur dass sein Kopf in einer dunkelroten Blutlache lag, die auf den polierten Eichendielen aussah wie ein kleines purpurnes Kissen. Kat ließ sich auf die Knie fallen, hob mit zitternder Hand seinen rechten Arm an und drückte ihre Finger auf das kalte Handgelenk.

Reggie hatte sich neben Joseph gelegt, sein Kopf ruhte auf der Brust des Mannes, als wollte er ihn beschützen. Wo zur Hölle war sein Puls? Kat wurde übel, als sie nach ihrem Handy griff und den Notruf wählte.

KAPITEL 7

Dorothy

Das Erste, was Dorothy von den Ereignissen in Wohnung eins mitbekam, war der Klang der Sirene. Zunächst schenkte sie dem Heulen in der Ferne kaum Beachtung. Ihre Lebensmittelbestellung war heute Nachmittag geliefert worden, und sie genoss ein besonders köstliches Sahne-Eclair, während sie wegen eines losen Pflastersteins vor der Haustür einen strengen Brief an die Stadtverwaltung verfasste. Daher horchte Dorothy erst auf, als der Rettungswagen schon in die Poet's Road einbog und die Sirene so ohrenbetäubend wurde, dass sie *Tristan und Isolde* nicht mehr hören konnte.

Sie sah zu, wie sich der Rettungswagen näherte, und als er vor ihrem Fenster hielt, beschleunigte sich ihr Herzschlag. Er war doch nicht etwa wegen jemandem aus Shelley House hier, oder doch? Dorothy schluckte einen Bissen von ihrem Eclair hinunter, aber er blieb ihr in der trockenen Kehle stecken, und sie musste würgen. Die Sirene war verstummt, aber das Blaulicht drehte sich immer noch, und die fluoreszierenden Strahlen blendeten sie so sehr, dass sie die Augen schließen musste.

Das klebrige Gefühl von heißem Asphalt unter ihren nackten Füßen. Dorothy fiel die Kuchengabel aus der Hand, klappernd landete sie auf dem Teller.

Der Schrei eines Mannes, der versuchte, sie einzuholen, die Berührung seiner Finger, die nach ihrem Arm griffen.

Sie hörte Schritte und einen Türsummer irgendwo im Haus.
Der mitleidige Blick des Sanitäters.
Dorothy sprang so abrupt auf, dass ihr Teller hinunterrutschte, scheppernd zu Boden fiel und Crème Pâtissière auf ihre Hausschuhe spritzte. Sie achtete nicht darauf, eilte zur Haustür und drückte ein Auge gegen das kleine Glas des Spions. Im Flur standen zwei uniformierte Sanitäter mit dem Rücken zu ihr und sprachen mit jemandem. Aber mit wem um alles in der Welt? Vielleicht mit Gloria? Wäre nicht das erste Mal, dass sie mit einem ihrer Herrenbesuche in eine körperliche Auseinandersetzung geriet. Oder vielleicht der Mann aus Wohnung vier mit seinem offenbar maßlosen Drogenkonsum? Doch als einer der Sanitäter beiseitetrat, sah Dorothy das pinkhaarige Mädchen im Hausflur stehen, ihr Gesicht war kreidebleich. War sie krank? Das Mädchen fuchtelte mit den Händen herum, machte dann kehrt und ging, die Sanitäter dicht auf den Fersen, in Wohnung eins.

Dorothy blieb die Luft weg.

Joseph Chambers.

Die Tür zu Wohnung eins stand noch offen, und aus der Entfernung konnte Dorothy erkennen, dass die Rettungshelfer hinter einem niedrigen Tisch standen und auf etwas auf dem Boden hinunterblickten. Dorothy bekam weiche Knie und hielt sich am Türrahmen fest. Sie musste sich dringend setzen, bevor sie noch an Ort und Stelle zusammenbrach und selbst die Hilfe eines Sanitäters benötigte. Sie schlurfte zum Tisch und ließ sich auf den Stuhl sinken, das Knochenporzellan knirschte unter ihren Hausschuhen. Hatte er einen Herzinfarkt erlitten und war plötzlich einfach so tot umgefallen? Er hatte immer so gesund gewirkt, wie er sich täglich zu seinen lächerlichen Laufrunden aufgemacht hatte, aber vielleicht hatte er schon die ganze Zeit über ein schwaches Herz gehabt. Oder war es womöglich ein Schlaganfall gewesen, eine Zeitbombe in den Arterien seines Gehirns – ein Blutgerinnsel, so groß, dass es ihn in Sekundenschnelle dahingerafft hatte?

Dorothys Kehle war wie ausgedörrt, und sie griff nach ihrer Teetasse, mit zittriger Hand führte sie sie an die Lippen und nahm einen Schluck.

Wie oft hatte sie in den vergangenen dreißig Jahren von diesem Augenblick geträumt und sich die unzähligen Möglichkeiten ausgemalt, wie Joseph endlich seine verdiente Strafe bekam? Wie viele Tausend Nächte hatte sie wach gelegen und sich vorgestellt, wie sie sich fühlen würde, wenn er ein für alle Mal aus ihrem Leben verschwand? In ihren Träumen hatte sie vor Freude getanzt und zur Feier des Tages den Kochsherry geöffnet, aber jetzt war ihr nur kalt, und sie fühlte sich wie betäubt. Das musste der Schock sein.

Hinter dem Rettungswagen parkte ein Polizeiauto, und zwei Beamte stiegen aus. Einer von ihnen warf, während er die Treppe hinaufstieg, ein zusammengeknülltes Burgerpapier Richtung Mülleimer. Er verfehlte ihn, und das Papier landete auf dem Bürgersteig, aber Dorothys Tagebuch blieb unangetastet. Ein paar Schaulustige blieben stehen. Gewiss fragten sie sich, welche grausigen Ereignisse sich wohl im Hell House zutragen mochten. In Dorothy zog sich alles zusammen wie ein Knäuel Giftschlangen in einem Käfig, aber sie erhob sich weder vom Tisch noch wandte sie den Blick vom Fenster ab.

Endlich, gefühlt nach Stunden, doch laut ihrer Uhr nach gerade mal achtzehn Minuten, öffnete sich die Haustür wieder. Die Sanitäter rollten eine mit einem weißen Laken bedeckte Trage heraus; Dorothy erhaschte einen Blick auf graues Haar und ein Paar alter Laufschuhe, die unter dem Stoff hervorlugten. Einen Moment lang fragte sie sich, ob sich der Leichnam noch warm anfühlen würde oder ob er bereits kalt wurde. Sie fröstelte und zog sich die Strickjacke enger um die Schultern. Die Sanitäter hievten die Trage die Treppe hinunter und luden sie vorsichtig in den Rettungswagen, dann schlugen sie die hinteren Türen zu, und das Fahrzeug fuhr los.

Dorothy ließ den Rettungswagen nicht aus den Augen, bis er aus ihrem Blickfeld verschwand. Erst als er aus der Poet's Road abbog, wurde ihr bewusst, dass sie nicht die Einzige war, die Joseph Chambers auf seiner letzten Reise aus Shelley House beobachtete. Mit um sich geschlungenen Armen stand das pinkhaarige Mädchen auf der Eingangstreppe. Ihr sonst so finsterer Blick war verschwunden, und auf einmal sah sie sehr jung aus, kaum älter als ein Kind. Noch einen Moment länger starrte sie auf die leere Straße, dann drehte sie sich um, ging zurück ins Haus und knallte die Eingangstür zu.

KAPITEL 8

Kat

Es war schon nach fünf, als die Polizei ging und Kat endlich allein war. Das Adrenalin war längst gesunken, und sie sackte auf dem Sofa fix und fertig in sich zusammen. Die letzten Stunden waren nur so an Kat vorbeigerauscht, doch als sie sich jetzt zurücklehnte und die Augen schloss, drängten sich ihr schreckliche Bilder auf. Der Moment, als sich der Sanitäter über Joseph gebeugt hatte, um seinen Puls zu fühlen, und sich Stille im Raum ausbreitete, während alle auf eine Antwort warteten. Die Woge der Erleichterung, die Kat überkam, als er einen Puls ertastete, gefolgt von dem Schreck, als sie den Blick sah, den er seinem Partner zuwarf, während sie Josephs Wunde am Kopf untersuchten. Die Schnelligkeit, mit der die beiden Joseph an den Sauerstoff angeschlossen und auf die Trage gehoben hatten, und wie sie kaum einen Ton sagten, während sie ihn aus dem Zimmer rollten.

Kopfverletzung ... hatten sie ihr erklärt. *Blutverlust ... kritischer Zustand ...*

Und dann war Joseph weg, abtransportiert zur Intensivstation. Reggie war über das plötzliche Verschwinden seines Herrchens so verstört gewesen, dass er einen der Polizeibeamten zu beißen versucht hatte. Kat musste ihn in der Küche einsperren, während sie ihre Aussage machte. Die Beamten untersuchten das Zimmer auf Spuren eines Einbruchs, fotografierten das Blut an der Ecke des Couchtisches und auf dem Boden sowie die umgeklappte Teppichkante.

»Sieht so aus, als wäre er gestolpert und hingefallen«, sagte einer der Beamten. »Kommt oft vor bei Leuten in seinem Alter.«

Kat ärgerte sich darüber, wie der Beamte »in seinem Alter« sagte. Joseph war ja wohl alles andere als ein typischer Rentner. Sie wollte etwas einwenden, aber Reggie tobte in der Küche, und sie musste sich um ihn kümmern, bevor er sich auch noch verletzte. Bis sie ihn mit etwas Futter hatte beruhigen können, packten die Beamten schon ihre Sachen zusammen.

»Wissen Sie, wer seine nächsten Angehörigen sind?«, fragte einer, und Kat wurde klar, dass sie nichts über Josephs Familie wusste, außer dass er seine Frau verloren und eine Tochter hatte, und die hatte er nur einmal erwähnt.

Der Beamte brummte. »Wir versuchen, die Tochter ausfindig zu machen, aber in der Zwischenzeit trage ich Ihren Namen ein«, und bevor sie widersprechen konnte, wandten sie sich ab und gingen.

Kat spürte eine Bewegung neben sich auf dem Sofa. Reggie saß am anderen Ende, warf ihr böse Blicke zu und jaulte herzzerreißend auf.

»Er ist bald wieder zu Hause, da bin ich mir sicher. Joseph ist hart im Nehmen.«

Der Hund starrte sie weiter an, und Kat spürte den Vorwurf in seinen Augen. Dachte er, dass das alles ihre Schuld war? Das konnte Kat ihm nicht verübeln, schließlich brachte sie jedem, den sie in ihr Herz ließ, nichts als Unglück.

»Tut mir leid, Reggie«, murmelte sie. Offenbar völlig unbeeindruckt von ihrer Entschuldigung legte der Hund den Kopf auf die Pfoten.

Kat lehnte sich zurück und atmete tief aus. Der arme Joseph tat ihr schrecklich leid, aber sie konnte sich auch ein wenig Selbstmitleid nicht verkneifen. Sie hatte heute Abend aus Chalcot abreisen wollen, aber jetzt hatte sie Reggie am Bein. Bisher hatte sich Kat noch nicht einmal um eine Zimmerpflanze gekümmert, geschweige denn um ein Haustier. Und was, wenn die Polizei Josephs Tochter nicht ausfindig machen konnte oder sie sich weigerte, das Tier aufzunehmen? Wäre Kat dann für Reggie verantwortlich? Sie konnte ihn ja schlecht mitnehmen – mit einem Hund im Schlepptau würde ihr niemand ein Zimmer vermieten. Nein, das ging nicht. Gleich morgen früh musste sie jemanden finden, der sich um ihn kümmerte, und dann sofort verschwinden.

Vorsichtig streckte Kat die Hand aus und kraulte Reggie hinter den Ohren. »Was soll ich denn jetzt machen, hm?«

Wie als Antwort auf ihre Frage knurrte ihr Magen laut. Kat rappelte sich hoch und ging in die Küche. Heute warteten weder ein Topf mit Essen noch ein netter Zettel auf sie, und aufs Neue drängte sich ihr ein Gefühl der Sorge um Joseph auf. Als sie den Kühlschrank öffnete, fand sie darin einen ordentlichen Vorrat an Zutaten – so wie es aussah, hatte er Shepherd's Pie machen wollen –, aber Kat griff nur nach einer Schachtel Eier. Während sie eins in eine Tasse schlug, klingelte es an der Tür. Wer um alles in der Welt kam denn jetzt zu Besuch? Ihr erster Impuls war, das Klingeln zu ignorieren, aber was, wenn die Polizei Josephs Tochter bereits gefunden hatte und sie jetzt hier war, um Reggie abzuholen?

Kat eilte ins Wohnzimmer und warf einen Blick auf den Bildschirm der Gegensprechanlage. Leider stand da draußen keine Frau, sondern ein großer Mann mit zerzaustem Haar und einem Rucksack über der Schulter. Vielleicht hatte Joseph einen Enkel? Sie drückte auf den Knopf.

»Hallo?«

»Hi, hier ist Will.«

»Wer?«

»Will Fletcher von der *Dunningshire Gazette*. Ich habe Joseph neulich interviewt, und wir haben heute Abend einen Termin.«

Scheiße. Also kein Verwandter, der Reggie abholte, sondern viel, viel schlimmer – ein Journalist.

»Er ist nicht da.«

»Wissen Sie, wann er zurückkommt?«

Vielleicht nie, dachte Kat; das Bild von Josephs eingefallenem Gesicht, als er bewusstlos auf dem Boden lag, schoss ihr in den Kopf. Sie schauderte. »Keine Ahnung.«

»Kann ich vielleicht drinnen auf ihn warten? Es hat gerade angefangen zu regnen.«

»Tut mir leid, Joseph kommt heute Abend nicht mehr nach Hause.«

»Mist. Er hat mir vorhin eine SMS geschickt, dass ich vorbeikommen soll, dann hab ich ihn wohl verpasst.«

»Okay, tschüss.« Kat wollte schon den Knopf der Anlage loslassen, hielt aber inne. »Moment, wann hat er Ihnen geschrieben?«

»So gegen zwei.«

»Und was genau stand in der Nachricht?«

»Hören Sie, darf ich reinkommen? Hier draußen werde ich klatschnass.«

Kat zögerte. Grundsätzlich handelte sie unter der Annahme, dass jeder unbekannte Mann eine potenzielle Bedrohung darstellte und mit äußerster Vorsicht zu behandeln war. Aber der Typ hier behauptete, Joseph zu kennen, und vielleicht wusste er etwas darüber, was heute passiert war. Kat betätigte den Türsummer und hörte einen Moment später, wie die schwere Eingangstür in ihren Angeln quietschte. Mit aufgestellten Ohren postierte sich Reggie an ihrer Seite.

»Du bist mein Wachhund, okay?«, sagte sie und öffnete die Wohnungstür.

Will, der Journalist, stand im Flur und strich sich den Regen aus den dunklen Locken. Er war groß und schlank, trug Jeans, ein T-Shirt und verschlissene Sneakers. Auf der Innenseite seines rechten Arms schlängelte sich etwas entlang, das nach einem Drachentattoo aussah. Ihm musste ihr Blick auf die Tätowierung aufgefallen sein, denn er lächelte, wobei sich auffallend weiße Zähne zeigten. Diesen Schlag Kerl kannte Kat nur zu gut: weiße Männer mit Uniabschluss, die daran gewöhnt waren, dass sie mit ein bisschen Charme alles bekamen, was sie wollten. Sie erwiderte das Lächeln nicht.

»Danke. Hätte nicht viel gefehlt und ich wäre da draußen ertrunken.«

Er machte einen Schritt auf sie zu, aber Kat schloss die Tür so weit, dass nur noch ihr Gesicht durch den Spalt zu sehen war. Die Botschaft war offenbar angekommen, denn Will blieb stehen, wo er war.

»Also, was stand in Josephs SMS?«

Will zückte sein Handy. »Nicht viel. Nur: ›Haben Sie später Zeit?

Habe etwas rausgefunden, das für meinen Kampf relevant sein könnte. Bin den Rest des Tages zu Hause.‹ Und ein Detektiv-Emoji, also habe ich mit einem Daumen-hoch-Emoji geantwortet und geschrieben, dass ich um fünf Uhr dreißig da sein werde.« Will schaute vom Display auf. »Ist er unterwegs?«

Sollte Kat ihm erzählen, was passiert war? Will war Journalist, wodurch er ganz klar in derselben verhassten Kategorie war wie Polizisten, Lehrer und Sozialarbeiter. Aber anscheinend vertraute Joseph ihm, und Reggie war durch den Türspalt geschlüpft und saß nun schwanzwedelnd vor Wills Füßen. Will beugte sich hinunter und tätschelte den Hund freundlich.

»Joseph hatte heute Nachmittag einen Unfall.«

Sofort richtete er sich auf. »Geht's ihm gut so weit?«

»Weiß ich nicht. Als ich heimgekommen bin, lag er bewusstlos auf dem Boden. Er wurde ins Krankenhaus gebracht; die Sanitäter haben was von einer schweren Kopfverletzung gesagt.« Kat fiel auf, dass sie zitterte, und sie schlang die Arme um sich.

»Ach du Scheiße. Geht's Ihnen gut?«

»Natürlich«, sagte sie und hoffte, dass ihre Stimme fest blieb.

»Haben Sie eine Vermutung, was ihm zugestoßen sein könnte?«

»Die Cops glauben, dass er über den Teppich gestolpert ist und sich den Kopf am Tisch gestoßen hat.«

Will zog eine Braue hoch. »Ihrem Tonfall entnehme ich, dass Sie anderer Meinung sind.«

War sie das? Kat hatte noch keine Gelegenheit gehabt, darüber nachzudenken, aber ein bisschen seltsam kam ihr die Sache schon vor. Für einen Fünfundsiebzigjährigen war Joseph unglaublich fit, Kat hatte ihn mit der Dynamik eines halb so alten Menschen herumspringen sehen. Konnte es wirklich sein, dass er gestolpert und so schwer gestürzt war?

»Ich bin mir nicht sicher«, sagte sie langsam. »Es kommt mir ein bisschen komisch vor, dass er ohne Grund hingefallen sein soll. Er ist ziemlich rüstig.«

»Was denken Sie, was passiert ist?«

»Keine Ahnung. Ich frage mich, ob es vielleicht kein Unfall war ... Vielleicht war da noch jemand anderes?«

»Sie glauben, er wurde angegriffen?« Will sog Luft durch die Zähne, und Kat spürte Wut in sich aufflammen. War ja klar, dass er ihr nicht glaubte.

»Ich habe gesagt, vielleicht«, blaffte sie und trat einen Schritt von der Tür zurück.

»Gab es Anzeichen für einen Einbruch oder einen Kampf?« Interviewte er sie gerade für einen Artikel? Kat machte ein finsteres Gesicht – sie hatte sowieso schon zu viel gesagt. »Ich muss los.«

»Das bedeutet dann wohl das Ende von Josephs Protest gegen die Zwangsräumung.«

Ach Gott, daran hatte Kat noch gar nicht gedacht. Armer Joseph; schwer verletzt und bald obdachlos. Dieser Monat lief echt mies für ihn.

»Er hat Ihnen wahrscheinlich nicht erzählt, was er herausgefunden hat, oder?«, fragte Will.

»Nein, ich habe nicht die leiseste Ahnung.«

»Schade.« Er seufzte und sah sich im zugestellten Hausflur um. »Wissen Sie, mich hat dieses Haus schon als Kind fasziniert. Als ich in der Schule war, haben wir uns die wildesten Storys darüber ausgedacht. Aber vor dem Interview mit Joseph letzte Woche war ich noch nie hier drin gewesen.«

Kat erstarrte. Wenn Will in Chalcot aufgewachsen war, dann war er ziemlich sicher auf die örtliche Grundschule gegangen, dieselbe Schule, die Kat in ihrer Kindheit mehrfach besucht hatte, und sie schienen ungefähr im gleichen Alter zu sein. War in ihrer Klasse ein Junge namens Will gewesen? Kat zermarterte sich das Hirn, aber sie war auf so vielen Schulen gewesen, dass sie sich an kaum eins der Kinder erinnerte, die sie im Laufe ihrer Schulzeit kennengelernt hatte. Das bedeutete allerdings nicht, dass er sich nicht sehr wohl an sie erinnern konnte, vor allem, wenn man den Vorfall damals bedachte. Kat trat zurück in die Wohnung.

»Tschüss«, sagte sie schnell und zog die Tür weiter zu.
»Hey, wie heißen Sie eigentlich? Ihren Namen habe ich nicht …«
Bevor er den Satz beenden konnte, ließ Kat die Tür ins Schloss fallen. Ein Gespräch mit ihm würde zu nichts Gutem führen.

KAPITEL 9

Dorothy

Natürlich hatte Dorothy nicht gelauscht. Sie war lediglich auf dem Weg in die Küche gewesen, um Kehrblech und Handbesen zurückzubringen, als sie an der Wohnungstür vorbeikam und zufällig Stimmen im Hausflur vernahm. In Anbetracht des jüngsten Aufruhrs hielt sie es nur für klug, nachzusehen, wer da war, und so hatte sie das Auge an den Türspion gelegt und aufgeschnappt, was vor Wohnung eins gesprochen wurde.

Ob es vielleicht kein Unfall war … Vielleicht war da noch jemand anderes?

Dorothy sprang von der Tür zurück, als hätte sie sich an ihr verbrannt. Wollte das pinkhaarige Mädchen etwa andeuten, dass Joseph angegriffen worden war? Aber das war unmöglich. Dorothy war den ganzen Tag hier gewesen und hätte mitbekommen, wenn ein Verbrecher in das Haus eingedrungen wäre und am helllichten Tag ihren Nachbarn niedergeknüppelt hätte. Was für ein absurder Gedanke!

Sie ließ die Kehrschaufel neben der Tür liegen, schritt zurück zum Tisch, griff nach ihrem getreuen Tagebuch und schlug die aktuelle Seite auf. Dort standen in ihrer ordentlichen Handschrift das heutige Datum und darunter die Beobachtungen des Tages.

Montag, 27. Mai
6.43 Uhr geweckt durch Klopfen aus Wohnung vier.
Kopfschmerzen, 2 Aspirin.

8.39 Uhr T.W. (5) verlässt Haus mit Hund, entsorgt Recyclingmüll in Restmülltonne. Pappe in Restmüll vorhanden? Mit Tomasz bzgl. korrekter Abfallentsorgung sprechen.

8.58 Uhr J.C. (1) verlässt Haus (pfeifend) mit Umhängeschild, Megafon, Tasche und Hund.

10.20 Uhr T.W. (5) und Hund kehren zurück.

10.47 Uhr A.S. (3) verlässt Haus mit Bücherstapel und mürrischem Gesichtsausdruck.

11.13 Uhr Defekter Lichtschalter im oberen Stockwerk. F. Alexander bzgl. laufender Probleme mit Elektrik schreiben.

11.29 Uhr Mädchen mit pinken Haaren (1) verlässt Haus.

12.16 Uhr Schwarzer Labrador kotet auf Bürgersteig in Nähe der Eingangstreppe. Besitzer auf Exkremente hingewiesen. Exkremente wurden beseitigt.

13.15 Uhr J.C. (1) und Hund kehren zurück. Immer noch pfeifend.

14.05 Uhr Lieferant klingelt. Paket von Störenfried in Wohnung vier entgegengenommen. Habe ihn im Hausflur auf morgendliches Klopfen angesprochen. Keine schlüssige Antwort erhalten.

14.11 Uhr Grüner BMW widerrechtlich abgestellt, blockiert Einfahrt zu Hausnummer 16. Kennzeichen EB66 BGE.

14.13 Uhr Supermarktlieferung trifft ein, 13 Minuten Verspätung. Sainsbury's schreiben, um wiederholte Unpünktlichkeit zu beanstanden. Bei Kontrolle der Lieferung zwei zerbrochene Eier vorgefunden. Sainsbury's schreiben, um minderwertige Verpackung zu beanstanden.

14.25 Uhr Rückkehr ans Fenster, widerrechtlich abgestelltes Fahrzeug weg.

14.45 Uhr A.S. (3) kehrt zurück.

15.05 Uhr Mädchen mit pinken Haaren (1) kehrt zurück.

An dieser Stelle hörten die Einträge auf, da kurz darauf der Rettungswagen eingetroffen war und Dorothy in ihrem Schockzustand versäumt hatte, die nachfolgenden Ereignisse zu protokollieren. Ging man jedoch davon aus, dass Joseph Chambers irgendwann zwischen seiner Rückkehr in das Gebäude um 13.15 Uhr und dem Eintreffen des Rettungswagens um etwa 15.15 Uhr gestorben sein musste, blieb lediglich ein Zeitfenster von zwei Stunden, in dem der angebliche Überfall stattgefunden haben konnte.

Dorothy schob das Tagebuch beiseite. So oft sie sich im Laufe der Jahre auch vorgestellt hatte, dass Joseph durch die Hand eines sadistischen Serienmörders sein Ende fand, so war doch niemand, auf den diese Beschreibung passte, heute im Gebäude ein- oder ausgegangen. Ergo, er musste eines natürlichen Todes gestorben sein. Wieder fröstelte sie; es war heute Abend aber auch wirklich ungewöhnlich kühl für diese Jahreszeit. Oder hatte sie sich vielleicht ein Virus eingefangen? Sie warf einen Blick auf ihre Armbanduhr; es war noch nicht einmal sechs, aber vielleicht wäre es klug, sich mit einer Tasse Horlicks und einem guten Buch früh ins Bett zurückzuziehen. Sie erhob sich vom Tisch, schaltete die Lampen im Wohnzimmer aus, überprüfte noch einmal den Riegel und die Kette an ihrer Tür und begann mit ihrer abendlichen Routine.

Doch als Dorothy später im Bett lag, konnte sie sich nicht entspannen. Angesichts des dramatischen Nachmittags war das auch nicht weiter verwunderlich. Schließlich musste man nicht alle Tage mit ansehen, wie aus dem eigenen Haus eine Leiche abtransportiert wurde – und dann auch noch die des persönlichen Erzfeindes. Immer wieder grübelte sie über die Ereignisse des Tages nach. War Joseph in den letzten Tagen vor seinem Tod krank gewesen? Hatte er gewusst, dass sein Tod kurz bevorstand? Hatte er in den letzten Minuten seines Lebens Schmerzen gehabt? Obwohl Dorothy diesen Tag lange herbeigesehnt hatte, stellte sie zu ihrer Überraschung fest, dass ihr die Vorstellung, dass er hatte leiden müssen, wenig Freude bereitete. Wenigstens konnte sie sicher sein, dass er eines natürlichen Todes gestorben war und in der Nachbarschaft kein Mörder sein Unwesen trieb. Das wäre nämlich *wirklich* etwas, worüber sie sich beim Stadtrat beschweren müsste.

Dorothy zupfte ihr Kissen zurecht, um es sich bequem zu machen. Mochte dies der letzte Abend sein, an dem Gedanken an Joseph Chambers sie wachhielten. Dieser Mann war ein für alle Mal aus ihrem Leben verschwunden, und sie brauchte sich nie wieder mit ihm zu befassen.

Dorothy schloss die Augen, öffnete sie wieder und setzte sich kerzengerade auf. Ihr kam ein Gedanke. Ein grässlicher, beunruhigender Gedanke.

Sie war sich sicher, dass an diesem Nachmittag niemand Fremdes das Gebäude betreten und Joseph Chambers getötet hatte. Aber was, wenn das gar nicht nötig gewesen wäre? Was, wenn der Mörder bereits im Haus gewesen war und Joseph während des zwölfminütigen Zeitfensters angegriffen hatte, in dem Dorothy mit dem Auspacken und Prüfen ihrer Einkäufe beschäftigt gewesen war? Sie tastete im Dunkeln nach der Nachttischlampe und zückte Brille und Tagebuch. Es dauerte einen Moment, bis ihre Augen die feinen Buchstaben fokussierten, dann las sie die heutigen Einträge noch einmal und achtete insbesondere auf das Kommen und Gehen ihrer Nachbarn. Tomasz, Ayesha und das Mädchen mit den pinken Haaren hatten heute Morgen das Haus verlassen, waren aber alle zurückgekehrt, bevor der Rettungswagen eintraf. Der Mieter aus Wohnung vier war zur Tür gegangen, um ein Paket entgegenzunehmen, aber Dorothy hatte keinen der anderen Bewohner vor die Tür treten sehen. Das bedeutete, dass theoretisch jeder von ihnen Joseph hätte töten können.

Dorothy schwirrte der Kopf, und sie atmete mehrmals tief durch, um ein gewisses Maß an Contenance zurückzugewinnen. Was für eine lächerliche Vorstellung, das war genau die Art von hanebüchenem Unsinn, die sich das Gehirn mitten in der Nacht zusammenspann, um einen wachzuhalten. Kein Bewohner von Shelley House hätte Joseph Chambers umgebracht, so lästig er auch gewesen sein mochte. Nein, sie hatte nach einem derart aufwühlenden Tag lediglich zugelassen, dass ihre Fantasie mit ihr durchging. Was sie jetzt brauchte, war erholsamer Schlaf, dann wäre morgen wieder alles in bester Ordnung.

KAPITEL 10

Dorothy

Am nächsten Morgen saß Dorothy um fünf Uhr an ihrem Tisch am Fenster und sah zu, wie über den Dächern der Poet's Road die Sonne aufging. Sie war seit vier Uhr wach und bereits bei ihrer zweiten Kanne Tee. Vor ihr, auf einer neuen Seite in ihrem Notizbuch, lag eine Liste mit den Namen der Bewohner, die gestern in Shelley House gewesen waren.

Wohnung eins – Joseph Chambers & das Mädchen mit den pinken Haaren (illegale Untermieterin)
Wohnung zwei – Dorothy Darling
Wohnung drei – Omar & Ayesha Siddiq
Wohnung vier – der Störenfried
Wohnung fünf – Tomasz Wojcik
Wohnung sechs – Gloria Brown

Insgesamt waren das acht Namen, wenn sie den Verstorbenen und sich selbst abzog, blieben noch sechs Personen übrig. Aber wäre einer von ihnen dazu fähig gewesen, Joseph anzugreifen und zu ermorden? Der Mann war äußerst unangenehm, gar keine Frage, und Dorothy verabscheute ihn leidenschaftlich, aber warum sollte ihm einer der Nachbarn etwas antun wollen?

Sie rümpfte die Nase und studierte die Liste. Einige waren gewiss unschuldig. Gloria Brown zum Beispiel wohnte seit zehn Jahren hier, und Dorothy hatte ausschließlich freundliche Gespräche zwischen ihr und Joseph mitbekommen. Andererseits war die Frau ein nervliches Wrack, das war nicht zu übersehen. Zudem hatte Dorothy Glorias fürchterlichen Liebhaber seit über einer Woche nicht mehr in Shelley House gesehen. Vielleicht hatte er sich von ihr getrennt, und der Verlust hatte Gloria in die Verzweiflung getrieben? Aus Liebeskummer taten Menschen schließlich allerlei Verrücktheiten: Man musste bloß an die arme Brünnhilde denken. Könnte Glorias Seelenschmerz über den Verlust ihres missratenen Romeos sie zu einem Mord getrieben haben? Das schien unwahrscheinlich, aber man konnte nie wissen. Dorothy setzte ein Sternchen hinter ihren Namen.

Was war mit Omar und Ayesha aus Wohnung drei? Die beiden schienen ihr ebenso unwahrscheinliche Kandidaten zu sein, aber der eisigen Stimmung zufolge, die zwischen den beiden herrschte, war keiner von ihnen glücklich. Könnte Ayeshas Trauer über den Verlust ihrer Mutter sie gewalttätig gemacht haben? Außerdem waren da noch Omars Rechnungen, die ohne Unterlass eintrafen. Der Mann befand sich offenbar in einer finanziellen Notlage, aber war es tatsächlich so schlimm, dass er versuchen würde, seinen eigenen Nachbarn auszurauben? Für gewöhnlich war Joseph den ganzen Tag unterwegs, daher hatte Omar womöglich gedacht, die Luft sei rein und er könne ungestört in Wohnung eins einbrechen und Josephs Wertsachen plündern. Doch dann kehrte das Opfer früher zurück, überraschte Omar, und im darauffolgenden Handgemenge kam Joseph ums Leben. Das lag durchaus im Bereich des Möglichen, und Dorothy versah beide Namen mit einem Sternchen.

Der nächste auf der Liste war Tomasz aus Wohnung fünf, und der hatte ein wesentlich klareres Motiv. Joseph und er hatten sich schon oft wegen ihrer Hunde gestritten – der letzte Zwist hatte vor etwas mehr als einer Woche stattgefunden, Dorothy war Zeugin gewesen. Der hitzige Wortwechsel hatte keinen Zweifel daran gelassen, dass die beiden einander ebenso sehr hassten wie ihre Hunde. War es gestern erneut zum Streit gekommen, vielleicht am Morgen außerhalb von Shelley House? War Tomasz so zornig geworden, dass er beschloss, die Sache in die eigenen mörderischen Hände zu nehmen? Dorothy hatte den Mann schon immer für unberechenbar gehalten. Vielleicht war er gestern einfach explodiert? Ja, er war gewiss ein Sternchen wert.

Damit blieben nur noch die beiden namenlosen Mieter übrig: der grauenvolle Nachbar in Wohnung vier und das Mädchen mit den pinken Haaren. Dorothy wusste so gut wie nichts über die beiden, da sie erst kürzlich in Shelley House eingezogen waren, aber ihnen war sofort anzusehen, dass sie für das Verbrechen verantwortlich sein könnten. Mit seinen nächtlichen Partys, dem unverhohlenen Drogenkonsum und der dreisten Gleichgültigkeit seinen Nachbarn gegenüber konnte der Mann aus Wohnung vier nichts Gutes im Schilde führen. Man brauchte nur die Zeitung aufzuschlagen, um von den abscheulichen Verbrechen zu lesen, die ständig unter dem Einfluss von Halluzinogenen begangen wurden. Es war gut vorstellbar, dass der Mann ausgerastet war. Und das Mädchen aus Wohnung eins? Nun, man musste sie sich nur ansehen. Sie strahlte nichts als Ärger aus; das war Dorothy schon bei ihrer ersten Begegnung aufgefallen. Und als Josephs Untermieterin war sie natürlich in der idealen Lage, ihn aus dem Weg zu räumen, ohne dass jemand Verdacht schöpfte. Dorothy rief sich das blasse Gesicht des Mädchens in Erinnerung, als sie gestern Abend mit den Sanitätern gesprochen hatte, und wie sie anschließend dem Rettungswagen hinterhergesehen hatte. Zu dem Zeitpunkt hatte Dorothy angenommen, dass sie nur aufgewühlt war, aber vielleicht hatte etwas deutlich Unheilvolleres dahintergesteckt …

Dorothy schenkte sich noch eine Tasse Tee ein. Da war es also, schwarz auf weiß. Sechs Namen mit einem Sternchen dahinter, was bedeutete: sechs Verdächtige für den Mord an Joseph Chambers. Sechs potenzielle Verbrecher, von denen einer in diesem Moment unter demselben Dach wie Dorothy saß und seine Tat feierte. Würde Joseph das einzige Opfer bleiben, oder würde der Schuldige, nun bestärkt durch seinen Erfolg, erneut zuschlagen? Und wer wäre dann das nächste Opfer? Sollte tatsächlich ein Mörder in Shelley House sein Unwesen treiben, dann war Dorothy womöglich selbst in Gefahr, und das ging entschieden zu weit.

Sie nahm einen Schluck Tee, griff nach ihrem Stift und kritzelte drauflos.

KAPITEL 11

Kat

Um acht Uhr morgens stand Kat schwitzend im Flur von Shelley House. Sie hatte mit Reggie einen langen Spaziergang am Fluss gemacht – oder besser gesagt, er hatte sie, sichtlich empört über ihr langsames Tempo, auf einen langen Spaziergang hinter sich hergeschleift. Außerdem hatte sie im Krankenhaus angerufen, das ihr nähere Informationen zu Josephs Zustand verweigerte, abgesehen davon, dass er in einem künstlichen Koma lag. Bei einem anschließenden Telefonat mit der Polizei hatte man ihr bestätigt, dass sie noch nicht mit Josephs Tochter gesprochen hatten. Als Kat den Beamten fragte, was sie in der Zwischenzeit mit Reggie machen sollte, hatte er ihr unmissverständlich zu verstehen gegeben, dass das ihre Sache sei. Wodurch Kat nun vor der Herausforderung stand, jemanden davon zu überzeugen, ihn bei sich aufzunehmen.

Über ihr fiel eine Tür ins Schloss, und auf der Treppe waren schwere Schritte zu hören. Sofort begann Reggie zu winseln.

»Hey, was hast du denn?«, fragte Kat und sah hinunter auf den angespannten Hund.

Einen Moment später bekam sie die Antwort auf ihre Frage. Der große Glatzkopf, der bei Josephs Treffen dabei gewesen war, erschien am oberen Ende der Treppe, und hinter ihm lief ein riesiger Hund – ein Bullterrier oder so was in der Art. Er begann zu bellen und Richtung Reggie an der Leine zu zerren. Letzterer kauerte zu Kats Füßen und bellte panisch, während sich der muskulöse Terrier knurrend näherte.

»Halten Sie Ihren Hund zurück!«, rief Kat und versuchte verzweifelt, Reggie wegzuziehen. Das Letzte, was sie gebrauchen konnte, war, dass Josephs Hund zerfleischt wurde, während dieser auf der Intensivstation lag.

Der Mann packte seinen Hund am Halsband. »Na los, Princess, gehen wir«, sagte er, öffnete die Haustür und zerrte das Tier hinaus. Noch als die Tür zuschlug, zitterte Reggie vor Angst. Kat beugte sich hinunter, um ihn zu beruhigen.

»Ist ja gut, mein Lieber. Der fiese Hund ist weg.«

Das arme Tier sah völlig verstört aus, und einen Moment lang überlegte Kat, ihn mit in die Wohnung zu nehmen und bei ihm zu bleiben. Aber nein, sie musste jemanden finden, der auf Reggie aufpasste, damit sie so schnell wie möglich verschwinden konnte. Mit jedem Tag, den sie in Chalcot blieb, stieg das Risiko, dass sie erkannt wurde und ihr Großvater erfuhr, dass sie ihm wieder einmal nicht gehorcht hatte. Und obwohl inzwischen so viel Zeit vergangen war, dass sie wahrscheinlich keinen Ärger mehr mit der Polizei bekommen würde, zog sich ihr schon allein bei dem Gedanken an den Zorn ihres Großvaters und daran, nach all den Jahren ein zweites Mal verstoßen zu werden, der Magen zusammen. Sie durfte nicht zulassen, dass sie sich von ein bisschen Gefühlsduselei um einen Hund zurückhalten ließ.

Seufzend stieg Kat die Treppe zum obersten Stockwerk hinauf. Von allen Bewohnern von Shelley House war Gloria, die Frau in Wohnung sechs, bei der Versammlung am freundlichsten zu Joseph gewesen, vielleicht würde sie sich seines Haustieres erbarmen. Kat klopfte an die Tür und wartete mit angehaltenem Atem auf eine Reaktion.

Als Gloria aufmachte, verflog Kats Zuversicht. Die Frau sah furchtbar aus. Sie trug einen zerschlissenen Morgenmantel, ihr ehemals glänzendes rotes Haar war zu einem fettigen Pferdeschwanz zusammengebunden, und unter den Augen war ihre Wimperntusche verschmiert.

»Was ist?«, schnauzte sie zur Begrüßung.

»Hi, ich habe mich gefragt, ob Sie mir einen Gefallen tun könnten. Also, eigentlich wäre der Gefallen für Joseph.«

»Was?«

»Könnten Sie eine Weile auf Reggie aufpassen? Ich muss …«

»Wo ist Joe? Der Hund weicht ihm doch nie von der Seite.«

»Haben Sie das nicht mitbekommen?« Kat war davon ausgegangen, dass jeder im Haus gesehen hatte, wie Joseph abtransportiert worden war. »Er ist im Krankenhaus. Er ist gestern gestürzt und hat sich am Kopf verletzt.«

»Ach du meine Güte!« Gloria riss die Augen auf. »Ich habe die Sirene gehört, aber wusste nicht, dass es wegen ihm war. Wie geht's ihm?«

»Weiß ich nicht. Er liegt im Koma und …«

»Armer Joe«, fiel Gloria ihr ins Wort, und Tränen liefen ihr über die Wangen, wodurch sich die Wimperntusche noch großflächiger verteilte. »Er war immer wie ein Vater für mich, besonders in letzter Zeit.«

»Ja, er ist ein guter Mensch. Deshalb habe ich mich gefragt, ob Sie im Gegenzug vielleicht auch etwas für ihn tun können.«

Gloria schniefte und wischte sich die Augen. »Tut mir leid, ich würde ja gerne, aber im Moment ist es wirklich schlecht: Ich habe mich von meinem Freund getrennt, und meine Mutter ist krank, im Moment kann ich keinen Hund aufnehmen.«

»Es wäre nur für ein paar Tage, bis die Polizei Josephs Tochter ausfindig gemacht hat und sie Reggie übernehmen kann.«

Die Frau hörte auf zu schniefen. »Na, dann mal viel Glück.«

»Was soll das heißen?«

»Joseph und Debbie kommen *so gar nicht* miteinander klar. Ich lebe seit zehn Jahren hier und habe sie nicht ein einziges Mal zu Besuch kommen sehen – soweit ich weiß, lebt sie in Australien oder so. Ich bezweifle, dass sie jetzt angerannt kommt, um den Hund zu holen.«

Kats Brust zog sich zusammen. Ohne Debbie war Reggie nun offiziell ihr Problem. Sie schaute hinunter auf den Hund, der endlich zu zittern aufgehört hatte und nun reglos auf dem Boden lag. Er sah niedergeschlagen aus.

»Sie können ihn wirklich nicht nehmen, nicht mal für ein paar Tage? Er ist echt pflegeleicht.«

Gloria schüttelte den Kopf. »Sorry, aber das geht nicht. Dafür habe ich gerade keinen Kopf, und jetzt auch noch der Schock mit Joe ...«

»Na dann, danke für nichts.«

Ohne sich zu verabschieden, drehte Kat sich um und stapfte die Stufen hinunter, bis ihr etwas einfiel und sie auf dem ersten Treppenabsatz stehen blieb. Die Jugendliche hatte Reggie bei der Versammlung vor dem anderen Hundebesitzer in Schutz genommen. Vielleicht wäre sie bereit, einzuspringen? Joseph hatte gesagt, dass sie und ihr Vater in der Wohnung über ihm lebten, also klopfte Kat an die Tür von Wohnung drei.

»Drück die Pfoten«, flüsterte sie Reggie zu, während sie darauf warteten, dass jemand aufmachte.

Kurz darauf öffnete sich die Tür und die Jugendliche spähte heraus. Das Mädchen strahlte, als sie Reggie sah, und ließ sich auf die Knie fallen, um ihn zu begrüßen. Vor Freude wedelte Reggie mit dem Schwanz, und in Kat keimte Hoffnung auf.

»Hi, ich bin Kat, erinnerst du dich? Ich wohne bei Joseph.«

»Geht's ihm gut?«, fragte das Mädchen und sah auf. »Ich hab gestern einen Krankenwagen vor dem Haus gesehen.«

»Leider nicht, er ist schwer gestürzt und liegt auf der Intensivstation. Darum bin ich hier. Ich habe mich gefragt, ob du vielleicht auf Reggie aufpassen könntest, während Joseph im Krankenhaus ist.«

»Liebend gern!« Das Mädchen lächelte, als der Hund sie mit der Schnauze anstupste. »Wir zwei haben bestimmt eine Menge Spaß zusammen, stimmt's, Reggie?«

Kat atmete erleichtert auf. »Danke, das weiß ich echt zu schätzen.«

»Ayesha, wer ist da?«, rief eine Stimme aus der Wohnung. Einen Moment später tauchte Omar hinter seiner Tochter auf und trocknete sich die Hände an einem Geschirrtuch ab. Als er Kat sah, sagte er freundlich: »Hallo. Sie sind Kat, richtig?«

»Ja, hi.«

»Dad, ich hab angeboten, dass wir eine Weile auf Reggie aufpassen können.«

»Aber was ist mit der Schule, Liebes?«

»Das geht schon, ich hab diese Woche nur ein paar Klausuren und den Rest der Zeit kann ich zu Hause lernen.«

Die Miene ihres Vaters war ernst. »Nein, kannst du nicht.«

»Doch, klar.« Nun klang auch Ayeshas Stimme unnachgiebig. »Joseph ist im Krankenhaus und braucht meine Hilfe.«

Omar sah Kat an. »Im Krankenhaus? Was ist passiert?«

»Er ist gestürzt und hat eine schwere Kopfverletzung. Und eigentlich muss ich heute ausziehen, es wäre also eine große Hilfe, wenn Ayesha auf Reggie aufpassen könnte.«

»Tut mir leid, aber das geht leider nicht. Sie hat Prüfungen und darf im Unterricht nicht fehlen.«

»Dad, es ist ja bestimmt nicht lange. Und du sagst doch immer, dass man seinen Nachbarn helfen soll.«

»Nein, Ayesha«, sagte er streng.

»Das ist echt unfair!« Ayesha stand auf, sodass sie ihrem Vater direkt in die Augen schauen konnte. »Erst lässt du mich nicht gegen unsere Zwangsräumung kämpfen, und jetzt darf ich nicht einmal Joseph helfen, wenn er mich braucht. Wenn Mama noch hier wäre, hätte sie mir beides erlaubt.«

»Ja, aber leider ist deine Mutter nicht hier, oder?«, sagte Omar mit erhobener Stimme. »Du musst also mit mir vorliebnehmen, und meine Antwort lautet Nein.«

Einen Moment lang schwiegen beide, die Gesichter nur Zentimeter voneinander entfernt, und Kat konnte die Spannung zwischen ihnen förmlich spüren. Dann machte das Mädchen auf dem Absatz kehrt, stürmte aus der Wohnung und drängte sich an Kat vorbei die Treppe hinunter.

»Ich hasse dich!«, rief sie, bevor sie verschwand, und dem Zittern in ihrer Stimme nach zu urteilen, war sie den Tränen nahe.

Omar ließ die Schultern hängen. Als der Knall der zufallenden Eingangstür das Haus erschütterte, hob er den Blick und sah Kat an. »Tut mir leid, dass Sie das mit ansehen mussten. Zwischen Ayesha und mir ist es ... im Moment ist es schwierig.«

»Schon okay«, sagte Kat und trat einen Schritt zurück.

»Und ich wünschte, wir könnten Ihnen mit Reggie helfen, aber ich muss zur Arbeit und Ayesha darf nicht schwänzen. Sie hat dieses Jahr schon so viel verpasst, nachdem ihre Mutter ...« Er unterbrach sich und verstummte.

»Ich versteh schon. Trotzdem danke.«

»Bitte richten Sie Joseph gute Besserung von uns aus«, sagte Omar.

»Ich hoffe, er kommt wieder auf die Beine.«

Kat drehte sich um und machte sich mit dem Hund im Schlepptau auf den Weg die Treppe hinunter. Sonst gab es niemanden, den sie fragen konnte, was bedeutete, dass sie und Reggie auf sich allein gestellt waren. Und nun hatte sie die Wahl, sich entweder auf der Arbeit krankzumelden und zu riskieren, ihre einzige Einnahmequelle zu verlieren, oder Reggie allein zu Hause zu lassen. Seit Kat bei Joseph wohnte, hatte sie nicht ein einziges Mal mitbekommen, dass der Hund auch nur für ein paar Minuten allein gewesen wäre.

Sie war im Eingangsbereich angekommen, und kurz huschte ihr Blick zur Tür von Wohnung zwei. Sollte sie Dorothy Darling fragen? Sie hatte die Frau immer noch nicht zu Gesicht bekommen, aber soweit Kat wusste, verließ sie das Gebäude nur selten, vielleicht wäre sie ja bereit zu helfen. Aber dann dachte Kat daran, wie die Frau bei ihrem Einzug mit ihr gesprochen hatte und wie sich ständig ihre Gardine bewegte. Nein, die Hexe würde Reggie wahrscheinlich in ihren Kessel werfen und zum Mittagessen kochen.

»Tut mir leid, Reggie«, sagte Kat, während sie die Tür zu Wohnung eins aufschloss. »Ich habe keine andere Wahl. Ich komm in der Mittagspause vorbei und geh kurz mit dir raus, okay?«

Der Hund guckte sie traurig an, und ihr schlechtes Gewissen meldete sich. Fühlte es sich so an, wenn man jemanden hatte, der sich auf einen verließ – dieses erdrückende Gefühl von Verantwortung? Das war Kat nicht gewohnt und sie wollte es auf keinen Fall noch einmal erleben. Sie schloss die Eingangstür und wandte sich zum Gehen, wobei sie versuchte, nicht auf Reggies Winseln hinter sich zu achten.

KAPITEL 12

Dorothy

Dorothy saß am Fenster und beobachtete ihre Nachbarn mit Adleraugen. Das pinkhaarige Mädchen hatte ein auffallend rotes Gesicht gehabt, als sie heute Morgen von der Gassirunde mit Josephs Köter nach Hause gekommen war; waren es die Schuldgefühle, die sie so hatten schwitzen lassen? Warum sah der Delinquent aus Wohnung vier heute noch zorniger aus als sonst? Befürchtete er, erwischt zu werden? Und hatte die Jugendliche aus Wohnung drei von der Schandtat ihres Vaters erfahren und war deshalb unter Tränen aus dem Haus gestürmt? In ordentlichster Handschrift machte sich Dorothy detaillierte Notizen in ihrem Tagebuch. Schließlich würden ihre Protokolle womöglich eines Tages vor Gericht herangezogen werden, um einen Mörder zu überführen.

Um zehn Uhr hatten die meisten Bewohner das Haus verlassen, und Dorothy konnte in Ruhe ihren Kontrollgang durchführen. Angesichts der jüngsten Ereignisse war das heute umso dringlicher, und Dorothy ließ bei ihrer Runde durch Shelley House besondere Sorgfalt walten. Sie hatte genug Agatha-Christie-Romane gelesen, um zu wissen, dass es die Details waren, die den Mörder letzten Endes verrieten. Und so nahm sie jeden Zentimeter des Hausflurs genauestens unter die Lupe, für den Fall, dass dort irgendetwas Verdächtiges zurückgelassen worden war, und sei es noch so klein. Als dies ergebnislos blieb, lief sie die oberen Stockwerke ab und hielt akribisch Ausschau nach Beweisen, die der Angreifer möglicherweise achtlos weggeworfen hatte. Sie fand ein benutztes Taschentuch vor Wohnung vier und ein paar rote Haare auf der Fußmatte vor Wohnung sechs, aber es gab nichts, was Rückschlüsse darauf zuließ, wer für den Angriff verantwortlich sein könnte. Nicht zum ersten Mal bedauerte Dorothy, dass sie keinen Generalschlüssel besaß, mit dem sie sich Zugang zu den anderen Wohnungen verschaffen konnte.

Nachdem sie sich vergewissert hatte, dass die Feuerschutztür nicht manipuliert worden war, machte sie sich auf den Weg zurück in den Eingangsbereich. Doch als sie den ersten Stock erreichte, flog plötzlich die Tür zu Wohnung vier auf und der Bewohner taumelte heraus, begleitet von einer Marihuanawolke und ohrenbetäubender Musik. Beim Anblick seiner zerzausten Haare und des unrasierten Gesichts rümpfte Dorothy die Nase; der Mann hatte einen Termin beim Friseur nötig, und zwar schleunigst. Er hielt eine schwarze Mülltüte in der Hand, ließ sie auf den Boden fallen und machte Anstalten, sich wieder in seine Wohnung zurückzuziehen.

»Was erlauben Sie sich?«, fragte Dorothy.

Leicht schwankend drehte er sich zu ihr um und sah sie an.

»Wie ich Ihnen bereits gesagt habe, dürfen Sie Ihren Abfall nicht auf den Gemeinschaftsflächen abstellen. Dafür sind die Tonnen draußen da.«

»Werfen Sie ihn halt weg, wenn Sie das so sehr stört«, lallte der Mann. Er wandte sich wieder zum Gehen.

»Da bin ich anderer Meinung.« Dorothy streckte den Arm aus, um ihn aufzuhalten. Der Mann zuckte zusammen und schnellte wieder herum.

»Lassen Sie mich los, Sie alte Hexe!«

»Jetzt hören Sie mal gut zu, junger Mann, ich habe die Nase gestrichen voll von Ihrem Verhalten. Die Musik, die ständig bis in meine Wohnung schallt, ist eine Sache, aber der Müll ist eine andere. Wenn Sie ihn hierlassen, lockt das womöglich Ratten an, die alle möglichen Krankheiten mit reinschleppen und die Bewohner krank machen. Ganz zu schweigen von der Tatsache, dass Müllsäcke eine bekannte Brandgefahr darstellen. Entweder Sie bringen Ihren Abfall jetzt nach unten, oder ich sehe mich gezwungen, mich erneut bei Mr F. Alexander über Sie zu beschweren.«

Bei der Erwähnung des Vermieters lachte der Mann hustend auf. »Beschweren Sie sich, so viel Sie wollen«, sagte er und schlug Dorothy die Tür vor der Nase zu.

»Dazu ist das letzte Wort noch nicht gesprochen!«, schrie Dorothy durch das ramponierte Holz. »Ich werde mich auch an die Stadtverwaltung wenden. Ihr unsoziales Verhalten ist hier in Shelley House nicht erwünscht.«

Als Antwort wurde die Musik nur noch lauter gestellt. Mit einem missbilligenden Zungenschnalzen zückte Dorothy ihr Tagebuch, um sich eine Notiz zu machen. Sie würde nicht nur Fergus Alexander wegen dieses Flegels schreiben, sein Name war nun auch auf ihrer Liste der Verdächtigen ganz nach oben gerutscht. Sie steckte das Notizbuch wieder ein, zog ihre Gummihandschuhe an und bückte sich, um den Müllsack aufzuheben. Während sie das tat, hörte sie das unverkennbare Knarren der Haustür. Sie guckte auf die Uhr: 11.22. Wer kam denn um diese Zeit nach Hause? Dorothy blieb oben an der Treppe stehen und wartete gespannt, wer auftauchen würde, aber sie hörte nur die zuschlagende Haustür und kurz darauf Reggies Bellen. Es musste das pinkhaarige Mädchen sein, aber warum war sie so früh zurück? Normalerweise kam sie erst am Abend nach Hause – das war höchst ungewöhnlich. Geradezu verdächtig.

Dorothy schlug das Herz bis zum Hals, als sie, so schnell es ihre Knie zuließen, die Treppe hinuntereilte. Keuchend kehrte sie in ihre Wohnung zurück, schloss die Tür hinter sich und behielt den Flur durch den Türspion im Blick. Möglich, dass das Mädchen stundenlang im Haus bleiben würde, aber ihr Bauchgefühl sagte ihr, dass das nicht der Fall sein würde. Und tatsächlich, keine fünf Minuten später öffnete sich die Tür zu Wohnung eins erneut, von drinnen ertönte lautes Gebell, und eine Gestalt schlüpfte heraus.

Dorothy erkannte sofort, dass das nicht die illegale Untermieterin war, da weder Statur noch Größe übereinstimmten. Diese Person war deutlich größer und trug einen langen schwarzen Mantel mit ins Gesicht gezogener Kapuze – ein höchst ungewöhnliches Kleidungsstück im Spätfrühling –, hatte eine Stofftasche über der Schulter und einen Regenschirm in der Hand. Als sich die Haustür öffnete, schaffte Dorothy es gerade rechtzeitig ans Fenster, um die Gestalt dabei zu beobachten, wie sie die Treppe hinunterstieg. Sie trat auf den Bürgersteig und bog nach links ab. Nun, da sie sich in öffentlichem Raum bewegte, verringerte sie ihr Tempo. Dorothy lehnte sich vor, den Blick fest auf die Person gerichtet, während diese die Poet's Road in Richtung des Hügels hinunterging. Etwas an der Art, wie sie sich fortbewegte, sie hinkte leicht mit dem linken Bein, ließ Dorothy vermuten, dass es sich um einen älteren Menschen handelte. Sie war inzwischen fast an der Straßenecke angekommen, und Dorothy drückte die Nase an die Scheibe, während sie angestrengt darauf achtete, den Eindringling nicht aus den Augen zu lassen. Im allerletzten Moment, als er nach links in die Fellows Road einbog, hob er die Hand und zog die Kapuze vom Kopf. Für den Bruchteil einer Sekunde sah Dorothy Haare aufblitzen, dann war er außer Sichtweite.

Dorothy ließ sich auf den Stuhl fallen und atmete langsam aus. Mit pochendem Herzen wischte sie sich den Schweiß von der Stirn und erlaubte sich dann ein kleines Lächeln. Schließlich hatte sie soeben den Schuldigen für den Mord an Joseph Chambers gesehen, dessen war sie sich sicher. Und noch besser: Sie wusste *ganz* genau, wer das war.

KAPITEL 13

Kat

Um zwei Uhr verließ Kat das Café und fuhr zurück zu Shelley House. Remi war nicht gerade erfreut gewesen, als sie ihm gesagt hatte, dass sie für eine Stunde wegmusste, und für die Dauer ihrer Abwesenheit würde sie nicht bezahlt werden, aber das war Kat gerade alles egal. Im Moment war nur wichtig, dass sie nach Reggie sehen konnte.

Als sie Shelley House betrat, war kein Bellen zu hören, sicher ein gutes Zeichen. Vielleicht hatte er in den fünf Stunden, in denen sie weg gewesen war, einfach geschlafen?

Doch als Kat die Tür zu Wohnung eins aufschloss, blieb ihr die Luft weg. Jemand hatte das Wohnzimmer komplett auf den Kopf gestellt. Da lagen umgekippte Stühle, Josephs Sachen waren auf dem Boden verstreut, und vor ihren Füßen lagen herausgerissene Buchseiten. Aber das Schlimmste war: Von dem Hund fehlte jede Spur.

»Reggie? Reggie, bist du hier?«

Keine Antwort. Panik machte sich in Kat breit. Nicht auch noch Reggie! Joseph würde es ihr nie verzeihen, wenn dem Hund unter ihrer Aufsicht etwas zustieß. Sie rannte durchs Wohnzimmer in die leere Küche, dann in den Flur. Josephs Schlafzimmertür stand offen, und sie war definitiv geschlossen gewesen, als Kat die Wohnung heute Morgen verlassen hatte. Sie schnappte sich einen schweren Kerzenständer von einem Beistelltisch und stürmte mit ihrem lautesten und bedrohlichsten Schrei ins Zimmer.

»Argghhhhh!«

Reggie lag auf Josephs Bett und guckte sie erschrocken an. Kat ließ den Kerzenständer fallen und sackte neben dem Hund zusammen. »Gott sei Dank geht's dir gut!« Sie drückte ihr Gesicht in sein Fell. »Ich dachte schon, jetzt wäre dir auch noch etwas passiert und es wäre meine Schuld.«

Reggie schlabberte ihr mit seiner Zunge über die Wange, und sie blieb noch ein paar Sekunden an den warmen Körper gekuschelt liegen und atmete seinen süßen, erdigen Geruch ein. So hatte sie früher oft mit Barker, dem Hund ihres Großvaters, dagelegen. Sie hatte die Arme um den Hals des Tieres geschlungen und ihre Tränen in das weiche Fell sickern lassen. Bei der Erinnerung bekam Kat einen Kloß im Hals, und sie ließ Reggie schnell los.

Auch Josephs Schlafzimmer war verwüstet worden: Eine Lampe lag zerbrochen am Boden, und ein Teppich aus Federn, die aus einem zerfetzten Kissen stammten, bedeckte das Bett. Wer auch immer hier gewesen sein mochte, hatte wirklich ordentlich Schaden angerichtet.

»Was ist passiert, Reggie?«, fragte Kat und tätschelte den Hund.

Als Antwort öffnete er die Schnauze und gähnte ausgiebig. Dabei fiel Kat etwas Weißes auf seiner Zunge auf.

»Was ist das denn?«, fragte sie und packte ihn am Kiefer.

Er leckte ihr über die Hand, und Kat schob ihm einen Finger ins Maul und zog das weiße Ding heraus. Es war eine aufgeweichte, halb zerkaute Feder. Kat stöhnte auf.

»Ach Gott! Hast *du* den Saustall hier angerichtet?«

Sie sah sich noch einmal im Zimmer um. Keine der Schubladen war geöffnet, aber der Wäschekorb lag umgekippt auf dem Boden, woraus sie schloss, dass der Hund wohl hineingeklettert war, um die Wäsche herauszuzerren. Der Stecker der kaputten Lampe war aus der Wand gerissen, als wäre jemand über das Kabel gestolpert. Kat stand auf und ging zurück ins Wohnzimmer. Neben ihren Füßen fand sie eins der zerrissenen Bücher und bückte sich, um den Einband zu begutachten: Das waren ganz klar Zahnabdrücke.

Aus dem anderen Zimmer war ein Klopfen zu hören, und Kat zuckte erneut zusammen. Sie hob die Fäuste, bereit zur Verteidigung. In der Wohnungstür stand eine ältere Frau. Sie hatte silberne Haare, die ihr bis zur Taille reichten, und einen so blassen Teint, dass ihre Haut beinahe durchsichtig wirkte. Zwei dunkle, wache Augen starrten Kat über eine spitze, schnabelartige Nase hinweg anklagend an. Die Frau sah aus wie die Comicversion einer Hexe, wenn Hexen beige Hausmäntel und Pantoffeln tragen würden. Es gab nur eine Person, die das sein konnte.

»Dorothy Darling?«

»Für Sie immer noch *Ms* Darling. Sieht es hier immer so aus?«

»Nein, natürlich nicht. Ich glaube, Reggie hat randaliert.«

Bei der Erwähnung seines Namens kam der Hund ins Wohnzimmer geflitzt. Als er den Neuankömmling entdeckte, stürmte er auf Dorothy zu und bellte aufgeregt, woraufhin sie mit einem Satz zurücksprang, als wäre er eine giftige Schlange.

»Schaffen Sie mir auf der Stelle diesen Flohzirkus vom Hals!«, schrie sie und gestikulierte in Richtung des Tieres.

»Reggie, komm her«, rief Kat und war überrascht, als der Hund gehorchte und zu ihr trottete.

Dorothy wischte sich über den Mantel, als wäre er schmutzig geworden, und räusperte sich. »Das Tier hat dieses Chaos nicht angerichtet. Ich habe gesehen, wie heute Morgen um elf Uhr siebenundzwanzig ein Einbrecher die Wohnung verlassen hat.«

»Ein Einbrecher? Sind Sie sich sicher?«

»Natürlich bin ich mir sicher. Außerdem glaube ich, dass der Eindringling etwas mit dem Angriff auf Joseph zu tun hatte.«

Kat sah sie überrascht an. »Warum sagen Sie Angriff? Der Polizei zufolge ist er gestürzt.«

»Sie wissen ebenso gut wie ich, dass das Unsinn ist. Ich habe gehört, wie Sie gestern Abend mit einem schmuddelig aussehenden Herrn darüber gesprochen haben.«

»Haben Sie mich etwa belauscht?« Kat funkelte sie böse an, aber Dorothy winkte ab.

»Ich bin mir sicher, dass der gestrige Angreifer jemand aus dem Haus war, denn den ganzen Tag über hat niemand sonst Shelley House betreten. Inzwischen bin ich allerdings zu dem Schluss gekommen, dass es einen Komplizen gab, der heute Morgen zurückgekehrt ist und die Wohnung geplündert hat. Vielleicht hat er nach einem belastenden Beweisstück gesucht, das gestern zurückgelassen wurde.«

Kat fuhr sich durch die Haare. Sie hatte *eine Menge* zu verdauen. Mit einer seltsamen Intensität im Blick beobachtete Dorothy sie von der Tür aus. Joseph hatte erwähnt, dass sie exzentrisch sei, aber war sie auch eine durchgeknallte Verschwörungstheoretikerin?

»Das kaufe ich Ihnen nicht ab. Auf der Hälfte von dem Kram hier sind Reggies Zahnabdrücke, und er hatte Federn im Maul. Ich glaube, er ist ausgetickt, weil er so lange allein war.«

Dorothy schnaubte. »Papperlapapp. Der Hund hat das Herumwühlen wahrscheinlich für ein Spiel gehalten und mitgemacht. Schließlich ist er ein ausgesprochen dummes Tier.«

»Reggie ist nicht dumm, ganz im Gegensatz zu Ihrer Theorie. Zunächst mal: Warum sollte jemand aus dem Haus Joseph angreifen wollen? Und woher wissen Sie, dass den ganzen Tag über niemand sonst das Gebäude betreten hat? Auch wenn Sie sich das noch so sehr wünschen: Sie haben keine Kontrolle darüber, wer hier Zutritt hat.«

Kat fing Dorothys Blick auf, und sie wusste, dass die alte Frau sich gerade ebenfalls an ihr erstes Gespräch erinnerte, daran, wie sie versucht hatte, Kat wegen des freien Zimmers hinters Licht zu führen.

»Aus Sicherheitsgründen behalte ich die Eingangstür im Auge«, sagte Dorothy und wandte den Blick ab. »Um sicherzustellen, dass den Bewohnern von Shelley House nichts zustößt.«

»Sie meinen, Sie spionieren herum.«

»Ich meine, ich bleibe wachsam. In den vierunddreißig Jahren, die ich hier lebe, konnte ich drei Einbruchsversuche vereiteln. Nicht, dass mir jemals jemand dafür gedankt hätte.«

»Und Sie haben tatsächlich jemanden in die Wohnung gehen sehen, ja?«

Dorothy zückte ein Notizbuch, schlug es auf und begann mit zusammengekniffenen Augen zu lesen. »›11.22 Uhr SH‹ – das steht für Shelley House – ›Eingangstür knallt zu.‹ Zu dem Zeitpunkt war ich nicht an meinem Fenster, konnte also nicht sehen, wer hereingekommen ist. Aber mein nächster Eintrag um 11.27 Uhr lautet: ›Person verlässt Wohnung, trägt schwarzen Wintermantel, verbirgt Gesicht unter Kapuze. Ca. 1,75 m groß, leichtes Hinken, trägt Tasche und Schirm. Verlässt SH und biegt links in Fellows Road.‹«

Dorothy stoppte und blickte von den Seiten auf, als wäre sie Hercule Poirot, kurz bevor er einen Mörder entlarvte.

»Da sagen Sie nichts mehr, was?«

Ohne zu antworten, durchquerte Kat den Raum und kam auf Dorothy zu. Erschrocken wich die Frau in den Hausflur zurück, aber Kat blieb in der Tür stehen und untersuchte das Schloss.

»Nichts deutet darauf hin, dass das Schloss geknackt wurde.«

»Mit so etwas kennen Sie sich natürlich aus«, sagte Dorothy schnippisch. »Aber ich glaube nicht, dass das ein Einbruch im eigentlichen Sinne war. Ich denke, sie hatte einen Schlüssel.«

»Sie? Haben Sie nicht gerade gesagt, das Gesicht war verdeckt?«

»Allerdings, aber das heißt nicht, dass ich sie nicht erkannt habe. Das Hinken hat sie verraten. Und natürlich das billige Wasserstoffblond.«

»Also, wer um alles in der Welt war es?« Kat versuchte, sich die Ungeduld in der Stimme nicht anmerken zu lassen, aber die Zeit drängte. Sie musste mit Reggie raus und dann zurück zur Arbeit.

»Es war …« Dorothy legte eine Kunstpause ein und genoss ihren großen Augenblick sichtlich. »Sandra Chambers.«

»Wer?«

»Sandra Chambers!« Als Kat immer noch ahnungslos guckte, begannen Dorothys Augen wütend zu funkeln. »Josephs Frau.«

Oje, die Alte hatte offenbar nicht mehr alle Latten am Zaun. »Ich bin mir ziemlich sicher, dass Josephs Frau tot ist.«

Dorothy schlug sich mit der Hand vor die Brust. »Aber das ist unmöglich! Das war sie, da bin ich mir sicher.«

»Ich glaube, sie ist vor drei Jahren gestorben.«

»Was reden Sie da? Wer hat Ihnen das denn erzählt?« Kat unterdrückte einen Seufzer. »Joseph. Also, nicht direkt, aber er trauert offenbar immer noch um sie.«

»Sie ist doch nicht *gestorben*, um Himmels willen! Sie ist mit einem Mann aus ihrer Laientheatergruppe durchgebrannt, einem zwielichtigen kleinen Spanier mit schlechtem Toupet. Ich habe ihn ständig kommen und gehen sehen, wenn Joseph nicht zu Hause war, aber der alte Esel hat fast ein Jahr gebraucht, um dahinterzukommen. Dann, eines Tages, hat sie schließlich ihre Sachen gepackt und war weg – zum Glück sind wir die los –, und seitdem habe ich sie nicht mehr gesehen. Jedenfalls nicht bis heute Morgen.«

Kat war überrascht. Joseph hatte es definitiv so klingen lassen, als wäre sie tot. Aber warum sollte Dorothy lügen? War sie nicht ganz gesund?

»Und Sie sind sich sicher, dass Sie wirklich Josephs Frau gesehen haben? Ich meine, vielleicht haben Sie sie bloß verwechselt.«

»Nur weil ich deutlich älter bin als Sie, heißt das nicht, dass ich eine tatterige Närrin bin, die ihre eigenen Nachbarn nicht erkennt. Ich bin mir sicher, dass es Sandra Chambers war. Sie hatte schon immer Probleme mit ihrem linken Bein, und diese Person hinkte ganz genau wie sie.«

Kat überlegte kurz. »Wenn sie es war, gibt es vielleicht eine einfache Erklärung. Vielleicht hat die Polizei sie angerufen, und sie war hier, um ein paar Sachen für Joseph zu holen und ins Krankenhaus zu bringen?«

»Wozu das denn?«, sagte Dorothy bissig. »Ein Toter braucht nichts mehr.«

»Er ist nicht tot.«

Als Reaktion darauf geschahen im Gesicht der alten Frau mehrere Dinge gleichzeitig. Vor Überraschung wurden ihre Augen groß, ihre Nasenlöcher weiteten sich vor Wut, und ihre Haut lief scharlachrot an.

»Er lebt?«

»Ja. Ich habe vorhin im Krankenhaus angerufen, und die meinten, er sei in einem künstlichen Koma.«

Wieder huschte ein seltsamer Ausdruck über Dorothys Gesicht. Er lag irgendwo zwischen Enttäuschung und Erleichterung. Bevor sie etwas sagte, hielt sie kurz inne, als müsste sie sich sammeln.

»Wie auch immer, wenn Sandra nur ein paar Sachen für ihn holen wollte, warum sollte sie dann ihre Identität verstecken? Warum der Wintermantel und die Kapuze Ende Mai?«

»Keine Ahnung, vielleicht ist sie erkältet?« Kat platzte allmählich der Kragen. Reggie neben ihr wurde unruhig und schien ebenfalls von hier wegzuwollen. »Hören Sie, ich muss mit Reggie raus und wieder zurück zur Arbeit.«

»Sie wollen also ignorieren, dass Ihr Vermieter brutal überfallen und dem Tod überlassen wurde und keine vierundzwanzig Stunden später seine ehemalige Gattin in seine Wohnung einbricht, um sie zu plündern?«

»Fürs Erste ja. Aber wenn Ihnen das solche Sorgen bereitet, warum rufen Sie dann nicht die Polizei und zeigen sie an?«

»Ach, die Polizei ist zu nichts zu gebrauchen.« Dorothy winkte ab. »Ich habe schon unzählige Male dort angerufen, um Probleme in Shelley House zu melden, und sie behandeln mich immer, als wäre ich eine verwirrte alte Frau.«

»Woran das wohl liegen mag?«, murmelte Kat leise vor sich hin.

»Das habe ich gehört, Fräulein! Aber ich habe gesehen, wie Sie die Polizisten angeguckt haben, als sie gestern Abend gegangen sind. Sie können sie ebenso wenig leiden wie ich.«

Das stimmte, Kat hatte noch nie ein gutes Verhältnis zur Polizei gehabt, aber das wollte sie Dorothy gegenüber nicht zugeben.

»Sie haben selbst gesagt, dass die Polizei glaubt, Joseph sei einfach gestürzt«, fuhr Dorothy fort. »Die haben sicherlich kein Interesse, weiter nachzuforschen, wenn ihnen kein Beweis für das Gegenteil geliefert wird. Deshalb müssen Sie Sandra einen Besuch abstatten.«

»Ich?«, entfuhr es Kat so laut, dass Reggie überrascht aufbellte. »Sie sind doch diejenige, die diese verrückte Theorie aufgestellt hat, warum gehen Sie nicht selbst hin?«

»Weil sie nie im Leben mit mir reden würde. Dreißig Jahre lang haben wir gegenüber voneinander gewohnt, und die Frau hat mich schon immer verabscheut.«

Endlich hatte Dorothy etwas von sich gegeben, das schlüssig klang. Kat schüttelte sich bei dem Gedanken daran, wie es wohl sein musste, so lange gegenüber von dieser seltsamen, paranoiden Frau zu wohnen, die überall ihre Nase hineinsteckte.

»Sie hingegen haben den perfekten Vorwand, um sie zu besuchen. Sie sind Josephs Untermieterin – wenn auch illegalerweise – und könnten vorgeben, dass Sie sich Sorgen um ihn machen und wissen wollen, wie es ihm geht. Ich bin mir sicher, dass sogar Sie ein paar Minuten lang so tun können, als würden Sie sich auch mal um andere scheren.«

Kat ging nicht auf den Seitenhieb ein. »Für so was habe ich keine Zeit. Ich hab einen Vollzeitjob, bei dem ich eigentlich jetzt gerade sein sollte, außerdem wollte ich umziehen, und jetzt muss ich mich auch noch um Reggie kümmern. Wenn Sie wollen, dass jemand der Sache auf den Grund geht, dann müssen Sie das schon selbst tun.«

Noch während sie sprach, griff sie nach Reggies Leine neben der Tür. Für eine Gassirunde war keine Zeit mehr, aber sie musste trotzdem kurz mit ihm raus, damit er sein Geschäft erledigen konnte, bevor sie zur Arbeit zurückkehrte.

»Lassen Sie den Hund allein?«, fragte Dorothy und sah auf das Tier hinunter, als hätte es Tollwut.

»Ich habe keine andere Wahl.« Kat hatte heute Morgen auf der Arbeit Hundepensionen und Hundesitter gegoogelt und beinahe losgeheult, als sie gesehen hatte, welche Preise die verlangten. Aber die einzige Alternative war, Reggie ins Tierheim zu bringen, und das würde Joseph das Herz brechen.

»Ich kann Ihnen helfen.«

Im ersten Moment dachte Kat, sie hätte sich verhört. »Wie bitte?«

»Ich kann das Tier nehmen, während Sie auf der Arbeit sind.«

Die Vorstellung war so absurd, dass Kat auflachte. »Aber Sie können ihn nicht ausstehen.«

Dorothy stritt die Unterstellung nicht ab. »Ich helfe Ihnen allerdings nur unter der Bedingung, dass Sie zu Sandra gehen und herausfinden, warum sie heute Morgen in der Wohnung war. Ich weiß, dass sie etwas mit dem Angriff auf Joseph zu tun hat, aber Sie müssen konkrete Beweise sammeln, bevor wir uns an die verschnarchte Polizei wenden können.«

»Ich glaube, dann riskiere ich lieber, Reggie unbeaufsichtigt daheim zu lassen.«

»Aber das Tier könnte sich ernsthaft verletzen.« Sie deutete in Richtung Wohnzimmer und auf die Sachen, die überall verstreut lagen.

Kat zögerte. Einerseits war das kompletter Irrsinn; Dorothy wusste offensichtlich nicht das Geringste über Hunde, und Joseph wäre womöglich sauer, wenn Kat sein geliebtes Haustier bei ihr ließ. Aber war es andererseits nicht besser, als ihn allein in der Wohnung zu lassen? Kat dachte an die zerbrochene Lampe in Josephs Schlafzimmer. Dorothy hatte recht, Reggie könnte sich verletzen. Und Kat würde nur ein paar Minuten mit dieser Sandra plaudern müssen, dann könnte sie Dorothy sagen, dass sie ihren Teil der Abmachung erfüllt hatte. So albern es auch klang, im Moment war das Kats beste – und einzige – Option.

»Woher weiß ich, dass Sie nicht gleich wieder einen Rückzieher machen, sobald ich mit Sandra gesprochen habe?«

»Weil ich Ihnen mein Wort gebe, und eine Darling bricht niemals ihr Wort.« Dorothy streckte die Hand aus; ihre Haut war blass und faltig. »Sie finden heraus, warum Sandra hier war und was sie mit dem Angriff auf Joseph zu tun hat, und ich kümmere mich um dieses elende Tier, während Sie arbeiten.«

Kat schluckte.

»Okay, abgemacht.«

KAPITEL 14

Dorothy

Dorothy guckte misstrauisch hinunter auf das erbärmliche Tier, das ihren Blick starr erwiderte. Ihr spontanes Angebot war dumm gewesen und passte so gar nicht zu ihr. Aber das Mädchen, Kat, hatte sich als noch störrischer erwiesen, als Dorothy erwartet hatte. Und so hatte sie im Eifer des Gefechts nach dem einzigen Strohhalm gegriffen, den sie zu ihrem Vorteil nutzen konnte: der Tatsache, dass das Mädchen den Köter gegen ihren Willen am Bein hatte. Und ihr Plan war erfolgreich gewesen, denn Kat hatte versprochen, Sandra gleich morgen früh vor der Arbeit einen Besuch abzustatten. Leider hatte Dorothy nun im Gegenzug diese räudige Töle am Hals.

Der Hund hatte den Blick von Dorothy gelöst und sah sich jetzt im Salon um.

»Denk nicht mal dran«, befahl sie streng. »Du bleibst an der Tür, wo du keinen Schaden anrichten kannst.«

Die Leine war von dem Spaziergang, den Kat mit dem Hund gemacht hatte, bevor sie zur Arbeit gegangen war, noch immer an seinem Halsband befestigt, und Dorothy hatte sie fest um den Türgriff geschlungen. So hatte er nur einen kleinen Radius, in dem er sich bewegen konnte, und es befand sich nichts in seiner Reichweite, das er zerstören konnte.

»Du bleibst hier und machst keinen Mucks«, sagte Dorothy, während sie sich umdrehte und in die Küche ging. Es war beinahe fünfzehn Uhr und Zeit für ihre nachmittägliche Kanne Tee.

Sie zündete den Herd an, setzte den Kessel auf und spähte aus der Küche. Der Hund stand immer noch an der Tür. Er hatte seinen kleinen, albernen Schwanz aufgestellt und sah sie an. Dorothy zog sich zurück, wärmte die Kanne mit heißem Wasser vor und richtete ihr Teetablett an. Mit der gestrigen Supermarktlieferung hatte sie auch einen neuen Vorrat an Keksen erhalten, und so legte sie zwei rosa Waffeln auf einen kleinen Teller, bevor sie die Kanne ausleerte und dann mit losem Tee und frischem heißem Wasser füllte. Sie überlegte, ob sie noch einmal nach dem Tier sehen sollte, entschied sich aber dagegen. Je weniger Aufmerksamkeit sie ihm gab, desto besser.

Sobald der Tee fertig war, kehrte Dorothy ins Wohnzimmer zurück. Der Hund saß auf den Hinterbeinen und beobachtete Dorothy aufmerksam, als sie das Zimmer durchquerte und sich an ihren Kartentisch setzte. Er war nun außer Sichtweite, aber während Dorothy erst Milch und dann Tee in ihre Tasse goss, spürte sie noch immer seinen Blick auf sich. Sie führte die Tasse an die Lippen.

»Hör bitte auf, mich anzustarren«, sagte sie laut, ohne sich dem Hund zuzuwenden. »Das ist höchst irritierend.«

Sie nahm einen Schluck, fühlte sich aber immer noch beobachtet. Der Hund blieb ruhig, bis sie eine Waffel vom Teller nahm, da fing er plötzlich an, wehleidig zu winseln.

»Auf gar keinen Fall. Joseph mag dich vielleicht mit Menschenkost verwöhnen, aber unter meiner Aufsicht wird das nicht passieren.«

Als Dorothy Joseph erwähnte, dachte sie daran, was Kat ihr vorhin erzählt hatte. War der alte Taugenichts also doch nicht tot? Dorothy hätte sich denken können, dass er sich an das Leben klammern würde wie eine hartnäckige Seepocke an die untergehende *Titanic*. Aber »künstliches Koma« hörte sich ziemlich ernst an, also würde er vielleicht doch noch das Zeitliche segnen. Dorothy zog die Strickjacke enger um die Schultern und biss in ihre Waffel. Wieder winselte der Hund.

»Ach du meine Güte!« Sie drehte sich zu ihm um. »Du kannst nicht den ganzen Tag hier rumsitzen und jammern. Bitte sei still und hör auf, mich zu stören.«

Der Köter ließ die Ohren hängen, legte sich auf die Kokosfaserfußmatte und legte den Kopf traurig auf die Pfoten. Na also, es ging doch. Dorothy widmete sich wieder ihrem Tee und genoss ungestört den Rest der Kanne. Als sie aufstand, um das Tablett in die Küche zu bringen, sah sie, dass der Hund eingeschlafen war. Nun, er sollte es sich mal besser nicht zu bequem machen. Sobald Kat morgen bei Sandra gewesen war, würde Dorothy den Flohzirkus dorthin zurückbringen, wo er hergekommen war.

Eine Darling bricht niemals ihr Wort, hatte Dorothy gesagt, und das Mädchen hatte ihr feierlich die Hand darauf gegeben. Dorothy schnaubte amüsiert. Wie naiv und töricht die Jugend doch war.

KAPITEL 15

Kat

Kat saß in ihrem Auto und starrte auf das Haus auf der anderen Straßenseite. Von drinnen war kein Lebenszeichen zu sehen, und ein Teil von ihr hoffte, dass Sandra unterwegs war. Dann könnte sie zu Dorothy zurückkehren und ihr sagen, dass sie es versucht, aber kein Glück gehabt hatte. Aber wer wusste, was das für Reggie bedeuten würde.

Um ihn aufzuheitern, hatte sie heute Morgen eine extra lange Gassirunde mit ihm gemacht, und Reggie hatte schon ein wenig fröhlicher gewirkt, als sie ihn in Wohnung zwei abgegeben hatte. Im Gegensatz zu Dorothy, die alles andere als glücklich gewesen war, den Hund wiederzusehen.

Kat atmete tief durch. Es hatte keinen Sinn, hier in Marge herumzusitzen und Zeit zu vergeuden; sie konnte es genauso gut hinter sich bringen. Remi war gestern sauer gewesen, weil sie ihre Pause überzogen hatte, und sie konnte es nicht riskieren, ihn schon wieder auf die Palme zu bringen – sie brauchte das Geld von diesem Job bis zu dem Moment, in dem sie Chalcot verließ. Sie stieg aus dem Wagen und überquerte die Straße in Richtung Sycamore Drive 32, eines gedrungenen, reizlosen Bungalows in einer Sackgasse mit ähnlich langweiligen Häusern. Was für ein Kontrast zu Shelley House. Aber es war auf jeden Fall die Adresse aus Josephs Notizbuch, das Kat in einer Schublade seines Telefontisches gefunden hatte. Jetzt ging sie zwischen überdimensionalen Pampasgräsern die Einfahrt hinauf und klingelte an der Tür.

Auf der anderen Seite der Milchglasscheibe ertönte ein Bellen, und eine Frauenstimme forderte den Hund auf, still zu sein. Einen Moment später schwang die Tür auf und Sandra Chambers erschien. Kat war sich nicht sicher, wie sie sich Josephs Ex-Frau vorgestellt hatte – bis gestern hatte sie die Frau schließlich noch für tot gehalten –, aber vermutlich nicht so. Die Gestalt, die vor ihr stand, war groß und auf unauffällige Weise glamourös, mit aschblondem Haar und bereits vollständig geschminkt, obwohl es erst neun Uhr morgens war. Zu ihren Füßen stand ein kleiner Shih Tzu, dessen langer Pony von einer kirschroten Schleife aus dem Gesicht gehalten wurde, deren Farbe zu Sandras Trainingsanzug passte.

»Kann ich Ihnen helfen?« Sie sprach mit einem Singsang in ihrer hohen Stimme.

»Äh, ja ... Hi ...«

Was um Himmels willen sollte sie jetzt sagen? Kat hatte so sehr gehofft, dass Sandra nicht zu Hause war, dass sie sich für den Fall, dass Sandra tatsächlich die Tür öffnete, gar keine Worte zurechtgelegt hatte.

»Ich heiße Kat. Ich bin eine Bekannte – also eigentlich die Untermieterin – Ihres Ex-Manns Joseph.«

Als Kat seinen Namen nannte, verzog Sandra übertrieben besorgt das Gesicht.

»Oh ja, ich habe von dem schrecklichen Unfall gehört.« Sie senkte die Stimme, beugte sich zu Kat vor und versperrte mit der Tür den Blick ins Haus. »Die Polizei hat meine Tochter in Melbourne verständigt, und sie hat mich sofort angerufen. Ich konnte es nicht fassen! Waren Sie diejenige, die ihn gefunden hat?«

Kat nickte, und Sandra zog eine übertrieben mitleidige Schnute. »Sie Ärmste, das muss ja schlimm gewesen sein.«

»Na ja, toll sah er nicht aus.«

Es entstand eine Pause, und Kat begriff, dass Sandra darauf wartete, dass sie den Grund ihres Besuches nannte.

»Ähm, ich habe mich gefragt, ob Sie von Ihrer Tochter schon ein Update über seinen Zustand haben?«

»Nein, seit gestern nichts Neues. Debbie meinte, die Polizei habe ihr gesagt, es sei ein Schädel-Hirn-Trauma, und die Ärzte hätten ihn in ein künstliches Koma versetzt, um zu sehen, ob die Schwellung abklingt.«

»Haben Sie ihn im Krankenhaus besucht?«

»Ich?« Sandras Augenbrauen schossen in die Höhe. »Ich weiß nicht, wie viel Joe Ihnen erzählt hat, aber er und ich haben uns nicht im Guten getrennt. Er hat die ganze Sache sehr schlecht aufgenommen, also wirklich sehr, sehr schlecht.«

»Sie haben ihn also in letzter Zeit nicht gesehen?«

Bevor Sandra antwortete, warf sie einen Blick über die Schulter zurück ins Haus. »Nein, seit drei Jahren nicht mehr. Warum stellen Sie mir diese Fragen?«

»Oh, also, ich …« Kat zermarterte sich das Hirn. »Ich habe mir überlegt, mal bei Josephs Freunden herumzuhören, ob jemand etwas spenden möchte, um ihm ein Geschenk zu kaufen. Ich dachte, vielleicht möchten Sie ja auch was beisteuern.«

»Oh, das ist wirklich nett von Ihnen, aber ich glaube eher nicht. Wie gesagt, Joe und ich sind eigentlich nicht befreundet. Abgesehen von der Korrespondenz über die Scheidungspapiere hatten wir seit Jahren nichts mehr miteinander zu tun.«

»Sandy, wer ist das?«, rief eine Männerstimme irgendwo im Haus.

»Niemand, mein Schatz«, rief sie zurück. »Nur eine Frau, die Spenden sammelt.« Sie wandte sich wieder an Kat. »Das ist mein Verlobter, Carlos. Ich muss los.«

»Klar, aber eins noch, ganz kurz«, sagte Kat, als Sandra Anstalten machte, die Tür zu schließen. »Darf ich Ihnen meine Telefonnummer geben, für den Fall, dass Sie etwas Neues über Joseph hören?«

Das war ein Schuss ins Blaue, und Kat rechnete schon damit, dass Sandra ihr die Tür vor der Nase zuschlug, aber die Frau seufzte und sagte: »Also gut. Ich gehe mein Handy holen.« Sie drehte sich um und verschwand im Haus, ließ aber die Haustür einen Spaltbreit offen. Gedanklich zählte Kat bis fünf, stieß die Tür dann vorsichtig ein Stück weiter auf und spähte hinein. Sie sah einen modernen Flur mit magnolienfarbenen Wänden und hellbeigem Teppich, und ein starker Potpourriduft lag in der Luft. Am anderen Ende des Flurs lag eine Treppe und im hinteren Teil des Hauses ein Raum, der wohl das Wohnzimmer sein musste. Kat ließ den Blick durch den Flur schweifen. Auf der rechten Seite stand ein Tisch mit einem Telefon und einer Vase voller Lilien darauf. Neben den Blumen stand ein gerahmtes Foto, das Sandra und einen kleinen, gebräunten Mann mit außergewöhnlich dichtem schwarzem Haar zeigte. Kat fiel ein, was Dorothy über das schlechte Toupet gesagt hatte, und verkniff sich ein Lächeln. An der linken Wand befand sich ein Kleiderständer, aber von einem schwarzen Mantel mit Kapuze war nichts zu sehen. Kat hörte Schritte und trat schnell wieder über die Türschwelle zurück nach draußen. Ein paar Sekunden später erschien Sandra mit ihrem Handy in der Hand.

»Wie lautet Ihre Nummer?«, fragte sie, und Kat betete sie hastig herunter. Jetzt, da sie getan hatte, worum Dorothy sie gebeten hatte, wollte sie nichts wie weg.

»Danke für Ihre Hilfe«, sagte sie zu Sandra, drehte sich um und ging zum Auto.

»Ich hoffe, Joseph wird wieder«, rief Sandra ihr nach, und als Kat einen Blick zurückwarf, sah sie, dass die Frau ihre Stirn in Falten gelegt hatte. »Das hat er nicht verdient; nicht nach allem, was er durchgemacht hat.«

KAPITEL 16

Dorothy

Dorothy befand sich in einer misslichen Lage.

Der Hund saß zu ihren Füßen und starrte sie mit seinen jämmerlichen braunen Augen an. Seit zehn Minuten wuselte er unruhig vor der Tür herum, wo er noch immer angebunden war, und vor Kurzem hatte er auch noch angefangen zu winseln.

»Was ist denn?«, fragte Dorothy und bedachte das Tier mit einem wütenden Blick. »Hast du Hunger?«

Kat hatte bei der Übergabe des Hundes heute Morgen etwas Futter dagelassen, und Dorothy hatte ihm bereits einen Teller mit den abscheulich riechenden braunen Klumpen angeboten, aber der Köter hatte sich nicht dafür interessiert. Wieder winselte er und begann nun auch noch, an der Tür zu kratzen.

Ach du liebe Güte!

Dorothy rümpfte die Nase, als ihr die unangenehme Erkenntnis kam. Warum hatte sie diese unschöne Konsequenz nicht einberechnet, als sie angeboten hatte, die Töle aufzunehmen? Zum hundertsten Mal schimpfte sie über ihr spontanes Angebot.

»Also gut, dann komm. Aber mach wenigstens schnell.«

Sie löste die Leine von der Klinke und öffnete die Wohnungstür. Sofort schoss der Hund unter ihren Beinen hindurch und rannte durch den Flur zu Wohnung eins. Dabei zerrte er so heftig an der Leine, dass Dorothy fast umgerissen wurde.

»Schluss damit, und zwar sofort!«
Der Hund stieß ein langes, tiefes Winseln aus.
»Auf gar keinen Fall. Du kannst da nicht rein. Das Mädchen ist gerade auf einer Aufklärungsmission und Joseph ist … unpässlich.«
Als er den Namen seines Herrchens hörte, gab er ein trauriges Fiepen von sich und starrte weiter auf Wohnung eins.
Dorothy seufzte. »Hör mal, ich weiß, dass du mit diesem Arrangement unglücklich bist, und offen gesagt kann ich dir das nicht verdenken. Aber sobald Kat erfüllt hat, was ich ihr aufgetragen habe, werde ich unsere Abmachung sofort widerrufen. Ich versichere dir also, du und ich, wir müssen uns nicht mehr lange miteinander herumschlagen.«
Sie ging zur Haustür, riss sie mit einem Ruck auf und blinzelte ins helle Tageslicht. Der Hund huschte hinaus und hinunter auf den Bürgersteig. Das Manöver verlief etwas unbeholfen, da das Tier so kurze Beine hatte, dass sein Bauch Bekanntschaft mit jeder Treppenstufe machte. Dorothy beobachtete diesen albernen Vorgang und fragte sich, wie weit die Leine wohl reichen würde. Bis zum Bürgersteig, wie sich herausstellte, denn dort blieb der Hund stehen und sah sie erwartungsvoll an.
»Na los, mach dein verflixtes Geschäft«, rief Dorothy hinunter.
Der Hund ignorierte ihren Befehl.
»Ich komme nicht mit raus. Du bist durchaus in der Lage, deine Blase ohne meine Hilfe zu entleeren.«
Der Hund rührte sich nicht.
»Ich mach die Augen zu, falls du Privatsphäre haben möchtest.«
Sie legte eine Hand über die Lider und zählte bis zehn. Als sie sie wieder wegnahm, hatte sich der Hund immer noch nicht bewegt. Sie knurrte frustriert.
»Oh, du scheußliches Tier! Mach schon, damit ich wieder in meine Wohnung zurückkann.«
»Alles okay?«
Dorothy zuckte zusammen, als sie eine Stimme hinter sich hörte. Sie wirbelte herum und sah die Jugendliche aus Wohnung drei.

»Brauchen Sie Hilfe beim Treppensteigen?«, fragte Ayesha.

»Selbstverständlich nicht«, schnauzte Dorothy.

»Sicher? Ich weiß, das kann ... Reggie!«

Das Mädchen rannte die Stufen hinab auf den Hund zu, ließ sich vor ihm auf die Knie fallen und kraulte ihn hinter den Ohren, woraufhin er begeistert über ihr Gesicht leckte und mit dem Schwanz wedelte wie ein auf Allegro gestelltes Metronom. Bei dem Gedanken an all die Keime wurde Dorothy blass.

Das Mädchen sah zu ihr hoch. »Ich glaube, er muss mal.«

»Dessen bin ich mir bewusst«, sagte Dorothy bissig. »Ich warte darauf, dass er sein Geschäft verrichtet.«

»Das macht er hier nicht. Joseph hat ihn gut erzogen, Reggie macht nicht auf den Bürgersteig.«

»Ach du lieber Himmel! Ich geh mit ihm nirgendwohin, das sollte er sich also schleunigst abgewöhnen.«

»Ich kann mit ihm in den Park gehen, wenn Sie wollen, Mrs Darling? Da geht Joseph normalerweise mit ihm hin.«

»*Ms* Darling. Und solltest du nicht in der Schule sein?« Vor vielen Jahren war Dorothy Englischlehrerin gewesen, und Unpünktlichkeit hatte sie bei ihren Schülern nie geduldet.

»Bis zur Klausur heute Nachmittag habe ich frei.«

Dorothy spürte eine Woge der Erleichterung, aber sie behielt ihre undurchdringliche Miene bei. »Na dann, wie du willst.«

Das Mädchen war sichtlich erfreut und joggte die Treppe wieder hoch, um Dorothy die Leine abzunehmen. »Ich kann ihn auch kurz laufen lassen, wenn ich eh schon im Park bin. Ich bring ihn hinterher zurück.«

»Das ist sehr zuvorkommend von dir«, gab Dorothy zu, als das Mädchen und der Hund davonliefen.

Als Dorothy wieder Zuflucht in ihrer Wohnung gefunden hatte, wusch sie sich gründlich die Hände, bevor sie eine frische Kanne Tee zubereitete. Sie holte drei Bourbon-Kekse aus dem Schrank – nach dieser Tortur hatte sie einen extra Keks verdient – und nahm sie mit an ihren Tisch. Mit etwas Glück wären die Jugendliche und der Hund lange genug unterwegs, dass sie ihr zweites Frühstück in Ruhe genießen konnte.

Doch kaum hatte Dorothy sich eine Tasse Tee eingeschenkt und den ersten ersehnten Bissen von ihrem Keks genommen, fuhr ein schmuddeliger weißer Lieferwagen vor dem Haus vor und unterbrach ihre Ruhe mit seiner aufgedrehten Musikanlage und dröhnenden Bässen. Der Motor verstummte und mit ihm die Musik, dann öffnete sich die Fahrertür und ein Mann mittleren Alters in Sportkleidung stieg aus. Er beugte sich vor, um etwas vom Beifahrersitz zu nehmen, und als er das tat, rutschte seine Jogginghose hinunter, und Dorothy erhaschte ungefragt einen Blick auf eine Unterhose mit Grauschleier. Sie legte den Keks beiseite, denn der Appetit war ihr vergangen. Der Mann richtete sich auf, knallte die Wagentür zu und drehte sich zu Shelley House um. Mit zusammengekniffenen Augen sah er an dem Gebäude hinauf, ließ den Blick über die drei Stockwerke schweifen und schaute dann auf das Klemmbrett, das er in der Hand hielt.

Wer um alles in der Welt war das? Nachdem er sein Klemmbrett lange genug zurate gezogen hatte, ging der Mann zum Heck des Lieferwagens, öffnete die Tür (*Putz mich*, hatte irgendein Strolch in die dicke Schmutzschicht geschmiert) und holte ein merkwürdig aussehendes Gerät heraus. Es war ein Stab, an dessen Ende ein Rad befestigt war. Der Mann machte sich daran, die Gerätschaft über den Bürgersteig vor dem Haus zu schieben.

Dorothy seufzte wieder. Sie wünschte sich doch nichts als ein paar ruhige Minuten, und diese Woche hatte sich ein vermaledeites Drama an das andere gereiht. Sie rappelte sich auf, stürmte aus der Wohnung und öffnete zum zweiten Mal an diesem Tag die Eingangstür von Shelley House.

»Wer sind Sie und was in Gottes Namen tun Sie da?«

Der Mann wirbelte herum, stolperte überrascht zurück und griff sich an die Brust. Dorothy verschränkte die Arme und wartete darauf, dass er entweder einen Herzinfarkt bekam oder seine Fassung wiedererlangte.

»Himmel, haben Sie mich erschreckt«, sagte er schmunzelnd. »Dachte schon, Sie wären ein verdammtes Gespenst!«

Dorothy lachte nicht. »Sie haben meine Frage nicht beantwortet.«

»Sorry.« Er bückte sich, um sein Klemmbrett aufzuheben, das ihm auf den Bürgersteig gefallen war. »Ich bin Gary, Gary Watts. Fergus hat mich gebeten, vorbeizukommen und ein paar Sachen auszumessen.«

Fergus Alexander. Diese Witzfigur von einem Vermieter. Das hätte sie sich denken können.

»Heißt das, Mr Alexander wird endlich die vielen Mängel in diesem Gebäude in Angriff nehmen?«, fragte Dorothy. »Ich habe ihm bereits mehrfach wegen Problemen mit der Feuerschutztür im dritten Stock, der defekten Lampe im ersten Stock, der Ansammlung von Müll im Hausflur und dem Leck in meinem Bad geschrieben, um nur ein paar Beispiele zu nennen.«

»Tut mir leid. Da kann ich Ihnen nicht helfen«, antwortete der Mann achselzuckend. »Ich bin nur wegen ein paar letzter Details zu den Plänen hier.«

»Was für Pläne?«

»Die Baupläne.«

Meine Güte, stellte sich der Mann absichtlich begriffsstutzig? »Was für Baupläne, Mr Watts?«

Er zog die Augenbrauen hoch und sprach dann langsam und mit der lauten Stimme eines Menschen, der glaubte, er hätte es mit einer schwerhörigen und möglicherweise senilen Rentnerin zu tun. »Für ... die ... Wohnungen ... meine Liebe.«

Dorothy unterdrückte ein Seufzen. »Ich glaube, da irren Sie sich, Mr Watts. Hier gibt es bereits Wohnungen.«

Er kratzte sich am Bauch. »Nee, die neuen. Fergus hat gestern den Bauantrag eingereicht, aber ich soll noch mal was überprüfen. Sie wissen ja, wie die Anzugträger bei der Stadtverwaltung sind, 'n kleiner Fehler und der Bauantrag wird abgelehnt.«

Dorothy hörte das Blut in ihren Ohren rauschen, und sie suchte Halt an der Hauswand.

»Alles okay?«, rief der Mann zu ihr hoch. »Jetzt sehn Sie selbst aus, als hätten Sie nen Geist gesehn.«

Dorothy brauchte einen Moment, um den nächsten Satz zu formulieren. »Sagten Sie: *neue* Wohnungen?«

»Ja. Vierundzwanzig, wenn alles durchgeht.«

»Aber wie sollen die denn alle in Shelley House passen? Es ist hier ja schon mit nur sechs recht voll.«

Der Mann sah sie mit zusammengekniffenen Augen an. »Das wird nicht mehr Shelley House sein, Liebes. Die reißen das ganze Ding ab und bauen hier einen achtstöckigen Wohnblock.«

Da war es wieder, das Schwindelgefühl in ihrem Kopf. Einen schrecklichen Moment lang dachte Dorothy, sie müsste sich übergeben.

»Scheiße, ich dachte, Sie wüssten alle Bescheid«, sagte der Bauarbeiter. »Fergus meinte, er hätte die Paragraf-21-Bescheide schon vor Wochen an die Mieter geschickt, darum bin ich davon ausgegangen, dass Sie informiert sind.«

Dorothy rief sich den elenden Brief in Erinnerung. Sie hatte ihn verbrannt, daher konnte sie nicht noch einmal nachlesen, aber sie war sicher, dass darin nur irgendwelcher Unsinn über Zwangsräumungen gestanden hatte, den Dorothy ignoriert hatte. Schließlich hatten auch schon frühere Vermieter dasselbe angedroht, und daraus war nie etwas geworden. Doch von der Zerstörung von Shelley House war keine Rede gewesen, das hätte sie beschwören können.

»Und Sie wollen sich wirklich nicht setzen? Sie wirken ein bisschen wacklig auf den Beinen.«

Dorothy wollte ihm die Meinung geigen, weil er ihr gegenüber so herablassend war, aber sie fühlte sich in der Tat sehr unwohl. Sie wollte wieder hineingehen, drehte sich um und stolperte erneut.

»Moment, ich helfe Ihnen.«

Der Mann sprang die Treppe hinauf, und bevor Dorothy ihn aufhalten konnte, hatte er sie am Arm gepackt. Sie zuckte zurück, aber er hielt sie fest und führte sie in den Flur.

»Welche Wohnung ist Ihre?«

»Die rechte«, krächzte sie, und er begleitete sie zur Wohnungstür.

»Soll ich mit reinkommen und Ihnen ein Wasser holen?«

»Nein, danke.«

Dorothy versuchte, die Tür zu öffnen, aber ihre Hände zitterten so sehr, dass ihr das kaum gelang. Schließlich entriegelte sie das Schloss und stürzte fast in ihre Wohnung. Dabei fiel ihr Blick auf den Kaminsims, und wieder überkam sie eine Welle der Übelkeit.

Dorothy wusste nicht, wie lange sie auf dem Bett gelegen hatte; es hätten fünf Minuten oder auch fünf Stunden gewesen sein können. Sie erinnerte sich weder an Ayeshas Rückkehr noch daran, was mit diesem fürchterlichen Hund geschehen war. Sie wusste nur noch, dass sie die Augen geschlossen und in ihrem Kopf immer wieder dieselben Worte wiederholt hatte. *Das wird nicht mehr Shelley House sein, Liebes. Die reißen das ganze Ding ab.*

Irgendwann musste sie eingeschlafen sein, denn als sie die Augen aufschlug, verrieten ihr die Schatten an der Decke, dass es bereits weit nach Mittag war. In Shelley House war es unheimlich still, und einen Moment lang fragte sich Dorothy, warum sie voll bekleidet auf ihrem Bett lag. Und dann fiel es ihr wieder ein. *Die reißen das ganze Ding ab.*

Sie spürte ein Jucken am linken Auge und blinzelte es weg. Einen Moment später fühlte sie etwas Nasses an ihrer Wange. Dorothy fuhr sich über das Gesicht, aber das Feuchte strömte schneller nach, als sie es wegwischen konnte. Sie griff in ihre Hausmanteltasche und suchte nach einem Taschentuch, und da spürte sie es. Etwas Weiches, Warmes, Unbekanntes war neben ihr auf dem Bett.

Dorothy riss den Kopf hoch und öffnete die Augen. Trotz verschwommener Sicht sah sie den Hund auf dem Bett liegen und sie mit seinem jämmerlichen Gesichtsausdruck anstarren. Dorothy zog abrupt den Arm zurück.

»Verschwinde!«, wollte sie schreien, aber die Worte kamen nur gedämpft heraus.

Der Hund blieb, wo er war, den Kopf auf die Vorderpfoten gelegt.
»Ich sagte, lass mich in Ruhe!«, versuchte Dorothy es erneut.
Das Tier atmete laut aus, rührte sich aber nicht.
Die reißen das ganze Ding ab.
Eine Flutwelle schoss aus Dorothys Augen, und sie ließ erschöpft den Kopf auf das Kissen zurücksacken. Sie legte den Arm wieder auf das Bett und die Hand auf den Körper des Hundes. Unter ihren Fingern hob und senkte sich der kleine Brustkorb, und sie fühlte den schwachen Herzschlag. Dorothy schloss die Augen, und versuchte nicht mehr, die Tränen zurückzuhalten.

KAPITEL 17

Kat

Um fünf Uhr machte Kat Feierabend und fuhr zurück nach Chalcot. Die Schicht im Café war stressig gewesen, ständig neue Kundschaft, aber während sie einen Stapel schmutziges Geschirr nach dem anderen schrubbte, ging sie gedanklich trotzdem noch einmal das Treffen mit Sandra Chambers durch. Was auch immer Dorothy glauben mochte, nichts, wirklich gar nichts deutete darauf hin, dass Josephs Ex-Frau irgendetwas mit dem Vorfall zu tun hatte. Ja, Sandra hatte ein wenig geheimniskrämerisch getan, die Stimme gesenkt und ihren Verlobten darüber angelogen, wer vor der Tür stand, aber das waren ja wohl kaum Beweise für ihre Schuld. Außerdem hatte sie kein naheliegendes Motiv, warum sie Joseph hätte angreifen oder in seine Wohnung einbrechen wollen, wo sie doch schon seit Jahren keinen Kontakt gehabt hatten. Und von dem schwarzen Mantel war auch nirgends eine Spur gewesen. Nicht zum ersten Mal fragte sich Kat, ob Dorothy vielleicht einfach nur verwirrt war. Schwer zu sagen, wie alt diese Frau sein mochte – ihrem bizarren Äußeren nach zu urteilen, war alles zwischen sechzig und neunzig denkbar –, aber es war nicht auszuschließen, dass Dorothy Probleme mit dem Gedächtnis oder sich einfach nur eingebildet hatte, Sandra einbrechen zu sehen.

Kat stieg die Stufen zu Shelley House hinauf und drehte den Schlüssel im Schloss. Im dunklen Flur war es still, und als sie zur Tür von

Wohnung zwei stapfte und anklopfte, machte sie sich auf ein bevorstehendes Verhör gefasst. Da nicht geöffnet wurde, klopfte sie noch einmal, diesmal lauter. Dorothy war doch sicher nicht mit Reggie spazieren gegangen? Heute Morgen hatte sie mehr als deutlich gemacht, dass sie keinerlei Absicht hatte, mit ihm die Wohnung zu verlassen. Hatte sie ihre Meinung geändert? Kat klopfte ein letztes Mal, dann wandte sie sich zum Gehen.

Zurück in Josephs Wohnung betrat sie die Küche. Nun, da sie nicht mehr von ihm bekocht wurde, ernährte sie sich wieder von Nudeln, Omeletts und allem, was sich billig auftreiben und ohne großen Aufwand zubereiten ließ. Heute Abend gab es eine Fertiglasagne, die sie wegen des kurz bevorstehenden Mindesthaltbarkeitsdatums zum halben Preis bekommen hatte. Kat wärmte sie in der Mikrowelle auf und aß sie an der Anrichte stehend direkt aus der Plastikschale. Vielleicht bedeutete Dorothys Abwesenheit, dass sie endlich Reggies Charme erlegen war? Das wären tolle Neuigkeiten, und Kat könnte Dorothy bitten, Reggie vollständig zu übernehmen. Sie klappte ihr Handy auf und ging ihre Kontakte auf der Suche nach jemandem durch, bei dem sie ein paar Nächte lang bleiben konnte, wenn sie Chalcot demnächst endlich verließ.

Kat wurde von der zuknallenden Haustür aus ihren Gedanken gerissen. Sie ging zur Wohnungstür, zog sie auf und rechnete damit, Dorothy und Reggie zu sehen, aber im Flur stand nur die Jugendliche aus Wohnung drei.

»Oh, hi«, sagte Ayesha und wurde rot, als sie Kat sah. »Also, das mit gestern, das tut mir echt leid. Ich wollte super gern mit Reggie helfen, aber mein Dad nervt so rum wegen den Klausuren ...«

»Schon okay.« Kat schaute auf die Uhr. Es war schon nach sechs; wo um alles in der Welt waren Dorothy und Reggie?

»Ich war heute Früh mit ihm Gassi«, sagte Ayesha. »Er hat ewig Tauben gejagt.«

»Reggie?«

»Ja. Er musste mal, und Mrs, sorry, *Ms* Darling meinte, sie geht nirgends mit ihm hin, also habe ich ihn mit in den Park genommen.«

»Hat Dorothy irgendwas gesagt, dass sie heute Nachmittag mit ihm rauswill?«

»Nein, aber ich hab sie danach auch nicht mehr gesehen.« Ayesha zögerte. »Es war schon ein bisschen schräg. Als ich mit Reggie zurückgekommen bin, stand die Wohnungstür offen, aber von ihr gab's keine Spur. Ich hab ein paarmal nach ihr gerufen, und es kam keine Antwort.«

»Und was hast du dann gemacht?«

Das Mädchen guckte betreten. »Na ja, ich musste zur Schule, weil ich eine Prüfung hatte. Reggie ist in die Wohnung gerannt und in einem der Zimmer verschwunden, und da dachte ich halt, Ms Darling ist vielleicht gerade auf dem Klo oder so. Also hab ich die Wohnungstür zugemacht und bin gegangen.«

Kats Puls beschleunigte sich. »Und Dorothy hast du gar nicht gesehen?«

Die Wangen des Mädchens wurden noch röter. »Hab ich was falsch gemacht? Ich dachte, Ms Darling hat die Tür für mich und Reggie offen gelassen. Ist sie sauer auf mich?«

Statt zu antworten, marschierte Kat zielstrebig durch den Flur und hämmerte an die Tür von Wohnung zwei. »Dorothy, können Sie mich hören?«, rief sie. »Sind Sie da?«

Scheiße! Was, wenn ihnen etwas zugestoßen war? Kat klopfte noch entschiedener.

»Glaubst du, es geht ihnen gut?«, fragte Ayesha, die Stimme voller Panik. »Soll ich einen Krankenwagen rufen? Oder einen Tierarzt?«

»Wir müssen in die Wohnung«, sagte Kat, rüttelte an der Türklinke und prüfte das Schloss. »Ich glaube, ich kann …«

Sie wurde von dem Geräusch eines Schlüssels im Haustürschloss unterbrochen, fuhr herum und hielt die Luft an. Einen Augenblick später ging die Tür auf und Reggie flitzte in den Hausflur. Als er Kat und Ayesha sah, stellte er die Ohren auf.

Erleichtert atmete Kat auf und drückte ihn an sich. »Reggie! Einen Moment lang dachte ich schon …«

Sie unterbrach sich, als sie Dorothy hereinkommen sah. Bisher hatte Kat die Frau nur in ihrem beigen Hausmantel und ausgetretenen Hausschuhen gesehen. Heute hatte Dorothy diese Kombi durch einen altmodischen Regenmantel und grüne Gummistiefel ersetzt, obwohl es ein herrlich sonniger Tag war. Ein schwarzes Kopftuch, das sie unter dem Kinn zusammengeknotet hatte, bedeckte ihr silbernes Haar. Es war ein widersprüchliches Outfit, irgendwo zwischen einer Nonne und der Queen, und Kat wurde sich plötzlich bewusst, dass sie Dorothy anstarrte. Doch bevor sie etwas sagen konnte, legte Dorothy los.

»Dieser Halunke!«, rief sie so laut, dass sowohl Kat als auch Ayesha zusammenzuckten. »Dieser hinterhältige, verlogene, heimtückische Halunke!«

Kat sah Reggie an, den sie noch immer im Arm hielt. Oh nein, was hatte er angestellt?

»Wenn er glaubt, er kann dieses Haus zerstören, ohne dass ich mich zur Wehr setze, dann wird er sich noch wundern.« Dorothy wedelte mit der Handtasche in Richtung ihrer Wohnungstür. »Ich schwöre, ich werde nicht zulassen, dass er meine Wohnung auch nur anrührt.«

»Ich bin mir sicher, das war keine Absicht«, sagte Kat. »Ihm ist nur ein bisschen langweilig, dann wird er unruhig.«

»Was? Und Sie finden, *Unruhe* ist eine Entschuldigung für Vandalismus an einem historischen Gebäude?«, brüllte Dorothy, und auf ihren Wangen bildeten sich zwei rote Flecken. »Er will mein Haus zerstören, und Sie sagen, das sei in Ordnung, weil ihm *ein bisschen langweilig* ist. Dann sind Sie genauso ein Verbrecher wie er!«

»Ich denke, Sie sollten sich beruhigen, Dorothy.«

»Für Sie immer noch Ms Darling, und ich werde mich nicht beruhigen! Ich lebe hier seit vierunddreißig Jahren, und dieser Ganove will mir alles wegnehmen.«

»Ach kommen Sie, er ist doch nur ein Hund.«

Dorothy schürzte die Lippen. »Ich spreche nicht von dem Tier, Sie dummes Mädchen!«

Kat warf Ayesha einen Blick zu, die ebenso verwirrt aussah. »Aber ...«

»Ich spreche von Fergus Alexander, dem hinterhältigen Eigentümer von Shelley House. Wussten Sie, dass er insgeheim plant, das ganze Gebäude abzureißen und auf dem Grundstück einen monströsen Block mit modernen Wohnungen zu bauen? Ich war gerade im Rathaus und habe mir die Pläne selbst angesehen. Kein einziger Ziegelstein dieses Hauses soll übrig bleiben!«

»Oh, verstehe.« Kat war erleichtert; einen Moment lang hatte sie befürchtet, Reggie hätte etwas richtig Schlimmes angestellt und ihre Chance, den Hund bei Dorothy zu lassen, wäre vertan.

»Was? Wussten Sie etwa schon Bescheid?«, fragte Dorothy und ihre Nasenflügel weiteten sich. »Wussten etwa alle, was er vorhat, und niemand hatte den Anstand, mich einzuweihen?«

»Ich hatte keine Ahnung«, sagte Ayesha, die blass geworden war.

»Ich wusste auch nichts davon, aber besonders überraschend kommt das nicht, oder?«, sagte Kat. »Ich meine, das erklärt zum Beispiel, warum alle vor die Tür gesetzt werden.«

»*Mich* setzt niemand vor die Tür!« Dorothy verschränkte die Arme. »Vor dreißig Jahren habe ich geschworen, bis zu meinem Tod hier in Shelley House wohnen zu bleiben, und wenn Fergus Alexander das anders sieht, dann irrt er sich gewaltig.«

Oh Mann, offensichtlich war Dorothy genauso naiv wie Joseph.

»So läuft das leider nicht. Sobald Ihr Vermieter einen Räumungsbefehl hat, können Sie nichts mehr gegen die Zwangsräumung tun. Außerdem kann er das Haus abreißen, wenn er die Baugenehmigung erhält, und einen Bulldozer werden Sie ja wohl kaum aufhalten können.«

Dorothy schnaubte verächtlich, als könnte sie es locker mit einem Bulldozer aufnehmen.

»Und was, wenn er die Baugenehmigung nicht bekommt?«, fragte Ayesha leise und schien erschrocken, als sowohl Kat als auch Dorothy sich zu ihr umdrehten und sie ansahen.

»Wie meinst du das?«, schnauzte Dorothy.

»Ich meine, was wäre, wenn wir irgendwie verhindern könnten, dass er mit seinem Bauantrag durchkommt?«

»Äh, ich bin mir nicht sicher, ob das so einfach ist«, sagte Kat. »Warum sollte der Stadtrat den Antrag ablehnen? Das Haus ist eine Ruine – ein Wunder, dass es nicht schon vor Jahren eingestürzt ist.«
»Papperlapapp. Es hat nur ein paar kleinere Reparaturen und einen neuen Anstrich nötig«, sagte Dorothy.
»Und wenn dieser Alexander einen Haufen neuer Wohnungen bauen will, wird der Rat das ebenfalls positiv sehen«, fuhr Kat fort. »Immerhin herrscht Wohnungsknappheit.«
»Es gibt genug Stellen, an denen neue Häuser gebaut werden können, ohne bestehende abzureißen, die noch vollkommen in Ordnung sind«, murmelte Dorothy. »Die Frage ist nur, wie man dafür sorgt, dass ein Bauantrag abgelehnt wird.« Sie sah Ayesha an, die mit den Schultern zuckte, dann richtete sie ihre Aufmerksamkeit auf Kat.
»Woher soll ich das wissen?«, fragte Kat. »Ich würde mal vermuten, die lehnen so was nur ab, wenn etwas mit den Plänen nicht stimmt oder das Bauvorhaben nicht im öffentlichen Interesse liegt.«
»Nun, dieses hier liegt gewiss nicht im öffentlichen Interesse«, sagte Dorothy.
»Ich denke nicht, dass ein paar Mieter, die nicht rausgeworfen werden wollen, als öffentliches Interesse zählen.«
»Dann müssen Sie eben einen Weg finden, *mehr* Leute dafür zu interessieren.« Dorothy zeigte mit dem Finger auf Kat. »Die Jugendliche hat recht. Wenn Hunderte von Beschwerden eingehen, muss der Stadtrat den Antrag ablehnen und das Gebäude ist sicher.«
»Was soll das heißen: *Ich* muss einen Weg finden? Das ist nicht mal mein Zuhause, ich bin bloß Josephs Untermieterin.«
»*Illegale* Untermieterin. Denken Sie nicht, dass ich ...«
»Joseph!«, sagte Ayesha und unterbrach damit den Streit. »So können wir verhindern, dass der Bauantrag durchkommt.«
»Ayesha, ich weiß nicht, ob uns Joseph im Moment eine große Hilfe sein kann«, sagte Kat so sanft wie möglich. »Er liegt immer noch im Koma.«
»Weil er von einem Bewohner dieses Hauses angegriffen wurde«,

ergänzte Dorothy und ließ den Blick zwischen Kat und Ayesha hin- und herhuschen, als könnte es eine von ihnen gewesen sein.

»Aber vor seinem Unfall hat Joseph jeden Tag vor dem Büro von *Alexander Properties* protestiert«, sagte Ayesha. »Also, dachte ich, vielleicht sollten wir damit weitermachen.«

»Aber ...«

»Nur sollten wir die Leute diesmal nicht nur über die Räumung informieren, sondern sie auch auffordern, Einspruch gegen den Bauantrag zu erheben. So können wir verhindern, dass Shelley House zerstört wird.« Das Mädchen sah Kat an, und ihre Augen strahlten geradezu vor jugendlichem Optimismus.

»Das ist ja eine nette Idee, aber ich bin mir nicht sicher, wie realistisch das ist«, sagte Kat. »Es ist schwer, Fremde dazu zu bringen, sich für etwas einzusetzen, erst recht für ein Gebäude, das sowieso schon kurz vor dem Einsturz steht.«

»Das glaube ich nicht«, gab Ayesha zurück. »Das Haus steht hier schon seit über hundertdreißig Jahren, es ist Teil der lokalen Geschichte. Wir müssen die Leute nur davon überzeugen, dass es sich lohnt, dafür zu kämpfen.«

»Aber wer hat denn Zeit für so was?«, fragte Kat. »Ich habe einen Job, und du steckst mitten in den Prüfungen. Damit bleibt nur noch ...« Sie wandte sich an Dorothy, die ein entsetztes Gesicht machte.

»Ich werde sicherlich keine schmuddelige Mahnwache auf dem Bürgersteig veranstalten. Herzlichen Dank auch.«

»Wir müssen ja nicht jeden Tag auf die Straße wie Joseph, wir könnten stattdessen eine große Demo veranstalten«, sagte Ayesha. »Wir müssten Werbung dafür machen, Plakate aufhängen und Flugblätter verteilen, damit die Leute davon erfahren. Vielleicht schaffen wir es sogar in die Zeitung.«

»Ich bin mir immer noch nicht sicher, ob das funktionieren würde«, sagte Kat. »Weißt du noch, das Treffen in Josephs Wohnung letztens, Ayesha? Er hat es nicht einmal geschafft, die Bewohner in diesem Haus davon zu überzeugen, sich gegen die eigene Zwangsräumung zu wehren. Wie stehen da also die Chancen, völlig Fremde zum Helfen zu motivieren?«

»Einen Versuch ist es wert«, sagte die Jugendliche. »Wenn wir jetzt nicht kämpfen, ist es zu spät. Dann kriegt Fergus Alexander seine Baugenehmigung, wir werden alle rausgeworfen, und dann ist das Haus bald für immer weg.«

»Aber ...«

»Ich weiß, dass Shelley House auseinanderfällt und viele es für einen Schandfleck halten, aber meine Mutter hat das Haus geliebt«, fuhr das Mädchen fort und ihre Stimme brach. »Sie hat immer gesagt, sie fühlt sich wie eine Märchenprinzessin in einem verfallenen, aber prächtigen Schloss. Vielleicht können wir nicht verhindern, dass das Haus abgerissen wird, aber ich muss es zumindest versuchen. Für meine Mutter, wenn schon für keinen sonst.«

Ayesha hörte auf zu sprechen, und sie verfielen in Schweigen. Kat wartete darauf, dass Dorothy irgendetwas Fieses vom Stapel ließ, aber als sie einen Blick auf die ältere Frau warf, sah Kat, dass sie den Teenager mit einem seltsamen, fast schmerzerfüllten Gesichtsausdruck betrachtete. Dann straffte Dorothy die Schultern und wandte sich an Kat.

»Also dann, Sie haben gehört, was das Mädchen gesagt hat. Sie beide haben eine Demonstration zu organisieren.« Sie drehte sich um und marschierte an den beiden vorbei zu ihrer Wohnungstür.

»Sie helfen aber auch mit, oder, Ms Darling?«, rief Ayesha ihr nach.

»Wenn's sein muss. Aber künftig werde ich etwas für die Fäkalien benötigen.«

Kat rümpfte die Nase und sah zu Ayesha, die ebenso entsetzt wirkte.

»Was?«

»Kotbeutel für Reginald«, rief Dorothy zurück. »Und bringen Sie ein paar Spielsachen mit, wenn Sie ihn morgen abliefern. Der Köter hat versucht, meine Chaiselongue zu fressen.«

KAPITEL 18

Dorothy

Unter normalen Umständen hätte jedes der drei Ereignisse – a) Chalcot zu verlassen, b) in Begleitung eines Hundes zu sein und c) die Sachbearbeiter im Bauamt zu konfrontieren – ausgereicht, dass Dorothy eine Woche Bettruhe benötigt hätte. Aber dies waren keine normalen Umstände, und jetzt war nicht die Zeit für solche Extravaganzen. Stattdessen fand sich Dorothy keine achtundvierzig Stunden nach ihrer Expedition zum Rathaus in Winton erneut in ihrem staubigen Regenmantel, den Gummistiefeln und mit der Hundeleine in der Hand auf der Schwelle von Shelley House wieder.

»Bereit?« Ayesha Siddiq, die einen schwer aussehenden Rucksack schleppte, trat an ihre Seite.

Am Abend zuvor hatte das Mädchen an Dorothys Tür geklopft und ihr mitgeteilt, dass ihre Hilfe am folgenden Nachmittag um fünfzehn Uhr benötigt wurde. Weitere Einzelheiten wurden nicht genannt, und Überraschungen mochte Dorothy fast ebenso wenig, wie ihre Wohnung zu verlassen.

»Also, was haben wir vor?«

»Wir verteilen die hier.« Das Mädchen griff in ihren Rucksack und reichte Dorothy ein Blatt Papier. Es hatte einen grellen Blauton und oben stand fett gedruckt RETTET SHELLEY HOUSE. Es wurde in ein paar Zeilen erklärt, dass Unterstützung benötigt wurde, um die geplanten Baumaßnahmen und den Abriss des historischen Shelley House zu verhindern. Außerdem wurde auf eine öffentliche Kundgebung am Samstag, den 8. Juni, vor den Büros von *Alexander Properties* hingewiesen. Die Zeichnung darunter stach Dorothy besonders ins Auge.

»Wo hast du die gefunden?«

»Was?«

»Die Zeichnung von Shelley House. Die sehe ich zum ersten Mal.«

»Oh, das hab ich selbst gezeichnet.«

Vielleicht zum ersten Mal in siebenundsiebzig Jahren fehlten Dorothy die Worte. Die Zeichnung war eine außerordentlich gelungene Darstellung der Außenansicht ihres Hauses. In einfachen schwarzen Linien gab sie sowohl die Erhabenheit als auch die schlichte Eleganz von Shelley House perfekt wieder. Es war, als wäre Canaletto von den Toten auferstanden, wenn Canaletto leicht heruntergekommene viktorianische Villen auf dem englischen Land gemalt hätte.

»Das ist ganz außergewöhnlich«, sagte Dorothy.

Das Mädchen hustete verlegen. »Wollen wir dann los?«

Für den Anfang verteilten sie die Flugblätter an die Häuser in der Poet's Road. Entgegen Dorothys Befürchtungen, sich mit Fremden unterhalten zu müssen, trafen sie glücklicherweise nur wenige Bewohner persönlich an, als sie die Flugblätter in die Briefkästen warfen. Sie stellte sich vor, wie die Zettel von der Fußmatte aufgehoben und vermutlich direkt in den Papierkorb geworfen wurden. Genauso hatte sie es selbst schon unzählige Male getan. Es würde sich doch bestimmt niemand die Zeit nehmen, sie zu lesen. Derartige Bedenken schien Ayesha nicht zu hegen, und sie verteilte die Flugblätter mit fast schon fanatischem Eifer.

»Man sieht nicht oft, dass sich ein junger Mensch so leidenschaftlich für etwas einsetzt«, bemerkte Dorothy, als Ayesha schon wieder einen Passanten angesprochen und ihm ein Flugblatt aufgedrängt hatte. »Deine Eltern haben bei deiner Erziehung offenbar Wert auf soziales Bewusstsein gelegt.«

»Eher meine Mum als mein Dad«, sagte Ayesha. »Mum hat sich an allen möglichen Aktionen im Dorf beteiligt: Sie ist zum Beispiel demonstrieren gegangen, als die Chalcoter Bücherei und das Förderzentrum für Kinder geschlossen werden sollten. Sie war davon überzeugt, dass man für das, woran man glaubt, kämpfen sollte.«

»Sie klingt nach einer bemerkenswerten Frau.«

»Das war sie.«

Nach diesem erzwungenen Small Talk ging Dorothy weiter zum nächsten Haus. Aber anscheinend war die Jugendliche noch nicht fertig.

»Früher hat sich Dad auch gern engagiert, aber seit Mum tot ist, fühlt es sich an, als würde er auf einem anderen Planeten leben.«

Dorothy schluckte. »Trauer macht manchmal seltsame Dinge mit einem.«

»Ich glaube nicht, dass es nur die Trauer ist. Er ist ständig so gestresst, und die ganze Sache mit der Zwangsräumung macht es nur noch schlimmer.«

Dorothy dachte an die Rechnungen, die beinahe täglich für Omar eintrafen, an die Rechnungen, die er stets aus dem Postregal verschwinden ließ, bevor Ayesha sie zu Gesicht bekam. Und könnte auch der Angriff auf Joseph sein Gewissen belasten? Schuldgefühle wegen versuchten Mordes würden seinen Stresspegel sicher erhöhen.

»Er hat bestimmt viel um die Ohren«, sagte sie vorsichtig. »Weiß er, dass du diese Demonstration organisierst?«

»Nein, er würde mich umbringen, wenn er wüsste, dass ich hier mit Ihnen unterwegs bin, statt zu lernen. Er interessiert sich nur dafür, dass ich einen guten Abschluss mache, damit ich Jura studieren kann.« Das Mädchen stieß einen langen Seufzer aus.

Es war lange her, dass Dorothy sich mit einer Jugendlichen unterhalten, geschweige denn mit ihr über ihre Probleme gesprochen hatte. Aber das Mädchen wirkte so niedergeschlagen, dass sie das Gefühl hatte, etwas sagen zu müssen.

»Deinem Seufzer entnehme ich, dass du von der Idee, Jura zu studieren, nicht begeistert bist.«

»Überhaupt nicht«, sagte Ayesha und stopfte ein Flugblatt durch einen Briefschlitz.

»Und was, wenn ich fragen darf, möchtest du stattdessen tun?«
Ayeshas Gesicht leuchtete auf. »Grafikdesign. Mir hat's voll Spaß gemacht, die Flugblätter zu entwerfen, die Illustration und die ganzen Schriftarten und alles.«

Dorothy sah auf das Flugblatt, das sie in der Hand hielt, und betrachtete die Zeichnung von Shelley House. »Du hast das tatsächlich selbst gezeichnet?«

»Ja, gestern nach der Matheprüfung.«

»Das ist wirklich beeindruckend.«

Das Mädchen wurde rot. »Danke, ich bin auch ganz zufrieden damit. Aber mein Dad findet, das ist keine vernünftige Berufswahl. Er und Mum haben immer davon geträumt, dass ich Anwältin werde.«

Dorothy runzelte die Stirn – mit diesem Gespräch bewegte sie sich auf unbekanntem Terrain. »Ich bin keine Expertin, Ayesha, aber mein Vorschlag wäre, dass du mit deinem Vater sprichst und ihm sagst, was du wirklich möchtest.«

»Hab ich ja versucht, aber er hört mir nicht zu. Er hängt nur in der Wohnung rum, suhlt sich in Selbstmitleid wegen Mum und schnauzt mich an. Und klar, ich bin auch traurig, aber wir müssen ja irgendwie weiterleben.«

Das Mädchen schwieg einen Moment und guckte auf ihre Füße.

»Wissen Sie, Dad gegenüber würde ich das nie sagen, aber manchmal glaube ich, dass die Zwangsräumung eine Chance für uns sein könnte, weit weg von den traurigen Erinnerungen an Mum noch mal neu anzufangen. Aber dann fällt mir wieder ein, wie gern sie Shelley House gehabt hat, und dann bekomme ich ein schlechtes Gewissen, weil ich überhaupt an so etwas denke.«

Ayesha hob den Kopf und sah die Straße hinunter, und als Dorothy ihrem Blick folgte, stellte sie fest, dass Ayesha Shelley House betrachtete. Es erhob sich über die umliegenden Gebäude wie ein ... wie hatte Ayesha ihr Zuhause genannt? *Ein verfallenes, aber prächtiges Schloss.*

»Als Mum richtig schlimm krank wurde, wollten die Ärzte sie in ein Hospiz verlegen, aber sie hat sich bis zum Schluss geweigert«, fuhr das

Mädchen fort.« Sie hat gesagt, sie will zu Hause bei ihrer Familie bleiben, wo sie so glücklich gewesen ist. Ich weiß also, dass sie am Boden zerstört gewesen wäre, hätte sie gewusst, dass Shelley House abgerissen und durch einen hässlichen modernen Wohnblock ersetzt werden soll.«

Dorothy schwieg, ihr Blick ruhte auf der Balustrade, die das Dach von Shelley House krönte. Plötzlich spürte sie ein so starkes Stechen in der Brust, dass sie ein Stöhnen unterdrücken musste.

»Dann müssen wir dafür sorgen, dass das nicht passiert«, sagte sie mit fester Stimme, wandte sich ab und schnappte sich eine Handvoll von Ayeshas Flugblättern.

Während Dorothy diese in den nächsten Briefkasten warf, versuchte sie, ihre Fassung wiederzugewinnen. Warum nahm sie die Geschichte einer praktisch Fremden so mit? Ja, sie und Fatima Siddiq hatten sich gelegentlich im Hausflur zugenickt, und ja, Dorothy hatte einmal, nachdem sie auf der eisigen Treppe gestürzt war und sich am Knie verletzt hatte, einen Topf mit köstlichem Curry auf ihrer Fußmatte vorgefunden. Aber sie hatte es sich nie gestattet, sentimental zu werden, woher also kamen auf einmal all diese seltsamen Gefühle? Das war höchst beunruhigend.

Nachdem sie mit den Häusern in der Poet's Road fertig waren, nahmen sich die beiden die umliegenden Straßen vor. Sie fanden schnell in einen eingespielten Rhythmus, bei dem Dorothy die eine und Ayesha die andere Straßenseite übernahm, und sie sich ab und zu trafen, damit Dorothy ihren Stapel auffüllen konnte. Mehrmals bot Ayesha an, Reggie zu übernehmen, aber Dorothy lehnte ab. Wie sich herausstellte, eignete sich der Hund hervorragend zur Abschreckung, wenn Fremde Anstalten machten, sie anzusprechen. Sobald ihr jemand zu nahe kam, verkündete Dorothy lautstark: »Dieses Tier ist völlig unberechenbar; ich übernehme keinerlei Verantwortung, wenn Sie gebissen werden«, woraufhin sich die meisten recht schnell zurückzogen und Dorothy in Ruhe ließen. Bemerkenswert.

»Ich glaube, das reicht für heute«, sagte Ayesha, als sie an der Ecke zur Oak Road wieder aufeinandertrafen.

Dorothy sah auf die Uhr und traute ihren Augen kaum. Es war siebzehn Uhr dreißig, was bedeutete, dass sie längst ihren Nachmittagstee verpasst hatte.

»Vielen Dank für Ihre Hilfe«, sagte Ayesha, als sie sich auf den Weg zurück zur Poet's Road machten. »Ohne Sie hätte ich das nicht geschafft.« Bedeutete das, dass Dorothys Dienste nicht länger benötigt wurden? Sie hüstelte kurz. »Und wirst du meine Unterstützung noch einmal brauchen?«

»Oh, danke, aber keine Sorge. Ich will Sie nicht überstrapazieren.« Ayesha musste das Funkeln in Dorothys Augen gesehen haben, denn sie fügte schnell hinzu: »Ähm, ich meine, ich weiß, wie beschäftigt Sie sind, Ms Darling.«

»Nicht so beschäftigt, dass ich nicht für mein eigenes Zuhause kämpfen könnte.«

»Spitze! Na, wenn das so ist, wollen wir am Wochenende wieder los? Morgen muss ich lernen, aber Sonntagnachmittag kann ich mir ein paar Stunden freischaufeln.«

»Ganz wie du willst.«

Sie waren in die Poet's Road eingebogen und näherten sich Shelley House. Unten an der Treppe hielt Ayesha inne.

»Ms Darling?«

»Ja?«

Das Mädchen blickte wieder auf ihre Füße. »Danke, dass ich mit Ihnen über meine Eltern reden durfte. Darüber spreche ich sonst mit niemandem, und ich weiß nicht, warum das alles ausgerechnet bei Ihnen aus mir herausgeplatzt ist. Aber es hat gutgetan. Also ... na jedenfalls, danke.«

Die Jugendliche lächelte verlegen, und plötzlich wurde Dorothy von einer ungebetenen Erinnerung überrascht: an ihr altes Büro in der Londoner Schule und an das kleine Sofa in der Ecke, auf dem sie immer mit den Schülerinnen und Schülern gesessen und gesprochen hatte, wenn sie mit ihren Problemen zu ihr gekommen waren. Dorothy hatte schon so lange nicht mehr an ihre Tage als Lehrerin gedacht, dass sich die Erinnerung fremd anfühlte, als würde sie nicht ihr, sondern jemand anderem gehören.

»Gern geschehen«, murmelte sie und stieg rasch die Treppe hinauf, damit Ayesha sie nicht erröten sah. Doch als sie die oberste Stufe erreichte, schwang die Haustür auf, und Tomasz Wojcik kam heraus, begleitet von seinem Höllenhund. Als Reggie das Tier erblickte, duckte er sich ängstlich. Der größere Hund knurrte und stürzte sich auf den Jack Russell Terrier, der zur Seite sprang und Dorothy fast von den Beinen riss. Sie bekam das Geländer zu fassen und versuchte, Reggie aus der Gefahrenzone zu ziehen.

»Halten Sie ihm Ihren Hund vom Hals!«, rief sie, aber über das Gebelle und Geknurre hinweg war ihre Stimme kaum zu hören.

»Princess, Platz!«, brüllte Tomasz, als seine Hündin sich erneut auf Reggie stürzte und seine Schulter erwischte. Der Kleine stieß einen hohen Schrei aus.

»Halten Sie sie auf!«, schrie Ayesha, und Dorothy spürte, wie die Jugendliche versuchte, ihr zu helfen, Reggie wegzuziehen. »Princess bringt ihn noch um!«

Tomasz bekam das Halsband seiner Hündin zu fassen und zerrte sie zurück. Kaum war ihm das gelungen, sprang Ayesha vor und hob Reggie hoch.

»Ihr Tier ist gemeingefährlich!«, keifte Dorothy. Die Angst in ihrem Körper wich der Wut. »Wenn Sie sie nicht unter Kontrolle haben, sollten Sie sie einschläfern lassen.«

»Das ist nicht Princess' Schuld! Der Hund provoziert sie.«

»Wie können Sie es wagen, Reginald die Schuld zu geben! Sie und Ihr Hund sind gemeingefährlich, Sie alle beide!«

Der Mann blickte Dorothy wütend an. »Sie sind doch verrückt, Sie alte Schachtel, genau wie dieser dumme alte Mann!«

Er drängte sich an ihr vorbei die Treppe hinunter, und schon wieder wäre sie beinahe umgefallen. Dorothy holte aus, um nach ihm zu schlagen, aber Ayesha packte sie am Handgelenk.

»Lassen Sie es gut sein. Er ist es nicht wert.«

Dorothy wich zurück, aber die Wut ließ sie immer noch am ganzen Körper zittern. Sie sah auf Reggie hinunter, der winselnd in Ayeshas Armen lag.

»Du armes Ding«, sagte sie, streckte die Hand aus und streichelte ihm zögerlich über den Kopf.

»Princess terrorisiert ihn«, sagte Ayesha. »Und dieser Kerl terrorisiert Joseph.«

Als Ayesha das sagte, fiel Dorothy Joseph wieder ein. In dem ganzen Theater, das sich abgespielt hatte, seit sie von dem Bauvorhaben wusste, hatte sie kaum noch an den Angriff auf Joseph gedacht, aber jetzt kam alles wieder hoch. Sandra Chambers' Komplize in Shelley House war immer noch auf freiem Fuß. Und soeben war Tomasz Wojcik zum Hauptverdächtigen geworden.

KAPITEL 19

Kat

Kat wusste nicht, wie sie es geschafft hatte, sich dazu überreden zu lassen, Werbung für diese Demosache zu machen. Eigentlich war sie ganz gut im Neinsagen – sie hatte ihr ganzes Leben damit verbracht, diese Kunst zu perfektionieren: Sie hatte Nein zu den Sozialarbeitern gesagt, die versucht hatten, sie über ihre Mutter auszuhorchen, Nein zu den Lehrern, die wissen wollten, ob sie hungern musste, Nein zu den zwielichtigen Männern, die sie für leichte Beute hielten. Und doch hatte das ungleiche Paar aus einem Teenager und einer schrulligen Rentnerin Kat irgendwie dazu gebracht, sie bei ihrem aussichtslosen Vorhaben zu unterstützen. Das war gleichermaßen verwirrend und beunruhigend. Und so stand sie nun an einem schwülen Mittwochnachmittag mit tief in die Augen gezogener Basecap vor der Bibliothek, verteilte Flyer an Passanten und ließ sich von Dorothy Darling kritisieren.

»Nein, so nicht.«

»Kein Wunder, dass niemand ein Flugblatt nimmt, wenn Sie so mürrisch schauen.«

»Vielleicht hätten wir mehr Erfolg, wenn Sie Ihre Tätowierungen verdecken würden?«

»Vielleicht hätten wir mehr Erfolg, wenn Sie die Schnauze halten würden?«, zischte Kat irgendwann zurück.

Dorothy ging nicht darauf ein, aber es stimmte, dass sie wenig Erfolg hatten. Schon seit einer Stunde standen sie auf der Hauptstraße und hatten keine dreißig Flugblätter verteilt. Ayesha hatte versucht, sie alle bei Laune zu halten, aber allmählich schien auch bei ihr die Luft raus zu sein.

»Vielleicht habe ich die Flyer schlecht gestaltet«, sagte sie, während sie zusahen, wie ein Mann sich einen nahm und ihn nach einem kurzen Blick im nächstbesten Mülleimer entsorgte.

»Unsinn, die Flugblätter sind erstklassig«, sagte Dorothy. »Diese Schwachköpfe sind nur zu egoistisch, um sich zu engagieren.«

»Was, wenn die Demo am Samstag genauso ein Reinfall wird?«, fragte Ayesha und sah Kat an. »Was, wenn niemand auftaucht?«

Kat antwortete nicht. Die Wahrheit war, dass sie das sogar für ziemlich wahrscheinlich hielt. Vermutlich würde sich niemand die Mühe machen, bei der Versammlung zu erscheinen oder beim Bauamt Widerspruch einzulegen, aber sie wollte die Jugendliche nicht noch mehr entmutigen. Zum Glück fing Reggie in diesem Moment an zu bellen und ersparte ihr die Lüge.

»Was hat er denn?«, fragte Dorothy, als Reggie in Richtung eines Mannes und einer jungen Frau zog, die mit einem Kinderwagen die Bücherei verließen. »Was hast du, Reginald?«

Der Hund kläffte weiter wie wild und versuchte, näher an den Mann heranzukommen. Dass er jemanden so vehement anging, hatte Kat noch nie erlebt. Die Frau sah ehrlich erschrocken aus und lenkte den Kinderwagen zur Seite.

»Tut mir echt leid«, rief Kat ihnen hinterher, als sie am Kriegerdenkmal vorbeieilten.

»Du kannst doch nicht einfach ahnungslose Passanten anbellen, was für ein unzivilisiertes Verhalten«, schimpfte Dorothy mit dem Tier, das sich hechelnd auf den Hintern sinken ließ. Sie beugte sich hinunter und tätschelte seinen Kopf. »Schon gut, Reginald, ich bin dir nicht böse. Hier hast du ein Leckerli.«

Kat wollte Dorothy gerade sagen, dass sie sein Fehlverhalten nicht belohnen sollte, als ihr Handy in der Tasche vibrierte. Sie holte es heraus und sah, dass der Anrufer seine Nummer unterdrückt hatte.

»Hallo?«

»Ist da Kat Bennett?«

»Ja.«

»Ich heiße Glenda und bin Krankenschwester auf der Intensivstation, auf der Joseph Chambers liegt.«

Kat rutschte das Herz in die Hose. War es so weit, war das der Anruf, vor dem sie sich seit einer Woche fürchtete? Sie ging ein paar Schritte, bis sie außerhalb von Dorothys und Ayeshas Hörweite war.

»Was ist los? Ist alles okay?«

»Also, vor ein paar Tagen haben wir ihn aus dem künstlichen Koma geholt, und so weit sieht es gut aus. Natürlich ist er noch sehr erschöpft, aber er scheint keine ernsthaften neurologischen Schäden davongetragen zu haben.«

Kat fiel auf, dass sie die Luft angehalten hatte, und atmete langsam wieder aus. »Oh, das sind tolle Neuigkeiten.«

»Er hat noch einen weiten Weg vor sich, bis er entlassen werden kann, aber die Ärzte sind der Ansicht, dass er stabil genug ist, um heute noch von der Intensiv- auf die Normalstation verlegt zu werden.«

»Da bin ich ja erleichtert«, sagte Kat, und zu ihrer Überraschung breitete sich ein Grinsen auf ihrem Gesicht aus.

»Der Grund für meinen Anruf ist, dass Joseph um ein paar Kleinigkeiten von zu Hause gebeten hat: einen frischen Schlafanzug, Bücher, so was eben. Er hat sich gefragt, ob Sie ihm die Sachen vielleicht morgen vorbeibringen könnten.«

»Klar. Was braucht er denn?«

Als sie auflegte, lächelte Kat immer noch. *Ich freue mich bloß, weil das bedeutet, dass ich endlich hier wegkann*, redete sie sich ein, während sie zu Dorothy und Ayesha zurückkehrte. *Das hat nichts mit Joseph zu tun; ich bin nicht für ihn verantwortlich. Für niemanden.*

»Da guckt aber jemand zufrieden«, sagte Dorothy spöttisch, als sie sie sah.

»Das war das Krankenhaus. Joseph ist aufgewacht und sie glauben, dass er wieder gesund wird.«

»Das ist ja toll!«, jubelte Ayesha, und bevor Kat sie davon abhalten konnte, schlang ihr das Mädchen die Arme um den Hals.

Kat verzog das Gesicht und unterdrückte den Impuls, sie wegzustoßen. Wann hatte sie das letzte Mal jemandem erlaubt, sie so zu umarmen? Vielleicht zuletzt ihrem Großvater. Kat biss die Zähne zusammen, bis Ayesha sie losließ.

»Hat der alte Knacker also doch noch nicht ins Gras gebissen«, sagte Dorothy.

»Zum Glück nicht. Offenbar fragt er nach seiner Pomade, das halte ich für ein gutes Zeichen.«

Dorothy verdrehte die Augen. »Eitel wie ein Pfau, dieser Mann.«

»Er hat noch um ein paar andere Sachen gebeten, falls jemand von euch ihn morgen besuchen will?«

»Oh, ich würde ja gern, aber ich habe eine Englischklausur. Richte ihm bitte schöne Grüße von mir aus.«

Kat sah Dorothy an, aber die schüttelte sich geradezu bei dem Gedanken.

»Warum um alles in der Welt sollte ich ihn besuchen wollen?«

»Keine Ahnung, vielleicht weil Sie ihm seit dreißig Jahren gegenüber wohnen? Und vielleicht kann er sich daran erinnern, was an dem Tag des Unfalls passiert ist.«

»Sie sind durchaus in der Lage, ihn ohne mich dazu zu befragen.«

»Ja, aber ich dachte ...«

»Nun, da haben Sie falsch gedacht. Also, wenn wir hier jetzt fertig sind, ich muss wieder nach Hause. Einige von uns haben Besseres zu tun, als den ganzen Tag herumzustehen und zu tratschen.«

Am nächsten Morgen lieferte Kat Reggie bei Dorothy ab. Die Frau beschwerte sich nicht mehr ganz so heftig über ihre neue Aufgabe, aber das bedeutete nicht, dass sie Kat gegenüber höflicher war.

»Sehen Sie zu, dass Sie herausfinden, woran sich der alte Narr noch von seinem Angriff erinnert«, ordnete sie an, sobald sie Kat gegenüberstand. »Er mag ja im Krankenhaus in Sicherheit sein, aber der Rest von uns ist immer noch in Gefahr, solange der Angreifer frei in Shelley House herumläuft.«

»Mach ich.«

»Oh, und fragen Sie ihn nach Sandra, und schauen Sie, wie er reagiert.«

Kat seufzte. Sie hatte Dorothy von ihrem Besuch bei Sandra berichtet und deutlich gemacht, dass nichts auf ihre Mitschuld hindeutete, aber das hatte Dorothy nicht von ihrer Theorie abbringen können. Gestern noch hatte sie angefangen, Kat einen Vortrag darüber zu halten, dass sie glaubte, Sandra und der »gemeingefährliche Hundebesitzer« aus Wohnung fünf steckten unter einer Decke. Nach den ersten Worten hatte Kat auf Durchzug geschaltet. Offenbar hatte sie mit ihrer anfänglichen Einschätzung, dass Dorothy eine Verschwörungstheoretikerin war, richtig gelegen.

Kat fuhr zum Krankenhaus in Winton und war um zehn Uhr dort. Der Herr an der Rezeption sah am Computer nach und informierte sie, dass Joseph auf eine Station im vierten Stock verlegt worden war. Kat war sich nicht sicher, in welchem Zustand sie ihn vorfinden würde, aber als sie sein Zimmer betrat, saß er aufrecht im Bett, trank Orangenlimo und lachte mit jemandem, der auf dem Stuhl neben ihm saß. Die einzigen Anzeichen dafür, dass Joseph vor Kurzem noch auf der Intensivstation gelegen hatte, waren der Verband um seinen Kopf und der Tropf am Arm.

Als er sie entdeckte, strahlte er übers ganze Gesicht. »Da ist sie ja, die Heldin der Stunde. Meine Retterin!«

»Hör auf, Joseph«, schimpfte Kat.

Der Mann auf dem Stuhl drehte sich zu ihr um, und ihr rutschte das Herz in die Hose. Es war der Journalist, der am Abend des Unfalls bei ihr geklingelt hatte. Was wollte *der* denn hier? Er lächelte sie an, das gleiche verschmitzte Grinsen wie bei ihrer ersten Begegnung, nur dass Kat diesmal ein kleines Grübchen auf seiner linken Wange entdeckte, das sie beim letzten Mal nicht bemerkt hatte. Sie schluckte, schaute weg und ärgerte sich, weil sie ihm überhaupt Aufmerksamkeit schenkte.

»Ich höre mit gar nichts auf, junge Dame«, sagte Joseph, als sie das Bettende erreichte. »Wie ich Will hier gerade schon erzählt habe, hast du mir das Leben gerettet, und wenn ich hier rauskomme, werde ich dir jeden Wunsch von den Augen ablesen. Ich verspreche dir, du wirst die verwöhnteste Mieterin in ganz Dunningshire sein!«

Kat lächelte halbherzig, in Wahrheit würde sie bei Josephs Entlassung längst über alle Berge sein. Nachdem sie erfahren hatte, dass er auf dem Weg der Besserung war, hatte Kat angefangen, sich nach einer neuen Bleibe umzusehen. Gestern Abend hatte sie eine Handvoll alter Bekannter angeschrieben, und ein ehemaliger Kollege in Edinburgh hatte Kat angeboten, in seinem Gästezimmer zu übernachten, das ab dem Wochenende frei sei. Sie hatte vor, Reggie nach der Demo am Samstag bei Dorothy zu lassen und gleich hinzufahren. Kurz überlegte Kat, ob sie Joseph von ihrer bevorstehenden Abreise erzählen sollte, aber er sah sie so liebevoll an, dass sie es nicht übers Herz brachte. Am Sonntag, wenn sie vierhundert Meilen entfernt in Schottland war, würde sie ihm eine SMS schicken.

»Also, was war in letzter Zeit los? Ich will alles wissen«, sagte Joseph und lud Kat mit einem Kopfnicken ein, sich ans Fußende seines Betts zu setzen. »Will hat mir von deiner interessanten Theorie erzählt, dass ich angegriffen wurde.«

Kat errötete, halb vor Verlegenheit, halb vor Wut. Wie hatte sie nur so dumm sein können, das Will gegenüber zu erwähnen? Sie hätte ihm niemals die Tür öffnen, geschweige denn mit ihm reden dürfen.

»Ich glaube nicht, dass du angegriffen wurdest«, sagte sie schnell und hörte selbst, wie verteidigend ihre Stimme klang. »Wahrscheinlich bist du bloß gestolpert und hingefallen.«

»Aber die Sache ist die: Als die Ärzte meinten, dass ich über den Teppich gestolpert sei, kam mir das gleich ein bisschen komisch vor«, sagte Joseph. »Ich wohne seit über dreißig Jahren in dieser Wohnung, und so etwas ist mir noch nie passiert.«

»Kat hat mir erzählt, dass Sie ziemlich rüstig sind und ihr die Geschichte daher etwas suspekt vorkam«, sagte Will.

Sie warf ihm einen Blick zu, weil sie wissen wollte, ob er sich über sie lustig machte, doch sein Gesicht war ernst.

»Aber die Frage ist, wer sollte mich denn angreifen?« Joseph runzelte die Stirn. »Vielleicht täusche ich mich ja, aber ich glaube nicht, dass ich viele Feinde habe, erst recht keine, die versuchen würden, mich durch ein schweres Schädeltrauma aus dem Weg zu räumen.«

»Kannst du dich noch an irgendwas erinnern, was davor passiert ist?«, fragte Kat, aber Joseph zuckte die Achseln.

»Leider nicht. Das hat mich die Polizei auch gefragt. Ich weiß noch, dass ich nach Winton gefahren bin und vor Alexanders Büro demonstriert habe, und dann bin ich nach Hause gekommen und habe mir zu Mittag ein Cheese-and-Pickle-Sandwich gemacht. Aber danach ist alles schwarz. Ich kann mich weder an den Sturz noch an sonst irgendwas erinnern, bis ich vor ein paar Tagen hier aufgewacht bin. Die Ärzte meinten, das sei bei einer Kopfverletzung wie meiner nicht ungewöhnlich.«

»Sie können sich also nicht daran erinnern, dass Sie an dem Tag Besuch hatten oder jemand Ungewöhnlichen im Haus gesehen haben?«, fragte Will.

»Nein, tut mir leid. Ich weiß, das ist nicht besonders hilfreich.«

»Was ist mit Sandra?« Kat bereute die Frage, als Josephs Kopf zu ihr herumschnellte. Warum hatte sie Dorothys lächerliche Theorie zur Sprache gebracht, und dann auch noch in Anwesenheit des Journalisten?

»Meine Ex-Frau? Warum fragst du nach ihr?«

»Oh, ähm, ich wollte nur wissen, ob sie dich in letzter Zeit besucht hat.«

»Ach Gott, nein, wir haben uns schon seit Jahren nicht mehr gesehen. Sandra hat jetzt einen Neuen, Carlos heißt er. Sie wollen heiraten, glaube ich, aber Genaueres weiß ich nicht.«

»Warum wollen Sie das wissen? Denken Sie, Josephs Ex-Frau könnte etwas damit zu tun haben?«, fragte Will, und Kat spürte, wie sein Blick sie durchbohrte.

»Nein, natürlich nicht.«

»Tut mir leid, dass mein Gedächtnis so löchrig ist«, sagte Joseph und ließ sich seufzend ins Kissen zurücksinken. »Ich kann's nicht leiden, wenn ich mich nicht erinnern kann, was passiert ist.«

Er sah so bedrückt aus, dass Kat plötzlich den Drang verspürte, ihn aufzumuntern. »Reggie lässt dich grüßen.«

»Ah, mein guter Junge!«, sagte Joseph, und es zeigte sich wieder ein Lächeln auf seinen Lippen. »Ich kann dir gar nicht sagen, wie dankbar ich bin, dass du dich um ihn kümmerst, Kat. Wie geht's ihm?«

»Gut so weit. Er war ein bisschen einsam, als ich ihn das erste Mal allein zu Hause gelassen habe, aber sonst läuft es gut.«

»Ach Gott, ja, daran habe ich gar nicht gedacht. Das ist meine Schuld. Ich habe ihn vom ersten Tag an von vorne bis hinten verzogen. Ich glaube, ich habe ihn in drei Jahren nicht ein einziges Mal allein gelassen. Ich hoffe, er hat nicht allzu viel Ärger gemacht?«

»Nein, gar nicht.« Joseph würde noch früh genug von der zerbrochenen Lampe, der zerrissenen Kleidung und den zerfetzten Büchern erfahren – das musste nicht heute sein. »Ich bekomme auch ein bisschen Unterstützung mit Reggie.«

»Von wem? Gloria?«

»Nein.«

»Dann wohl Ayesha? Sie ist so ein liebes Mädchen.«

»Ayesha hat auch ein bisschen geholfen, aber vor allem kümmert sich Dorothy um ihn.«

Einen schrecklichen Moment lang dachte Kat, Joseph würde einen Herzinfarkt erleiden. Er wurde blass und griff sich an die Brust. Gerade wollte Kat eine Krankenschwester rufen, als Joseph sagte: »Dorothy Darling? Meine Nachbarin?«

»Ja. Wenn ich zur Arbeit muss, lass ich Reggie bei ihr.«

»Aber sie ... sie hasst ihn. Und mich. Wie um alles in der Welt hast du sie überredet, auf Reggie aufzupassen?«

»Ich habe ihr einen Gefallen getan, und im Gegenzug hat sie mir ihre Hilfe angeboten.« Das war wieder nicht die ganze Wahrheit, aber

Kat hatte nicht vor, Dorothys durchgeknallte Theorie über Sandra zu erklären und welche Rolle sie selbst bei ihrer Überprüfung gespielt hatte.

»Es geschehen also noch Zeichen und Wunder«, sagte Joseph, schüttelte den Kopf und zuckte vor Schmerz zusammen.

»Das ist noch nicht alles«, sagte Kat. »Dorothy hilft auch, am Samstag eine Demo vor dem Büro eures Vermieters zu organisieren.«

»Was?«, rief Joseph so laut aus, dass eine Krankenschwester fragend herüberschaute. Er versicherte ihr, dass es ihm gut gehe, und wandte sich wieder an Kat. »Soll das alles ein Scherz sein?«

»Nope.«

Kat erzählte von Dorothys Begegnung mit dem Bauarbeiter und was sie inzwischen über das Bauvorhaben und den geplanten Abriss von Shelley House wussten. Während sie sprach, wurden seine Augen immer größer, und ihr kam der Gedanke, dass das in seinem geschwächten Zustand vielleicht etwas viel für ihn war. Als sie von Ayeshas Plänen für die Demo und Dorothys Beteiligung an der Werbung dafür berichtet hatte, atmete Joseph hörbar aus.

»Hätte ich nicht diese Mordskopfschmerzen, würde ich glatt glauben, dass ich immer noch im Koma liege und das alles nur ein Traum ist.«

Kat schmunzelte. »Sorry, ich weiß, das ist eine Menge zu verdauen. Aber ich wollte, dass du weißt, dass der Kampf um Shelley House noch lange nicht vorbei ist, nur weil du hier festsitzt. Ayesha und Dorothy halten ihn am Laufen.«

»Das sind wunderbare Neuigkeiten.« Joseph wandte sich an Will. »Ich hoffe, Sie können über die Demo am Samstag berichten. Warum notieren Sie sich nicht gleich Kats Telefonnummer, damit Sie sich absprechen können?«

»Klar, das ist eine super Story für die Lokalzeitung.« Will griff nach seinem Handy und sah Kat erwartungsvoll an, aber die schaute weg und tat, als hätte sie nichts mitbekommen. Sie wollte nach wie vor nichts mit Will zu tun haben. Es bestand noch immer die Gefahr, dass er sie mit den Geschichten von vor fünfzehn Jahren in Verbindung brachte.

»Ich sollte los«, sagte sie und stand auf.

»Oh, jetzt schon?«, fragte Joseph enttäuscht.

»Sorry, ich muss zur Arbeit.«

»Na dann, vielen Dank, dass du mir meine Sachen vorbeigebracht hast.« Joseph streckte die Hand aus, und bevor Kat wusste, wie ihr geschah, hatte er ihre Hand mit seiner umschlossen. »Und danke für alles, was du für mich getan hast, Kat. Nicht nur mit Reggie, sondern auch nach meinem Unfall. Wenn du nicht gewesen wärst ...«

Er beendete den Satz nicht, und in seinem Auge glänzte eine Träne. Als er ihre Hand drückte, erinnerte sich Kat plötzlich daran, wie ihr Großvater ihre Hand damals auf die gleiche Weise gehalten hatte, wenn sie ängstlich gewesen war. Was für ein sicheres Gefühl ihr das gegeben hatte. Sie zog den Arm zurück.

»Tschüss, Joseph.«

»Auf Wiedersehen, meine Liebe. Und versprich mir, dass du mich am Samstag nach der Demo besuchen kommst. Ich kann gar nicht erwarten zu hören, wie's gelaufen ist.«

»Versprochen.« Kat wandte sich ab, damit Joseph ihr die Lüge nicht ansah.

KAPITEL 20

Dorothy

Am Abend vor der Demonstration veranstaltete der Rowdy in Wohnung vier eine Party. Bis in die frühen Morgenstunden wummerten die Bässe über Dorothys Kopf, und Stimmen dröhnten durch das Haus. Um Mitternacht stand sie auf und klopfte mehrmals mit dem Besenstiel an die Decke, aber ohne Erfolg. Um drei Uhr gab sie den Schlaf endgültig auf und setzte sich an den Tisch, um einen Tee zu trinken und ihre Liste der Verdächtigen durchzugehen, während sie auf den Sonnenaufgang wartete.

Bislang war der einzige Name, den Dorothy guten Gewissens hatte streichen können, der von Ayesha. Nachdem sie nun schon mehrere Flugblattrunden mit dem Mädchen gedreht hatte, hielt Dorothy es für ausgeschlossen, dass ein derart gewissenhafter Mensch Joseph angegriffen haben könnte. Aber es blieb noch eine Reihe weiterer möglicher Täter. Noch immer ging Dorothy davon aus, dass Sandra Chambers etwas damit zu tun hatte, schließlich hatte sie sie am Tag nach dem Angriff dabei erwischt, wie sie Josephs Wohnung verließ. Was ihren Komplizen in Shelley House anging, so stand Tomasz Wojcik ganz oben auf der Liste, dicht gefolgt von dem Plagegeist aus Wohnung vier. Omar verhielt sich nach wie vor auffällig, sodass auch sein Name einen sicheren Platz auf der Liste behielt, und auch Gloria konnte nicht völlig aus dem Kreis der Verdächtigen ausgeschlossen werden. Und was Kat betraf, so mochte sie zwar Sorge um Joseph vortäuschen, aber Dorothy hatte schon immer ein Näschen für Unruhestifter gehabt, und Kat roch ganz klar nach Ärger. Sie musste wohl alle weiterhin streng im Auge behalten.

Mit diesem Wissen im Hinterkopf zog sich Dorothy um sieben Uhr dreißig an und machte sich bereit für ihre tägliche Inspektion. Es war wesentlich früher als ihre gewohnte Zeit, aber aufgrund der Demonstration würde sie den Rest des Vormittags außer Haus sein. Es bestand das hohe Risiko, einem Nachbarn zu begegnen, aber die andere Option wäre, die Kontrollrunde ausfallen zu lassen, und nur weil dem Gebäude der Abriss drohte, hieß das nicht, dass man die Sicherheitsstandards vernachlässigen durfte. Und so zog Dorothy um acht Uhr ihren Hausmantel an, steckte ihr Notizbuch in die Handtasche und verließ die Wohnung.

Im Hausflur waren Spuren der Party von letzter Nacht zu sehen: eine Kiste mit leeren Bierdosen neben der Eingangstür und im Postregal eine achtlos liegen gelassene Papiertüte mit halb aufgegessenem Hähnchen von einem Imbiss, die vor Fett troff. Die Briefe im Regal hatten einiges abbekommen. Dorothy zückte ihre Gummihandschuhe und warf die Sauerei in die Mülltonnen vor dem Haus, dann notierte sie die neuesten Verstöße in ihrem Tagebuch und ging in den ersten Stock. Als sie den Treppenabsatz erreichte, hörte sie die Stimmen von Ayesha und Omar, die unter der Wohnungstür hindurchdrangen.

»Ich hab Katie gesagt, dass ich heute zu ihr komme und wir zusammen lernen können.«

Das war gelogen, wie Dorothy wusste – eine Geschichte, die sich Ayesha ausgedacht hatte, damit sie an der Demonstration teilnehmen konnte, ohne dass ihr Vater Verdacht schöpfte.

»Aber ich habe mir heute extra den ganzen Tag frei gehalten, um dir beim Lernen zu helfen, mein Schatz.«

»Sorry, Dad, ich kann Katie nicht hängen lassen, ich hab versprochen, ihr mit Geschichte zu helfen. Ich bin um drei zurück, vielleicht können wir ja dann zusammen lernen?«

»Katie hat bestimmt Verständnis, wenn du sie anrufst und ihr die Sache erklärst. Schau, ich hab sogar deine Lieblingssnacks besorgt. Ich mach uns jetzt Frühstück, und dann können wir mit Literatur oder Französisch anfangen, was meinst du?«

Dorothy überlegte. Trotz Ayeshas Bemühungen schien Omar ihr die Geschichte nicht abzukaufen. Sollte sie eingreifen und versuchen, ihr zu helfen? Ihr Grundsatz war eigentlich, sich aus den Privatangelegenheiten ihrer Nachbarn herauszuhalten, es sei denn, deren Sicherheit war gefährdet (siehe Gloria Brown), aber die Jugendliche hatte so viel Arbeit in die Organisation des heutigen Tages gesteckt. Dorothy holte tief Luft und klopfte an die Tür.

Das Gespräch in der Wohnung erstarb, ein paar Sekunden später ging die Tür auf und Omars müdes Gesicht erschien. Er sah Dorothy an, die immer noch mit gezücktem Tagebuch dastand, und machte eine gequälte Miene.

»Tut mir wirklich leid, Ms Darling, waren wir zu laut? Das war keine Absicht.«

»Ich bin nicht hier, um mich über den Lärm zu beschweren.«

»Habe ich den Müll falsch sortiert? Oder ist mein Auto wieder nicht ordnungsgemäß geparkt?«

»Nein, Omar. Ich möchte mit Ihnen über Ayeshas Betragen sprechen.«

Omar sah zu Ayesha, dann wieder zu Dorothy. »Hat sie Ärger gemacht? Falls ja, kann ich mich nur entschuldigen, Ms Darling. Meine Tochter hat im Moment ein paar seltsame Anwandlungen, sie benimmt sich sehr …«

»Ich bin nicht hier, um mich über ihr Verhalten zu beschweren, ganz im Gegenteil. Ich habe Ihre Tochter in Shelley House ein- und ausgehen sehen, und sie ist offensichtlich eine höfliche und kluge junge Dame, ganz anders als die ungehobelte, nichtsnutzige Jugend, die sonst heute herumläuft. Sie scheinen sie vorbildlich erzogen zu haben, wofür ich Ihnen meine Anerkennung aussprechen möchte.«

Omar sah aus, als hätte es ihm die Sprache verschlagen, also fuhr Dorothy fort.

»Ich habe gehofft, dass ich sie mir heute Morgen vielleicht für ein paar Stunden ausleihen darf. Meine Knie, wissen Sie, die machen mir solche Probleme ...« Dorothy zeigte auf ihr rechtes Bein und deutete ein Hinken an. »Ich habe mich gefragt, ob Ayesha vielleicht bereit wäre, mich zum Einkaufen nach Winton zu begleiten? Es dauert höchstens ein paar Stunden, und ich wäre ihr für die Hilfe sehr dankbar.«

»Oh, das mit Ihrem Knie tut mir leid. Aber die Sache ist die, Ayesha hat ihre ...«

»Wissen Sie, Omar, als ich vor ein paar Jahren gestürzt bin und mich verletzt habe, war Ihre liebe Frau so nett, mir nach meiner Rückkehr aus dem Krankenhaus einen Topf mit Essen vorbeizubringen. Sie war so selbstlos, und wie ich sehe, haben Sie Ihre Tochter nach den gleichen Idealen erzogen.«

Omar war der Schmerz angesichts der Erinnerung an seine Frau deutlich anzusehen, aber Dorothys Worte schienen Wirkung zu zeigen. Er zögerte und wandte sich dann an Ayesha.

»Wärst du einverstanden, Ms Darling ein paar Stunden zur Hand zu gehen?«

»Ja, klar!«, sagte Ayesha vielleicht ein bisschen zu eifrig und fügte hinzu: »Also, wenn du meinst.«

Omar zuckte die Achseln und wandte sich wieder zur Tür, während Ayesha Dorothy über seine Schulter hinweg breit angrinste.

»Dann geht das wohl in Ordnung«, sagte er.

»Vielen Dank, Sie beide sind zu freundlich. Ayesha, wollen wir um, sagen wir, neun Uhr los?«

»Klar. Bis dann«, sagte Ayesha und zeigte Dorothy hinter dem Rücken ihres Vaters den Daumen hoch.

Als die Tür ins Schloss fiel, hörte Dorothy Ayesha vorschlagen: »Wie wär's, wenn wir jetzt noch schnell ein bisschen lernen, Dad? Bei der Großen Depression könnte ich deine Hilfe echt gut gebrauchen.«

Dorothy lächelte vor sich hin, während sie den Hausflur durchquerte. Wenn sie sich mit dem Rest des Kontrollgangs beeilte, hatte sie vielleicht noch Zeit für ein oder zwei Schokokekse, bevor sie und Ayesha losmussten. Doch zunächst hatte sie den vermaledeiten Nachbarn in Wohnung vier bezüglich der Party gestern Abend zur Rede zu stellen.

Dorothy wappnete sich, hob die Faust und war bereit, so lange anzuklopfen, bis er antwortete. Doch als ihre Knöchel das Holz berührten, gab die Tür ein Knarren von sich und bewegte sich träge in ihren Angeln. Dorothy hielt den Atem an und machte sich auf eine Konfrontation gefasst, während die Tür langsam weiter aufschwang – doch dahinter war nichts als Stille. Nervenkitzel überkam sie, als ihr klar wurde, dass er vergessen haben musste, die Tür abzuschließen!

Dorothy blieb auf der Schwelle stehen und wog ihre Möglichkeiten ab. Das Vernünftigste wäre, die Tür zuzuziehen und sich zu entfernen. Schließlich verdächtigte sie den Mann eines versuchten Mordes, und wer in der Lage war, Joseph Chambers außer Gefecht zu setzen und beinahe umzubringen, hatte sicherlich auch keinerlei Bedenken, eine wehrlose Frau anzugreifen, die unbefugt seine Wohnung betreten hatte. Und doch …

Dorothy machte einen Schritt nach vorn, dann noch einen. Das Zimmer, in dem sie sich befand, war dunkel, die zugezogenen Vorhänge sperrten die Morgensonne aus, und es dauerte einen Moment, bis sich ihre Augen an die Finsternis gewöhnt hatten. Als sie endlich etwas erkennen konnte, drängte sich ihr die Frage auf, ob hier ebenfalls eingebrochen worden war. Der Teppichboden war mit Müll übersät: herumliegende Kleidungsstücke, eine E-Gitarre und etwas, das wie die untere Hälfte einer Schaufensterpuppe aus einem Damenbekleidungsgeschäft aussah. Die einzigen Möbel waren ein unförmiges Sofa, das unter den sich darauf türmenden Fast-Food-Verpackungen kaum zu erkennen war, und ein Couchtisch, auf dem leere Dosen und Flaschen, ein überquellender Aschenbecher und ein seltsamer Glaszylinder standen, der aussah, als stamme er aus dem Labor eines Wissenschaftlers. Die Luft war zum Schneiden, und es stank nach Zigarettenrauch, abgestandenem Alkohol und einer Grundnote von verdorbenem Essen.

Obwohl Dorothy den jungen Mann verabscheute, konnte sie nicht anders, als ein wenig Mitleid für ihn zu empfinden. Was für eine verlorene Seele lebte in einer derart verwahrlosten Wohnung? Kurz überlegte sie, ob sie ihre Gummihandschuhe anziehen und sich ans Putzen machen sollte, aber dann fiel ihr ein, dass ihre Anwesenheit hier streng genommen rechtswidrig war. Außerdem konnte der Mann jeden Moment aufwachen; mit jeder Sekunde war sie in größerer Gefahr.

Mit angehaltenem Atem und ohne einen Mucks von sich zu geben, ging sie langsam durch das Zimmer. Was sie benötigte, war ein konkreter Beweis dafür, dass der Schmutzfink etwas mit dem Angriff auf Joseph zu tun hatte: eine Tasche mit Diebesgut vielleicht, oder noch besser, ein blutverschmiertes Kleidungsstück. Doch als sie den Müll durchwühlte, war das Schlimmste, was sie fand, eine leere Kondompackung. Die belastenden Beweise hatte er wohl in einem anderen Zimmer versteckt.

Dorothy nahm die drei Türen, die vom Wohnzimmer abgingen, in Augenschein. Eine davon war geschlossen, vermutlich führte sie zum Schlafzimmer, also schlich sie sich daran vorbei zur nächsten und stupste diese leicht mit dem Fuß an. Die Tür quietschte laut, und Dorothy zuckte zusammen. Sie schickte ein Stoßgebet zum Himmel, dass der Mann nicht davon aufgewacht war. Sobald sie sich vergewissert hatte, dass die Luft rein war, machte sie einen Schritt nach vorn, und sofort schlug ihr ein übler Gestank entgegen. Das musste das Bad sein. Dorothy hielt sich die Nase zu und betrat leise den Raum. Wie ihr eigenes stilles Örtchen im Erdgeschoss war auch dieses klein und bekam kein Tageslicht. An einer Wand befand sich eine altmodische Badewanne, direkt vor Dorothy das WC, daneben das Waschbecken und ...

Dorothy erstarrte. Auf dem Waschbeckenrand stand ein Hammer, dessen Griff nonchalant am Wasserhahn angelehnt worden war. Wozu um alles in der Welt brauchte der Mann einen Hammer im Bad? Dem Zustand der Räumlichkeiten nach zu urteilen, war der Mann gewiss kein Heimwerker. Also musste der Hammer aus einem anderen Grund hier sein, und dieser Grund war bestimmt krimineller Natur. Vielleicht war er bei dem Überfall auf Joseph zum Einsatz gekommen? Vielleicht war darauf noch die DNS des alten Mannes zu finden? Sollte das der Fall sein, musste Dorothy den Gegenstand sicherstellen und unverzüglich der Polizei übergeben.

Sie griff in ihre Handtasche und kramte nach den Gummihandschuhen. Wenn dieses Beweisstück vor Gericht Bestand haben sollte, durfte sie nicht riskieren, es zu verunreinigen. Mit zittrigen Fingern versuchte Dorothy umständlich, die engen Handschuhe anzuziehen. Schließlich sprang der rechte mit einem befriedigenden Schnappen an seinen Platz. Doch im selben Moment hörte Dorothy noch ein anderes Geräusch: ein deutlich bedrohlicheres. Von der anderen Seite der Wand, wo sich das Schlafzimmer befinden musste, war das unverwechselbare Poltern von Schritten zu hören.

Für den Bruchteil einer Sekunde blickte Dorothy sehnsüchtig auf den Hammer, dann drehte sie sich um und schlich eilig zurück ins Wohnzimmer und zur Haustür. Bei jedem Schritt war sie überzeugt, es würde gleich mörderisch wütendes Gebrüll losbrechen, weil der Mann sie entdeckt hatte. Sie traute sich nicht, sich umzudrehen, bis sie endlich aus der Wohnung ins Treppenhaus huschte. Dort angekommen, griff Dorothy nach der Klinke und zog die Tür so leise wie möglich zu. Adrenalin schoss ihr durch die Adern, während sie die Treppe hinuntereilte. Nur noch ein paar Stufen und sie war wieder in den eigenen sicheren vier Wänden. Doch als sie durch den Eingangsbereich hastete, stieß sie geradewegs mit Gloria Brown zusammen.

»Was um Himmels willen ist denn mit Ihnen los?«, fragte Gloria, trat einen Schritt zurück und betrachtete Dorothys zweifellos aschfahles Gesicht.

»N–nichts«, stammelte Dorothy und versuchte, wieder zu Atem zu kommen. »Ich habe nur ... Sport gemacht. Auf der Treppe. Das ist gut für meine Arthritis.«

Gloria runzelte die Stirn. »Haben Sie wieder herumgeschnüffelt?«

»Natürlich nicht!«

»Aber ich nehme an, Sie haben gesehen, dass die Tür zur Feuertreppe offen steht?«

Dorothys Magen drehte sich um, als wäre sie seekrank. »Was?«

»Das war der Typ aus Wohnung vier mit seinen Kumpels. Um zwei Uhr nachts haben die auf dem Dach herumgepoltert und mich geweckt.«

Dorothy wurde schwindelig. Waren sie wirklich auf dem Dach gewesen? Was, wenn einer der betrunkenen Partygäste ausgerutscht und über die niedrige Brüstung in den Tod gestürzt wäre? Sie mochte den Mann verabscheuen, aber das wünschte sie nicht einmal ihrem ärgsten Feind.

»Alles okay?«

Erschrocken stellte Dorothy fest, dass Gloria sie forschend ansah.

»Sie sehen krank aus.«

»Mir geht's blendend«, sagte Dorothy und räusperte sich. »Jetzt entschuldigen Sie mich bitte. Ich muss an einer Demonstration teilnehmen.«

Sie drehte sich um und steuerte etwas wacklig auf den Beinen ihre Wohnung an.

»Geht's darum auf den Flyern, die ich überall sehe?«, fragte Gloria.

»Ja. Wir protestieren gegen den geplanten Abriss von Shelley House.«

»Abriss?«

Dorothy erwiderte Glorias Blick. »Fergus Alexander plant, das Gebäude abzureißen und durch moderne Wohnungen zu ersetzen. Das wüssten Sie, wenn Sie mal einen Funken Interesse an etwas anderem zeigen würden als an sich selbst und Ihrem erbärmlichen Liebesleben.«

Glorias Gesicht verfinsterte sich. »Sie wissen gar nichts über mein Leben, alte Frau.«

»Ich weiß, dass Sie sich Männer aussuchen, die Ihnen nicht das Wasser reichen können, weder äußerlich noch intellektuell, und dann wundern Sie sich, dass sie Ihnen das Herz brechen. Nehmen Sie daher einen Rat von einer ›alten Frau‹ an. Sie wären deutlich besser dran, wenn Sie lernen würden, mit sich allein zu leben, anstatt ständig einen schwachköpfigen Mann um sich haben zu müssen.«

Dorothy drehte sich um und schritt in ihre Wohnung, ohne auf den Schwall von Schimpfworten zu achten, der ihr auf dem Fuß folgte. Wie vermutet, hatte die heutige Inspektion wesentlich mehr Aufregung mit sich gebracht, als sie es gewohnt war. Doch zu ihrer Überraschung hatte Dorothy das alles als recht erfrischend empfunden.

KAPITEL 21

Kat

Kat parkte Marge hinter dem Bahnhof von Winton und öffnete den Kofferraum, um den Karton mit Flyern herauszuholen, die Ayesha ihr mitgegeben hatte. Außerdem hatte sie Josephs Megafon und sein Umhängeschild dabei, die seit seinem Unfall ungenutzt in der Wohnung gelegen hatten. Ihren Rucksack hatte sie schon im Auto deponiert, damit sie für die lange Fahrt nach Edinburgh am Nachmittag bereit war. Sie schaute runter auf Reggie, der zu ihren Füßen wartete.

»Ich lass dich nach der Demo bei Dorothy, okay?«, sagte Kat zu ihm, und beim Klang ihrer Stimme spitzte er die Ohren. »Sie weiß noch nichts von ihrem Glück, dass sie sich ab jetzt rund um die Uhr um dich kümmern darf, und vielleicht wird sie ein bisschen sauer, wenn sie merkt, dass ich mich aus dem Staub gemacht habe. Aber ich weiß, dass sie dich ins Herz geschlossen hat, sie wird sich also um dich kümmern, bis Joseph aus dem Krankenhaus kommt. Okay?«

Reggie legte den Kopf schief und schaute zu ihr auf, und zu ihrer Überraschung bildete sich ein Kloß in ihrem Hals. Sie hatte das zwar nicht beabsichtigt, aber auch sie hatte ihn in den letzten fünf Wochen lieb gewonnen. Schnell wandte sie den Blick von dem Hund ab und versuchte, die Schuldgefühle, weil sie ihn im Stich ließ, zu verdrängen.

»Komm, gehen wir die anderen suchen.«

Als Kat das Büro von *Alexander Properties* erreichte, waren Ayesha und Dorothy bereits dort. Ayesha kam herbeigeeilt, um ihr beim Tragen zu helfen, während Dorothy sie ignorierte und sich stattdessen hinunterbeugte und Reggie mit einem Leckerli aus ihrer Handtasche begrüßte.

»Na, wer ist mein hübscher Junge?«, flüsterte Dorothy, richtete sich allerdings sofort wieder auf, als sie merkte, dass Kat sie beobachtete.

»*Endlich*, da sind Sie ja. Sie sollten wissen, dass neue Informationen ans Licht gekommen sind, die darauf hindeuten, dass der Gauner aus Wohnung vier in den Angriff auf Joseph verwickelt gewesen sein könnte.«

Nicht schon wieder eine von Dorothys wilden Theorien. Kat kämpfte gegen den Impuls an, die Augen zu verdrehen, aber das gelang ihr wohl nicht ganz, denn Dorothy reagierte empört.

»Ich weiß, was Sie denken, Mädchen: dass ich eine paranoide alte Frau bin, die sich die Missetaten ihrer Nachbarn nur einbildet ...«

Das war genau, was Kat dachte, aber sie hielt den Mund.

»Ich habe es heute Morgen mit eigenen Augen gesehen. In seiner Wohnung: den Hammer, mit dem er, wie ich glaube, Joseph Chambers niedergeschlagen hat.«

»Darf ich fragen, was Sie in seiner Wohnung gemacht haben? Ich kann mir nicht vorstellen, dass er Sie auf ein Tässchen Tee eingeladen hat.«

»Wie ich den Beweis entdeckt habe, geht Sie nichts an. Wir müssen jetzt nur noch herausfinden, wie der unberechenbare junge Mann mit Sandra Chambers und womöglich mit Tomasz Wojcik in Verbindung steht.«

Das alles war so absurd, dass Kat sich ein Lachen nicht verkneifen konnte. »Dorothy, so sehr Sie sich auch wünschen, dass es sich hier um einen Verbrecherring handelt, in den Josephs Ex-Frau und die Hälfte Ihrer Nachbarn verstrickt sind, es gibt nicht den geringsten Hinweis darauf, dass auch nur einer von ihnen beteiligt war. Ich denke, Sie müssen einfach akzeptieren, dass Joseph gestolpert und gestürzt ist.«

»Unsinn! Warum ist Sandra am nächsten Tag aus seiner Wohnung geschlichen, wenn sie nichts damit zu tun hatte?«

»Sind Sie sich überhaupt sicher, dass die Person, die Sie da gesehen haben, auch wirklich Sandra war? Ich meine, vielleicht waren Sie ein wenig durcheinander und …«

Verärgert stieß Dorothy einen Seufzer aus. »Jetzt geht das schon wieder los – Sie behandeln mich wie eine hysterische alte Schachtel. Lassen Sie sich Folgendes gesagt sein, junge Dame: Ich habe noch immer einen messerscharfen Verstand, und hier drin habe ich alles aufgezeichnet, um meine Theorie zu bestätigen.«

Sie griff in ihre Tasche und förderte ein abgegriffenes Notizbuch zutage, dasselbe, das sie Kat am Tag nach Josephs Sturz gezeigt hatte.

»Die Antwort auf die Frage, was mit Joseph passiert ist, steht hier drin, das weiß ich«, sagte Dorothy und wedelte mit dem Buch in der Luft.

Kat klappte den Mund auf, um zu widersprechen, schloss ihn aber gleich wieder. Es hatte keinen Sinn, vernünftig mit Dorothy zu reden – offenbar hatte sie Wahnvorstellungen, und keine noch so rationale Erklärung ihrerseits würde sie umstimmen können. Kat musste bloß diese Demo überstehen, dann war sie hier weg und würde die Frau nie wiedersehen.

»Ich hol mir schnell einen Tee, bevor es losgeht, will sonst noch jemand einen?«

Dorothy machte ein mürrisches Gesicht. »Jetzt ist nicht der richtige Zeitpunkt, um in einer Teestube zu verschwinden.«

»Ich meinte einen zum Mitnehmen.«

Die Frau verzog den Mund, als hätte Kat ihr vorgeschlagen, Reggies Urin zu trinken. »Eine Kanne Tee zum Mitnehmen? Was für eine lächerliche Idee.«

Kat sah zu Ayesha, und die beiden grinsten einander irritiert an, bevor sich Kat auf den Weg zu *Remi's* machte. Da es Samstag war, hatte sich eine Schlange im Café gebildet, und es war bereits nach zehn, als sie ihren Tee hatte und zurück zu Alexanders Büro ging. Ob wohl sonst noch jemand aufgetaucht war, um Ayesha zu unterstützen? Zu ihrer Überraschung spürte sie ein Kribbeln im Bauch. Warum interessierte es sie, was heute geschah? Das Schicksal von Shelley House und seinen Mietern hatte nichts mit ihr zu tun. Und trotzdem hielt sie die Luft an, als sie um die Ecke bog, und atmete auf, als sie sah, dass sich eine kleine – sehr kleine – Gruppe von Menschen versammelt hatte. Immerhin waren Dorothy und Ayesha nicht allein; Kat war sich nicht sicher, ob sie die Enttäuschung des Mädchens hätte ertragen können, wenn das der Fall gewesen wäre. Als sie näher kam, zählte sie vier Neuankömmlinge: drei unbekannte Gesichter und ein bekanntes.

»Hallo noch mal.«

Will winkte Kat zu. Heute trug er Jeans und ein Karohemd, seine wirren Locken hatte er in einem Pferdeschwanz gebändigt. Wieder kam Kat der unangenehme Gedanke, der sie schon am Donnerstag im Krankenhaus geplagt hatte. Will war attraktiv. *Zu* attraktiv. Schnell guckte sie weg.

»Kat, das sind Paul und David, sie leben im Haus gegenüber in der Poet's Road«, sagte Ayesha und hopste herum wie ein aufgeregter Welpe. »Und das ist Mrs Bransworth. Sie hat einen unserer Flyer in der Bücherei in Chalcot gesehen. Alle sind hier, um uns zu unterstützen!«

Kat nickte den Neuankömmlingen zur Begrüßung zu.

»Wir finden es so schade, dass Shelley House abgerissen werden soll«, sagte einer der Männer. »Es verleiht der Straße ein Stück Geschichte.«

»So langsam laufen die Sanierungsmaßnahmen aus dem Ruder«, sagte Mrs Bransworth, die etwa so alt aussah wie Dorothy und einen seltsamen haarigen Mantel trug. »Und ist doch klar, dass die Schweine aus der Verwaltung in Dunningshire das genehmigen werden. Ihr Vermieter schmiert die wahrscheinlich!«

»Möchte jemand ein Statement für die Zeitung abgeben?«, fragte Will, der einen Notizblock aus dem Rucksack geholt hatte.

»Am besten sprechen Sie mit Ms Darling«, sagte Ayesha. »Sie wohnt schon am längsten in Shelley House.«

»Auf keinen Fall.« Dorothys Miene war steinhart. »Ich lasse mich bestimmt nicht auf das Niveau herab, mit der Klatschpresse zu sprechen.«

»Äh, ich bin von der *Dunningshire Gazette*, nicht von der *Sun*«, sagte Will mit einem Lächeln.

»Sie sind doch alle gleich«, sagte Dorothy. »Halunken und Lügner, Sie allesamt.«

»Hört, hört!«, rief Mrs Bransworth.

»Was ist mit Ihnen, Kat?« Will drehte sich zu ihr, und Kat spürte, dass sie errötete. Mensch, was war denn los mit ihr?

»Ich rede auch nicht mit der Presse«, murmelte sie und eilte zu Ayesha, die vergeblich versuchte, in Josephs Umhängeschild zu klettern.

Es entstanden ein paar peinliche Minuten, in denen niemand so recht wusste, was er tun sollte, bis Mrs Bransworth sich das Megafon schnappte und laut zu rufen begann: »Die verdammten Tory-Räte zerstören unsere Gemeinde.« Das schien den Rest von ihnen wachzurütteln, und schon bald verteilten sie Flugblätter an verwirrt aussehende Passanten. Will hatte seine Kamera gezückt und schoss Fotos von allen, aber Kat wandte ihm den Rücken zu, damit sie auf keinem davon zu erkennen war. Das Letzte, was sie gebrauchen konnte, war ihr Gesicht in der Regionalzeitung, wo ganz Chalcot es sehen und die Ähnlichkeit mit dem Mädchen entdecken konnte, das früher so viel Ärger gemacht hatte.

Es dauerte nicht lange und eine Handvoll weiterer Leute gesellte sich zu der bunt gemischten Truppe dazu, darunter auch Gloria, die ihre Mittagspause vorgezogen hatte, um vorbeischauen zu können.

»Wie schön, dass Sie uns mit Ihrer Anwesenheit beehren«, spottete Dorothy, woraufhin Gloria sie mit ein paar Flüchen bedachte. Trotzdem nahm sie sich einen Stapel Flyer, und es dauerte nicht lange, bis sich ihre Stimme unter die Rufe der kleinen Gruppe mischte.

»Rettet Shelley House!«, »Nieder mit dem Abriss!«, »Nein zu neuen Wohnungen!«

Reggie amüsierte sich prächtig und trabte mit hoch erhobenem Schwanz zwischen ihnen umher.

»Dieser Hund ist eine schamlose Dirne«, sagte Dorothy missbilligend, während sie zusah, wie er sich auf den Rücken rollte und einem kleinen Mädchen seinen Bauch zum Kraulen präsentierte. Kat lachte, aber dann sprang Reggie plötzlich auf und winselte, und das Kind erschrak.

»Reggie, lass das«, schimpfte Kat, erkannte aber sofort, was das Problem war. Auf der anderen Straßenseite schlenderte Tomasz aus Wohnung fünf vorbei, vor ihm lief sein Hund und zerrte an der Leine. Ayesha bückte sich schnell und hob Reggie hoch, bevor sich die Hunde angreifen konnten.

Tomasz machte ein finsteres Gesicht, als er sie sah. »Was ist denn hier los?«

»Wir protestieren gegen den Abriss von Shelley House«, sagte Ayesha. »Fergus Alexander hat Pläne eingereicht, das ganze Haus abreißen zu lassen.«

Der Mann schüttelte den Kopf und schnalzte missbilligend mit der Zunge. »Das hätte ich mir denken können. Der baut einen Haufen Wohnungen und verkauft sie für ein Vermögen.«

»Vierundzwanzig Wohnungen«, sagte Dorothy und schien sich sofort zu ärgern, dass sie freiwillig mit ihm gesprochen hatte.

»Ich hab schon für Leute wie ihn gearbeitet«, sagte Tomasz. »Denen geht's nur um Profit, nicht um die Qualität der Wohnungen oder um die Menschen, die darin leben.«

»Arbeiten Sie im Bauwesen?«, fragte Kat.

Tomasz nickte. »Bauleiter.«

»Ich frage mich ... Würden Sie vielleicht einen Blick auf die Pläne werfen, die Alexander mit seinem Antrag eingereicht hat? Wenn daran irgendwas falsch ist, wird der Antrag vielleicht abgelehnt.«

»Okay«, sagte Tomasz. »Aber machen Sie sich nicht allzu große Hoffnungen.«

»Wenn du schon hier herumstehst, kannst du dich auch nützlich machen«, sagte Gloria und streckte ihm eine Handvoll Flyer entgegen.

Tomasz schien verwirrt, und Kat rechnete damit, dass er sich aus dem Staub machen würde, wie er es schon bei Josephs Treffen getan hatte, aber stattdessen zuckte er mit den Schultern und band Princess an einem Laternenpfahl vor dem Gebäude fest.

Mrs Bransworth hatte das Megafon zur Seite gelegt, aber die Gruppe rief fleißig weiter Parolen und verteilte Flugblätter. Einige wanderten sofort in den Müll, aber Kat war positiv überrascht, wie viele Leute stehen blieben, um den Text zu lesen oder die Flyer einzustecken. Vielleicht war das Ganze doch keine Zeitverschwendung?

»Schaut mal, da ist er!«, raunte Ayesha plötzlich.

Kat drehte sich um und sah einen Mann in der Tür von *Alexander Properties* stehen. Er war locker über sechzig und trug einen grell karierten Anzug mit Krawatte, seine Hose wurde von einem Paar Hosenträgern an Ort und Stelle gehalten. Mit tief in den Taschen vergrabenen Händen lehnte er am Türrahmen und beobachtete das Treiben mit leicht amüsiertem Gesichtsausdruck.

»Ist das der Schuft?«, fragte Dorothy und stellte sich zu Kat und Ayesha.

»Ich glaube schon«, sagte Ayesha. »Er sieht aus wie der Typ auf den Fotos im Internet.«

Dorothy starrte ihn mit zusammengekniffenen Augen an, dann marschierte sie los.

»Oh nein, was hat sie denn jetzt vor?«, murmelte Kat.

Dorothy ging zielstrebig zu dem Megafon, das Mrs Bransworth auf der Bank liegen gelassen hatte, nahm es in die Hand, hielt es sich an den Mund und drehte sich zum Bürogebäude um.

»Fergus Alexander!«, brüllte sie – das Megafon verstärkte ihre Stimme so sehr, dass mehrere Leute zusammenzuckten. »Sie haben ja Nerven, sich heute hier blicken zu lassen.«

Alexanders Miene blieb unbeeindruckt.

»Ich bin Ms Dorothy Darling und wohne seit fast fünfunddreißig Jahren in Shelley House. In dieser Zeit habe ich miterlebt, wie das Gebäude von einem begehrten Wohnhaus für angesehene Familien zu dem Zustand verkommen ist, in dem es sich heute befindet – vernachlässigt und baufällig!«

»Was zum Henker macht sie da bloß?«, hörte Kat jemanden flüstern. Sie drehte sich um und sah Will neben sich stehen, so nah, dass sie die dunklen Bartstoppeln an seinem Kinn erkennen konnte. »Sie soll Shelley House retten und nicht bestätigen, dass es reif für den Abriss ist.«

Kat antwortete nicht, aber Will hatte recht. Hatte Dorothy nun endgültig den Verstand verloren?

»Doch einsetzender Verfall hin oder her, Sie irren sich gewaltig, wenn Sie glauben, dass Sie das Gebäude einfach abreißen können, Sir. Denn seit einhundertdreiunddreißig Jahren steht Shelley House stolz da, und es wird mehr nötig sein, als dass Sie in Ihrem billigen Anzug daherkommen, um es jetzt zu zerstören.«

Kat sah ein Grinsen über Alexanders Lippen huschen und betete, dass Dorothy es nicht bemerkt hatte.

»Sie finden das wohl lustig, was?«, donnerte Dorothy. »Nun, dann will ich Ihnen mal was sagen, Mr Alexander. Shelley House hat sich im Laufe seines Bestehens weitaus schlimmeren Feinden gestellt als Ihnen. Dieses Haus hat Hitlers Bomben standgehalten, während seine Nachbarn dem Erdboden gleichgemacht wurden, und dabei den verängstigten Bewohnern Schutz geboten. Dieses Haus hat Stürmen und Dürren, Überschwemmungen und Bränden getrotzt. Dieses Haus hat Geburten, Hochzeiten und Todesfälle erlebt ...«

Dorothy zögerte. Auf der Hauptstraße war es unheimlich still – sogar der Verkehr schien für sie verstummt zu sein. Ayesha, die sich neben Dorothy gestellt hatte, hob die Hand und legte sie ihr sanft auf den Arm. Dorothy sah sie an, dann fuhr sie fort.

»In dieser ganzen Zeit hat Shelley House Hunderten von Menschen ein Zuhause gegeben. Nicht nur ein Zuhause, sondern einen Zufluchtsort, einen sicheren Hafen in den Wellen des Wandels, die dieses Land überrollt haben. Seit einhundertdreiunddreißig Jahren beschützt Shelley House seine Bewohner. Und jetzt, Mr Alexander, ist es an uns, Shelley House zu beschützen.«

Jubel ertönte aus der Menge, die sich inzwischen verdoppelt hatte, und Kat fiel in das Johlen und Klatschen der anderen ein. Wer hätte gedacht, dass Dorothy Darling so viel Mumm hatte? Will hielt sein

Handy hoch und filmte die Reaktionen. Als er Kat bemerkte, grinste er, und sie konnte nicht anders, als sein Grinsen zu erwidern.

»Hast du das alles auf Video?«

»Klar! Das kommt gleich auf Social Media.«

Kat drehte sich um und sah Dorothy, die in der Mitte der Demonstranten stand und völlig überfordert damit aussah, dass alle ihr gratulierten. Sie blickte zu Kat herüber und fing ihren Blick auf. Einen Moment lang hielten sie Augenkontakt, dann sah Dorothy weg.

KAPITEL 22

Dorothy

Als die Glückwünsche abgeebbt waren und sich die Menge der Schaulustigen gelichtet hatte, war Dorothy völlig ausgelaugt. Sie sehnte sich so sehr nach ihrer ruhigen Wohnung, dass sie Kats Angebot, sie zurück nach Shelley House zu fahren, bereitwillig annahm.

»Sie bleiben hier, und ich hol das Auto«, sagte Kat und reichte ihr Reggies Leine.

Dorothy setzte sich erleichtert aufächzend auf eine nahe stehende Bank und erlaubte Reggie, zu ihr auf die Sitzfläche zu springen. Noch nie in ihrem Leben hatte sie eine Rede gehalten, und das hatte sie auch heute gewiss nicht vorgehabt. Aber als sie diese Kröte Fergus Alexander mit diesem unerträglich selbstgefälligen Grinsen im Gesicht gesehen hatte, hatte sie etwas höchst Eigenartiges überkommen, und ehe sie sichs versah, hatte sie das Megafon in der Hand. Sie wusste nicht einmal mehr genau, was sie gesagt hatte, aber anscheinend hatte es Wirkung gezeigt, denn Alexander war mit deutlich weniger zufriedener Miene wieder in sein Büro verschwunden. Und dann waren da noch die Reaktionen der anderen. So viele Komplimente hatte Dorothy noch nie bekommen, sogar Gloria Brown hatte ihr auf die Schulter geklopft. Und als Dorothy Kat angesehen hatte, war ihr ein ungewohnter Ausdruck auf dem Gesicht des Mädchens aufgefallen: Überraschung, aber auch etwas anderes. So etwas wie Bewunderung.

Dorothy ließ den Blick über die Anwesenden schweifen. Die meisten waren schon gegangen, aber eine kleine Gruppe stand noch vor dem Gebäude. Ayesha sammelte fallen gelassene Flugblätter vom Boden auf und unterhielt sich mit der kauzigen alten Dame, die nach nasser Ziege roch. Das junge Mädchen grinste, und auch Dorothy lächelte. Allerdings musste sie Ayesha bald wieder zurück nach Shelley House bringen, sonst würde Omar ihr das nie verzeihen. Und dann war da noch Gloria, die wild gestikulierend mit Tomasz sprach – auf diese Entfernung war es unmöglich zu erkennen, ob sie eine nette Unterhaltung führten oder sich stritten. Es war seltsam, ihre Nachbarn außerhalb von Shelley House zu sehen. Dorothy war es gewohnt, ihnen innerhalb der Mauern der Villa zu begegnen, ihren Lärm zu hören und ihr sozial unverträgliches Betragen mitzuverfolgen. Doch hier, am helllichten Tag in der Hauptstraße von Winton, wirkten alle irgendwie weniger bedrohlich und, nun ja, normaler.

Der Einzige, der fehlte, war Joseph Chambers. So sehr Dorothy ihn auch hasste, die Demonstration heute hätte ihm sicherlich Freude gemacht. Immerhin hatte er an der gleichen Stelle seinen lächerlichen Ein-Mann-Protest veranstaltet. Was hätte er von ihrer Rede gehalten? Bildete Dorothy sich zu viel auf ihre rhetorischen Fähigkeiten ein, wenn sie dachte, er wäre vielleicht beeindruckt gewesen? Das Winton General Hospital war nur wenige Hundert Meter entfernt. Vielleicht hatte er sie sogar von dort aus gehört?

»Wo ist Princess?«

Tomasz' Stimme holte Dorothy schlagartig ins Hier und Jetzt zurück. Er schaute sich um. Von seinem grässlichen Hund, der an einem Laternenpfahl angebunden gewesen war, fehlte jede Spur.

»Wo ist sie? Sie war doch eben noch hier.«

»Sie kann nicht weit sein«, sagte Gloria und sah sich ebenfalls um. Tatsächlich suchten nun alle nach dem Hund.

»Sie kann nicht weggelaufen sein, ich habe die Leine gut festgebunden!« Panisch hob Tomasz die Stimme. »Was, wenn sie auf eine stark befahrene Straße gelaufen ist? Was, wenn sie angefahren wurde?«

»Sie ist bestimmt nicht weit gekommen«, sagte Ayesha, aber ihr Gesicht war blass.

»Mein Baby!«, klagte Tomasz. »Jemand muss sie losgebunden haben.«

»Teilen wir uns auf und suchen nach ihr«, sagte Gloria. »Ich gehe in diese Richtung und du in die andere, okay?«

»Ich geh hinten rum und seh nach, ob sie zum Bahnhof gelaufen ist«, sagte Ayesha.

»Ich übernehme den Park«, rief die Frau im Ziegenmantel.

»Ich bleibe hier, für den Fall, dass sie zurückkommt«, sagte Dorothy. Sie hatte keinerlei Absicht, sich von dieser Bank fortzubewegen, bis Kat mit dem Auto auftauchte und sie nach Hause brachte.

Die anderen liefen in verschiedene Richtungen davon, und zurück blieben Dorothy, Reggie und Will, der Journalist, der seit dem Ende der Demonstration kaum von seinem Handy aufgesehen hatte.

»Das ist genial«, sagte er und setzte sich – unaufgefordert – neben Dorothy. »Ich habe das Video erst vor fünfzehn Minuten gepostet, und es wurde schon Hunderte Mal gelikt und geteilt.«

»Wo gepostet?«

»Auf den Social-Media-Kanälen der *Gazette*. Das geht voll durch die Decke. Sehen Sie selbst.«

Er reichte Dorothy das Handy. Sie brauchte einen Moment, um zu begreifen, dass sie ein Video von sich selbst sah, in dem sie mit erhobenem Megafon Fergus Alexander zurechtwies.

»Ich habe nicht eingewilligt, dass das gefilmt wird«, sagte sie und gab ihm das Handy empört zurück.

»Aber das ist super für Ihre Sache«, sagte Will und sah nicht im Entferntesten schuldbewusst aus. »Sie wollten doch, dass die Öffentlichkeit erfährt, dass Shelley House in Gefahr ist. Na, und jetzt erfahren Tausende davon.«

Dorothy schürzte die Lippen. Vermutlich hatte er recht, aber es fühlte sich trotzdem falsch an, dass jetzt ein Video von ihr in diesem Internetz war, wo Hinz und Kunz es sehen konnte.

Reggie war neben ihr auf der Bank eingeschlafen. Was für ein einfaches, sorgloses Leben er doch hatte. Nichts, worüber er sich Gedanken machen musste, außer auf welchem Stöckchen er herumkauen und gegen welchen Zaunpfahl er urinieren sollte. Dorothy streckte die Hand aus und kraulte ihn langsam am Hals. Reggie zuckte, wachte aber nicht auf.

Dann ertönte ein Hupen, und Dorothy hob den Blick. Kats Rostlaube hielt neben dem Bürgersteig. Dorothy erhob sich und ging zur Bordsteinkante. Dabei fiel ihr ein grünes Auto ins Auge, das auf der anderen Straßenseite parkte, direkt gegenüber von Kats Wagen. Irgendetwas daran ließ Dorothy innehalten. Sie war sich sicher, es schon einmal irgendwo gesehen zu haben, konnte sich aber beim besten Willen nicht erinnern, wo.

»Alles klar bei Ihnen?«, rief Kat ungeduldig wie immer.

Dorothy ging weiter auf sie zu, den Blick noch immer auf das andere Auto gerichtet. Die Scheiben waren getönt, darum war von dem Fahrer nur die vage Silhouette zu erkennen, aber ansonsten war der Wagen unauffällig. Allein in Dunningshire gab es vermutlich Dutzende solcher Autos. Warum also ließ ausgerechnet dieses Dorothys Alarmglocken schrillen? Sie blieb stehen und überlegte fieberhaft.

»Soll ich Ihnen beim Einsteigen helfen?«, fragte Will, der plötzlich neben Dorothy stand.

Sie antwortete nicht, ihre Gedanken rasten. »Ach du meine Güte!«

»Was ist los?«

Dorothy griff in ihre Handtasche, zückte ihr Tagebuch und blätterte hastig darin herum. »Es ist dasselbe Auto, da bin ich mir sicher.«

»Welches Auto?« Kat lehnte sich aus dem Fahrerfenster. »Wovon reden Sie da, Dorothy?«

»Von dem grünen Auto da drüben. An dem Nachmittag, an dem Joseph angegriffen wurde, hat es jemand widerrechtlich vor Shelley House abgestellt. Das habe ich mir in meinem Tagebuch notiert.«

Dorothy sah wieder zu dem Wagen. Der Fahrer war nicht ausgestiegen, und der Motor lief immer noch.

»Sind Sie sich sicher, dass es dasselbe ist?«, fragte Kat. »Sieht für mich wie ein stinknormaler BMW aus.«

Endlich fand Dorothy den 27. Mai. »Wie lautet das Kennzeichen?«

Will ging ein paar Schritte weiter, um das Nummernschild lesen zu können. »EB66…«

»BGE«, las sie von der Seite ab.

Es entstand eine Pause, in der die drei darüber nachdachten, was das zu bedeuten hatte.

»Wer auch immer in diesem Auto sitzen mag, könnte also etwas damit zu tun haben, was Joseph zugestoßen ist«, sagte Kat.

»Korrekt. Und jetzt parkt dieser Mensch direkt vor Fergus Alexanders Büro«, sagte Dorothy.

»Dann sollten wir wohl herausfinden, wer der Fahrer ist.« Will trat auf die Straße und ging auf das grüne Auto zu. Dorothy hörte einen Motor aufheulen, und eine Sekunde später startete das Auto.

»Sie wissen, dass wir ihnen auf der Spur sind!«, rief Dorothy, als der Wagen davonfuhr.

»Schnell, steigen Sie ein!«, sagte Kat, aber Dorothy hatte bereits die Tür zur Rückbank aufgerissen.

»Komm, Reginald«, sagte sie und zog das Tier hinter sich her. Als sie sich gesetzt hatte, hörte sie, wie sich noch eine weitere Tür öffnete.

»Was glaubst du, was du da tust?«, fragte Kat, als sich Will auf den Beifahrersitz fallen ließ.

Er sah erst Dorothy, dann Kat an. »Ach, komm schon! Ich wollte schon immer mal bei einer Verfolgungsjagd mitmachen.«

»Ernsthaft?«, Dorothy war entsetzt. »Pfui, Männer sind so primitiv.«

Kat schwieg, und Dorothy konnte ihr ansehen, dass sie überlegte, ob sie ihn rauswerfen sollte.

»Sie entkommen«, drängte Dorothy, als sie das grüne Auto die Hauptstraße hinunter verschwinden sah.

Kat seufzte hörbar auf. Und dann brausten sie mit quietschenden Reifen und einem beunruhigenden Geruch nach verbranntem Haar davon.

KAPITEL 23

Kat

Im Gegensatz zu Will hatte Kat tatsächlich schon mal an einer Verfolgungsjagd teilgenommen. Doch damals hatte einer der fragwürdigen Lebensabschnittsgefährten ihrer Mutter am Steuer gesessen, sie waren die Gejagten gewesen, nicht andersherum, und auf dem Rücksitz hatte definitiv keine Siebenundsiebzigjährige gesessen, die Anweisungen plärrte.

»Machen Sie langsam! Das Tempolimit auf dieser Straße ist dreißig Meilen pro Stunde.«

»Er ist links abgebogen, Sie müssen jetzt blinken.«

»Was ist das für ein komischer Geruch? Sie sollten das Auto mal in einer Werkstatt überprüfen lassen.«

Kat biss sich auf die Zunge und konzentrierte sich auf das grüne Auto, das sich vor ihnen durch den Verkehr fädelte. Warum hatte sie nicht schon früher einen Zusammenhang zwischen Fergus Alexander und Josephs Unfall gesehen? Es war so naheliegend: Joseph hatte täglich vor dem Bürogebäude von *Alexander Properties* protestiert und für schlechte Publicity gesorgt, und so hatte Alexander wohl beschlossen, der Sache ein Ende zu bereiten. Der Typ im grünen BMW war wohl ein Schläger, den Alexander geschickt hatte, um Joseph einen Besuch abzustatten – ein Besuch, der für den alten Mann auf der Intensivstation endete. Kat biss sich in den Hintern, weil sie nicht schon früher eins und eins zusammengezählt hatte. Sie hatte sich von Dorothy und ihren lächerlichen Theorien ablenken lassen, dass der Angreifer Sandra oder jemand aus Shelley House war. Wieder mal ein Beweis dafür, dass Kat nur ihrem eigenen Instinkt trauen sollte und sonst nichts und niemandem.

»Sie fahren auf die Umgehungsstraße zu«, rief Dorothy. »Schnell, bevor wir sie verlieren!«

»Ich dachte, ich soll langsamer fahren«, presste Kat zwischen zusammengebissenen Zähnen hervor.

Will neben ihr schien die ganze Sache fast ein bisschen zu viel Spaß zu machen. Er hatte ein Funkeln in den Augen wie ein Schuljunge auf einer Achterbahn. Was hatte Kat sich nur dabei gedacht, einen Journalisten in ihr Auto einsteigen zu lassen? Na, in ein paar Stunden war sie ohnehin über alle Berge.

»Kat, passen Sie doch auf! Sie hätten fast diese Frau da überfahren!«, kreischte Dorothy vom Rücksitz. »Ehrlich, ich weiß nicht, wo Sie fahren gelernt haben, aber ganz sicher nicht in einer seriösen Fahrschule, so viel steht fest.«

»Dorothy, wenn Sie nicht die Klappe halten, fahr ich links ran, setz sie auf dem Bürgersteig ab und Sie dürfen nach Hause laufen!«

Das schien gesessen zu haben, und ein paar Minuten lang verlief die Fahrt relativ ruhig. Das grüne Auto hatte Winton verlassen, und sie fuhren jetzt über die Landstraße. Wo waren sie? Und noch wichtiger: Was sollten sie tun, falls beziehungsweise sobald das Auto anhielt? Immerhin war der Fahrer in der Lage, einen fitten Mann ins Krankenhaus zu befördern. Außer einem Megafon und einem Umhängeschild hatte Kat nichts dabei, was sich als Waffe einsetzen ließ, wenn Dorothy ihn also nicht durch ihr lautstarkes Genörgel in die Knie zwingen wollte, war die ganze Aktion sowieso dumm und unter Umständen sogar gefährlich.

»Sieht aus, als würden sie zurück nach Chalcot fahren«, sagte Will, als der grüne Wagen nach links abbog und einen Hügel hinunterfuhr.

Tatsächlich bot sich Kat ein Ausblick auf das Dorf, das sie nur allzu gut aus ihrer Kindheit kannte, und auf den Fluss, der sich durch das

Tal schlängelte. Der grüne BMW hatte leicht abgebremst und bog, ohne zu blinken, in eine Neubausiedlung ein. Kat folgte ihm.

»Sie müssen sich beeilen«, sagte Dorothy, als das Fahrzeug vor ihr beschleunigte.

»Versuch ich ja«, sagte Kat und drückte aufs Gaspedal. Aber anstatt das Tempo anzuziehen, gab das Auto ein beunruhigendes Scheppern von sich.

»Ich sagte beschleunigen, nicht bremsen!«, schrie Dorothy.

»Ich hab nicht gebremst«, keifte Kat zurück, aber der Wagen wurde zweifellos langsamer. Als er erneut ein grimmiges Stöhnen von sich gab, fuhr sie an den Straßenrand, und das Auto kam zum Stehen.

»Was ist los?«, fragte Will, während sie zusahen, wie das grüne Auto hinter einer Ecke verschwand.

»Keine Ahnung. Vielleicht der Motor.« Kat verzog das Gesicht, als von unter der Motorhaube Rauch aufstieg. »Ach, Marge.«

»Marge?« Dorothy klang erstaunt. »Wer in Gottes Namen ist Marge?«

Kat antwortete nicht. Sie hatte das Auto, als sie siebzehn war, von einem zwielichtigen Gebrauchtwagenhändler gekauft, und schon damals war es in einem schlechten Zustand gewesen. Doch Kat liebte Marge von ganzem Herzen. Ihre vier Räder hatten Kat das Gefühl von Freiheit gegeben, Marge war ihr Mittel gewesen, um aus brenzligen Situationen und vor schlechten Menschen zu fliehen, und manchmal ihr einziger sicherer Platz zum Schlafen. Aber jetzt sah es ganz so aus, als hätte Kat ihrem Auto den Todesstoß verpasst. Sie hatte doch heute Nachmittag eigentlich nach Edinburgh fahren wollen – wie sollte sie jetzt dort hinkommen?

»Wo sind wir?«, fragte Dorothy auf dem Rücksitz. »Diese Gegend kenne ich gar nicht.«

»Das ist die Upper-Dean-Siedlung«, sagte Will.

Kat sah sich zum ersten Mal um. Sie standen auf einer Straße mit identischen Doppelhaushälften, von der zu beiden Seiten Straßen abgingen, die genauso aussahen. Über die Dächer hinweg sah Kat außerdem einen großen Häuserblock mit modern wirkenden Wohnungen.

»War das nicht früher alles unbebaute Landschaft?«, fragte Dorothy.
»Ja, nur Felder und eine Farm, soweit ich weiß«, sagte Will.
Kat sah ihn an. »Eine Farm?«
»Es gab auch einen kleinen Wald hier. Ich war früher öfter mit meiner Mutter hier draußen zum Brombeerenpflücken.«
»Weißt du, wie die Farm hieß?«
Will überlegte kurz. »Feather-irgendwas?«
Plötzlich schnürte sich Kat die Brust zu. *Featherdown Farm.* Sie sah sich noch einmal um und versuchte, etwas zu finden, woran sie sich erinnerte, etwas aus ihrer Kindheit, aber es gab keine Spur mehr vom Haus ihres Großvaters. Stattdessen standen hier diese entsetzlichen, seelenlosen Häuser. Sie hielt das Lenkrad umklammert und versuchte, die Tränen zu unterdrücken.

»Wer war das?«, fragte Dorothy leise.

»Ich bin mir ziemlich sicher, dass das auch ein Projekt von *Alexander Properties* war«, sagte Will. »Ich hab noch nicht bei der *Gazette* gearbeitet, als das alles gebaut wurde, aber ich weiß noch, dass ich davon gelesen habe. Ich glaube, es gab einiges an Widerstand gegen das Projekt, aber ohne Erfolg.«

Wut kochte in Kat hoch. Fergus Alexander, der Mann, der dafür verantwortlich war, dass Joseph im Krankenhaus lag, steckte auch hinter der Zerstörung der Farm ihres Großvaters. War ihr Großvater Teil des Widerstands gewesen? Nichts hatte er so sehr geliebt wie seine Farm, und Kat konnte sich nicht vorstellen, dass er sie jemals freiwillig verkauft hätte. Der Gedanke, dass ihm sein geliebtes Zuhause entrissen worden war, ließ Kat das Blut in den Adern pochen.

»Wir können nicht zulassen, dass er das auch Shelley House antut«, sagte Dorothy vom Rücksitz aus. Auch ihr war die Wut anzuhören. »Alexander darf Shelley House nicht genauso zerstören wie diese herrliche Landschaft hier.«

Kat drehte sich zu ihr um. »Wir müssen diesem Arschloch einen Strich durch die Rechnung machen. Er muss dafür bezahlen, was er getan hat.«

Sie rechnete damit, von Dorothy wegen des Fluchens zurechtgewiesen zu werden, aber die nickte nur grimmig.

»Ich kann dabei helfen«, sagte Will und sah Kat an.

»Wir brauchen dich nicht …«, begann Kat, aber Dorothy fiel ihr ins Wort.

»Danke, Will. Wir wissen das Angebot sehr zu schätzen.«

Kat sah wieder auf die hässlichen Häuser um sie herum. Jahrelang waren ihre Erinnerungen an Featherdown Farm von jenem letzten Sommer getrübt gewesen: dem Sommer, in dem sie alles zerstört hatte und weggeschickt worden war. Aber jetzt kamen andere Erinnerungen hoch. Die Nachmittage, an denen sie in der Scheune gespielt, im Wald auf Bäume geklettert und lange Spaziergänge mit Barker gemacht hatte. Ihr Großvater und sein Bruder waren auf Featherdown Farm geboren worden und hatten ihr ganzes Leben dort verbracht, und die Aufenthalte auf der Farm waren für Kat wie ein magischer Urlaub von ihrem richtigen Leben gewesen, einem Leben in Übergangsunterkünften, mit Zwangsräumungen und mit ihrer chaotischen, gestörten Mutter. Und obwohl alles ein so böses Ende genommen hatte, war dieser Ort immer noch der, an dem sie am glücklichsten gewesen war und sich am sichersten gefühlt hatte.

Erneut wurde sie von einer Welle der Wut gepackt und holte tief Luft. Fergus Alexander hatte es vielleicht geschafft, Featherdown Farm zu zerstören und Joseph ins Krankenhaus zu befördern, aber sie würde nicht zulassen, dass er noch einmal jemandem schadete. Und wenn das hieß, dass sich dadurch ihre Abreise aus Chalcot verzögerte und sie mit Dorothy und Will zusammenarbeiten musste, dann sollte das eben so sein.

KAPITEL 24

Dorothy

Dorothy war sich nicht sicher, was sie von ihren gemeinsamen Ermittlungen erwartet hatte. Vielleicht, dass sie vor Fergus Alexanders Büro Wache halten, ihn im Dorf beschatten oder seine Mülltonnen durchwühlen würden? Leider war die Realität etwas prosaischer. Will sagte, er würde Nachforschungen über Mr Alexander und seine anderen Immobilien anstellen, und Kat erklärte, sie würde ein wenig »online recherchieren«. Dorothy hatte wissen wollen, wie sie sich nützlich machen konnte, worauf Kat antwortete, ihre Aufgabe sei es, ein Auge darauf zu haben, was in Shelley House vor sich ging. Also hatte Dorothy wieder ihren in letzter Zeit etwas vernachlässigten Wachposten am Fenster eingenommen.

Doch am Sonntag, als Dorothy mit Tagebuch und Bleistift an ihrem Kartentisch saß, fühlte sie sich auf einmal konfus. Wo sie doch früher so gern den ganzen Tag hier gesessen und das Kommen und Gehen ihrer Nachbarn und deren diverse Regelverstöße beobachtet hatte, war sie jetzt ruhelos. Selbst ihre tägliche Inspektion bot wenig Ablenkung, obwohl sie sie nun zu einer Zeit durchführte, in der die Wahrscheinlichkeit größer war, andere Bewohner anzutreffen. Die Wahrheit war: Nach all den Ereignissen der letzten Wochen kam Dorothy ihr Leben innerhalb der Mauern von Shelley House ziemlich eintönig vor.

Der einzige Lichtblick war Reggie. Kat lieferte ihn morgens bei ihr ab, und Dorothy hatte einen Grund, sofort Mantel und Stiefel anzuziehen und spazieren zu gehen. Zu Beginn hatten sie sich bei ihren Gassirunden auf den Park und die Straßen rund um Shelley House beschränkt, aber mittlerweile weitete Dorothy den Radius auf die Hauptstraße aus und sogar darüber hinaus. Als sie damals nach Chalcot gezogen war, hatte sie oft Spaziergänge am Fluss gemacht, und sie hatte ganz vergessen, wie viel Freude es ihr bereitete, mit der Sonne im Gesicht und Vogelgezwitscher im Ohr am Ufer entlangzuschlendern. Auch Reggie liebte den Fluss, nur dass er lieber darin schwamm, als nebenherzulaufen.

Aber natürlich konnten sie nicht den ganzen Tag spazieren gehen. Irgendwann wurden sie und der Hund müde, und sobald sie nach Shelley House zurückkehrten, setzte die Langeweile wieder ein. Am Montag fiel ihr auf, dass sie ihre Mahlzeiten in die Länge zog, um Zeit totzuschlagen, und mehr als einmal ertappte sie sich dabei, wie sie auf die Wanduhr blickte und die Minuten herunterzählte, bis Ayesha von der Schule nach Hause kam und ihr durch die Gardinen zuwinkte. Am Dienstag stieg Dorothy fünfmal hoch in den ersten Stock, in der Hoffnung, die Tür zu Wohnung vier noch einmal offen vorzufinden, aber sie blieb fest verschlossen, und der Bewohner war ungewöhnlich still. Als Kat an diesem Abend Reggie abholte, horchte Dorothy das Mädchen aus, stellte Fragen und belehrte sie über Gott und die Welt, von Kats langsamen Ermittlungsfortschritten bis hin zu ihren unansehnlichen Tattoos: alles, nur damit sie noch ein paar Minuten länger bei ihr auf der Fußmatte stehen blieb. Und doch zog sich die Woche ewig hin. Am Mittwochmorgen war Dorothy mit ihrer Geduld beinahe am Ende. Bislang hatten weder Kat noch Will etwas auch nur annähernd Brauchbares herausgefunden, und die Uhr tickte. Sobald die Einspruchsfrist verstrich, waren ihre Chancen, das Bauvorhaben zu stoppen, so gut wie dahin. Begleitet von den schmetternden Klängen von *Das Rheingold* ging Dorothy in ihrer Wohnung auf und ab.

»Es hat keinen Zweck, Reginald«, sagte sie zu dem Hund. Sie waren von ihrem Spaziergang zurückgekehrt, und das Tier versuchte, ein Nickerchen auf der Chaiselongue zu machen. »Ich bin weder Wladimir noch Estragon, ich kann nicht einfach hier herumsitzen und Däumchen drehen.«

Dorothy griff nach der Leine, die auf dem Beistelltisch lag. Reggie gähnte herzhaft, hüpfte aber folgsam von seinem Platz herunter und kam zu ihr.

»Wir machen eine kleine Busfahrt«, sagte Dorothy, während sie Stiefel und Mantel anzog. Doch dann fiel ihr etwas ein, und sie marschierte ins Schlafzimmer. Als sie ein paar Minuten später zurückkehrte, trug sie einen lilafarbenen Wollmantel, den sie zuletzt 1987 bei einer Hochzeit angehabt hatte, eine Sonnenbrille und einen in die Jahre gekommenen großen Schlapphut. Der Hund bellte überrascht auf, als er sie sah, aber Dorothy schenkte dem keine Beachtung. »Na komm!«

Eine Stunde später saß sie wieder auf der Bank vor *Alexander Properties*, den Blick auf den Eingang gerichtet. Dorothy war sich nicht sicher, wonach sie suchte, nur dass sie niemals beweisen konnte, dass Fergus Alexander ein Verbrecher war, wenn sie den ganzen Tag in ihrem Wohnzimmer herumsaß. Hier bestand wenigstens die Chance, etwas Nützliches mitzubekommen: vielleicht die Übergabe einer Tasche mit Schwarzgeld oder einen Waffenhandel. Dorothy musste nur Zeugin einer Tat werden, die den Mann belasten würde, und sie war bereit, so lange wie nötig darauf zu warten.

Zwei Stunden später fing es an zu regnen, und Dorothy bereute ihre Entscheidung, weder einen Regenschirm mitgenommen noch eine Brotzeit eingepackt zu haben. Bei *Alexander Properties* war nichts los gewesen, abgesehen von einem Paketboten und einer gelangweilt aussehenden jungen Frau, die das Gebäude verlassen hatte und zehn Minuten später mit einem in Plastik verpackten Sandwich zurückgekommen war. Beim Anblick des Sandwichs hatte Dorothys Magen zu knurren begonnen. Außerdem sehnte sie sich nach einer Tasse Tee – seit dem Frühstück um sieben hatte sie keinen mehr getrunken. Sie zog sogar kurz in Erwägung, in ein Kaffeehaus zu gehen und sich eines dieser Getränke zum Mitnehmen zu holen, von denen anscheinend alle so begeistert waren, aber das ging ihr dann doch einen Schritt zu weit.

Reggie hingegen hatte sich vom Regen nicht aus der Ruhe bringen lassen und einige Zeit neben ihr auf der Bank geschnarcht. Doch jetzt war er aufgewacht, hob den Kopf und knurrte leise.

»Wird dir langweilig?«, fragte Dorothy und kraulte ihn hinter dem Ohr. »Wir warten noch eine halbe Stunde ab, und dann kaufe ich dir einen schönen Knochen vom Metzger.«

»Sie halten sich wohl für ziemlich clever, was?«

Dorothy erschrak, als sie eine Stimme hinter sich vernahm. Sie drehte sich um und sah die Kröte neben der Bank stehen und auf sich herabschauen.

»Nicht besonders«, sagte sie und wandte den Blick ab. Sie kannte Männer wie Fergus Alexander, und sie würde ihm gewiss nicht die Genugtuung verschaffen, auf seinen Unsinn einzugehen.

»Ihnen ist schon klar, dass Sie Ihre Zeit verschwenden, oder? Ihr kleiner Protest letzte Woche, die jämmerliche Rede, die Sie gehalten haben, und was auch immer *das hier* sein soll …« Er wies auf Dorothys Verkleidung. »Ich bin ein angesehenes Mitglied der örtlichen Gemeinde, Mrs Darling. Ich bin im Vorstand von zwei Schulen und Mitglied im Komitee des Golfclubs. Sie können mir also glauben, wenn ich sage, dass Sie und Ihre Freunde nichts tun können, um den Stadtrat davon abzuhalten, mir eine Baugenehmigung zu erteilen.«

Dorothy verschränkte die Arme und schenkte ihm noch immer keinerlei Beachtung, aber ihr Herz schlug ein wenig schneller. Sie roch sein übles Aftershave: *eau de crapaud*.

»Das habe ich auch schon dieser Fruchtfliege Joseph Chambers gesagt«, fuhr Alexander fort. »Noch vor Jahresende wird Shelley House in Schutt und Asche liegen, und Sie alte Schachtel können nichts tun, um mich davon abzuhalten.«

Er drehte sich um und schlenderte laut pfeifend zurück zum Bürogebäude. Wie konnte er es wagen, so mit ihr zu sprechen! Dorothy mochte ja vieles sein, aber eine »alte Schachtel« war sie gewiss nicht. Und für wen hielt er sich, dass er Joseph Chambers mit einer Drosophila verglich? Bevor Dorothy wusste, was sie tat, war sie bereits auf den

Beinen und marschierte ihm hinterher. Sie hielt immer noch ihre Handtasche umklammert. Als sie sich dem Mann näherte, holte sie aus und schleuderte ihm die Tasche mit voller Wucht gegen den Hinterkopf.

»Ahhh!« Er stolperte nach vorn und fasste sich an den Schädel. Reggie, dem Dorothys temperamentvoller Ausbruch offenbar gefiel, kam herbeigesprungen und begann, nach Alexanders Knöcheln zu schnappen.

»Halten Sie mir den vom Leib!«, schrie Alexander; er hielt sich immer noch den Kopf und hüpfte jetzt auf einem Bein herum.

»Ich werde nichts dergleichen tun. Und für die Zukunft: Für Sie heißt es immer noch Ms Darling.«

Dorothy machte kehrt und rauschte davon. Hinter ihr war ein weiteres Bellen von Reggie zu hören, gefolgt von Alexanders Schmerzensschrei. Einen Moment später war der Hund wieder an ihrer Seite und sah höchst zufrieden mit sich aus.

»Ja, du bist ein braver Junge, Reginald«, sagte sie und beugte sich hinunter, um ihn zu streicheln. »Komm, wir holen dir einen Knochen.«

Sie gingen die Hauptstraße entlang, weg von Alexanders Büro. Dorothy betrachtete Reggie, der neben ihr hertrottete. Wer hätte gedacht, dass ein Hund so ein hervorragender Gefährte sein konnte? Er blieb mitten auf dem Bürgersteig sitzen, um sich die Genitalien zu lecken, und sie wartete, bis er fertig war.

»Dorothy Darling?«

Sie hob den Blick und hätte beinahe aufgestöhnt. Vor ihr stand Sandra Chambers mit einem verwirrten Ausdruck auf dem zu stark geschminkten Gesicht.

»Sie sind es doch, oder? Meine Güte, was für eine Überraschung. Ihr Outfit ist ... reizend.«

Dorothy versuchte, angemessen hochmütig zu wirken, aber mit Sonnenbrille und einem Hut, der ihr ständig ins Gesicht rutschte, war das gar nicht so leicht.

»Was machen Sie denn in Winton? Ich weiß gar nicht, ob ich Sie überhaupt schon mal außerhalb von Shelley House gesehen habe.«

»Ich … kaufe ein«, sagte Dorothy und war erleichtert, dass Sandra die Auseinandersetzung mit Fergus Alexander anscheinend nicht mitbekommen hatte.

Reggie, der bis dahin ganz auf seine Hoden konzentriert gewesen war, entdeckte plötzlich Sandra und trabte zu ihr.

»Ist das Joes Hund?«, fragte Sandra und ihre nachgezogenen Augenbrauen wanderten noch weiter nach oben.

»In der Tat.«

»Sie haben sich also endlich mit ihm versöhnt? Ich habe nie verstanden, was zwischen Ihnen beiden vorgefallen ist. Ich dachte erst, Sie hätten sich ganz gut verstanden, aber dann …«

Dorothy hustete unvermittelt, um sie zu unterbrechen. Das Gespräch lief schon lange genug. Außerdem war Sandra nach wie vor eine Verdächtige. Unabhängig davon, was Fergus Alexander mit dem Angriff auf Joseph zu tun hatte, ließ sich nicht von der Hand weisen, dass Dorothy die Frau am Tag nach dem Vorfall aus Josephs Wohnung hatte schleichen sehen. So unangenehm diese Unterhaltung auch war, vielleicht konnte Dorothy sie nutzen, um ihre Ermittlungen voranzutreiben. Sie lächelte Sandra an und hoffte, dass es natürlicher aussah, als es sich anfühlte.

»Wie geht es Ihrem schlimmen Bein, Sandra? Macht es Ihnen immer noch Probleme?«

Falls Sandra die Frage seltsam fand, ließ sie sich nichts anmerken. »Ehrlich gesagt, sogar schreckliche Probleme in letzter Zeit. Vielleicht muss ich noch mal zur Physio. Meine Hüfte ist ganz verspannt.«

»Wie bedauerlich. Ich hoffe, bis zur Hochzeit kommt alles wieder in Ordnung.«

Sandra lächelte. »Sie haben also davon gehört, ja? Wir heiraten im Dezember im Oakford Park. Sie erinnern sich vielleicht noch an Carlos, meinen … äh … Freund von den Chalcot Players.«

Natürlich erinnerte sich Dorothy an die spanische Ratte, mit dem Sandra Joseph Hörner aufgesetzt hatte; monatelang hatte sie sein grässliches Toupet in Shelley House ein- und ausgehen sehen.

»Herzlichen Glückwunsch Ihnen beiden. Wie hat Joseph die Nachricht aufgenommen?«

Dorothy hielt den Blick fest auf Sandras Gesicht gerichtet, aber offenbar hatte sich die Theatergruppe ausgezahlt, denn ihre Mimik blieb unverändert.

»Oh, also, um ehrlich zu sein, das weiß ich gar nicht so genau. Wir haben seit Jahren nicht mehr miteinander gesprochen.«

»Sie waren also in letzter Zeit nicht in Shelley House?«

Sandra stieß ein schrilles Lachen aus. »Natürlich nicht! Was will ich denn in der alten Bruchbude?«

Dorothy hielt inne und wappnete sich für ihre Offensive. »Wie seltsam, ich hätte schwören können, dass ich Sie vor ein paar Wochen dort gesehen habe. Einen Tag, nachdem Joseph ins Krankenhaus eingeliefert wurde, um genau zu sein.«

In einer ersten Schrecksekunde verkrampfte sich Sandras Kiefer sichtlich, und Dorothy spürte ein Gefühl von Triumph. Aha, doch keine so gute Schauspielerin!

»Da müssen Sie sich geirrt haben, Dorothy. Vielleicht haben Sie mich verwechselt?«

»Oh, das glaube ich nicht. Sie haben recht, vielleicht sollten Sie wirklich noch mal zu einem Physiotherapeuten. Ihr Humpeln sah wirklich schmerzhaft aus.«

Auf Sandras Wangen hatten sich zwei rosa Flecken gebildet.

»Also gut, ich muss dann mal wieder. Ich habe viel zu tun«, murmelte sie. »Schönen Tag noch, Dorothy.«

»Auf Wiedersehen«, sagte Dorothy, und dieses Mal musste sie das Lächeln, das sich auf ihrem Gesicht ausbreitete, nicht vortäuschen.

KAPITEL 25

Kat

Auch noch in den Tagen nach der Demo nagte die Wut an Kat. Bei allem, was sie tat – beim Arbeiten im Café, beim Busfahren, beim Gassigehen mit Reggie –, dachte sie an nichts anderes als daran, was Fergus Alexander Joseph und dem heiß geliebten Zuhause ihres Großvaters angetan hatte. Nachts wälzte sie sich im Bett herum, während sie gedanklich durchspielte, was sie diesem Mann alles antun wollte, auf welche Arten sie sich an ihm rächen wollte. Aber in Wahrheit hatte sie keine Ahnung, wie sie ihm das Handwerk legen sollte. Schließlich konnte sie nicht beweisen, dass er hinter dem Angriff steckte; ein verdächtiges Auto vor seinem Büro gesehen zu haben, war wohl kaum ein zwingender Beweis. Was Kat brauchte, war ein wasserdichter Beleg dafür, dass Alexander jemanden beauftragt hatte, Joseph zu verletzen.

Am Mittwoch, nach vier Nächten mit unruhigem Schlaf, erreichte Kats miese Laune einen neuen Höhepunkt. Sie schnauzte die Köche bei der Arbeit an, knallte Töpfe auf die Arbeitsplatte und motzte, sobald man sie ansprach. Remi hatte schon gestern ein paar Takte mir ihr gesprochen, als sie aus Unachtsamkeit ein Tablett voller Gläser zerbrochen hatte, und heute spürte sie seinen bohrenden Blick im Rücken, als sie sich über das Waschbecken beugte. Um vierzehn Uhr – sie schrubbte gerade eine fettige Pfanne und stellte sich vor, es sei Fergus' Visage – rief ihr Chef sie nach vorne. Mit mürrischem Blick machte sie sich auf eine weitere Standpauke gefasst, aber als sie ins Café trat, stand Will am Tresen und betrachtete sie mit seinen dunkelbraunen Augen. Kats Magen machte einen unerwarteten Hüpfer und ihr Blick wurde noch finsterer.

»Der Typ da meinte, er will mit dir reden«, sagte Remi.

»Sorry, Joseph wollte mir deine Nummer nicht geben, aber er hat mir erzählt, dass du hier arbeitest«, sagte Will. »Ich wollte kurz mit dir sprechen.«

»Ich bezahl dich nicht fürs Plaudern«, schnauzte Remi, aber Kat achtete nicht auf ihn und trat hinter dem Tresen hervor.

»Was gibt's?«, fragte sie und zog Will zur Seite, weg von ihrem Chef.

»Ich wollte dir erzählen, was ich bisher bei meinen Recherchen herausgefunden habe«, sagte Will so leise, dass Kat näher zu ihm gehen musste, um ihn zu verstehen. »Ich habe mir das Upper-Dean-Bauprojekt genauer angesehen, das Neubaugebiet, wo wir am Samstag waren.«

Kats Magen machte erneut einen Satz, aber diesmal lag es nicht an Wills Anwesenheit.

»Ich hab dir doch erzählt, dass ich glaube, dass es Widerstand gegen das Bauvorhaben gab. Jedenfalls habe ich den Artikel gefunden, den ich damals darüber gelesen hab, und ich hatte recht. Die Besitzer der Featherdown Farm haben sich geweigert, ihre Felder zu verkaufen, und noch jemand anderes, der auf einem Grundstück in der Nähe der Farm gelebt hat.«

Kats Mund war trocken und sie wünschte, sie hätte ein Glas Wasser. Sie schluckte und wartete darauf, dass Will fortfuhr.

»Was Genaueres stand nicht in dem Artikel, aber ich konnte einen der beiden Brüder ausfindig machen, denen die Farm gehört hat.«

Kat blinzelte und hielt die Augen einen Moment lang geschlossen. Hatte Will ihren Großvater gefunden? Ein Gefühlschaos brach in ihr aus: Freude, Bedauern und Schuld. Sie öffnete die Augen wieder. »Und?«

»Er wohnt immer noch in Chalcot, und als ich ihn angerufen habe, meinte er, er sei bereit, mit uns über die Ereignisse damals zu sprechen. Er meinte sogar, dass er eine Menge zu dem Thema zu sagen hat. Ich treffe mich nachher mit ihm und habe mich gefragt, ob du vielleicht mitkommen willst.«

Kat wich Wills Blick aus, damit er ihr nicht ansah, wie sie innerlich mit sich rang. Natürlich wollte sie mitkommen und sehen, ob es ihr Großvater war, der Mann, den sie mehr als jeden anderen Menschen auf der Welt geliebt hatte. Aber er hatte damals unmissverständlich klar gemacht, was er von ihr hielt. Warum sollte das anders sein, wenn er sie jetzt sah?

»Ich kann nicht. Ich hab zu tun.«

»Oh … schade. Ich hatte am Samstag den Eindruck, dass es dich interessiert, was mit der Farm passiert ist.«

»Tja, da hast du dich wohl getäuscht. Tut mir leid, ich muss zurück an die Arbeit.«

Kat drehte sich um und ging zur Küchentür. Hoffentlich bemerkte Will nicht, dass ihre Beine zitterten.

»Falls du's dir anders überlegst: Er wohnt in der Cressington Road 17, in der Willowfield-Siedlung. Er heißt Ted Mason.«

Kat blieb stehen. Also hatte Will nicht ihren Großvater ausfindig gemacht, sondern seinen jüngeren Bruder, ihren Großonkel. Sie wusste nicht, ob sie erleichtert oder enttäuscht sein sollte.

»Ich treffe mich um halb sieben mit ihm«, sagte Will hinter ihr, aber Kat antwortete nicht. Stattdessen floh sie zurück in die Küche.

Um sechs Uhr fünfundzwanzig stand Kat hinter einem Baum in der Cressington Road und behielt aus der Ferne die Tür von Hausnummer 17 im Blick. Auf dem Weg hierher hatte sie sich immer wieder gesagt, dass sie das Haus nicht betreten würde. Obwohl sie ganz anders aussah als die dürre Zehnjährige von damals und inzwischen einen anderen Namen verwendete, war es einfach zu riskant. Ted könnte einen Hauch von familiärer Ähnlichkeit erkennen, den keine noch so große Menge an pinker Haarfarbe, Piercings und Tattoos verbergen konnte. Außerdem, was sollte Kat überhaupt zu ihm sagen? Ihr Großonkel hatte zwar nichts mit der Sache zu tun gehabt, aber er war Zeuge ihrer Verbannung von der Featherdown Farm gewesen und hatte sie aus erster Hand miterlebt. Und was, wenn ihr Großvater ebenfalls da war? Kat graute es bei dem Gedanken. Nein, sie würde keinen Fuß in das Haus setzen. Aber das bedeutete nicht, dass sie nicht einen kurzen Blick auf den ruhigen, bescheidenen Mann werfen konnte, den sie als Kind so gut gekannt hatte: den Mann, mit dem sie damals Traktor gefahren war und dem sie sonntagmorgens geholfen hatte, Apfelkuchen zu backen, während die Luft von Zimtduft und dem leisen Brummen von Radio 4 erfüllt war.

Kat spürte ein Kratzen am Bein, und als sie hinuntersah, entdeckte sie eine große, flachgesichtige Katze, die die Krallen nach Kats Knöcheln ausstreckte. Ein Strasshalsband verriet ihr, dass sie Alan hieß. Kat schubste den Kater mit dem Bein weg, woraufhin er fauchte und sie mit zusammengekniffenen Augen fixierte.

»Lass mich«, schimpfte Kat, aber die Katze rührte sich nicht vom Fleck.

Eine Minute später war ein Motor zu hören, ein rotes Auto fuhr vorbei und hielt vor der Hausnummer 17. Kat erkannte Wills definierten Körper, als er aus dem Auto stieg und zur Eingangstür ging. Ihr wurde bewusst, dass sie mit angehaltenem Atem die Sekunden zählte, bis sie sich öffnete. Doch als es endlich so weit war, konnte Kat nichts erkennen – Will versperrte ihr die Sicht. Verdammter Mist! Sie sah sich um. Etwa zehn Meter in Richtung des Hauses stand eine grüne Mülltonne, groß genug, dass sie sich dahinterkauern konnte. Will stand zwar immer noch auf der Treppe, aber er konnte jeden Moment hineingehen, und dann hätte Kat ihre Chance verpasst, nach so vielen Jahren das Gesicht ihres Großonkels wiederzusehen. Sie holte tief Luft, duckte sich und lief Richtung Mülltonne. Doch nach ein paar Schritten ertönte ein markerschütterndes Heulen. Kat sah nach unten. Der Kater saß mit empörter Miene und aufgestelltem Fell auf dem Bürgersteig – sein Schwanz klemmte unter ihrem Schuh.

»Scheiße, sorry, Alan«, sagte Kat und hob den Fuß.

Wieder jaulte der Kater auf.

Kat sah zum Haus und fluchte. Offenbar war die Katze auch auf der anderen Straßenseite zu hören gewesen, denn zwei Augenpaare starrten Kat an. Das eine Paar, umgeben von Lachfältchen, gehörte Will. Das andere gehörte ihrem Großonkel Ted.

»Kat, du bist ja doch hier!«, rief Will über die Straße und winkte ihr zu.

Was sollte sie jetzt machen? Sie konnte ja schlecht so tun, als hätte sie ihn nicht gehört, und einfach weggehen. Mit gesenktem Kopf trottete Kat auf die Hausnummer 17 zu. Als sie die Einfahrt erreichte, verspannte sich ihr ganzer Körper aus Sorge, der alte Mann könnte sie wiedererkennen.

»Ted, das ist Kat, eine Freundin. Sie wohnt in Shelley House – das Haus, von dem ich Ihnen am Telefon erzählt habe.«

»Freut mich, Sie kennenzulernen, Kat.«

Da war sie wieder, die leise Stimme mit leicht schroffem Unterton, die sie aus ihrer Kindheit kannte. Kat hielt den Blick auf den Kies gerichtet, und wagte nicht aufzusehen, damit er den Schmerz darin nicht sah.

»Also gut, kommen Sie rein«, sagte Ted und schlurfte ins Haus.

Neben sich spürte Kat, dass Will ihm folgte, erst dann sah sie auf. Sie konnte sich immer noch umdrehen, weglaufen und Will später sagen, dass sie einen dringenden Anruf erhalten hatte oder so was in der Art. Es war noch nicht zu spät, um zu verschwinden.

»Ich mach uns nen Tee«, rief Ted von drinnen, und plötzlich war Kat wieder dort – an dem großen Holztisch in der Farmhausküche, die immer leicht nach Zigarrenrauch gerochen hatte, die Hände am warmen, aus der Zeit gefallenen AGA-Herd, während Ted ihr einen gezuckerten Tee einschenkte und sie die rohen Teigreste aus der Schüssel essen ließ. Bei der Erinnerung überkam Kat ein Gefühl von Schwäche. Sie trat ein und zog die Tür hinter sich zu.

Teds neues Zuhause hatte nichts mit der Farm gemeinsam, aber einige Gegenstände erkannte Kat sofort wieder. Da war der alte Kleiderständer, an dem früher die Regenmäntel von Ted und ihrem Großvater gehangen hatten, aber heute hing dort nur noch einer. Als sie in das kleine Wohnzimmer ging, entdeckte sie einige Gemälde, an die sie sich erinnerte, und den alten Schafsfellteppich, auf dem Barker so gerne am Kamin geschlafen hatte.

Will saß mit übereinandergeschlagenen Beinen auf einem alten grünen Sofa. »Ich bin froh, dass du dich entschieden hast herzukommen, Kat.«

»Ja, ich hatte dann doch Zeit.«

Sie setzte sich auf der gegenüberliegenden Seite des Zimmers auf einen Sessel. Je mehr Gegenstände sie wiedererkannte, umso trockener wurde ihre Kehle.

»Na, dann wollen wir mal.« Ted kam mit einem Tablett herein, auf dem drei Tassen standen, und Kat sah ihn zum ersten Mal richtig an. Erstaunlicherweise hatte er sich kaum verändert, seit sie ihn zuletzt gesehen hatte. Sein Haar war zwar weißer und der Bart dichter, und er hatte definitiv etwas an Muskelmasse eingebüßt, jetzt, da er nicht mehr den ganzen Tag auf dem Feld arbeitete, aber er war immer noch eindeutig der Mann aus ihrer Kindheit. Er stellte das Tablett auf den Couchtisch, und Kat fiel auf, dass auch ein Teller mit Schokokeksen bereitstand. Die hatte ihr Großvater immer am liebsten gemocht.

»Vielen Dank, dass Sie bereit waren, sich mit uns zu treffen«, sagte Will und griff nach einer Tasse.

»Keine Ursache. Weiß bloß nicht, ob ich ne große Hilfe sein werde.«

»Wir stellen Nachforschungen zu Fergus Alexander an«, erklärte Will. »Wie ich am Telefon schon gesagt habe, plant er einen Neubau auf dem Grundstück von Shelley House und ...«

»Der Kerl ist ein Verbrecher«, fiel Ted ihm ins Wort. »Ein Tyrann und ein verdammter Betrüger, entschuldigen Sie meine Ausdrucksweise.«

»Warum fangen wir nicht ganz von vorne an?«, schlug Will vor, stellte seine Tasse ab und griff nach seinem Notizblock. »Wann sind Sie Fergus Alexander zum ersten Mal begegnet?«

»Dürfte 2006 oder 2007 gewesen sein«, sagte Ted. »Seit die die neue Straße zwischen Chalcot und Winton gebaut haben, wollte Fergus Alexander auf unserem Land ein Neubaugebiet hochziehen. Der Großteil der Landschaft um Chalcot ist Naturschutzgebiet und darf nicht bebaut werden, aber für die Featherdown Farm galt das nicht.«

2006. Damals war Kat sieben Jahre alt gewesen und noch ein gern gesehener Gast auf der Farm.

»Aber ich nehme an, Sie waren nicht an einem Verkauf interessiert?«, fragte Will.

»Da hamse verdammt recht. Seit fast hundert Jahren war die Featherdown Farm in Familienbesitz. Mein Bruder und ich haben hauptsächlich Weizen angebaut, aber nicht nur. Achtzig Hektar hatten wir insgesamt.«

»Was ist dann passiert?«

»Am Anfang nicht viel. Alle paar Jahre lag ein Brief von Alexander im Briefkasten, in dem stand, dass er Interesse an dem Land hat, aber die Briefe haben wir immer weggeschmissen. Hat nicht mal viel Geld geboten, und der Hof lief gut so weit. Ein paarmal war er auch persönlich da, in seinem lächerlichen Anzug und mit diesem verdammt großen Auto, aber wir haben immer gesagt, er soll sich schleichen.«

»Warum haben Sie am Ende dann doch an ihn verkauft?«

Die Worte waren Kat herausgerutscht, bevor sie wusste, was sie da tat. Ted sah sie an, als ob er sie erst jetzt bemerkte. Kat zuckte zusammen und wartete darauf, dass bei ihm der Groschen fiel. Aber er seufzte nur und schüttelte den Kopf.

»Die Probleme haben vor sechs, sieben Jahren angefangen. Erst waren's noch Kleinigkeiten: Im Dorf wurden meine Reifen zerschlitzt, und jemand ist in eine unserer Scheunen eingebrochen und hat ein paar Geräte geklaut. Am Anfang dachten wir, o. k., sind ja bloß Kinkerlitzchen. Aber dann wurde es immer extremer. Zuerst war da das Feuer im Getreidespeicher. Gott sei Dank hat's einer der Jungs gleich gemerkt und konnte es löschen, bevor alles in Flammen aufging, aber nen großen Schaden hat's trotzdem angerichtet. Die Polizei hat auf Brandstiftung getippt, aber gefasst wurde niemand. Ich hab aber gleich gewusst, dass Fergus Alexander dahintersteckt.«

»Woher?«, fragte Will.

»Mein Bruder Ian, der hat ihn gleich am nächsten Tag gesehen. Alexander ist in seinem lächerlichen Bentley an der Farm vorbeigefahren, und als er Ian sieht, da bremst er ab und gibt ihm mit so einem widerlichen breiten Grinsen noch einen Brief. Dann fährt er weg, ohne ein Wort zu sagen, aber die Botschaft war klar und deutlich: Verkauft mir die Farm, oder es kommt noch schlimmer.«

»Haben Sie das der Polizei gemeldet?«

»Türlich haben wir das, aber wir konnten nicht beweisen, dass er hinter dem Feuer steckt, und da haben die gesagt, das war wahrscheinlich bloß Zufall.«

»War da noch mehr?«, fragte Kat.

Ted nickte. »Zu viel, um alles aufzuzählen. Beim Weizenanbau wird viel Wasser verbraucht, darum waren wir auf unseren Brunnen angewiesen, und in einem Sommer, da isser einfach komplett ausgetrocknet. Wüsste nicht, dass ich das in all den Jahren, in denen ich in der Landwirtschaft tätig war, schon mal mitbekommen hätte. Irgendwann haben wir rausgefunden, dass jemand ne Meile entfernt den Wasserzulauf gestaut hat, aber da war der Schaden bereits angerichtet. Als Nächstes hat ein Hauptkunde von uns aus dem Nichts einen Rückzieher gemacht, und er hat zwar nie gesagt, warum, aber uns war klar, dass Fergus Alexander ihn irgendwie überredet haben musste. Und dann war da noch Polly.«

»Polly?«

Ted schwieg einen Moment. »Sie war ein toller Hund. Lieber Charakter, fleißig bei der Arbeit und die treueste Seele der Welt.«

Wieder unterbrach er sich, und sein Kinn bebte.

»Wir haben überall nach ihr gesucht. Sie war kein Hund, der einfach wegläuft, also dachten wir, jemand hat sie vielleicht versehentlich in einem Schuppen oder sowas eingesperrt. Die ganze Nacht haben wir nach ihr gesucht. Und dann, am Morgen, hab ich sie tot im Wald gefunden, am Bach.«

»Das tut mir so leid«, sagte Kat leise. Sie erinnerte sich daran, wie vernarrt ihr Großvater und Ted in Barker gewesen waren; Polly musste seine Nachfolgerin gewesen sein. Und dann fiel ihr ein, dass am Samstag vor Alexanders Büro auch Princess verschwunden war. Letzten Endes hatte Tomasz sie beim Eichhörnchenjagen im Park gefunden, aber hatte auch hier Alexander dahintergesteckt, der wieder auf alte Tricks zurückgriff?

»Haben Sie da beschlossen zu verkaufen?«, fragte Will.

Ted schniefte, ihm war anzusehen, wie sehr er mit seinen Gefühlen rang. »Nicht sofort, aber zu dem Zeitpunkt waren wir mit den Nerven schon ziemlich am Ende. Mein Bruder hatte kurz davor einen Schlaganfall, und der ganze Stress hat's nicht besser gemacht.«

Einen Schlaganfall. Kat umklammerte die Armlehnen des Sessels so fest, dass ihre Hände zitterten. Ted hatte aufgehört zu sprechen und blickte gedankenverloren in seine Tasse.

»Brauchen Sie einen Moment oder möchten Sie weitersprechen, Ted?«, fragte Will behutsam.

Der alte Mann nickte. »Tut mir leid, es is' bloß ... Das war 'ne schwere Zeit für uns. Es ging so weit, dass wir nachts nicht schlafen konnten und uns ständig gefragt haben, was Alexander als Nächstes vorhat. Ich dachte, ich verliere noch den Verstand. Und dann kam der Überfall.«

Kat richtete sich auf. »Was für ein Überfall?«

»Ian war im *Plough,* und als er rausgekommen ist, da hamse ihn auf dem Parkplatz erwischt. Grün und blau geschlagen hamse ihn, drei Rippen gebrochen, ein Auge verletzt und halb tot liegen gelassen.«

»Mein Gott.« Kat spürte wieder die vertraute Wut in ihrer Brust.

»Aber das hat die Polizei dann doch sicher ernst genommen, oder?«, fragte Will.

»Schon, aber es war dunkel und auf dem Parkplatz gab's keine Überwachungskameras. Außerdem haben mehrere Zeugen behauptet, dass Ian betrunken war, sich in der Kneipe danebenbenommen hat und sich mit ein paar Leuten anlegen wollte, aber das ist völliger Blödsinn. Wie gesagt, er hatte einen Schlaganfall, konnte also niemandem mehr gefährlich werden. Diese angeblichen Zeugen, die hat Alexander gekauft, ganz klar.« Ted stieß einen lang gezogenen Seufzer aus. »Davon hat sich mein Bruder nie wieder richtig erholt; es war, als hätten sie ihm die Lebenskraft rausgeprügelt. Und als er nicht mehr auf dem Hof mit angepackt hat, konnte ich ihn allein nicht mehr bewirtschaften. Und da haben wir dann verkauft.«

Er sank in seinem Sessel zurück und sah erschöpft aus.

»Ich kann nicht fassen, dass das Schwein damit durchgekommen ist«, stieß Kat durch ihre zusammengebissenen Zähne aus. »Das war Brandstiftung, Nötigung und Körperverletzung. Der Typ sollte im Gefängnis sitzen für das, was er O… Ihnen und Ihrem Bruder angetan hat.«

»Ich weiß, aber Fergus Alexander hat überall Freunde in hohen Positionen. Den hätte man nie drangekriegt.«

»Aber das ist nicht fair!« In Kats Augen brannten Tränen, und ihr fiel auf, dass Will sie beobachtete. Sie holte tief Luft und versuchte, die blinde Wut zu unterdrücken, die aus ihr herauszubrechen drohte.

»Selbst als er Featherdown Farm endlich in die Finger bekommen hat, war er noch nicht zufrieden«, sagte Ted und schüttelte den Kopf. »Auf der anderen Seite des Wäldchens, wo jetzt das Sportzentrum ist, da gab es noch ein Stück Land, und das wollte Alexander auch. Der Mann, der dort gewohnt hat, wollte es nicht aufgeben, also haben die ihm das Leben zur Hölle gemacht.«

Will blätterte in seinem Notizbuch zurück. »War das Stanley Phelps? Ich habe heute von ihm gelesen.«

»Jup, genau der. Netter Kerl, man hätte sich keinen besseren Nachbarn wünschen können: ist meist für sich geblieben, hat seine Felder gut bewirtschaftet. Dann ist er gestorben, und auch sein Land wurde verkauft.«

»Kam Ihnen an seinem Tod etwas verdächtig vor?«, fragte Will.

»Nicht, dass ich wüsste. Ich denke nicht, dass Fergus Alexander jemals so weit gegangen wäre, jemanden umzubringen.«

»Er hat's in letzter Zeit ziemlich weit getrieben«, murmelte Kat und dachte an den besinnungslosen Joseph auf dem Fußboden und daran, wie sein Blut langsam ins Holz gesickert war. Hatte ihr Großvater auch so ausgesehen, als sie ihn verprügelt hatten? Oder noch schlimmer? Es lief ihr eiskalt den Rücken runter.

»Das war dann so ziemlich alles«, sagte Ted und blickte zwischen den beiden hin und her. »Traurige Geschichte, fürchte ich.«

»Was Ihnen und Ihrem Bruder passiert ist, tut mir wirklich leid«, sagte Will. »Wir wussten, dass Alexander nichts als Ärger macht, aber das ist wesentlich schlimmer, als ich vermutet hätte.«

»Wissen Sie, was mich am meisten ärgert?«, sagte Ted. »Für das, was er meinem Bruder angetan hat, sollte er im Gefängnis sitzen, aber stattdessen marschiert er frei herum, scheffelt Kohle und spielt sich auf. Bloß weil er angeblich eine wichtige Säule der Gesellschaft ist, kann er alle wie Dreck behandeln, und niemand hält ihn auf.«

»Wir werden ihn aufhalten«, knurrte Kat.

»Kennen Sie sonst noch jemanden, dem Alexander so etwas angetan hat?«, fragte Will Ted, aber der Alte schüttelte den Kopf.

»Nicht persönlich, abgesehen von mir, meinem Bruder und Stanley. Aber es gibt sicherlich noch andere. Er hatte schon in ganz Dunningshire Bauprojekte, da ham sicher noch mehr Leute ähnliche Geschichten zu erzählen wie ich.«

»So kriegen wir ihn dran.« Will sah zu Kat. »Wenn wir genug Leute finden, die aussagen, dass Fergus Alexander sie durch illegale Einschüchterungstaktiken zum Verkauf oder Auszug aus ihren Häusern genötigt hat, dann kann ich daraus eine solide Story machen, und vielleicht reicht das schon, um ihn zu stoppen. Aber wir brauchen Leute, die sich offiziell dazu äußern wollen.«

»Also, was ich Ihnen erzählt habe, können Sie alles verwenden«, sagte Ted. »Vor dem Kerl habe ich keine Angst mehr. Ich bin sechsundachtzig – was kann der mir jetzt noch?«

»Danke, Ted«, sagte Will. »Ich fahre gleich zurück ins Büro und fang an, die Archive zu durchsuchen. Die Zeitung hat berichtet, wie Sie und Ihr Bruder gegen Fergus gekämpft haben, und es gibt bestimmt noch andere Artikel über Leute, die im Laufe der Jahre versucht haben, sich gegen ihn zu wehren.«

»Ich kann dir dabei helfen«, platzte Kat heraus.

Will sah sie an und lächelte, und aus irgendeinem seltsamen Grund wurde Kat ein wenig wärmer.

»Das wäre super, danke. Du wirst sehen, die Archive durchzugehen, ist nicht gerade eine kleine Aufgabe.« Er wandte sich wieder an Ted. »Dürfte ich noch schnell Ihr Bad benutzen, bevor wir uns auf den Weg machen?«

»Nur zu. Treppe hoch, erste Tür links.«

»Danke.«

Will verließ das Zimmer, und Kat und Ted blieben allein zurück. Sie sah dem alten Mann dabei zu, wie er die Tassen aufs Tablett räumte. Ein Teil von ihr wollte unbedingt etwas sagen, sich als seine Großnichte zu erkennen geben und sich an seiner Schulter ausweinen. Aber was würde das bringen? Außerdem war es ja nicht so, als hätte ihr Großonkel sich in den letzten Jahren sonderlich bemüht, Kontakt zu ihr aufzunehmen. Was die zehnjährige Kat anging, hatte er sich auf die Seite seines Bruders gestellt, und vielleicht würde er wütend werden, wenn er herausfand, wer sie wirklich war.

»Alles klar bei Ihnen?«

Kat fiel auf, dass Teds Blick auf ihr ruhte.

»Ja, alles gut, danke.«

»Sie wohnen in Shelley House?«

Kat nickte. »Aber erst seit ein paar Monaten. Ich bin nicht von hier.«

»Hab ich mir schon gedacht. Wie finden Sie Chalcot?«

Schmerzhaft. Nostalgisch. Verwirrend. »Es ist okay.«

Ted schmunzelte. »Kann mir vorstellen, dass es für so junge Leute wie Sie hier ein bisschen öde ist. Ist aber ein guter Ort zum Leben, gute Gemeinschaft. Die Menschen hier geben aufeinander acht.«

Bloß auf mich nicht, was?, dachte Kat bitter und erschauderte. Sie sah zur Tür und wünschte sich, Will würde sich beeilen. Das war keine gute Idee gewesen – sie hätte nicht mit reinkommen sollen.

»Wissen Sie, als mein Bruder angegriffen wurde, da ist das ganze Dorf zusammengekommen, um ihm zu helfen«, sagte Ted und rieb sich langsam über den Bart. »Haben ihm Essen vorbeigebracht und Geschenke, haben sich zu ihm gesetzt, wenn ich auf der Farm war. Jede Woche sind Freiwillige aus der Bücherei gekommen und haben ihm vorgelesen.«

Bei der Erinnerung lächelte er, und seine Augen wurden feucht. Auch sie musste schnell ihre Tränen wegblinzeln.

»Selbst jetzt kümmern sie sich noch um ihn. Neulich war ich an seinem Grab, und jemand hatte ihm einen Strauß Narzissen hingestellt, die mochte er am liebsten.«

Kat stockte der Atem. *Grab.* Sie hatte damit gerechnet; hatte es gewusst, seit sie das Haus betreten und nur einen Mantel an dem Kleiderständer gesehen hatte, wo sonst immer zwei gehangen hatten. Ihr ganzes Leben lang waren ihr Großvater und ihr Großonkel unzertrennlich gewesen und hatten sogar noch zusammengewohnt, als Ian geheiratet hatte und seine Frau mit ins Farmhaus gezogen war. Wäre ihr Großvater also noch am Leben gewesen, dann hätte er hier mit seinem Bruder gewohnt. Und obwohl sie es im Herzen schon gewusst hatte, tat die Bestätigung trotzdem weh.

»Ich muss los.« Kat stand auf, griff nach ihrer Tasche und stolperte.

»Gehen Sie nicht zusammen mit Will?«

»Nein. Danke, dass Sie sich Zeit genommen haben.« Kat eilte durchs Zimmer und durch den Flur – sie konnte gar nicht schnell genug hier raus.

Als sie die Haustür aufstieß und nach Luft schnappte, rief Ted ihr hinterher: »War schön, Sie kennenzulernen.«

KAPITEL 26

Kat

An der Hauptstraße entlang war es nur eine Meile bis Shelley House, aber Kat wollte vermeiden, auf Will zu treffen, und entschied sich daher für den längeren Weg mit der schönen Aussicht am Fluss entlang. Sie kannte die Strecke gut, war sie oft als Kind mit ihrem Großvater gegangen, und jetzt wurde sie so überwältigt von den Erinnerungen, dass ihr ganzer Körper kribbelte.

Kat hatte gewusst, dass sie ihren Großvater vermutlich nie wiedersehen würde. Und doch hatte es irgendwo tief in ihrem Inneren ein Fünkchen Hoffnung gegeben, dass er ihr eines Tages vergeben würde und sie sich mit dem Mann, den sie so sehr geliebt hatte, wieder versöhnen könnte. Kat dachte daran, wie erschrocken sie gewesen war, als sie glaubte, ihn in der Bibliothek gesehen zu haben, und hätte am liebsten über ihre eigene Naivität gelacht. Natürlich würde sie ihn nie wiedersehen – sie würde es nie wiedergutmachen können. Und zu allem Übel hatte Fergus Alexander ihn in den letzten Monaten seines Lebens aufs Schlimmste terrorisiert. Wen kümmerten noch Featherdown Farm und Shelley House? Mehr als alles andere wollte Kat diesen Typen für das, was er ihrer Familie angetan hatte, leiden lassen. Sie ballte die Fäuste und spürte die Wut in sich auflodern.

Als sie wieder in der Poet's Road ankam, war es schon nach acht. Dorothy war sicher sauer, weil sie zu spät war, und heute Abend war Kat nicht in der Stimmung für einen Vortrag. Sie schloss auf und klopfte an Dorothys Tür.

»Was glauben Sie, wie spät es ist?« Die Stimme der älteren Frau war schon zu hören, bevor sie geöffnet hatte. »Das war nicht Teil der Abmachung. Für gewöhnlich nehme ich mein Abendessen um …« Dorothy musste etwas in Kats Gesichtsausdruck gesehen haben, denn sie stoppte abrupt. »Was ist los?«

»Nichts.« Kat streckte die Hand aus und wartete darauf, dass Dorothy ihr Reggies Leine gab, aber sie rührte sich nicht.

»Sie sehen fiebrig aus. Geht es Ihnen nicht gut?«

»Doch, ich bin nur müde und hungrig.«

»Nun, Sie werden nicht glauben, was ich heute alles erlebt habe. Erst hatte ich eine Begegnung mit unserem Freund Mr Alexander. Ich war vor seinem Büro und …«

»Können wir das auf morgen verschieben, Dorothy? Ich kann … Heute Abend pack ich das einfach nicht.«

Dorothy sah kurz gekränkt aus, reichte ihr aber die Leine. »Na schön. Gute Nacht.«

Sie drehte sich um und schlug die Tür hinter sich zu. Kat seufzte und machte sich auf den Weg zurück zu Josephs Wohnung. Sie hatte nicht mehr genug Kraft, um zu kochen; sie wollte nur noch ins Bett.

Sechs Stunden später schreckte Kat aus dem Schlaf hoch. Sie setzte sich auf und tastete im Dunkeln nach ihrem Handy, die Sinne auf höchster Alarmbereitschaft. Es war 2:47 Uhr. Im Wohnzimmer kläffte Reggie wie wild. Was hatte er denn? Seit Kat hier wohnte, hatte sie ihn nicht einmal nachts bellen hören.

»Reggie, pscht!«, maulte sie, stieg aus dem Bett und stolperte über ihren Rucksack. Im Wohnzimmer war es dunkel, durch das große Erkerfenster fiel nur ein wenig Mondlicht, aber Kat konnte Reggie an der Wohnungstür ausmachen, wo er hektisch mit dem Schwanz wedelnd am Fußboden scharrte. »Was ist denn? Musst du Pipi?«

Kat ging zu ihm und versuchte, ihn zu beruhigen, aber Reggie bellte weiter.

»Sei still, Junge. Du weckst noch Dorothy, und dann kriegen wir das bis in alle Ewigkeit zu hören.«

Sein Bellen ging in ein dringliches Winseln über – offenbar hatte er es eilig, rauszukommen.

»Na gut, aber wir laufen nicht den ganzen Weg bis zum Park. Du musst ausnahmsweise mal auf den Gehweg pinkeln.«

Sobald Kat die Wohnungstür öffnete, schoss Reggie hinaus und rannte in den Hausflur.

»Um Himmels willen, Re–«

Kat erstarrte. Im Flur brannte das Licht, und gegenüber vor Wohnung zwei stand, mit dem Rücken zu ihr, ein großer Mann mit breiten Schultern. Als er die Geräusche hörte, drehte er sich zu Kat um, die Kapuze tief ins Gesicht gezogen, um es zu verbergen, und dann –

»Au! Scheiße!« Er fluchte laut, als Reggie ihm fest in den Knöchel biss.

Während er sich vor Schmerzen krümmte, kam Kat wieder zu sich. Sie stürmte durch den Hausflur, holte aus und machte sich bereit, dem Einbrecher eine reinzuhauen, bevor er ihr zuvorkommen konnte.

»Stopp! Ich bin's!«

Kat packte ihn an den Schultern, warf sich mit ihrem ganzen Gewicht gegen ihn, und er prallte gegen Dorothys Tür. Er war deutlich größer als sie, aber sie wusste, dass sie dank des Adrenalins, das durch ihre Adern pulsierte, einen ordentlichen Kampf liefern konnte. Einen Unterarm gegen seine Kehle gedrückt, riss Kat die Kapuze zurück, und darunter kam ein junger Mann zum Vorschein, dessen Gesicht starr vor Angst war.

»Ich bin Vince, ich wohne in Wohnung vier!«, keuchte er, während Kat ihm immer noch die Luft abdrückte.

»Ich hab dich hier noch nie gesehen. Und warum zur Hölle brichst du in die Wohnung ein?«

»Mach ich doch gar nicht. Ich hab was gehört und wollte nach ihr sehen.«

Kat ließ los. »Du hast Dorothy gehört?«

»Ja!« Röchelnd rieb er sich den Hals. »Ich wollte gerade ins Bett, und da hab ich einen Schrei gehört.«

Kat stieß ihn beiseite und drückte ein Ohr an die Tür. »Dorothy, können Sie mich hören?«, rief sie. »Alles okay?«

Aus der Wohnung kam keine Antwort, aber Reggie kratzte an der Tür, als wollte er unbedingt hinein.

»Hast du auch was gehört?«, fragte sie den Hund. Was, wenn Dorothy verletzt war, so wie Joseph, oder noch schlimmer? Kat wandte sich an Vince. »Wir müssen da rein.«

»Ich habe versucht, das Schloss zu knacken, aber ich habe keine Ahnung, wie das geht.«

»Das dauert zu lang. Wir müssen die Tür aufbrechen.«

Vince trat beiseite, während Kat ein paar Schritte Anlauf nahm, tief einatmete, dann vorpreschte und sich mit vollem Gewicht gegen die Tür warf. Es gab einen Knall, aber die Tür bewegte sich nicht.

»Ich habe einen Hammer in meiner Wohnung, wir könnten es damit versuchen.«

Kat wollte gerade antworten, da hörte sie schwere Schritte auf der Treppe, und einen Moment später tauchte Tomasz' kahler, wütender Kopf auf.

»Was soll das, verdammt?«, beschwerte er sich.

»Es geht um Dorothy, ich glaube, ihr ist was passiert.«

Sofort änderte sich sein Ausdruck. »Weg da.«

Kat und Vince machten Tomasz Platz, der bis zu Kats Tür zurückging. Dann drehte er sich zu Dorothys Tür um und rannte darauf zu. Unwillkürlich musste Kat an einen Stier denken, der auf einen Matador zustürmt, als Tomasz mit seinen zwei Metern Körpergröße gegen Dorothys Tür prallte. Diesmal ertönte ein lautes, befriedigendes Knacken, ein Stück Holz hatte nachgegeben. Tomasz griff durch das Loch, das entstanden war, hantierte darin herum, und dann schwang die Tür auf.

Kat drängte sich an ihm vorbei, rannte in die dunkle Wohnung und tastete nach dem Lichtschalter. Endlich fanden ihre Finger ihr Ziel, und sie knipste das Licht an.

Sie war noch nie in Dorothys Wohnung gewesen, und die Frau hatte die Tür immer nur einen Spaltbreit geöffnet, sodass niemand auch nur einen Blick hineinwerfen konnte. Kat fühlte sich hier, als wäre sie in der Zeit zurückgereist. Das Wohnzimmer war mit Möbeln vollgestopft, die allesamt antik aussahen. Wo Kat auch hinsah, alles war in verblassten Braun- und Goldtönen gehalten; die Wohnung war das reinste Museum. Es dauerte einen Moment, bis sie Dorothy entdeckte, die auf der anderen Seite des Zimmers in einem altmodischen weißen Nachthemd auf dem Boden lag, das silberne Haar aufgefächert um ihren Kopf. Die Augen waren geschlossen, aber als Kat zu ihr eilte, registrierte sie, dass sich ihr Brustkorb rasch hob und senkte.

»Dorothy, können Sie mich hören?«

Sie röchelte leise, bewegte sich aber nicht. Kat kniete sich neben sie, traute sich aber nicht, sie anzufassen.

»Ich rufe einen Rettungswagen«, sagte Vince hinter ihr.

»Ich hole eine Decke«, rief Tomasz.

Dorothy gab keinen Mucks von sich, zuckte aber zusammen, als sie versuchte, den Kopf zu Kat zu drehen.

»Stopp, nicht bewegen«, sagte Kat schnell, und Dorothy hielt still.

Vor Schreck bekam Kat zittrige Hände, sie schloss die Augen und atmete ein paarmal tief durch, um sich zu beruhigen. Als sie sie wieder öffnete, starrten Dorothys wache Augen zu ihr hoch. Auf ihren Wangen schimmerten Tränen, und Kat streckte zögerlich die Hand nach Dorothys aus.

»Alles wird gut, Dorothy«, flüsterte sie und drückte die kühle Handfläche der älteren Frau. »Sie kommen schon wieder auf die Beine.«

KAPITEL 27

Dorothy

Das Erste, was Dorothy auffiel, war der Schmerz. Sie fühlte sich wie von einem Sattelschlepper überrollt: Die linke Seite tat ihr weh, und ihre Kehle war ausgedörrt, als hätte sie seit einer Woche keinen Tee mehr getrunken. Als Nächstes nahm sie die Geräusche wahr: Piepsen und Quietschen und ein Gewirr fremder Stimmen. Wo war sie? War sie endlich zur Hölle gefahren, und wenn ja, warum roch es dann nach Antiseptika und Fruchtsaft? Dorothy machte sich auf alles gefasst und schlug die Augen auf.

Einen Moment lang war alles verschwommen, und sie spürte einen Anflug von Panik. War sie erblindet? Sie blinzelte, und die Welt wurde wieder klar. Die Decke über ihr hatte eine ungewohnte Farbe, ein gebrochenes Weiß, und lange, unansehnliche Leuchtröhren waren dort angebracht. Aus dem Augenwinkel nahm sie etwas wahr, das nach einem blauen Vorhang aussah. Dorothy nahm ihre ganze Kraft zusammen und drehte den Kopf zur Seite. Dort stand noch ein Bett und daneben ein Mann in der Arbeitskleidung eines Pflegers – du lieber Himmel, sie war im Krankenhaus! – und eine Art Blutdruckmessgerät und –

»Was machen *Sie* denn hier?«

Kat, die anscheinend auf dem Stuhl neben Dorothys Bett geschlafen hatte, schreckte hoch. Sie musterte Dorothys empörtes Gesicht und lachte bellend auf. »Freut mich auch, Sie zu sehen!«

»Was ist denn so lustig?«

»Nichts«, sagte Kat, aber sie grinste immer noch. »Wie fühlen Sie sich? Die Ärztin meinte, wenn Sie aufwachen, hätten Sie vermutlich ziemliche Schmerzen.«

»Das ist die Untertreibung des Jahrhunderts.« Dorothy sah auf ihren linken Arm, der schlaff neben ihr auf dem Bett lag. Was war geschehen, und wie war sie hier gelandet? Sie schloss die Augen und versuchte, aus all dem schlau zu werden.

»Gebrochen ist nichts, aber ein paar üble blaue Flecken wird es wohl geben. Die Ärztin meinte, Sie haben Glück, dass ...«

»Der Einbrecher!«, schrie Dorothy auf, als vor ihrem geistigen Auge ein Bild aufblitzte.

Kat lehnte sich auf ihrem Stuhl vor. »Erinnern Sie sich, was passiert ist?«

»Ja! Ein Vagabund ist mitten in der Nacht bei mir eingebrochen.« Dorothy stockte, als die Erinnerungen wieder hochkamen. Ein dumpfer Knall aus dem Salon hatte sie geweckt, darum hatte sie nach der Taschenlampe auf ihrem Nachttisch gegriffen und war losgezogen, um nachzusehen. Als sie das dunkle Zimmer betrat, stand eine Gestalt am Kamin, die einen Bilderrahmen in die Hand nahm. Hinter ihr war das Fenster weit offen.

»Ein Gauner war in meiner Wohnung und wollte mich ausrauben! Ich war so aufgebracht, ich weiß noch, dass ich geschrien habe und auf ihn losgegangen bin.«

Kat machte große Augen. »Und dann? Hat er Sie angegriffen?«

Dorothy versuchte, die Einzelteile zusammenzufügen. Sie war durch das Wohnzimmer gegangen, hatte die Taschenlampe über den Kopf gehoben. Die Person hatte sich zum Fenster gedreht, und dann ...

»Ich glaube, ich bin gestürzt.«

»Gestürzt?«

»Ja, also gestolpert. Ich erinnere mich, dass ich mit dem Fuß an etwas hängen geblieben bin, und beim Fallen habe ich ein Spielzeug von Reginald auf dem Boden liegen sehen, dieses alberne Gummihuhn, das er so mag. Und ich weiß noch, dass ich dachte: ›Verdammter Hund‹, und dann bin ich auf dem Boden aufgeschlagen, und danach kann ich mich an nichts mehr erinnern.«

»Und haben Sie gesehen, wer es war?«

Dorothy konzentrierte sich und versuchte, sich das Gesicht in Erinnerung zu rufen, aber da war nichts.

»Es war zu dunkel. Die Person war klein und dünn, aber – das weiß ich noch – auf unattraktive Weise. Sie hatte Ihre Statur, wenn ich so drüber nachdenke.« Dorothy sah Kat an. »Das waren aber nicht Sie, oder?«

»Natürlich nicht.«

»Aber warum sind Sie dann hier? Und warum haben Sie *das* da an?« Dorothy deutete auf ihren eigenen fliederfarbenen Wollmantel, den Kat eng um sich geschlungen hatte.

»Ich bin hier, weil ich diejenige war, die Sie gefunden hat, Sie undankbare alte Schachtel. Und ich habe Ihren Mantel an, weil ich die Wahl hatte, entweder den anzuziehen oder in Micky-Maus-T-Shirt und Boxershorts im Krankenwagen mitzufahren.«

Dorothy ging nicht auf die Beleidigung ein. »Das erklärt trotzdem nicht, warum Sie mitten in der Nacht in meiner Wohnung waren. Woher wussten Sie überhaupt von dem Unfall?«

»Reggie.«

»Wie bitte?«

»Er muss Sie schreien gehört haben. Er hat mich mit seinem Gebell geweckt. Erst dachte ich, er muss pinkeln, aber dann habe ich Vince an Ihrer Tür gesehen.«

Dorothy runzelte die Stirn. »Wen?«

»Den Typen aus Wohnung vier. Er hat Sie auch schreien gehört und versucht, in Ihre Wohnung zu gelangen, aber dann kam Tomasz runter und hat die Tür aufgebrochen.«

Dorothy schloss die Augen und versuchte, das alles zu verarbeiten. Der grässliche Nachbar aus Wohnung vier hatte versucht, ihr zu helfen? Und dieser Flegel Tomasz? Und Reggie! Dorothy wurde plötzlich warm ums Herz, und sie drehte den Kopf zur Seite, sodass Kat die Tränen nicht sehen konnte, die ihr unerklärlicherweise in die Augen getreten waren. Die Ärzte mussten ihr starke Beruhigungsmittel gegeben haben.

»Wo ist Reginald jetzt?«

»Ich hab ihn bei Ayesha gelassen«, sagte Kat. »Als der Rettungswagen kam, war eh schon das ganze Haus wach.«

Sicher hatten es ihre Nachbarn genossen zuzusehen, wie man sie im Nachthemd abtransportiert hatte. Wie überaus demütigend. Aber gerade als Dorothy Kat nach Einzelheiten fragen wollte, betrat ein Polizeibeamter die Station und lief auf ihr Bett zu. Es war ein Mann mittleren Alters mit dichtem Bart, und als er näher kam, konnte sie einen Kranz aus Cappuccinoschaum in seinem Schnauzer erkennen.

»Mrs Darling? Ich bin Police Constable Elliot Reid. Ich habe mich gefragt, ob wir uns kurz darüber unterhalten können, was letzte Nacht passiert ist.«

»Es heißt *Ms* Darling, aber ja, von mir aus.« Dorothy wandte sich an Kat, die den Beamten mit unverhohlener Verachtung anstarrte. »Na los, stehen Sie auf und machen Sie Platz für den Constable.«

»Nicht nötig, ich stehe gern.« Der Mann beäugte Kat und runzelte die Stirn. »Sind wir uns schon mal begegnet? Sie waren in der Nacht dabei, als der ältere Herr in Shelley House gestürzt ist, oder?«

Kat antwortete nicht, sondern verschränkte die Arme, und der Beamte sah wieder zu Dorothy. »Ich hatte gehofft, Sie könnten mir erzählen, was gestern Abend vorgefallen ist, Ma'am.«

Dorothy berichtete, so gut sie konnte, angefangen bei dem Moment, als sie geweckt wurde, bis zu dem Zeitpunkt, als sie im Krankenhaus zu sich kam. Der Constable machte sich reichlich Notizen, schaute aber noch ein-, zweimal zu Kat auf, die mit mürrischer Miene zuhörte. Das Mädchen hätte sich genauso gut *Ich hasse die Polizei* auf die Stirn tätowieren lassen können. Als der Beamte keine Fragen mehr an Dorothy hatte, wandte er sich an Kat.

»Und Sie haben sie gefunden, ja? Wären Sie so freundlich, uns Ihre Sicht der Ereignisse zu schildern?«

In seiner Stimme lag ein unverkennbares Misstrauen, das Kat auch wahrgenommen haben musste.

»Kein Kommentar«, sagte sie.

»Oh, um Himmels willen, seien Sie nicht so kindisch«, schalt Dorothy. »Wenn die Polizei herausfinden soll, wer in meine Wohnung eingebrochen ist, dann braucht sie so viele Informationen wie möglich. Sonst hat sie keine Chance.«

Kat schien ihre Möglichkeiten abzuwägen, und Dorothy rechnete mit einem weiteren »Kein Kommentar«. Doch dann seufzte das Mädchen und gab einen knappen Bericht ab. Während sie sprach, schweifte Dorothy gedanklich ab. Erstaunlich, dass Reggie gewusst hatte, dass mit ihr etwas nicht stimmte, und Alarm geschlagen hatte. Er war wirklich ein außergewöhnlich kluges Tier. Und warum waren ihr Kat, Tomasz und der Störenfried aus Wohnung vier zu Hilfe geeilt? Sie konnten sie doch allesamt nicht leiden, und sie hatte gedacht, es würde niemanden kümmern, wenn sie starb. Sie wurde aus der ganzen Sache einfach nicht schlau.

»Ich habe doch schon gesagt, dass bestimmt Fergus Alexander dahintersteckt.«

Kats erhobene Stimme holte Dorothy zurück ins Hier und Jetzt.

»Der Typ ist kriminell. Wäre nicht das erste Mal, dass er jemanden angreift, der seinem Bauvorhaben im Weg steht. Sie müssen ihn verhaften. Auch für das, was er Joseph angetan hat.«

Der Constable sah Kat an, als wäre ihr ein zweiter Kopf gewachsen. »Fergus Alexander – der Mann, der das Chalcoter Sommerfest sponsert? Warum um alles in der Welt sollte er mitten in der Nacht in die Wohnung einer alten Dame einbrechen?«

»Ich habe Ihnen doch gesagt, dass er versucht, Dorothy einzuschüchtern, so wie er es bei Joseph und zig anderen Leuten getan hat. Er ist ein brutaler, gefährlicher Verbrecher und gehört hinter Gitter.«

Der Beamte zog die Augenbrauen hoch. »Und Sie können das alles beweisen, ja?«

»Er hat mich gestern bedroht«, sagte Dorothy, und beide fuhren zu ihr herum.

»Fergus Alexander?«, fragte Police Constable Reid.

»Also nicht bedroht im eigentlichen Sinne, aber er hat sich vor seinem Büro mir gegenüber ausgesprochen unhöflich verhalten. Und dann bin ich Sandra begegnet, die sich sehr verdächtig benommen hat. Ich bin immer noch davon überzeugt, dass sie in der ganzen Sache mit drinsteckt.«

»Und wer in Gottes Namen ist Sandra?«, fragte PC Reid, der immer verwirrter aussah.

»Sandra Chambers, Josephs vulgäre Ex-Frau. Sie hat sich am Tag nach dem Vorfall Zutritt zu seiner Wohnung verschafft und sie völlig verwüstet; sie muss wohl dringend etwas gesucht haben, oder sie wollte etwas vertuschen. Ich glaube, dass sie irgendwie mit Fergus Alexander in Verbindung steht und in den Angriff auf Joseph verwickelt war. Und in Anbetracht der jüngsten Ereignisse möglicherweise auch in den Einbruch in meine Wohnung. Zu Hause in meinem Tagebuch habe ich eine ausführliche Liste der Verdächtigen, falls Sie sie sehen möchten ...«

Der Polizist blickte zwischen den beiden hin und her. »Skrupellose Vermieter ... gewalttätige Ex-Frauen ... Wir sind hier nicht bei *Inspector Barnaby*.«

»Inspektor wer?«

»Miss Darling, meine Kollegen haben in Ihrer Wohnung nach Fingerabdrücken gesucht, und wir haben zwar welche gefunden, die wir durch unser System laufen lassen werden, aber ich denke, die wahrscheinlichste Erklärung ist ein Gelegenheitseinbrecher. In letzter Zeit hatten wir eine ganze Reihe von Einbrüchen, oft Drogenabhängige, die spontan ihr Glück versuchen. Vergewissern Sie sich immer, dass Ihre Fenster fest verschlossen sind, sonst verstehen die das als Einladung.«

»Mein Fenster *war* geschlossen«, sagte Dorothy nachdrücklich. Allmählich war ihre Geduld mit PC Reid erschöpft.

»Ich sag Ihnen Bescheid, wenn wir durch die Fingerabdrücke etwas rauskriegen, aber an Ihrer Stelle würde ich mir keine allzu großen Hoffnungen machen. Ich würde Ihnen raten, in eine sicherere Gegend zu ziehen – ein Haus mit so schlechten Sicherheitsstandards ist kein geeigneter Ort für eine schutzlose ältere Dame wie Sie.« Er stand auf und streckte Dorothy die Hand entgegen, aber Dorothy behielt ihre bei sich.

»Ich melde mich, wenn wir Neuigkeiten haben.«

Police Constable Reid verließ die Station, und Dorothy sah ihm hinterher.

»Dieser unverschämte Schweinehund. Schutzlose ältere Dame, also wirklich.«

»Ich hab doch gesagt, die sind die reinste Zeitverschwendung, die Bullen«, sagte Kat und spuckte das letzte Wort geradezu aus. »Und der ganz besonders. Mir war sofort klar, dass der nichts taugt, als ich ihn das erste Mal bei Joseph gesehen habe.«

»Ach, das alles ist so frustrierend. Wo ist denn die Ärztin? Ich möchte auf der Stelle entlassen werden.«

»Daraus wird wohl nichts. Die wollen Sie ein paar Tage hierbehalten.«

»Aber mir geht's blendend.« Dorothy versuchte sich aufzurichten und zuckte zusammen, als ein stechender Schmerz durch ihren linken Arm schoss.

»Tut mir leid, Dorothy, ärztliche Anweisung. Die meinten, aufgrund Ihres Alters wollen sie Sie erst mal zur Beobachtung hierbehalten.«

»Argh, ich wünschte, es würden endlich mal alle damit aufhören, mich wie eine gebrechliche Tattergreisin zu behandeln. Und woher wissen Sie das alles überhaupt? Was ist aus der ärztlichen Schweigepflicht geworden?«

»Ich habe gesagt, dass ich Ihre nächste Angehörige bin.«

»Sie haben was?«

Kat zuckte die Achseln. »Die meinten, in Ihrer Akte seien keine Verwandten angegeben, also habe ich gesagt, ich sei Ihre Enkelin.«

»Wie können Sie es wagen!«, protestierte Dorothy und errötete. »Ich habe keine Enkelin, und wenn ich eine hätte, wäre sie deutlich besser erzogen als Sie.«

»Das darf ich wohl als ›Vielen Dank, dass Sie mitten in der Nacht aufgestanden sind und mich gerettet haben‹ verstehen, oder?«

Dorothy schnaubte. »Nennen wir es eine Wiedergutmachung für all die Male, die Sie rücksichtslos die Haustür zugeknallt haben.«

Sie sah Kat an, die schmunzelnd den Kopf schüttelte, und Dorothy musste ebenfalls lächeln. Einen Moment lang schwiegen beide.

»Also, was machen wir jetzt?«, fragte Dorothy. »Die Zeit läuft uns davon, und wir haben immer noch keine Beweise, dass Alexander ein Verbrecher und eine Gefahr für die Allgemeinheit ist. Hat sich dieser zottelige Journalist bei Ihnen gemeldet?«

»Ja. Will und ich haben uns gestern mit dem ehemaligen Eigentümer der Featherdown Farm getroffen.«

»Und?«

Kat machte kurz eine finstere Miene, schüttelte sie aber schnell wieder ab. »Er hatte so einiges über die üblen Methoden zu erzählen, die Alexander angewandt hat, um an sein Grundstück zu kommen, aber nichts Konkretes, das uns weiterhilft.«

»Und hat Will sonst noch etwas herausgefunden?«

»Nein, aber er wollte im Archiv der *Gazette* nach weiteren Hinweisen suchen.«

»Und was machen Sie dann hier, Mädchen? Sie sollten ihm helfen.«

Kat schwieg und biss sich auf die Lippe.

»Ich weiß nicht, was Sie gegen diesen Jungen haben, aber im Moment ist er unsere größte Hoffnung, etwas zu finden, das Mr Alexander belastet. Seien Sie also nicht so starrköpfig und arbeiten Sie mit ihm zusammen!«

»Sie müssen gerade reden! Wann haben Sie denn zuletzt mit jemandem zusammengearbeitet?«

Dorothy beschloss, diese Frage zu übergehen – das ging Kat nichts an. »Will ist Journalist, das heißt, er ist gut darin, Geheimnisse auszugraben, und er bietet uns seine Hilfe an. In Anbetracht der Tatsache, dass es gerade einen zweiten Gewaltakt in Shelley House gegeben hat *und* wir in wenigen Wochen zwangsgeräumt werden sollen, brauchen wir im Moment jede Hilfe, die wir kriegen können.«

KAPITEL 28

Dorothy

Wenn Dorothy einen ruhigen Tag im Krankenhaus erwartet hatte, an dem sie sich erholen konnte, hatte sie sich schwer getäuscht.

Ihr erster ungebetener Besucher war Tomasz, der, kurz nachdem Kat gegangen war, mit einer Menge Trauben auftauchte und sich sichtlich unwohl in seiner Haut fühlte. Das ging Dorothy ganz genauso, und als sie die Vorkommnisse der letzten Nacht, den Bauantrag und das Wetter besprochen hatten, gingen ihnen die Themen aus. Darum war Dorothy erleichtert, als Tomasz sagte, er müsse zur Arbeit. Doch gerade als er Anstalten machte zu gehen, betrat Gloria die Station in einem lächerlich engen Outfit und mit einer Schachtel Donuts für Dorothy. Tomasz schien es plötzlich deutlich weniger eilig zu haben und hörte ihr aufmerksam zu, als sie über ihren Job und ihre Probleme bei der Wohnungssuche monologisierte. Dorothy ihrerseits schaltete ab und konzentrierte sich stattdessen auf die Donuts, die in der Tat recht köstlich waren. Wenn hier doch bloß jemand wüsste, wie man dazu eine anständige Tasse Tee zubereitete statt dieser armseligen heißen Brühe, die man Dorothy zuvor serviert hatte. Ganz im Ernst, wie sollten die Patienten denn ohne die stärkende Kraft eines vernünftig aufgebrühten Tees genesen?

Als Dorothy ihren zweiten Donut aufgegessen hatte, war Gloria bereits wieder gegangen, und Tomasz sah ihr verloren hinterher.

»Um Himmels willen, warum laden Sie die Frau denn nicht zum Essen ein?«, fragte Dorothy, woraufhin der Mann knallrot anlief und sich eilig davonmachte.

Doch damit waren Dorothys Besuche noch lange nicht zu Ende. Um sechs Uhr, als sie gerade eine junge Pflegekraft über die korrekte Ziehzeit von Tee aufklärte, erschien Ayesha und entschuldigte sich etliche Male, dass sie nicht früher gekommen war. Nun, da die Abschlussprüfungen vorbei waren, hatte das Mädchen einen Ferienjob in einer kleinen örtlichen Anwaltskanzlei angenommen, wo sie Briefe in Umschläge steckte und ähnlich banale Aufgaben verrichtete. Den Job hatte ihr Vater ihr besorgt, weil er hoffte, dass Ayesha dadurch einen Einblick in die faszinierende Welt des Rechtswesens bekam. Leider war, wie zu erwarten, das Gegenteil der Fall.

»Es ist so langweilig«, jammerte sie, als sie sich auf den Stuhl neben Dorothys Bett fallen ließ. »Ich sitze acht Stunden am Tag an einem Schreibtisch in einem stillen Büro und zähle die Minuten bis fünf Uhr runter. Das Aufregendste, was heute passiert ist, war, dass ich aus Versehen einen Brief falsch abgelegt habe und Sharon aus der Buchhaltung mich angemotzt hat.«

»Das klingt in der Tat ziemlich eintönig«, sagte Dorothy. »Hast du deinem Vater gesagt, dass dir die Arbeit keinen Spaß macht?«

»Nee, der hat schon genug um die Ohren und sagt mir eh bloß wieder, dass ich das jetzt durchziehen muss. Ich hoffe nur, dass ich die nächsten sechs Wochen überstehe, ohne durchzudrehen und Sharon mit einem Tacker zu ermorden.«

Dorothy wechselte das Thema zu Reggie, woraufhin das Mädchen wieder deutlich fröhlicher wirkte. Sie unterhielten sich noch rund zwanzig Minuten, dann seufzte Ayesha und sagte, sie müsse nach Hause.

»Halt nur den Tacker von Sharon fern«, mahnte Dorothy und spürte einen Hauch von Stolz, als Ayesha lachte.

»Wer ist Sharon?« Am Fußende des Betts war Omar aufgetaucht. Er hielt einen in Zellophan gewickelten Blumenstrauß in der Hand und blickte zwischen Dorothy und seiner Tochter hin und her. Bei seinem Anblick hörte Ayesha auf zu lachen, und ihr Gesicht verfinsterte sich.

»Ich muss los«, sagte sie, stand auf und warf sich den Rucksack über die Schulter. »Tschüss, Ms Darling.«

»Tschüss, mein Schatz, wir sehen uns daheim«, rief Omar ihr nach, aber Ayesha ging nicht darauf ein. Er sackte in sich zusammen. Dann drehte er sich wieder zu Dorothy und schenkte ihr ein schmales, unbeholfenes Lächeln. »Die sind für Sie. Ich wollte nur mal kurz vorbeischauen und sagen, wie leid mir das mit dem Einbruch tut.«

Dorothy nahm die Blumen dankend entgegen und bot Omar an, sich zu setzen. Er wirkte etwas verdutzt angesichts dieser Einladung, was Dorothy nachvollziehbar fand: In den sieben Jahren, in denen sie Nachbarn waren, hatten die beiden kaum ein Wort miteinander gewechselt – abgesehen von den Situationen, in denen Dorothy sich zu Beschwerden über sein Verhalten gezwungen gesehen hatte. Trotzdem nahm er die Einladung an und setzte sich auf die Stuhlkante.

Dorothy räusperte sich. »Omar, es gibt etwas, das ich Ihnen sagen möchte. Das hätte ich schon vor einer Weile tun sollen.«

Omar richtete sich auf, offenbar machte er sich auf das Schlimmste gefasst.

»Worum geht's, Ms Darling?«

»Bitte nennen Sie mich Dorothy. Ich wollte Ihnen sagen, wie leid es mir tut, dass Ihre Frau verstorben ist. Ich kannte sie zwar nicht gut, aber ich habe sie immer als freundliche und empathische Frau wahrgenommen. Ihr Verlust muss sehr schwer für Sie sein.«

Er blinzelte überrascht.

»Danke, Ms … Dorothy. Ja, es war sehr schwer. Fatima war das Licht in unserem Leben, und ohne sie kommt mir alles so viel dunkler vor.«

Dorothy schluckte. Das Gefühl kannte sie – den Schmerz, wenn man plötzlich sein Licht verlor. Sie selbst lebte schon viele Jahre in der Dunkelheit. »Wie kommen Sie und Ayesha damit zurecht?«

Omar stieß einen langen Seufzer aus. »Ich muss leider sagen, dass ich gar nicht so richtig weiß, wie es Ayesha geht. Früher standen wir uns sehr nahe, aber jetzt zieht sie sich von mir zurück. Wir sprechen kaum noch miteinander und wenn, dann streiten wir nur über dumme Kleinigkeiten. Es ist, als wüssten wir ohne Fatima nicht mehr, wie man als Familie funktioniert.«

»Das muss sehr schwer für Sie sein.«

»Ich bin ihr Vater, eigentlich sollte ich Ayesha beschützen, aber gerade lasse ich sie im Stich. Sie will nichts anderes, als in Shelley House zu bleiben, aber bald werden wir vor die Tür gesetzt und sie verliert mit dem Haus noch eine Verbindung zu ihrer Mutter.«

Dorothy schwieg. Jetzt, da sie ihr längst überfälliges Beileid ausgesprochen hatte, sollte sie es dabei bewenden lassen und sich leichteren Themen zuwenden? Schließlich ging sie das Familienleben von Omar und Ayesha eigentlich nichts an. Sie betrachtete Omar, der den Kopf hängen ließ und auf seinen Schoß blickte.

»Omar, verzeihen Sie mir bitte den ungebetenen Ratschlag, aber mir scheint, dass Sie und Ayesha ehrlicher zueinander sein sollten.«

»Wie meinen Sie das? Ich belüge meine Tochter nicht.«

»Vielleicht nicht absichtlich, aber Sie verheimlichen ihr vieles. Zum Beispiel die ganzen Kreditkartenabrechnungen, die ständig eintreffen.«

Er errötete. »Ähm ... die sind ... Ich habe das unter Kontrolle, sie muss sich da keine Gedanken machen.«

»Sie haben eben gesagt, dass Sie Ayesha beschützen wollen, was ganz natürlich ist – welche Eltern wollen ihr Kind nicht vor Leid bewahren?« Dorothy hatte einen Frosch im Hals, und sie nahm einen Schluck Wasser aus dem Glas neben ihrem Bett. »Aber Ayesha ist inzwischen sechzehn, eine junge Frau, und klug und aufmerksam noch dazu. Ich denke, wenn Sie aufhören würden, sie gar so sehr zu behüten, und ehrlicher zu ihr wären, würde das Ihre Beziehung deutlich einfacher machen.«

Omar fuhr sich durchs Haar und antwortete nicht. Oje, Dorothy war wohl einen Schritt zu weit gegangen. Was hatte sie sich herausgenommen – ausgerechnet sie wollte jemanden über die Erziehung einer Teenagertochter belehren?

»Hat Ayesha auch Geheimnisse vor mir?«, fragte Omar. »Hat sie Probleme, von denen ich nichts weiß?«

»Ich will mir nicht anmaßen, Ihnen etwas über Ihre Tochter zu erzählen. Aber ich weiß, dass sie gern mit Ihnen reden würde, wenn Sie bereit sind, ihr zuzuhören.«

»Okay. Danke, Dorothy.« Er stand auf und wandte sich zum Gehen. »Übrigens: Ich hoffe, Ihnen macht das nichts aus, aber ich habe mir heute Morgen die Freiheit genommen, das Postregal zu sortieren. Ich weiß, dass Sie das normalerweise übernehmen, aber ich wollte nicht, dass in Ihrer Abwesenheit ein zu großes Chaos entsteht.«

Dorothy war entsetzt; ihr war nicht klar gewesen, dass ihre Nachbarn wussten, dass sie diejenige war, die die Post sortierte.

»Wenn Sie möchten, kann ich auch Tomasz bitten, Ihre kaputte Tür zu reparieren«, fuhr Omar fort. »Außerdem mache ich morgen vielleicht einen kurzen Rundgang durchs Haus, um nach dem Rechten zu sehen. Vorhin ist mir aufgefallen, dass die Glühbirne über dem Treppenabsatz wieder flackert – das werde ich mir mal angucken.«

Zum zweiten Mal an diesem Tag brannte es in Dorothys Augen, und sie tat, als würde sie die Kanüle in ihrem Arm untersuchen. Was für ein netter Mann Omar doch war. Sobald sie nach Hause zurückkehrte, würde sie seinen Namen ein für alle Mal von der Liste der Verdächtigen streichen.

»Danke«, brachte sie unter einem Husten hervor.

»Kein Problem. Und danke, dass Sie für Ayesha da waren. Es ist gut zu wissen, dass sie eine Freundin auf ihrer Seite hat.«

Dorothy wartete, bis sie Omars Schuhe über den Boden quietschen hörte. Sobald sie sich sicher war, dass er sich entfernt hatte, schloss sie die Augen und ließ das fremde Wort in ihrem Kopf widerhallen.

Freundin.

KAPITEL 29

Kat

Falls Will vorhin von Kats Anruf überrascht gewesen war, ließ er sich nichts anmerken, als er sie jetzt am Eingang der *Dunningshire Gazette* begrüßte. Kat rechnete damit, dass er sie fragen würde, warum sie gestern weggelaufen war, aber stattdessen führte er sie in die Nachrichtenredaktion: ein kleines, schäbiges Büro voller Computer, leerer Kaffeetassen und gelangweilt aussehender Mitarbeiter.

»Das Archiv ist hier hinten«, sagte er und ging mit ihr zu einer Tür neben einer Teeküche.

Kat hatte erwartet, noch mehr Computer vorzufinden oder vielleicht eins dieser Mikrofilmlesegeräte, die sie aus dem Fernsehen kannte, aber in dem fensterlosen Raum waren nur etliche deckenhohe Regale an den Wänden. In jedem davon standen Dutzende von Kartons, die alle mit verschiedenen Daten beschriftet waren.

»Was ist das?«, fragte Kat und ließ den Blick über die unzähligen braunen Kartons schweifen.

»Das Archiv. In jeder Schachtel sind alte Ausgaben der *Gazette* aus einem bestimmten Zeitraum, in der Regel sechs Monate. Theoretisch reichen die bis zu den Anfängen der Zeitung in den Zwanzigerjahren zurück, aber im Laufe der Zeit ist natürlich einiges verloren gegangen.«

»Habt ihr die Artikel nicht in einer Datenbank gespeichert, die wir durchsuchen können?«

Will schmunzelte. »Ich fürchte, wir sind hier nicht bei der *Times*. Wir haben gar nicht das Budget, um das alles zu digitalisieren.«

»Soll das heißen, wenn wir alte Artikel über Fergus Alexander finden wollen, dann müssen wir jede einzelne Ausgabe der *Gazette* der letzten zwanzig Jahre händisch durchgehen?«

»Vierzig Jahre, um genau zu sein. Soweit ich weiß, ist er 1984 ins Immobiliengeschäft eingestiegen.«

»Aber das ist doch die reinste Suche nach der Nadel im Heuhaufen! Wie viele Ausgaben müssen wir durchsehen?«

»Zweitausendzweihundert, grob geschätzt.«

Kat stöhnte auf, und Will lachte wieder.

»Dann legen wir mal los, was?« Er fing an, Kartons aus dem Regal zu wuchten und sie zu dem kleinen Tisch in der Mitte des Zimmers zu tragen. »Gestern Abend habe ich nur die Jahre 1984 bis 1987 geschafft, also fangen wir heute mit 1988 an.«

Anfangs arbeiteten sie schweigend, blätterten beide über den Tisch gebeugt durch alte, verblichene Ausgaben der *Gazette*. Hin und wieder zeigte Will ihr eine alberne Schlagzeile über ein Schaf, das den Verkehr auf der Hauptstraße von Favering aufgehalten hatte, oder einen bissigen Kommentar über die Bewertung des Wettbewerbs um das gepflegteste Dorf. Nach einer Weile machte auch Kat mit, und sie wetteiferten um die lächerlichste Geschichte. Nach zwei Stunden waren sie erst am Ende des Jahres 1990 angelangt und hatten nicht eine einzige Geschichte gefunden, in der Fergus Alexander erwähnt wurde. Aber immerhin hatten sie einige Passagen über die Poet's Road entdeckt, die sie beiseitelegten, um sie später zu kopieren.

Um zwei verschwand Will kurz und kam mit Sandwiches zurück, die sie aßen, während sie sich ans Jahr 1991 machten.

»Guck mal, hier ist ein Artikel über das hundertjährige Jubiläum von Shelley House«, sagte Kat, während sie in einer Zeitung blätterte. »Sieht so aus, als wäre dazu eine Party organisiert worden. Den würde ich gern Dorothy und Joseph zeigen.«

»Verrückt, wenn man bedenkt, dass die beiden schon vor meiner Geburt in Shelley House gewohnt haben«, sagte Will und schüttelte den Kopf.

»Wann wurdest du geboren?«

»1997. In dem Jahr habe ich in der Gazette den zweiten Platz im Wettbewerb für das süßeste Baby belegt – also freu dich schon mal drauf, dass du dich über mich lustig machen kannst, sobald wir bei der Ausgabe ankommen.«

Will war also zwei Jahre älter als sie? Dann waren sie in der Schule doch nicht im selben Jahrgang gewesen. Er hatte in dem Sommer, in dem das alles passiert war, die Chalcoter Grundschule bereits verlassen.

Ihre Schultern wurden ein wenig lockerer, als ihr klar wurde, dass er vielleicht gar nichts von dem Vorfall gehört hatte.

»Und du?«, fragte Will.

»Ob ich schon mal den Wettbewerb für das süßeste Baby in der Gazette gewonnen habe?«

»Nein! Ich meine, wann bist du geboren?«

»1999.«

»Und woher kommst du?«

»Aus der Nähe von Manchester.«

Das stimmte nicht, aber die ehrliche Antwort – dass sie als Kind so oft umgezogen war, dass sie nirgendwo »herkam« – war schwer zu erklären.

»Und was bringt dich nach Chalcot? Abgesehen von dem ausgezeichneten kulturellen Angebot, der Spitzengastronomie und den gut aussehenden Junggesellen natürlich.«

Bei der letzten Bemerkung zog Kat eine Augenbraue hoch und bereute es sofort, als Will grinste. Was auch immer passierte, sie durfte *nicht* mit diesem Typen flirten.

»Nichts davon. Ich habe blind eine Nadel in eine Karte gesteckt, und sie ist zufällig hier gelandet.«

Diesmal waren es Wills Augenbrauen, die in die Höhe schossen. »Echt jetzt?«

»Echt jetzt.« Auch das war gelogen, aber die Wahrheit – dass Chalcot sie schon seit Jahren in ihren Träumen verfolgte und dass sie sich von diesem Dorf angezogen fühlte wie eine Motte vom Licht – würde sie keinem gegenüber zugeben. Vor allem jetzt nicht mehr, da sie wusste, dass es ohnehin zu spät und ihr Großvater gestorben war.

»Das ist so cool«, sagte Will, ohne auch nur einen Funken von den Gefühlen zu erahnen, die in Kat durcheinanderwirbelten. »Du ziehst also oft um?«

»Hm, ja, schätze schon. Wenn ich zu lange an einem Ort bleibe, krieg ich Fernweh.«

»Ich bin das genaue Gegenteil, ein ziemlicher Reisemuffel.« Will legte die Zeitung, die er gerade durchsah, auf den Kopierstapel und nahm eine neue Ausgabe. »Abgesehen vom Studium habe ich mein ganzes Leben lang in einem Umkreis von fünf Meilen um Chalcot gewohnt.«

»Wow!« Kat hörte selbst, wie fassungslos sie klang. »Warum?«

Will musste über ihre Überraschung lachen. »Na ja, hier lässt sichs gut leben, meine Familie wohnt hier und auch viele meiner Freunde. Manchmal denke ich darüber nach, eine Weile wegzuziehen, aber so richtig ernst meine ich das nie. Meine Mutter sagt immer, ein Zuhause besteht nicht aus Ziegeln und Mörtel, sondern aus den Menschen, die dort leben, und ich denke, meine Leute waren einfach schon immer hier in Chalcot. Ich kann mir nicht vorstellen, dass ich mich jemals woanders zu Hause fühlen würde.«

Hatte sich Kat überhaupt schon mal irgendwo so richtig zu Hause gefühlt? Jedenfalls nirgends, wo sie mit ihrer Mutter gelebt hatte; sie hatten an so vielen Orten gewohnt, dass sie sich bei keinem an mehr als ein paar vage Einzelheiten erinnerte, und ihre Mutter war niemand gewesen, die dafür sorgte, dass sich eine Wohnung wie ein »Zuhause« anfühlte. Kat war gleich nach ihrem sechzehnten Geburtstag ausgezogen, und seitdem hatte es nur eine Reihe von Einzimmerwohnungen, WGs und Sofas gegeben, von denen sie die meisten am liebsten vergessen würde. Ein Bild von einem Holztisch und einem offenen Kamin schoss Kat durch den Kopf, aber sie schob es hastig beiseite. Wer sagte denn, dass man sich überhaupt irgendwo zu Hause fühlen musste? War es nicht besser, frei zu sein, ein Leben voller Abwechslung und neuer Möglichkeiten zu führen, als für immer an einem Ort zu versauern?

»Ich würde durchdrehen, wenn ich zu lange hierbleiben würde«, sagte Kat und nahm die nächste Zeitung.

»Ja, das kann ich verstehen, vor allem wenn man große Städte gewöhnt ist. Aber ich habe festgestellt, dass ich am Ende doch immer wieder an den Ort zurückwill, den ich seit meiner Geburt kenne und an dem ich mich so geborgen fühle. Klingt erbärmlich, oder?«

»Nein, nicht erbärmlich. Es ist nur ...« *Ich kann das nur nicht nachempfinden, weil ich mich noch nie an einem Ort geborgen gefühlt habe,* wollte Kat sagen. Wieder meldete sich eine unerwünschte Erinnerung an Featherdown Farm: Barker, der in einem Sessel schnarchte, und das laute Brutzeln von gebratenem Speck.

»Versteh mich nicht falsch, ich sage nicht, dass Chalcot perfekt ist«, erklärte Will. »Es hat seine Schwachstellen, wie jeder andere Ort auch, und es kann sich ein bisschen klaustrophobisch anfühlen, wenn dich alle kennen, seit du mit vier Jahren auf dem Kirchenweihnachtsmarkt dem Weihnachtsmann auf den Schoß gepinkelt hast.«

»Hast du nicht wirklich, oder?«, fragte Kat mit gespieltem Entsetzen.

»Doch, hab ich. Und sollte das irgendwo in einer dieser Zeitungen erwähnt werden, dann bitte ich dich, sie auf der Stelle zu verbrennen.«

»Soll das ein Witz sein? Ich mach hundert Kopien davon und häng sie überall im Büro auf«, sagte Kat, und Will krümmte sich vor Lachen.

»Also, was glaubst du, bleibst du noch ein bisschen in Chalcot?«, fragte er, als er sich wieder beruhigt hatte.

»Eher nicht. Ich wollte schon vor Wochen wieder weg, aber dann hatte Joseph den Unfall und ich musste hierbleiben und mich um Reggie kümmern.«

»Ach so. Du gehst also, sobald Joseph entlassen wird?«

»Ja.«

Als Kat aufschaute, stellte sie fest, dass Will sie über den Tisch hinweg ansah. Einen Moment lang hielten sie Blickkontakt, und Kat spürte Verlangen in ihrer Brust pochen. Sie blinzelte schnell und betrachtete wieder die Zeitung in ihrer Hand. Was tat sie da bloß? Etwas mit Will anzufangen, wäre eine *ganz* schlechte Idee. Selbst wenn sie Chalcot nicht schon bald den Rücken kehren würde, war er nicht einfach irgendein Typ aus einer Bar. Zum einen war er Journalist, was ihn noch weniger vertrauenswürdig machte als normale Menschen. Außerdem konnte er immer noch leicht herausfinden, wer Kat wirklich war, und dann wäre ihr sorgsam gehütetes Geheimnis gelüftet. Nein, so sehr sie sich auch zu Will hingezogen fühlte, das bisschen Spaß war das Risiko einfach nicht wert.

»Bevor du wegziehst, hast du vielleicht mal Lust auf einen … «

»Wenn wir weiter so langsam machen, sitzen wir noch die ganze Woche hier«, unterbrach ihn Kat, den Blick fest auf die Seite vor sich geheftet. Da war noch eine Schlagzeile, die sich auf die Hundertjahrfeier von Shelley House bezog, und sie warf die Ausgabe auf den Kopierstapel, ohne sich die Mühe zu machen, den Artikel zu lesen. »Besonders viel scheint Fergus Alexander in den Neunzigern ja nicht gemacht zu haben – vielleicht sollten wir uns mal die neueren Ausgaben ansehen.«

Will hielt inne, und Kat fragte sich, ob er noch etwas sagen wollte, doch dann stand er auf und wandte sich einem Regal zu. »Klar.«

Er machte sich daran, die nächsten Boxen herüberzutragen, und Kat atmete auf. Krise abgewendet.

KAPITEL 30

Dorothy

Trotz der Krankenhausgeräusche schlief Dorothy zu ihrer Überraschung in dieser Nacht so gut wie seit Monaten nicht mehr. So gut, dass sie sich insgeheim freute, als die Ärztin ihr bei der morgendlichen Visite mitteilte, sie müsse noch einen weiteren Tag bleiben. Natürlich machte sie einen Aufstand, tat, als würde ihr das überhaupt nicht passen, und verlangte, entlassen zu werden, aber als die Ärztin weg war, ließ sie sich mit dem letzten Donut und der Illustrierten, die ihr eine Krankenschwester geliehen hatte, auf ihr Kissen zurücksinken. Vor vielen Jahren war Dorothy eine begeisterte Leserin von Frauenmagazinen gewesen, und es faszinierte sie, wie sehr sie sich verändert hatten. Vorbei waren die Zeiten von Häkelmustern und Artikeln darüber, wie man seinen Mann bei Laune hielt; jetzt ging es nur noch um »Upcycling« und etwas, das sich »One-Pot-Gerichte« nannte. Dorothy amüsierte sich köstlich, bis sie im Augenwinkel eine Bewegung am anderen Ende der Station wahrnahm.

Joseph Chambers, der einen lächerlichen gestreiften Pyjama trug, wurde in einem Rollstuhl zu ihrem Bett geschoben. Was wollte *der* denn hier? Schnell ließ sie die Zeitschrift fallen, schloss die Augen und tat, als würde sie schlafen. Sie hörte, wie der Rollstuhl neben dem Bett stoppte, wie sich der Pfleger verabschiedete – dann herrschte Stille. Dorothy ließ die Augen geschlossen und betete, dass Joseph das Interesse verlieren und verschwinden würde. Aber als sie fünf Minuten später einen Blick wagte, war er immer noch da und arbeitete sich fröhlich durch ihre Weintrauben.

»Lass das! Das sind meine.«

Joseph sah auf und grinste.

»Ach, bist du also doch wach. Wie fühlst du dich?«

»Müde. Ständig werde ich von ungebetenen Gästen gestört.« Sie sah ihn demonstrativ an, aber er war zu sehr damit beschäftigt, sich die nächste Weintraube auszusuchen, um das zu bemerken.

»Du bist also inzwischen eine echte Berühmtheit, was? Ich habe das Video, in dem du Fergus Alexander die Leviten liest, auf der Website der *Gazette* gesehen, und ja, das war wirklich beeindruckend. Du hättest in die Politik gehen sollen, Dorothy.«

Machte er sich über sie lustig? Dorothy setzte eine finstere Miene auf.

»Das muss dir nicht peinlich sein, ich finde das toll. Es ist nur schade, dass ich nicht an deiner Seite mitkämpfen konnte.« Er pflückte eine Weintraube, die ihm zu gefallen schien, und steckte sie sich in den Mund. »Wie ich höre, bin ich dir auch ein Danke schuldig für deine Hilfe mit Reggie.«

»Er ist ein räudiger Plagegeist mit Flohbefall, Blähungen und ohne jegliche Erziehung.«

»Meinst du mich oder den Hund?«

»Ach, lass mich bloß in Ruhe.«

Joseph rührte sich nicht, und Wut kochte in Dorothy hoch. Wie konnte er es wagen, sie in die Enge zu treiben, wenn sie keinerlei Möglichkeit hatte, zu entkommen? Außerdem sah sie bestimmt schrecklich aus in ihrem Nachthemd und mit dem riesigen blauen Fleck auf der Wange, den sie sich bei dem Sturz zugezogen hatte. Dorothy fuhr sich mit der Hand über das Haar und wünschte sich, Kat hätte mitgedacht und ihr einen Kamm eingepackt.

»Ich vermute mal, du bist nicht nur hier, damit du einen Vorwand hast, mich zu sehen?«, sagte Joseph und zwinkerte Dorothy frech zu. Sie verdrehte die Augen so sehr, dass es wehtat.

»Natürlich nicht. Wenn du es unbedingt wissen musst: Ich bin gestolpert bei dem Versuch, einen Einbrecher in meiner Wohnung zu stoppen.«

Da fiel dem verflixten Mann das Lächeln aus dem Gesicht. »Mein Gott, Dorothy! Alles in Ordnung?«

»Selbstverständlich. Es braucht schon mehr als einen Sturz, um *mich* außer Gefecht zu setzen.«

Falls er den Seitenhieb verstanden hatte, ging er nicht darauf ein. »Was ist passiert? War es ein Dieb?«

»Falls ja, habe ich ihm Einhalt geboten, noch bevor er etwas stehlen konnte.«

Joseph sah sie mit einem seltsamen Ausdruck an. War es Bewunderung? Dorothy kniff die Augen zusammen; das war das Letzte, was sie von ihm wollte.

»Moment mal. Kat hat mir von eurer Theorie erzählt, dass Fergus Alexander hinter meinem Unfall steckt. Meinst du, dass er vielleicht auch bei dir seine Finger im Spiel hatte?«

»Das halte ich für höchst plausibel. Immerhin haben wir beide öffentlich versucht, ihn aufzuhalten. Und am Mittwoch hat er mich am helllichten Tag bedroht.«

»Ach echt? Und was hast du gesagt?«

»Nichts. Ich habe meine Handtasche für mich sprechen lassen.«

Das war nicht als Scherz gemeint, aber Joseph warf den Kopf in den Nacken und lachte so schallend auf, dass mehrere Leute innehielten und zu ihnen herüberschauten.

»Lass das!«, zischte Dorothy, aber er lachte weiter.

»Oh, Dorothy«, sagte er und wischte sich über die Augen, »ich habe dich vermisst.«

Dorothy war empört. Was redete er denn da? Seit über dreißig Jahren hatten sie nicht mehr miteinander gesprochen. Offenbar bekam dieser Mann starke Schmerzmittel verabreicht oder er war endgültig übergeschnappt.

»Das ist nicht zum Lachen«, schimpfte sie und fächelte sich mit der Zeitschrift Luft zu. »Jemand hat vielleicht versucht, uns beide zu töten oder zumindest zum Schweigen zu bringen. Ich finde das nicht im Geringsten amüsant.«

»Tut mir leid, du hast recht.« Joseph fuhr sich wie ein Pantomime über das Gesicht, um seinen belustigten Ausdruck wegzuwischen. »Außerdem glaube ich nicht, dass ich an deiner Stelle gar so fröhlich wäre, wenn meine Ex-Frau einen Tag, nachdem ich angegriffen wurde, in meine Wohnung einbrechen würde.«

Dorothy beobachtete ihn, als sie das sagte, und diesmal wurde sein Gesicht wirklich ernst.

»Was?«

»Hat Kat dir das nicht erzählt?«

»Nein, hat sie nicht. Was ist passiert?«

»Am Morgen, nachdem du ins Krankenhaus gebracht wurdest, habe ich gesehen, wie sich Sandra in einer höchst ungewöhnlichen Verkleidung aus deiner Wohnung geschlichen hat. Und als Kat zurückkam, war deine Wohnung komplett auf den Kopf gestellt. Offenbar hat Sandra etwas gesucht und war geradezu versessen darauf, es zu finden.«

Joseph war blass geworden. »Und du bist dir sicher, dass sie das war?«

Er klang so ernst, dass Dorothy es nicht übers Herz brachte, ihn aufzuziehen. »Absolut sicher, fürchte ich.«

Einen Moment lang wirkte Joseph geistig abwesend.

»Mir kam der Gedanke …« Dorothy unterbrach sich. Wollte sie Joseph Chambers wirklich von ihrer Theorie erzählen – dem Mann, den sie zu hassen geschworen hatte? Aber vielleicht hatte er sachdienliche Informationen, die er mit ihr teilen konnte. »Mir kam der Gedanke, dass Sandra vielleicht in die Vorkommnisse in Shelley House verwickelt sein könnte. Dass sie etwas mit Fergus Alexander, dem Angriff auf dich und dem Einbruch bei mir zu tun haben könnte.«

»Du denkst, Sandra könnte versucht haben, mich umbringen zu lassen? Aber warum sollte sie das tun?«

»Das weiß ich nicht, deshalb frage ich ja dich.«

»Ich hab's!«, sagte Joseph plötzlich. Unwillkürlich beugte Dorothy sich interessiert vor. »Vielleicht hegt Sandra nach all den Jahren immer noch einen Groll gegen mich, weil ich den Toilettensitz nie runtergeklappt habe, und jetzt übt sie perfide Rache.«

Mit einem frustrierten Brummen sank Dorothy zurück. »Warum musst du immer aus allem einen Witz machen?«

»Tut mir leid, Dorothy«, sagte er schmunzelnd. »Das ist ja eine nette Idee, aber ich fürchte, das Einzige, was an Sandra wirklich beängstigend ist, sind ihre Arieninterpretationen.«

Warum hatte Dorothy gedacht, dass man sich mit diesem unerträglichen Mann auch nur einmal vernünftig unterhalten konnte? »Ich bin nicht die Einzige, die das glaubt. Auch Kat hat ein bisschen ...«

»Was habe ich?«

Überrascht sah Dorothy auf. Kat stand am Fußende ihres Betts und mühte sich mit einer großen Reisetasche ab. Sie sah müde aus, als hätte sie seit Tagen nicht mehr geschlafen.

»Ach, hallo, meine Liebe. Dorothy und ich haben gerade über dich geplaudert«, sagte Joseph.

»Beschwert sich Dorothy wieder über mich?«, fragte Kat, aber sie lächelte auf eine Art, die erahnen ließ, dass sie es nicht ernst meinte. »Wie geht's Ihnen beiden?«

»Och, ich bin fit wie ein Turnschuh«, sagte Joseph und spannte auf lächerlichste Weise seine Armmuskeln an.

»Blendend«, meldete sich Dorothy, die sich nicht ausstechen lassen wollte. »Was haben Sie da in der Tasche?«

Kat antwortete nicht, griff stumm nach dem blauen Vorhang, der die Betten voneinander trennte, und zog ihn zu.

»Was machen Sie da?«, fragte Dorothy. Mit den beiden auf so engem Raum beschlich sie ein Gefühl der Enge.

Kat wartete, bis der Vorhang ganz zu und die Sicht auf den Rest der Station versperrt war. »Ich habe Ihnen beiden eine Überraschung mitgebracht.«

Sie stellte die Tasche auf das Fußende des Betts und öffnete den Reißverschluss. Einen Moment später tauchte ein kleiner braun-weißer Kopf auf.

»Reggie!«, stieß Joseph hervor.

Der Hund kläffte vor Freude, als er den alten Mann erblickte. Kat hustete, um ihn zu übertönen, während Reggie vom Bett auf Josephs Schoß hüpfte. Glücklich schleckte er seinem Herrchen über das Gesicht.

»Ach, was hab ich dich vermisst, mein Junge«, sagte Joseph und vergrub das Gesicht in Reggies Fell. Als er sich von ihm löste, waren seine Wangen tränennass. »Ich weiß gar nicht, was ich sagen soll, Kat. Danke.«

Dorothy schüttelte entsetzt den Kopf. Was für ein sentimentaler alter Narr er doch war – heulte er tatsächlich wie ein Kind wegen eines albernen Tieres. Dorothy wäre niemals so dumm, zu …

»Oh!«

Sie wich zurück, als Reggie von Josephs Schoß zurück zu ihr aufs Bett sprang und ihr seine feuchte Nase an die Wange drückte.

»Dummer Köter«, sagte Dorothy, während sie ihn hinter den Ohren kraulte. Er rollte sich auf den Rücken, präsentierte ihr seinen rosafarbenen Bauch, und sie kraulte ihn auch dort ausgiebig. Als sie aufsah, lächelten Joseph und Kat sie an. Dorothy zog die Hand weg und räusperte sich. »Es ist nicht gestattet, Tiere mit ins Krankenhaus zu bringen. Das ist ein klarer Verstoß gegen die Gesundheits- und Sicherheitsauflagen.«

»Ich glaube, unser Geheimnis ist sicher«, sagte Kat, während sich Reggie zwischen Dorothy und Joseph an der Bettkante einrollte. »Außerdem hat er Sie beide vermisst.«

»Irgendwelche Neuigkeiten bei den Ermittlungen?«, fragte Dorothy, die unbedingt zurück zum Thema kommen wollte.

»Ich habe gestern mit Will das Archiv der *Gazette* durchgesehen«, sagte Kat, und Dorothy fiel auf, dass ihre Wangen leicht rosa anliefen, als sie den Namen des Jungen erwähnte. Aha! *Das* war also der Grund, warum sie so gezögert hatte, seine Hilfe anzunehmen – Kat fühlte sich zu dem schmuddeligen, langhaarigen jungen Mann hingezogen. Tja, über Geschmack ließ sich bekanntlich nicht streiten.

»Und haben Sie schon etwas Brauchbares herausgefunden?«

»Wir sind noch nicht ganz durch, aber wir haben mehrere Artikel über Fergus Alexander gefunden und ein paarmal wird erwähnt, dass es Proteste gegen seine Baupläne gab. Will schaut heute mal, ob er ein paar von den Leuten ausfindig machen kann.« Kat griff in die Tasche, aus der Reggie vorhin aufgetaucht war, und förderte eine Plastikmappe voll bedruckter Blätter zutage. »Ich habe alle Artikel hier, die wir bisher gefunden haben, und auch ein paar über Shelley House und die Poet's Road, die Sie beide vielleicht interessieren. Ich habe noch nicht alle gelesen, aber Sie können sie sich ja mal ansehen.«

Kat reichte Dorothy den Stapel, und sie begann, die Seiten durchzugehen und die Schlagzeilen zu überfliegen. FERGUS ALEXANDER SPONSERT COLLEGE-STIPENDIUM ... PROTEST GEGEN NEUEN WOHNUNGSBAU IN FAVERSHAM ... GESCHÄFTSMANN AUS DER REGION ERHÄLT AUSZEICHNUNG FÜR KOMMUNALE VERDIENSTE ... Dorothy blätterte weiter und stockte. Ihr blieb die Luft weg.

»Ich wünschte, ich könnte dir und Will helfen, aber die Ärzte meinen, ich bin noch zu schwach, um entlassen zu werden«, sagte Joseph zu Kat.

»Keine Sorge, wir schaffen das auch so. Sonntagnachmittag treffen wir uns noch mal und gehen den Rest durch.«

Zitternd starrte Dorothy auf das Blatt Papier in ihren Händen. Sie wusste, worum es in dem Artikel ging, ohne auch nur ein einziges Wort lesen zu müssen. Das konnte sie ohnehin nicht, denn die Buchstaben verschwammen vor ihren Augen – ein Meer aus sich bewegenden schwarzen Schnörkeln und Linien. Aber das Foto blieb so klar wie das Wetter an dem Tag, an dem es geschossen worden war.

»Dorothy, alles okay?«

Das war Kats Stimme, aber sie klang weit entfernt, als wäre sie unter Wasser. Dorothys Kehle fühlte sich trocken an, und sie fragte sich, ob ihr gleich schlecht werden würde. Joseph hatte aufgehört zu sprechen, und sie spürte, dass beide sie anstarrten, doch sie schaffte es nicht, den Blick von dem Foto zu lösen. Von diesem Gesicht.

»Dorothy? Was ist denn los?«

Ihr wurde tatsächlich schwindlig, und sie schloss die Augen. Sofort kam alles wieder hoch. Die Schritte auf der Treppe. Die Sirene des Rettungswagens vor dem Haus. Die warme Brise auf ihrer Haut, die sich angefühlt hatte wie Peitschenhiebe.

»Dorothy, was ist los?«

Josephs Stimme. Sie drückte die Augen noch fester zusammen, als könnte sie die beiden durch reine Willenskraft zum Weggehen bewegen. Wie hatte sie bloß hier sitzen und sich mit diesem Mann unterhalten können, als wäre es ein Zeitvertreib unter zwei normalen Menschen?

»Verschwinden Sie.« Die Worte aus ihrer Kehle klangen fremd.

»Was ist los?« Kats Stimme diesmal. »Soll ich einen Arzt rufen?«

»Verschwinden Sie!«, sagte Dorothy noch einmal, lauter. Sie nahm ein Piepsen wahr. War das der Rettungswagen?

»Ich glaube, wir sollten sie in Ruhe lassen«, hörte sie Joseph über die Sirene hinweg sagen.

»Aber was ist los mit ihr? Der Monitor für ihre Herzfrequenz dreht komplett durch.«

»Alles in Ordnung hier?« Eine dritte Stimme, unbekannt.

»Keine Ahnung, sie hat sich ein paar alte Artikel angesehen, und dann ...«

»Lassen Sie mich in Ruhe!« Dorothy schrie die Worte, und dieser Klang war vertraut. Sie hatte diese Worte schon einmal geschrien, damals.

»Kann mir hier mal jemand helfen? Wir brauchen was zum Ruhigstellen.«

»Dorothy, alles okay?«

»Komm, wir sollten gehen.«

»Hat sie einen Herzinfarkt?«

Dorothy spürte etwas Feuchtes an ihrer Hand, den warmen Atem eines Tieres, sie zog den Arm weg und schrie vor Schmerz auf. Um das Bett herum waren Schritte zu hören, Stimmengewirr, Fragen, aber sie ließ die Augen geschlossen. Schmerz durchzuckte sie wie Feuer, aber sie wusste nicht, ob es ihr Körper oder die Erinnerung war. Jemand versuchte, ihre Hand zu nehmen, aber Dorothy schlug um sich und stieß die Person weg. Dann spürte sie einen anderen Schmerz, einen Stich im Arm, und eine Stimme sagte: »Es ist alles in Ordnung, Ms Darling. Sie dürfen jetzt ein bisschen schlafen.« Dorothy versuchte zu schreien, dass sie weggehen sollten, aber dann legte sich Schwere über ihren Körper wie eine Decke, ein kurzes Fallen, und alles wurde dunkel.

KAPITEL 31

Dorothy

Trotz wiederholten Forderns und Protestierens vergingen weitere achtundvierzig Stunden, bis die Ärzte Dorothy entließen. Sie bekam eine große Packung Schmerzmittel, aber das Einzige, was sie wirklich wollte, wurde ihr verweigert: die magische Medizin, die die plagenden Erinnerungen verschwinden ließ und sie in einen herrlichen, traumlosen Schlaf versetzte. Außerdem erhielt Dorothy eine Überweisung für etwas, das sich Kognitive Verhaltenstherapie nannte, die sie umgehend in den Müll warf.

Das Krankenhaus hatte ihr einen Fahrdienst organisiert, der sie nach Hause bringen sollte, und so war sie pünktlich um vierzehn Uhr dreißig angezogen und wartete darauf, dass ein Pfleger sie im Rollstuhl nach unten brachte, als sie Kat über die Station laufen sah. Seit dem Zwischenfall am Freitag hatte Dorothy das Mädchen nicht mehr gesehen. Gestern hatte Kat sie wohl wieder besuchen wollen, ebenso wie Joseph, aber Dorothy hatte den Krankenschwestern klipp und klar gesagt, dass sie keinen Besuch wünschte, und so hatte man sie beide abgewiesen. Jetzt blieb das Mädchen ungewöhnlich schüchtern vor ihrem Bett stehen. Mit angehaltenem Atem wartete Dorothy darauf, dass sie den Zeitungsartikel ansprach, aber stattdessen hob Kat nur Dorothys Tasche vom Boden auf.

»Was tun Sie da?«, schnauzte Dorothy und machte Anstalten, ihr die Tasche zu entreißen.

»Ich bin hier, um Sie abzuholen.«

»Nicht nötig, das Krankenhaus hat einen Transport organisiert.«

»Ich habe ihnen gesagt, dass sie den abbestellen können.«

»Aber Sie haben kein Auto mehr.«

»Soll ich Sie im Rollstuhl runterschieben oder gehen Sie zu Fuß?«

»Ich kann selbst gehen. Ich bin nicht siech.«

Mist, Dorothy hatte gehofft, sich heute möglichst wenig bewegen zu müssen. Mit einem tiefen Atemzug stand sie auf und hielt sich an der Bettkante fest, bis sie sicher war, dass sie stabil stand. Als sie sich umdrehte und auf den Weg zum Ausgang machte, spürte sie Kats Adleraugen auf sich ruhen.

»Auf Wiedersehen, Ms D, passen Sie auf sich auf«, rief ihr eine Krankenschwester hinterher, aber Dorothy musste sich darauf konzentrieren, nicht umzufallen, und hatte daher keine Gelegenheit, sich zu bedanken.

»Sind Sie sicher, dass Sie keine Hilfe brauchen?«, fragte Kat, als sie den Aufzug erreichten, aber Dorothy winkte ab.

Schweigend fuhren sie hinunter ins Erdgeschoss, und Dorothy humpelte durch den belebten Eingangsbereich. Ihr tat alles weh.

»Wir haben's gleich geschafft. Will wartet draußen auf uns«, sagte Kat und wies ihr den Weg zum Ausgang.

»Will?«

»Ich habe ihm erzählt, dass Sie heute entlassen werden, und er meinte, er kann Sie zurück zu Shelley House fahren.«

Dorothy biss sich auf die Lippe. Warum halfen sie ihr? War es aus Mitleid mit der armen, alten, *verletzlichen* Dorothy? Oder weil sie sie ausfragen wollten und sie im Auto in der Falle sitzen würde? So oder so, die Sache gefiel Dorothy ganz und gar nicht.

Bis zu Wills Wagen waren es nur etwa hundert Meter, aber es fühlte sich an wie ein Marathon. Um sie herum rauschte der Verkehr und Fußgänger eilten vorbei – einer rempelte sie an, sodass sie beinahe gefallen wäre.

»Hey, pass auf, du Arsch!«, brüllte Kat.

Als sie endlich am Auto ankamen, hielt Will ihr die hintere Tür auf.

»Hi, Dorothy«, sagte er, aber sie ging nicht darauf ein und ließ sich wortlos auf den Sitz sinken. Reggie bellte erwartungsvoll, aber Dorothy hatte keine Energie, um ihn zu begrüßen.

Kat setzte sich auf den Beifahrersitz, und Will ließ den Motor an. Dorothy zuckte zusammen, als plötzlich laute Musik im Auto erschallte. Schnell schaltete Will sie aus, und sie fuhren schweigend los.

Von der Klinik zu Shelley House waren es nur zwanzig Minuten, aber Dorothy spürte jede Sekunde davon. Sie konnte die Fragen unausgesprochen in der Luft hängen fühlen, das Was und Warum und Wie, gemischt mit Misstrauen und Verachtung. Waren sie dahintergekommen? Natürlich, das mussten sie, und wenn nicht, dann hatte Joseph es ihnen bestimmt erzählt. Dorothy fragte sich, wie er die Geschichte verdreht haben mochte, welche Unwahrheiten er über seine Rolle bei diesem grässlichen Vorfall erzählt hatte. Hasste Kat sie jetzt? Nicht, dass es Dorothy auch nur einen Deut interessierte, was das Mädchen dachte.

Endlich bogen sie in die Poet's Road ein, und Will hielt den Wagen vor Shelley House. Heute hatte das Gebäude etwas Unheilverkündendes, die Luft war drückend, und graue Wolken hingen am Himmel. Ein Sturm nahte.

Kat öffnete die hintere Tür. »Lassen Sie mich Ihnen helfen.«

Dorothy schüttelte ihre stützende Hand ab, versuchte, sich aus dem Auto zu ziehen, und stöhnte unwillkürlich auf, als ihr der Schmerz durch den linken Arm schoss. Kat beugte sich vor und griff sanft nach Dorothys Schulter, um ihr herauszuhelfen. Diesmal stieß Dorothy sie nicht weg, aber sobald sie auf den Füßen war, schnappte sie sich ihre Tasche und machte sich auf den Weg zur Eingangstreppe.

»Melden Sie sich einfach, wenn Sie was brauchen, Dorothy. Und wir sehen uns später, Kat«, rief Will ihnen hinterher, aber Dorothy schaute nicht zurück.

Kat schloss die Tür auf, und Dorothy trat in den Hausflur, wo sie den vertrauten muffigen Geruch einsog. Gott sei Dank war sie zu Hause.

Ihren Schlüssel hatte sie bereits während der Fahrt herausgesucht, und jetzt steckte sie ihn ins Schloss von Wohnung zwei, wobei sie versuchte, dem Zittern ihrer Hand keine Beachtung zu schenken. Endlich öffnete sich die Tür mit einem Klicken.

»Soll ich …«, setzte Kat an, aber Dorothy war bereits in der Wohnung und zog Kat die Tür vor der Nase zu.

Mit einem erleichterten Seufzen ließ sie ihre Tasche fallen und zog die Schuhe aus. Dann hob Dorothy mit einem etwas beklommenen Gefühl den Kopf, um sich im Salon umzusehen. Sie war sich nicht sicher gewesen, was sie vorfinden würde – vielleicht Spuren von ihrem Kampf am Mittwochabend –, aber der Raum sah genauso aus wie immer, nur ein bisschen staubig, nachdem hier zweiundsiebzig Stunden nicht geputzt worden war. Dorothy schlurfte zum Kaminsims. Der Bilderrahmen, den der Einbrecher in der Hand gehabt hatte, war noch da; Dorothy nahm ihn und betrachtete das Foto darin. Ein fünfzehnjähriges Mädchen blickte ihr grinsend entgegen. Ihr mausbraunes Haar war zu zwei ordentlichen Zöpfen gebunden, die ihr langes, schmales Gesicht einrahmten. Braune Augen und eine kleine, mit Sommersprossen gesprenkelte Nase. Leicht schiefe Vorderzähne, die bald eine Zahnspange nötig haben würden. Ein Anstecker an ihrem Blazer zeigte stolz ihre Zugehörigkeit zu ihrer Schule.

Dorothy hörte etwas, ein Wimmern, und ihr wurde bewusst, dass es ihrem eigenen Mund entwichen war. Sie drehte sich um und humpelte mit dem Bilderrahmen zu ihrem Stuhl am Fenster. Mühsam setzte sie sich, und jetzt, da niemand es mitbekam, versuchte sie erst gar nicht, den Schmerzensschrei zu unterdrücken. Sie sah wieder auf das Bild, auf dieses schöne, engelsgleiche Gesicht. *Charlotte.*

Ein Geräusch ließ Dorothy aufschrecken. Es dauerte einen Moment, bis sie begriff, was es war. Ein sanftes, aber dringliches Klopfen an der Tür.

»Dorothy, können Sie mich hören?«

Dorothy betrachtete das Mädchen im Bilderrahmen. In ihren Augen lag ein Lachen, ein Funkeln, als hätte der Fotograf gerade einen Witz gemacht. Über welchen Scherz hatte sie sich so gefreut? Diese Frage hatte sich Dorothy in den letzten dreiunddreißig Jahren Tausende Male gestellt.

»Bitte lassen Sie mich rein. Ich will nur wissen, ob es Ihnen gut geht.«

In Kats Stimme lag Mitleid. Dorothy runzelte die Stirn. Mitleid war das Letzte, was sie wollte. Dieses Gefühl war jenen vorbehalten, die es verdient hatten, und alles, was Dorothy verdient hatte, waren Verurteilung und Elend.

»Dorothy?«

Sie schnalzte mit der Zunge und stand auf. Sie kam nur langsam voran – bei jeder Bewegung protestierte ihr ganzer Körper. Dorothy erreichte die Tür, entriegelte sie, dann ging sie zurück zum Tisch. Hinter sich hörte sie die Tür knarren, dann das Kratzen kleiner Pfoten auf dem Eichenboden, als Reggie auf sie zuflitzte. Dorothy ließ sich auf ihren Stuhl sinken und ignorierte die junge Frau, die das Zimmer betreten hatte. Sie hörte, wie Kat sich dem Tisch näherte, und konnte sie hinter ihrem Stuhl spüren.

»Ich habe Sie hereingelassen, und wie Sie sehen, geht es mir ausgezeichnet, also können Sie ja jetzt wieder gehen.« Hoffentlich nahm Kat das Zittern in ihrer Stimme nicht wahr.

»Es tut mir echt leid, dass ich Ihnen den Artikel gezeigt habe, Dorothy. Weder Will noch ich haben mehr als die Überschrift gelesen, wir hatten also keine Ahnung, dass es darin um Sie ging. Joseph meinte …«

Dorothy zuckte zusammen. »Was hat er Ihnen erzählt?«

»Nichts Konkretes.«

»Und zwar?«

»Eigentlich nur, was auch im Artikel steht. Dass es in Shelley House wohl einen Unfall oder so gegeben hat. Dass ein Mädchen – Ihre Tochter – ums Leben gekommen ist. Das tut mir wirklich leid.«

Einen Unfall. Er hatte ihr also nicht die ganze Geschichte erzählt, nicht einmal die Hälfte. Wollte sich wohl selbst schützen, wie immer.

»Ich kann mir nicht vorstellen, wie das für Sie gewesen sein muss«, sagte Kat. »Ein Kind zu verlieren, das ist …«

»Hören Sie auf.« Dorothy ertrug das nicht, dieses Mitgefühl, diese Freundlichkeit. Sie wollte, dass Kat so war wie immer: bissig und wütend. »Er hat Ihnen nicht die ganze Geschichte erzählt.«

»Wie meinen Sie das?« Kats Ton war sanft, als würde sie mit einem Kind sprechen. »Natürlich müssen Sie es mir nicht erzählen. Ich will nicht, dass Sie das noch mal durchleben müssen.«

Dorothy hätte beinahe aufgelacht. Als hätte sie die Geschehnisse in den letzten dreiunddreißig Jahren nicht sowieso jeden Tag durchlebt. Auch wenn sie es nie laut ausgesprochen hatte, es war die Wahrheit. Keiner Menschenseele hatte sie jemals erzählt, was an diesem Sommertag wirklich geschehen war. Nur ein Einziger kannte die Wahrheit, und der wollte das Geheimnis anscheinend weiterhin hüten.

Dorothy blickte noch einmal auf das Foto, auf Charlottes schönes, unschuldiges Gesicht. Achtundvierzig Jahre alt wäre sie heute. Eine erwachsene Frau mit einer Karriere und vielleicht sogar einer eigenen Familie. Doch stattdessen war sie in der Zeit eingefroren, für immer und ewig ein fünfzehnjähriges Schulmädchen. Alles nur wegen etwas, das Dorothy getan hatte. Etwas, das Dorothy all die Jahre vor der Welt verborgen hatte.

»Es tut mir wirklich leid, dass ich mit dem Artikel schmerzhafte Erinnerungen geweckt habe«, sagte Kat hinter ihr.

Diesmal lachte Dorothy tatsächlich, ein grässliches Geräusch.

»Ich werde es Ihnen erzählen«, sagte sie und legte den Rahmen mit der Vorderseite nach unten auf den Tisch, um Charlotte zu ersparen, Zeugin des folgenden Gesprächs zu werden. »Ich werde es Ihnen sagen, damit Sie nie wieder Mitleid mit mir haben müssen. Aber versprechen Sie mir, es niemandem weiterzuerzählen.«

»Natürlich.«

Und so holte Dorothy tief Luft und begann.

KAPITEL 32

Es war 1991, das Jahr, in dem Shelley House 100 Jahre alt wurde, und Dorothys erster ganzer Sommer, den sie dort verbrachte. Sie waren elf Monate zuvor eingezogen, als Phillip eine Stelle als Filialleiter der *Barclay's Bank* in Winton angetreten hatte. Ihrer alten Wohnung in West London hatten sie den Rücken gekehrt, um ein neues Leben auf dem Land zu beginnen. Als gebürtige Londonerin hatte sich Dorothy anfangs mit dem gemächlichen Tempo des Dorflebens schwergetan. Sie vermisste den Trubel der kosmopolitischen Stadt, die große weiterführende Schule, an der sie zwanzig Jahre lang Englisch unterrichtet hatte, die Restaurants und Galerien, ganz zu schweigen von ihren Freundinnen. Aber Phillip liebte seine neue Stelle, bei der er erheblich mehr verdiente als vorher, und auch Charlotte hatte sich schnell eingelebt. Sie war begeistert von ihrem neuen Zuhause und genoss die Freiheiten, die das Landleben mit sich brachte: mit ihren Freunden im Wald oder unten am Fluss zu spielen und erst abends, wenn sie Hunger hatte, nach Hause zu kommen. Und so hatte Dorothy sich geschworen, sich an ihr neues Leben als Hausfrau mittleren Alters in einem kleinen, verschlafenen Dörfchen zu gewöhnen.

Darum hatte sie sich in den Kopf gesetzt, die neue Wohnung zum perfekten Zuhause für ihre Familie zu machen. Ursprünglich hatten sie vorgehabt, ein Haus in einem der neuen Wohngebiete zu kaufen, die überall aus dem Boden schossen, aber bei ihrem ersten Erkundungsbesuch in Chalcot hatte Dorothy Shelley House entdeckt, und es war Liebe auf den ersten Blick gewesen. In einem Dorf voller Cottages und langweiliger Reihenhäuser aus den Sechzigerjahren wirkte die exzentrische viktorianische Villa kultiviert und strahlte historische Eleganz aus, wie ein kleines Stück urbanes Leben auf dem Land. Phillip war nicht überzeugt gewesen – sein Wirtschaftsliberalismus sagte ihm, kaufen sei besser als mieten, aber als sich auch Charlotte in das Haus verliebte, hatte er sich beugen müssen. Sobald sie eingezogen waren, widmete sich Dorothy mit Begeisterung den Renovierungsmaßnahmen, um die Wohnung wieder in ihrem früheren Glanz erstrahlen zu lassen. In der Bücherei las sie nach, wie man Stuckverzierungen ausbesserte, sie strich die Wände in eleganten Farbtönen und ersetzte die modernen Möbel durch Antiquitäten und Zierrat, die sie auf Floh- und Antikmärkten erstand. Dorothy gab sich außerdem alle Mühe, sich mit den Nachbarn anzufreunden, einer Mischung aus Mittelschichtfamilien und Ehepaaren im Ruhestand, von denen einige schon seit Jahrzehnten in Shelley House wohnten.

Im Rahmen ihrer Bemühungen, den Nachbarn zu imponieren, schlug Dorothy vor, das hundertjährige Bestehen von Shelley House mit einer Soirée im Gemeinschaftsgarten zu feiern, zu der sie auch die übrigen Anwohner der Poet's Road einladen könnten. Vor ihrem geistigen Auge sah sie hübsch belegte Sandwiches ohne Kruste, Scones, Spiele für die Kinder und Pimm's für die Erwachsenen: eine klassische englische Gartenparty. Die anderen hatten freudig zugestimmt, als Termin war ein Samstag Mitte August gewählt worden, und Dorothy hatte sich freiwillig gemeldet, die Veranstaltung auf die Beine zu stellen. Jetzt, da die Renovierung abgeschlossen war, sehnte sie sich wieder nach der Abwechslung, die ihr Londoner Leben geboten hatte – ein Fest zu organisieren war also genau das Richtige, um beschäftigt zu bleiben und sich bei Laune zu halten.

Etwa eine Woche nachdem die Entscheidung für die Party gefallen war, klopfte es an der Tür, während Dorothy das Abendessen kochte.

Sie vermutete, es sei eins der Kinder aus dem Haus, das zu Charlotte wollte, und war daher überrascht, Joseph Chambers auf der Matte stehen zu sehen. Joseph war ein paar Monate zuvor mit seiner Gattin Sandra, einer recht unverschämten Frau mit lauter, schriller Stimme, und einer Teenagertochter, ungefähr in Charlottes Alter, in Wohnung eins gezogen. Dorothy hatte Sandra gegenüber eine ziemliche Abneigung entwickelt, nachdem sie die neue Nachbarin mit einer Lasagne hatte willkommen heißen wollen und die Frau das Essen zwar annahm, als Dorothy es herüberbrachte, aber kaum ein Wort des Dankes über die Lippen brachte. Zu allem Übel hatte sie die Auflaufform, eine von Dorothys liebsten, nie zurückgegeben. Seither strengte Dorothy sich nicht mehr an, mit der neuen Familie ins Gespräch zu kommen, aber Charlotte verstand sich gut mit ihrer Tochter Deborah, und die Mädchen verbrachten auch außerhalb der Schule regelmäßig Zeit miteinander.

Daher war Dorothy etwas erstaunt, Joseph gegenüberzustehen, der unter seinem dunklen Schnauzbart nervös lächelte. Noch überraschter war sie, als er ihr seine Hilfe für die Hundertjahrfeier anbot – solange es nicht ums Backen ginge, denn darin sei er, wie er selbst zugab, eine Niete. Dorothy lachte und fragte ihn, ob er ein paar Tische organisieren könne. Ein paar Tage später klopfte Joseph erneut an und erzählte ihr, dass er nicht nur Tische gefunden habe, die sie ausleihen konnten, sondern auch dreißig Klappstühle und ein paar Picknickdecken für die Kinder. Dorothy war begeistert und engagierte ihn auf der Stelle als ihre rechte Hand.

In den folgenden Wochen redeten die beiden fast jeden Abend miteinander, nachdem Joseph von der Arbeit kam. So nah, wie ihre Wohnungen beieinanderlagen, konnten sie jederzeit über den Flur gehen, um sich über Besteck oder die Musikauswahl zu unterhalten. Es dauerte nicht lang, bis sie sich auch über Privates austauschten. Joseph vertraute ihr an, dass Debbie mit dem Umzug nach Chalcot zu kämpfen hatte und es ihren Eltern nachtrug, sie aus ihrer vertrauten Umgebung herausgerissen zu haben. Nun benahm sie sich daneben und machte in der Schule Probleme. Im Gegenzug gestand Dorothy, wie sehr auch sie ihr altes Leben vermisste: nicht nur ihren Job und ihre Freundinnen, sondern auch ihre Unabhängigkeit und die Art, wie sich selbst sah. Das gab sie nicht einmal Phillip gegenüber zu, der so mit seiner neuen Stelle beschäftigt war, dass er kaum noch Zeit für sie hatte. Joseph war ein toller Zuhörer, und Dorothy stellte bald fest, dass ihre Gespräche der Höhepunkt ihres Tages waren und sie sich aufrichtig darauf freute.

Dann war die Woche der Hundertjahrfeier endlich gekommen, und Aufregung machte sich in Shelley House breit. Mrs Renoir aus Wohnung vier hatte sich einen großen Fischdünster ausgeliehen und dämpfte einen ganzen Lachs, der als Herzstück des Büfetts serviert werden sollte, und Mr Gregory aus Wohnung sechs hatte mit den Kindern der Poet's Road ein Musikensemble zusammengestellt, das den Gästen etwas vorspielen sollte. Nahezu ununterbrochen läutete Dorothys Türklingel, weil ständig jemand Essen und Alkohol für die Feierlichkeiten vorbeibrachte. In Dorothys Küche und auch auf diversen Ablageflächen im Wohnzimmer stapelten sich die Vorräte.

Am Tag vor der Party nahm Joseph sich den Nachmittag frei, und er und Dorothy hängten im Garten Girlanden und Luftballons auf, während die heiße Augustsonne ihre Arme bräunte. Um fünf Uhr waren sie fertig, betrachteten stolz ihr Werk und machten sich dann auf den Weg zu Josephs Wohnung, um noch einmal den Ablauf für den nächsten Tag zu besprechen. Joseph füllte einen Krug mit Pimm's, und obwohl Dorothy nur selten trank, nahm sie ein kühles, erfrischendes Glas, während sie Seite an Seite auf dem Sofa saßen und die letzten Vorbereitungen durchgingen.

Nach einer Weile waren sie mit der Liste durch, aber anstatt aufzustehen und zu gehen, ließ Dorothy sich nachschenken. Sandra war außer Haus und besuchte ihre Mutter, Debbie und Charlotte spielten irgendwo zusammen, wie schon die ganzen Sommerferien über, und in Josephs Wohnung war es angenehm kühl und ruhig. So ruhig sogar, dass Dorothy sich dabei ertappte, wie sie die Schuhe abstreifte, sich zurücklehnte und die Augen schloss, um diesen stillen Moment inmitten der hektischen Partyplanung zu genießen.

Als Dorothy die Augen öffnete, sah sie zu Joseph, der sie mit seinem typischen sanften Lächeln beobachtete. Sie hatte ihn schon ein- oder zweimal dabei erwischt, wie er sie betrachtete, aber jedes Mal, wenn sie aufsah, hatte er sich verlegen abgewandt. Dorothy hatte sich nicht viel dabei gedacht, schließlich war Joseph ein verheirateter Mann und noch dazu jünger als sie. Aber dennoch konnte sie nicht so tun, als würde sie sich von seiner Aufmerksamkeit nicht geschmeichelt fühlen. Joseph war ein hübscher Kerl und ein Gentleman, der ihr immer die Tür aufhielt und anbot, ihr schwere Sachen abzunehmen. Aber was noch wichtiger war: Er schenkte ihr Aufmerksamkeit. Im Gegensatz zu Phillip, der Dorothy dieser Tage nur noch beachtete, wenn sie ihm Essen servierte, hörte Joseph ihr zu, wenn sie sprach, und lachte über ihre Witze. In seiner Nähe fühlte sie sich nicht wie eine spießige vierundvierzigjährige Vorstadthausfrau, sondern gebildet und wortgewandt.

Dorothy stellte fest, dass Josephs Blick immer noch auf ihr ruhte. Diesmal hielt sie ihm stand, und in diesem Moment spürte sie, wie sich etwas zwischen ihnen veränderte. Keiner von ihnen hatte sich bewegt, aber Dorothy wurde plötzlich bewusst, wie nah sie einander waren, so nah, dass sie den weichen Flaum auf Josephs Wangen erkennen konnte. Wie würde es sich anfühlen, die Hand auszustrecken und sein Gesicht zu berühren, mit der Hand über seine Haut zu fahren? Allein der Gedanke daran jagte Dorothy einen Schauer über den Rücken. Sie und Phillip berührten einander kaum noch und schon gar nicht so. Sie hatten viele Jahre gebraucht, um Charlotte zu zeugen, und nach ihrer Geburt war es, als hätten sie beide aufgegeben und wären erleichtert, dass sie das nie wieder tun mussten. Aber jetzt spürte Dorothy, wie sich etwas in ihrem Körper regte. Joseph sah sie immer noch an, die Augenlider schwer, die Lippen leicht geöffnet. Es wäre ein Leichtes für Dorothy gewesen, sich nach vorn zu lehnen, vielleicht einen halben Meter, und ihre Lippen auf seine zu legen. Ob sie weich waren? Würde er sie sanft küssen, zaghaft und schüchtern? Oder leidenschaftlich seine Zunge in ihren Mund gleiten lassen und ihr mit den Händen durchs offene Haar fahren? Würde er sie bei der Hand nehmen und ins Schlafzimmer führen, oder würde er sie gleich hier auf den Boden ziehen, sodass sie das kühle gewienerte Holz auf der Haut spürte? Dorothy stockte der Atem, und sie sah etwas in Josephs Gesicht aufblitzen, als würde er sich gerade das Gleiche vorstellen. Einen Moment lang blieb die Zeit stehen, und Dorothy nahm nur noch die eigenen flachen Atemzüge und Josephs Gesicht wahr, das ihrem so nah kam. So nah, dass sie fast ...

Ein Schrei durchbrach die Stille, und mit einem Ruck stoben Dorothy und Joseph auseinander. Über sich hörten sie Schritte die Treppe hinunterpoltern.

»War das Charlotte?«, fragte Dorothy, und Joseph flüsterte im selben Moment: »Debbie.«

Sie sprangen vom Sofa auf und eilten zur Tür. Joseph war als Erster da, zog sie auf, und sie traten in den Flur. Sekunden später taumelte Debbie die Treppe hinunter und stieß beinahe mit ihnen zusammen.

»Was ist los, Kind?«, fragte Dorothy. Debbie war ihrem Vater in die Arme gefallen, und der wilde Blick in ihren Augen ließ Dorothy das Blut in den Adern gefrieren.

»E-es ist Charlotte«, stieß die Jugendliche unter Tränen hervor.

Wie ferngesteuert rannte Dorothy zur Treppe und nahm immer zwei, drei Stufen auf einmal. Hinter sich hörte sie Stimmen, Joseph, der ihr zurief, sie solle stehen bleiben, und Debbies gedämpftes Schluchzen, aber Dorothy achtete nicht darauf. Der Flur im ersten Stock war leer, also eilte sie weiter. Manchmal spielten die Mädchen mit den Gregory-Kindern in Nummer sechs, aber als Dorothy den dritten Stock erreichte, war die Tür der Familie geschlossen. Eine andere jedoch stand offen, Sonnenlicht fiel in den dunklen Flur.

Die Feuertreppe.

Innerhalb von Sekunden war Dorothy draußen und kletterte die Metallstufen hinauf, die auf den flachen Teil des Dachs führten. Erst einmal war sie hier oben gewesen, bei der Wohnungsbesichtigung, als der Vermieter sie durch das Haus geführt hatte. Als »Gemeinschaftsterrasse« hatte er das Flachdach recht großtuerisch bezeichnet, dabei war es nichts weiter als eine leere Fläche mit einer rund sechzig Zentimeter hohen Brüstung rundherum. Dorothy hatte Charlotte verboten, hier heraufzukommen, und seitdem nicht mehr daran gedacht.

Als sie das obere Ende der Treppe erreichte und auf das Dach trat, fiel Dorothy als Erstes die Musik auf. Ein sanfter Bass und eine unbekannte Melodie waren irgendwo im Hintergrund zu hören. Und dann war da noch der Schmerz an ihren Fußsohlen. Unter der grellen Augustsonne glühte der Asphalt auf dem Dach, und als sie an sich hinuntersah, stellte Dorothy fest, dass sie immer noch barfuß war. Schnell sprang sie zurück auf die oberste Stufe und stieß dabei gegen Joseph, der ihr gefolgt war. Dorothy schaute auf und suchte das Flachdach nach Charlotte ab, aber das Mädchen war nirgends zu sehen.

»Wo ist sie?«, hörte Dorothy sich fragen. »Wo ist Charlotte?«

Die einzige Antwort war ein ersticktes Jammern von Debbie.

Und dann sah Dorothy es, drüben auf der Südseite des Dachs. Zwei halb leere Gläser standen neben einer Flasche Malibu auf der Brüstung, daneben der kleine rosafarbene, tragbare CD-Player, den sie Charlotte zu Weihnachten geschenkt hatten. Dorothy setzte sich wieder in Bewegung, rannte los, ohne auf die sengende Hitze unter ihren Füßen zu achten. Diesmal war Joseph bei ihr, streckte die Hand aus, griff nach ihrem Arm und versuchte, sie aufzuhalten.

»Lass mich!«, brüllte Dorothy, wand sich aus Josephs Griff und erreichte die andere Seite des Dachs.

Sie hielt sich an der Brüstung fest, lehnte sich über die Kante und sah fünfzehn Meter in die Tiefe in den Gemeinschaftsgarten von Shelley House. Da waren die Luftballons und Girlanden, die sie und Joseph nur wenige Stunden zuvor so sorgfältig aufgehängt hatten. Da standen die Tische, die darauf warteten, morgen mit Essen und Getränken beladen zu werden. Da waren die Picknickdecken, die sie sorgfältig im Garten arrangiert hatten. Und dort, mitten auf dem ausgetrockneten Rasen, war der Körper eines Mädchens. Sie lag auf dem Rücken im Gras, als würde sie sich sonnen.

KAPITEL 33

Kat

Dorothy starrte aus dem Fenster, aber ihr Blick war leer. Kat wartete darauf, dass Dorothy fortfuhr, doch sie schwieg, als würden ihr die Worte fehlen. Im Zimmer war alles still, bis auf die kleinen, rhythmischen Bewegungen von Dorothys rechter Hand, mit der sie Reggie streichelte. Der Hund hatte sich auf ihrem Schoß zusammengerollt. Nach ein paar Minuten räusperte Kat sich leise.

»Dorothy.«

Die alte Frau schreckte auf, und ihr Blick huschte zu Kat, als hätte sie vergessen, dass noch jemand im Raum war.

»Soll ich Ihnen eine Tasse Tee machen?«

Dorothy sah aus, als wollte sie ablehnen, aber dann nickte sie kurz. Kat stand auf und ging in die Küche. Wie das Wohnzimmer war auch sie ein Relikt aus der Vergangenheit – anscheinend war in den letzten Jahrzehnten nichts auf den neuesten Stand gebracht worden, von den beigen Resopal-Schränken über die altmodischen orangefarbenen Wandfliesen bis hin zu dem fleckigen Linoleumboden. Kat fand einen uralten Kessel, zündete den gefährlich wirkenden Gasherd mit einem Streichholz an und wartete darauf, dass das Wasser langsam zu köcheln begann. Es ging nicht in ihren Kopf hinein, dass Dorothy mal eine Teenagertochter und einen Ehemann gehabt hatte. Wo war er jetzt? War er auch gestorben?

Auf der Anrichte standen eine Teekanne und eine Teetasse mit Untertasse bereit, aber Kat musste mehrere Schränke durchforsten, bis sie die übrigen Tassen fand, von denen offenbar seit Jahren keine mehr benutzt worden war. Außerdem waren weit und breit keine Teebeutel zu sehen, nur eine Dose mit etwas, das sie für losen Tee hielt. Kat hatte keine Ahnung, wie sie den zubereiten sollte, also schaufelte sie auf gut Glück ein paar Löffel davon in die Kanne und goss kochendes Wasser darüber. Als sie den Kühlschrank öffnete, war er kaum kalt, und darin war nichts als eine halbe Dose Hundefutter, eine verschrumpelte Gurke und ein Karton alter Milch, die nach Mais roch. Kat schüttete sie weg und trug die Teekanne und die Tassen ins Wohnzimmer.

Anscheinend hatte Dorothy sich in den letzten Minuten ein wenig gesammelt. Sie rümpfte missbilligend die Nase, als sie Kat beim Einschenken zusah, aber sie sagte immer noch nichts. Kat setzte sich auf die Sofakante und sah in ihre Tasse, in der lose Teekrümel an der Oberfläche schwammen. Offensichtlich war bei der Zubereitung des Tees etwas in die Hose gegangen. Sie stellte die Tasse ab und wartete auf einen bissigen Kommentar von Dorothy, doch mehrere Minuten lang herrschte nur Schweigen. Kat fragte sich schon, ob Dorothy eingeschlafen war, als sie endlich etwas sagte.

»Die Mädchen hatten sich eine Flasche Malibu geklaut, die jemand für die Party vorbeigebracht hatte. Debbie hat behauptet, es sei Charlottes Idee gewesen, aber ich wüsste nicht, dass sich meine Tochter jemals für Alkohol interessiert hätte. Zusammen haben sie die Flasche halb leer getrunken, Musik gehört und auf dem Dach getanzt. Dann muss Charlotte wohl übel geworden sein, und sie hat sich über die Brüstung gelehnt, um sich zu übergeben. Dabei hat sie das Gleichgewicht verloren und ist gestürzt.«

»O Gott.«

Dorothy reagierte nicht, ihr Blick war starr auf die Teetasse vor ihr gerichtet.

»Das tut mir so leid, Dorothy. Ich habe nicht gewusst, dass Sie eine Familie haben«, sagte Kat, um die Stille zu füllen. Es fühlte sich seltsam an, dieses Wort laut auszusprechen, und Dorothy gefiel es offenbar auch nicht, denn sie zuckte zusammen.

»Ich habe keine Familie«, sagte sie schroff. »Meine Tochter ist tot, und mein Mann hat mich vier Monate später verlassen. Er hat mir die Schuld an der Sache gegeben, und eines Morgens ist er zur Arbeit gegangen und nicht mehr zurückgekommen.«

»Was? Warum hat er Ihnen denn die Schuld daran gegeben?«

Dorothy sah Kat an, als hätte sie gefragt, ob die Erde flach sei. »Natürlich weil ich es nicht hätte zulassen dürfen, dass sich Charlotte auf dem Dach betrinkt.«

»Aber es hört sich so an, als hätten Sie keine Ahnung gehabt, dass sie da oben getrunken hat. Phillip muss doch eingesehen haben, dass Sie nichts verhindern konnten, von dem Sie nichts wussten?«

Dorothy schüttelte den Kopf. »Nachdem wir aus dem Krankenhaus nach Hause gekommen sind, konnte er mich nicht einmal mehr ansehen. Er hat mich aus dem Schlafzimmer verbannt und kaum ein Wort mit mir gesprochen, und dann ist er eines Tages einfach verschwunden. Die Miete für die Wohnung hat er weiterbezahlt, aber seit dem Tag, an dem er mich verlassen hat, habe ich nichts mehr von ihm gehört.«

»Was für 'ne Scheiße! Sorry, aber Ihr Ex klingt wie ein Arsch. Wer behandelt denn so eine trauernde Mutter?«

Dorothy zuckte nur die Achseln. »Ich nehm ihm das nicht übel.«

»Sagen Sie bloß nicht, dass Sie sich auch selbst Vorwürfe machen?«

»Natürlich tu ich das. Meine Tochter hat sich betrunken und ist vom Dach gestürzt, während sie unter meiner Aufsicht war. Ihr Tod ist ganz allein meine Schuld.«

»Aber sie war fünfzehn, Dorothy. In dem Alter habe ich die Schule geschwänzt, bin von zu Hause weggelaufen und auf illegale Raves gegangen. Sie können doch nicht den Anspruch gehabt haben, Charlotte rund um die Uhr zu beaufsichtigen.«

»Sie war mein Kind«, sagte Dorothy langsam. »Ich war für ihre Sicherheit verantwortlich, doch statt auf sie aufzupassen, saß ich in der Wohnung eines anderen Mannes und habe mich wie eine Dirne aufgeführt. Hätte ich nicht mit Joseph Chambers geflirtet, dann wäre sie jetzt noch am Leben.«

»Kommen Sie, es war ja nicht so, als hätten Sie beide sich zugedröhnt und eine Orgie gefeiert. Sie haben ein Gläschen getrunken und eine Gartenparty geplant, Herrgott noch mal.«

Dorothy hob die Hand, um Kat zu stoppen. »Wenn Sie damit erreichen wollen, dass ich mich besser fühle, verschwenden Sie Ihre Zeit. Ich wusste von Anfang an, dass das Dach gefährlich ist, aber ich habe den Vermieter nicht aufgefordert, die Tür sicher zu verschließen. Ich war so darauf konzentriert, meine Nachbarn zu beeindrucken, dass ich den ganzen Sommer über meine eigene Tochter vernachlässigt habe. Und ich war so versessen auf mein persönliches Vergnügen, dass ich über Ehebruch fantasiert habe, während meine Tochter keine dreißig Meter entfernt im Garten starb.«

»Aber deswegen sind Sie doch nicht für ihren Tod verantwortlich, Dorothy. Glauben Sie mir, ich weiß, wie es ist, von einer Mutter vernachlässigt zu werden, und nach allem, was Sie mir erzählt haben, klingt es nicht so, als hätten Sie das getan. Charlotte hatte einen schrecklichen, grausamen Unfall, aber es war eben genau das: ein *Unfall*, nicht Ihre Schuld.«

Dorothy antwortete nicht, ihre Lippen waren entschlossen zu einer Linie zusammengepresst. Kats Gedanken überschlugen sich. Kein Wunder, dass Dorothy so verbittert und feindselig wirkte. All die Jahre hatte sie sich für etwas bestraft, wofür sie nichts konnte, und die Schuld hatte sie zerfressen wie Maden einen faulenden Apfel.

»Darf ich eine Frage stellen?«

Dorothy nickte knapp.

»Warum sind Sie hiergeblieben? Warum sind Sie nicht ausgezogen, um irgendwo neu anzufangen, weit weg von den ganzen schmerzhaften Erinnerungen in Shelley House?«

»Charlotte hat keinen Neuanfang bekommen, warum also sollte ich einen verdienen?« Dorothy sah Kat nicht an, während sie sprach. »Ich hätte auf meine Tochter aufpassen müssen, habe ich aber nicht, und sie ist gestorben. Also habe ich geschworen, in dem Haus zu bleiben, das sie so geliebt hat, und dafür zu sorgen, dass so etwas nie wieder passiert.«

Kat lief ein Schauer über den Rücken, als sie verstand, was Dorothy da sagte. Die ganzen Stunden, die die Frau am Fenster saß und ihre Nachbarn beim Kommen und Gehen beobachtete. Die wütenden Beschwerden, die laminierten Schilder, die im Befehlston an korrekte Müllentsorgung erinnerten, und das tägliche Herumschnüffeln im Haus, wenn Dorothy sich unbeobachtet fühlte. Die Bewohner hielten sie einfach nur für eine neugierige Nachbarin, die ihnen hinterherspionierte, aber die Wahrheit sah völlig anders aus. Dorothy sorgte für ihre Sicherheit.

»Sie sind nicht für Shelley House und seine Bewohner verantwortlich«, sagte Kat so sanft wie möglich. »Es ist an der Zeit, dass Sie sich selbst vergeben und nach vorne sehen.«

»Was in drei Teufels Namen wissen Sie schon?« In der Stimme der Frau lag eine Härte, von der in der letzten Stunde nichts zu hören gewesen war. »Sie sind keine Mutter. Sie haben keine Ahnung, wie es ist, das eigene Kind in einem Sarg liegen zu sehen oder an der Seite eines Mannes zu trauern, der Sie hasst. Wagen Sie es also ja nicht, mir zu sagen, dass ich ›nach vorne sehen‹ muss.«

»Sie haben recht, ich weiß nicht, wie es ist, Mutter zu sein oder ein Kind zu verlieren. Aber ich weiß, wie es ist, einen schrecklichen Fehler gemacht zu haben und sich dafür die Schuld zu geben. Deshalb bin ich …«

»Ich möchte, dass Sie gehen.«

Da war sie also, die bissige Dorothy, die ihren Schutzwall wieder aufgebaut hatte. Kat wusste, es war aussichtslos, weiter mit ihr zu diskutieren. »O. k., aber soll ich vorher noch prüfen, ob die Fenster gut verschlossen sind? Nach dem Einbruch haben Sie bestimmt ein bisschen …«

»Von Ihnen, Mädchen, brauche ich gar nichts.«

Kat seufzte. »Ich habe nur meine Hilfe angeboten.«

»Nun, die habe ich aber nicht nötig. Ich komme wunderbar allein zurecht. Sie dürfen jetzt gehen und den Köter gleich mitnehmen.« Sie schüttelte die Beine, um Reggie von ihrem Schoß zu verjagen, und er jaulte empört auf.

»Dorothy, sind Sie sicher, dass ich nicht …«

»Ich sagte: Lassen Sie mich in Ruhe!«

KAPITEL 34

Kat

Kat hatte sich mit Will um siebzehn Uhr im Büro der *Gazette* verabredet, um das Archiv weiter durchzugehen, und während der gesamten Busfahrt dorthin ließ sie sich Dorothys Geschichte durch den Kopf gehen. Sie konnte es immer noch nicht fassen, dass sich Dorothy all die Jahre die Schuld am Tod der eigenen Tochter gegeben hatte. Die selbst auferlegte Isolation, der tägliche Kontrollgang, das ständige Meckern – das alles war Dorothys Art, für ein Verbrechen zu büßen, das sie nicht begangen hatte. Noch tragischer war es, dass Dorothy offenbar mal ein geselliger, lebhafter Mensch gewesen war, der sich mit den Nachbarn anfreundete und Gartenpartys organisierte, Herrgott noch mal! Und jetzt? Sie war so verbittert und wütend auf alles und jeden, dass sie sich von jeglichem menschlichen Kontakt abgesondert hatte. Und dann war da noch ihr Hass auf Joseph, zu dem sie sich offensichtlich mal hingezogen gefühlt hatte. Was, wenn Charlotte damals nicht gestürzt und ums Leben gekommen wäre, fragte sich Kat, als der Bus Winton erreichte. Wären Dorothy und Joseph dann seit über dreißig Jahren ein glückliches Paar? Was für ein schräger und unfassbar trauriger Gedanke.

Als Kat bei der *Gazette* ankam, begrüßte Will sie am Eingang mit seinem üblichen schiefen Lächeln. Er trug Jeans und ein Hemd mit hochgekrempelten Ärmeln, wodurch sein Tattoo am Unterarm sichtbar war.

»Wie geht's Dorothy?«, fragte er, während sie durch die Redaktion gingen. Es war Sonntag, niemand sonst war da, und so ganz ohne das

Hintergrundrauschen aus Unterhaltungen und klingelnden Telefonen war das Büro seltsam ruhig.

»Nicht gut.«

»Hat sie dir mehr über den Tod ihrer Tochter erzählt?«

»Eigentlich nicht.« Das war gelogen, aber Kat hatte Dorothy ein Versprechen gegeben.

»Ich bin noch mal die Zeitungen von 1991 durchgegangen, um zu sehen, ob es noch andere Artikel über den Unfall gibt«, sagte Will und stieß die Tür zum Archiv auf. »Das Einzige, was ich gefunden habe, war diese Todesanzeige.«

Er reichte Kat eine kopierte Seite, die auf dem Tisch gelegen hatte. Eine Anzeige war rot eingekringelt.

Die Trauerfeier für Charlotte Darling findet am Freitag, den 30. August, um 13 Uhr im Krematorium von Winton statt. Nur die Familie. Von Blumen bitten wir abzusehen.

Kat stellte sich Dorothy vor, wie sie während des Gottesdienstes mit geradem Rücken dasaß, ihr Mann schweigend und distanziert neben ihr, keine Freunde oder andere Leute, die sie emotional unterstützten. Es war ein herzzerreißendes Bild, und sie schob das Blatt weg.

»Wollen wir dann mal weitermachen?« Sie setzte sich und öffnete die nächste Archivbox. Dorothys Schmerz konnte sie nicht heilen, aber das Mindeste, was sie tun konnte, war zu helfen, ihr und Charlottes Zuhause zu retten.

»Ich konnte zwei der Leute ausfindig machen, die in den Artikeln erwähnt werden«, sagte Will, setzte sich Kat gegenüber und nahm einen Stapel Zeitungen in die Hand. »Einer davon wollte nicht mit mir sprechen, aber der andere hatte einiges über Fergus Alexander und seine Methoden zu sagen.«

»Und ist er damit einverstanden, dass du über seine Erfahrungen schreibst?«

»Ja, solange es anonym bleibt. Aber ich glaube, bevor ich den Artikel veröffentlichen kann, brauche ich noch ein paar Leute, die sich dazu äußern wollen. Je mehr Geschichten ich bekommen kann, desto besser sind unsere Chancen, dass die Polizei die Sache ernst nimmt. Wir müssen beweisen, dass das, was Fergus den Besitzern der Featherdown Farm angetan hat, kein Einzelfall war, sondern Teil einer langen Reihe illegaler Nötigungen.«

Bei der Erwähnung des Zuhauses ihres Großvaters legte Kat unwillkürlich die Stirn in Falten. Will musste das bemerkt haben, denn er zögerte kurz, bevor er weitersprach.

»Du hast irgendwas mit der Featherdown Farm zu tun, oder?«

»Nein«, sagte Kat, aber sie wusste, dass das Beben in der Stimme sie verriet. Sie seufzte. »Okay, ja doch, hab ich, aber nur im weitesten Sinne. Die Farm hat meinem Großvater gehört.«

Will klappte die Kinnlade runter. »Moment mal, aber dann muss Ted ja dein Großonkel sein. Aber warum …«

»Warum er mich nicht erkannt hat? Weil wir uns seit fünfzehn Jahren nicht mehr gesehen haben.«

»Scheiße! Und deinen Großvater, wann hast du den zuletzt gesehen?«

»Auch vor fünfzehn Jahren.«

»Warum hast du denn nichts gesagt?« Will starrte sie ungläubig an. »Es muss furchtbar gewesen sein, dort zu sitzen und anzuhören, was mit deinem Großvater und der Farm passiert ist. Das tut mir so leid, Kat.«

Sie zuckte mit den Schultern und hoffte, dass sie lässig wirkte und nicht wie eine, die wegen der netten Worte eines praktisch Fremden gleich zu weinen anfing. »Schon okay.«

»Ich hatte keine Ahnung, dass du aus Chalcot kommst. Bist du hier aufgewachsen?«

Kat schluckte. Je mehr sie Will erzählte, desto größer wurde die Wahrscheinlichkeit, dass er herausfand, wer sie wirklich war. Aber so durchdringend, wie er sie mit seinen braunen Augen ansah, wusste Kat, dass sie ihn nicht mit einer Lüge abspeisen konnte. Eine Teilwahrheit musste genügen.

»Als Kind war ich manchmal hier bei meinem Großvater, in den Ferien und hin und wieder auch während der Schulzeit. Aber meine Mutter und ich sind weiter weggezogen, als ich zehn war, und seitdem war ich nicht mehr hier.«

»Und deshalb bist du zurückgekommen? Um deinen Großvater zu finden?«

Kat überlegte, bevor sie antwortete. »Vielleicht. Ich weiß es nicht, ich hab mich in letzter Zeit einfach von diesem Ort angezogen gefühlt, als hätte ich hier noch etwas zu erledigen oder irgendeinen anderen Grund, warum ich zurückkommen muss.«

Will stieß einen leisen Pfiff aus. »Tja, das erklärt, warum du es dir so fest in den Kopf gesetzt hast, Fergus Alexander zu vernichten. Ich habe bisher nicht so richtig verstanden, warum du da so engagiert bist, aber der Kerl hat deinem Großvater das Leben zur Hölle gemacht und deinem Großonkel auch. Kein Wunder, dass du ihn hasst.«

Kat lachte kurz auf. »Das ist eine Untertreibung. Seit ich Teds Geschichte gehört habe, kann ich an gar nichts anderes mehr denken als an Rache. Aber es geht nicht *nur* um die Featherdown Farm. Ich hasse Fergus Alexander auch für das, was er mit Shelley House vorhat. Joseph, Ayesha, Dorothy ...« Kat dachte an die arme Frau, an ihr vor Kummer verzerrtes Gesicht. »Das sind gute Menschen, viel besser als ich, und sie haben es nicht verdient, die nächsten Opfer von diesem gierigen Arschloch zu werden.«

Will sah sie immer noch an, und ein Lächeln huschte ihm über die Lippen. »Ich glaube nicht, dass du so ein schlechter Mensch bist, Kat. Ganz im Gegenteil.«

Sie errötete und guckte weg. »Wenn das mit meiner Rache was werden soll, dann haben wir jetzt erst mal eine Menge zu lesen.«

Die nächsten Stunden arbeiteten sie konzentriert, wälzten Kiste um Kiste mit alten Zeitungsausgaben, und als sie bei den Nullerjahren ankamen, tauchten allmählich immer mehr Geschichten über Fergus Alexander auf. Um acht wurden sie hungrig und bestellten etwas bei *Golden Dragon*, dem Imbiss in Chalcot. Und vielleicht lag es am kalten Bier, das sie zum Essen tranken, oder daran, dass Kat in Wills Gegenwart entspannter geworden war, jetzt, da er von ihrem Großvater wusste, aber sie ertappte sich dabei, wie sie ihm immer mehr aus ihrem Leben erzählte. Er war ein guter Zuhörer, stellte einfühlsame Fragen, und ehe Kat sichs versah, vertraute sie ihm Dinge an, über die sie noch nie mit jemandem gesprochen hatte.

»Ich kann mir nicht vorstellen, wie es gewesen sein muss, mit ständig drohenden Zwangsräumungen aufzuwachsen«, sagte Will, nachdem Kat ihm ein bisschen mehr über die mangelnde Stabilität in ihrer Kindheit erzählt hatte. »Für mich war es immer selbstverständlich, dass mein Zuhause sicher ist und mir nicht weggenommen werden kann.«

»Tja, da hast du Glück gehabt«, sagte Kat und hoffte, dass sie nicht zu verbittert klang. »Tausende von Menschen da draußen leben jetzt gerade mit der Angst, obdachlos zu werden, ohne irgendetwas falsch gemacht zu haben, einfach aus einer plötzlichen Laune ihres Vermieters heraus. Zwangsräumungen nach Abschnitt 21 sind einfach richtig böse.«

»Ich hatte keine Ahnung«, sagte Will und schüttelte den Kopf. »Und was war mit der Schule, wenn du so oft umgezogen bist?«

»Meine Mutter hat mich immer nach jedem Umzug in einer Schule in der Nähe angemeldet, aber das hat meine Bildung ganz schön durcheinandergebracht, wie du dir vorstellen kannst. Eigentlich mochte ich die Schule, als ich klein war, besonders Englisch.« Ein Bild von dem Büro der Schulleiterin und einem Metalleimer schoss in Kats Kopf, und sie trank einen großen Schluck Bier. »Aber ich habe auch oft Probleme gemacht, die Lehrer provoziert und mir Ärger eingehandelt, und als ich auf die weiterführende Schule kam, hatte ich so viele Lücken im Stoff, dass ich im Grunde aufgegeben habe. Als ich die Mittlere Reife in der Tasche hatte, bin ich sofort von der Schule runter.«

»Tut mir leid, Kat. Das ist echt scheiße.«

»Es ist, wie es ist.«

»Hast du mal darüber nachgedacht, wieder zur Schule zu gehen? Wenn dir Englisch Spaß gemacht hat, könntest du doch dein Abi nachholen.«

»Ich glaube, meine Schulzeit ist leider gelaufen. Außerdem, bei meiner Schulakte weiß ich gar nicht, ob mich überhaupt eine Uni annehmen würde.«

»Was ist mit Dorothy? Stand in dem Artikel nicht, dass sie Englischlehrerin war?«

Die Idee war so absurd, dass Kat lachen musste. »Du willst, dass Dorothy mich unterrichtet? Gott, keine fünf Minuten und wir würden uns an die Gurgel gehen!«

Will schmunzelte. »Da ist was dran. Die ist schon so ein richtiger Drachen, oder?«

»Weißt du, das dachte ich erst auch, aber so schlimm ist sie gar nicht.«

»Bei der Demo hat sie gut fünf Minuten lang über meine schlechte Haltung und meine gammeligen Klamotten gemeckert – ich kam mir vor, als würde mir eine Mischung aus meiner alten Chemielehrerin und Queen Victoria einen Vortrag halten. Kein Wunder, dass sie keine Freunde hat!«

Will lachte wieder, hörte aber auf, als er Kats Gesicht sah.

»Tut mir leid, das war ziemlich taktlos von mir«, murmelte er.

»Nein, schon okay. Es ist nur so, ich glaube, dass Dorothy nicht immer so war. Ich denke, bevor Charlotte gestorben ist, war sie ein ganz anderer Mensch.«

»Ja, ich kann mir vorstellen, dass die Trauer um das eigene Kind einen für immer verändert.«

»Es ist nicht nur das.« Kat unterbrach sich und überlegte, wie viel sie noch erzählen sollte. Will sah sie an, sein Gesicht war aufgeschlossen und geduldig. Wäre es denn so schlimm, wenn sie ausnahmsweise mal jemandem vertraute? Sie holte tief Luft. »Die Sache ist die: Dorothy gibt sich selbst die Schuld an dem Vorfall. Sie war – na ja, sie war anderweitig beschäftigt, als Charlotte gestürzt ist, und hat sich nie verziehen, dass sie es nicht verhindert hat.«

»Aber in der Zeitung stand, dass ihr Tod ein Unfall war.«

»Ich weiß, aber Dorothy glaubt trotzdem, dass sie Charlotte hätte retten können, wenn sie nicht … abgelenkt gewesen wäre. Und dass ihr Mann ihr ebenfalls die Schuld gegeben und sie verlassen hat, hat die Sache nicht unbedingt besser gemacht.«

»Ach Gott, was für ein Arschloch!«

»Das Gleiche habe ich auch gesagt. Aber ich glaube, seitdem bestraft Dorothy sich quasi selbst. Es ist, als würde sie absichtlich alle von sich wegstoßen, weil sie der Meinung ist, dass sie kein Glück verdient hat.«

»Wow, die Arme«, sagte Will und schüttelte den Kopf.

»Ja. Und das ist noch ein Grund, warum wir Fergus Alexander aufhalten müssen. Ich bin mir nicht sicher, ob Dorothy es sich jemals verzeihen würde, wenn sie zu allem Übel auch noch Charlottes Zuhause verliert.«

»Okay, ich mach mich gleich morgen früh dran, die neuen Namen durchzutelefonieren und zu sehen, ob jemand bereit ist, mit mir zu sprechen«, sagte Will und deutete auf den wachsenden Stapel kopierter Seiten zwischen ihnen. »Mit ein bisschen Glück schaffe ich es, rechtzeitig eine Story für die nächste Ausgabe einzureichen.«

»Das wäre super«, sagte Kat, und zum ersten Mal seit Wochen spürte sie einen Hauch von Optimismus.

Sie schaute auf, und Will sah sie über den Tisch hinweg an. Da lag etwas in seinem Blick, eine Intensität, und auf einmal war Kats ganzer Körper vor Verlangen angespannt. Die letzten Wochen hatte sie verzweifelt versucht, gegen das Gefühl der Anziehung zu Will anzukämpfen, aber jetzt, allein mit ihm in diesem kleinen Zimmer, spürte sie einen beinahe körperlichen Sog von ihm ausgehen. Sie wollte nichts sehnlicher, als die Zettel beiseitezufegen und über den Tisch zu ihm zu klettern. Sie schluckte und versuchte, die Hitze zu stoppen, die in ihr aufstieg. Aber Will sah sie immer noch so an, dieses leichte Lächeln auf den Lippen und das kleine Grübchen in …

Und bevor Kat wusste, was geschah, waren sie beide auf den Beinen. In einer schnellen Bewegung hatte sich Will über den Tisch gelehnt, seine Lippen und Hände fanden ihre. Kat seufzte zufrieden und versank in der Berührung, und in diesem Augenblick war alles andere – Fergus Alexander, Dorothy Darling, ihr Großvater – vergessen.

KAPITEL 35

Dorothy

In den Tagen, nachdem Dorothy sich Kat anvertraut hatte, war ihr, als würde sie in Treibsand feststecken. Sie hatte deutlich stärkere Schmerzen als noch im Krankenhaus, und die Blutergüsse, die ihre linke Seite bedeckten, hatten bedrohliche Farbschattierungen angenommen. Sie hatte sich von jeglicher Hoffnung, die Wohnung sauber halten zu können, verabschiedet, da sich selbst die einfachste Tätigkeit, wie in die Küche zu gehen, als Herkulesaufgabe erwies. Doch egal wie erschöpft Dorothy war, wenn sie abends zu Bett ging und die Augen schloss, sah sie nur noch Charlottes Körper auf dem Rasen.

Warum hatte sie Kat die Wahrheit gesagt? Dreiunddreißig Jahre lang hatte sie dieses Geheimnis gehütet und keiner Menschenseele erzählt, was an jenem Tag wirklich geschehen war – weder der Polizei, die sie befragte, während sie noch in sich zusammengesunken auf dem Boden saß, noch ihrem eigenen Mann, nachdem er von der Arbeit nach Hause geeilt war. *Ich war kurz in der Küche*, hatte sie ihnen erzählt, denn selbst in ihrem Schockzustand hatte sie es nicht über sich gebracht, zu gestehen, was sie getan hatte, was sie zu tun gedacht hatte. *Ich habe gerade eine Kanne Tee gekocht, da habe ich Debbies Schrei gehört und bin raus in den Flur gerannt.* Ein paar Tage später, als sie und Phillip in fassungslosem Schweigen vom Bestattungsinstitut nach Hause fuhren, gab es einen kurzen Moment, in dem Dorothy ansetzte, ihm die Wahrheit zu erzählen. *Es ist sogar schlimmer, als du denkst,* hätte sie fast gesagt. *Ich habe gar nicht Tee gekocht. Ich war in Joseph Chambers' Wohnung und wollte ihn küssen.* Aber Dorothy hatte gerade einmal »Es« herausgebracht, da beugte sich Phillip vor, schaltete das Radio ein, und Bryan Adams übertönte ihr Geständnis.

Und so hatte sie nie darüber gesprochen, bis sie vor zwei Tagen Kat gegenüber mit der ganzen traurigen Geschichte herausgeplatzt war. Vielleicht lag es an den Pillen, die man ihr im Krankenhaus gegeben hatte. Sie sollten ihr helfen, sich zu entspannen und zu schlafen – vielleicht hatten sie auch ihre Zunge gelockert? Aber Dorothy wusste eigentlich, dass sie nicht den Pillen die Schuld geben konnte. Nein, der Grund, warum sie Kat davon erzählt hatte, war der Blick in den Augen des Mädchens gewesen, als die beiden sie vom Krankenhaus abgeholt hatten. Der Blick, der sagte: »Arme alte Dorothy mit ihrer toten Tochter. Sie braucht Mitgefühl und Freundlichkeit.« Aber nein, Dorothy brauchte jetzt weder Mitgefühl noch Freundlichkeit, genauso wenig wie damals. Sie hatte es nicht gebraucht, als ihre Nachbarinnen mit Aufläufen und Kuchen bei ihr geklingelt und sie gefragt hatten, wie sie helfen konnten. Auch nicht, als man sie auf dem Weg zum Einkaufen anhielt, um ihr zu sagen, was für ein reizendes, kluges junges Mädchen ihre Tochter gewesen sei und dass sie und Phillip diesen tragischen Verlust nicht verdient hätten. *Doch, ich habe das verdient,* wollte Dorothy schreien. *Das ist alles meine Schuld.*

Aber natürlich konnte sie das nicht sagen, ohne zuzugeben, was wirklich geschehen war, und so hatte sie jegliches Mitgefühl und jede Freundlichkeit von sich gestoßen. Sie verweigerte die Blumen und den Schmorbraten vor der Tür, sie vermied Blickkontakt, wenn ihre Nachbarn im Hausflur mit ihr sprechen wollten, und schrie sie an, wenn sie ihr zu nahe kamen.

Und es hatte funktioniert: Das Mitleid und die Freundlichkeit hörten auf, und schließlich ignorierten ihre Nachbarn sie, Phillip machte sich davon, und Dorothy blieb mit ihren Schuldgefühlen und ihrem Schmerz allein. Genau, wie sie es verdient hatte.

Am Dienstagmorgen frühstückte Dorothy am Tisch vor ihrem Fenster. In letzter Zeit ging es in ihrem Leben so drunter und drüber, dass es seltsam war, zu sehen, wie der Rest der Welt weitermachte wie bisher. Da waren Tomasz und Gloria, die gemeinsam plaudernd das Haus verließen; beide drehten sich zu Dorothys Fenster um, und sie war froh, dass die Gardine ihr schamrotes Gesicht verbarg. Da waren Ayesha, die zu ihrem Ferienjob eilte, und Omar, der die Pflastersteine vor dem Haus inspizierte. Und da waren Kat und Reggie, die die Eingangstreppe hinauf- und in Shelley House hineinliefen.

Seit dem Gespräch war Dorothy Kat aus dem Weg gegangen und damit auch dem Hund, der seine Tage nun bei Omar und Ayesha verbrachte. Jetzt wartete sie darauf, die tippelnden Schritte des Hundes zurück in Wohnung eins flitzen zu hören, aber stattdessen klopfte es an ihrer Tür.

»Dorothy, sind Sie da?«

Sie stöhnte. Dorothy hatte Kat nur die Wahrheit gesagt, damit das Mädchen sie verachten und ein für alle Mal in Ruhe lassen würde, aber das hatte offenbar nicht funktioniert. Warum begriff Kat nicht, dass Dorothy den ganzen neumodischen Unsinn von wegen »nach vorne sehen« und »sich selbst verzeihen« nicht hören wollte? Und was wusste ein Mädchen in ihrem Alter schon über den Verlust eines geliebten Menschen oder über das unerträgliche Leid, wenn man wusste, dass man selbst die Schuld daran trug?

Kat klopfte noch einmal, und Dorothy wollte gerade den *Tannhäuser* lauter stellen, als Kat die Stimme erhob. »Dorothy, es ist wichtig. Es geht um den Abriss von Shelley House.«

Dorothy hielt inne. Nach allem, was geschehen war, hatte sie kaum noch an diesen Schweinehund Fergus Alexander gedacht, aber jetzt wurde alles wieder präsent. In kaum einem Monat würde ihr Mietverhältnis aufgelöst werden, und von ihr wurde verlangt, auszuziehen und diesen Verbrecher Shelley House zerstören zu lassen. Das Gebäude, in dem ihre geliebte Tochter so glücklich gewesen und auf so tragische Weise gestorben war. Das Gebäude, das Dorothy – einschließlich seiner Bewohner – vor dreißig Jahren zu beschützen geschworen hatte. Sie stand auf, ging zur Tür und öffnete sie.

Zuerst stürmte Reggie herein und sprang so aufgeregt an ihr hoch, dass Dorothy sich an der Wand abstützen musste, um nicht umzufallen. Sie humpelte zurück zu ihrem Stuhl und erlaubte dem Hund, auf ihren Schoß zu springen und ihr Gesicht mit seinen kleinen feuchten Küssen zu bedecken. Erst als er fertig war, wandte sich Dorothy an Kat.

»Was gibt es denn so Wichtiges?«

»Will und ich sind mit der Durchsicht des Archivs fertig. Insgesamt haben wir Berichte über dreizehn verschiedene Bauprojekte gefunden, bei denen es der *Gazette* zufolge Widerstand gegen Alexanders Pläne gegeben hat.«

»Und?«

»Will hat versucht, Leute ausfindig zu machen, die von den Bauprojekten betroffen waren, wie die ursprünglichen Landbesitzer, Mieter und auch Anwohner, die mit den Plänen nicht einverstanden waren. Er hat schon mit einigen gesprochen, und es ist krass, Dorothy. Belästigungen, Drohungen, Einschüchterungen, ganz egal – offenbar schreckt Fergus Alexander vor nichts zurück.«

Kat versprühte eine Energie, die Dorothy gar nicht von ihr kannte. Das Mädchen war so aufgeregt, dass sie von einem Fuß auf den anderen tänzelte.

»Mir ist nicht klar, warum Sie darüber so glücklich sind«, brummte Dorothy stirnrunzelnd. »Das ist ja wohl kaum ein Grund zur Freude.«

»Die meisten haben sich nie an die Polizei gewandt, weil sie entweder keine Beweise oder zu viel Angst vor Alexander und seinen Schlägern hatten. Aber jetzt haben sich doch einige zu einer Aussage bereit erklärt. Will möchte noch mit ein paar mehr Leuten sprechen, aber er hofft, dass sein Artikel schon in der nächsten Ausgabe erscheint. Das ist es, Dorothy. So bringen wir den Mistkerl zu Fall.«

Auf Kats Lippen zeigte sich ein wirklich schönes strahlendes Lächeln, und Dorothy wurde bewusst, dass sie das Mädchen bisher so gut wie nie hatte lächeln sehen.

»Na dann, danke für die Information«, sagte sie und wandte den Blick ab. »Sie dürfen jetzt gehen.«

Kat zögerte, und Dorothy ahnte, dass sie noch etwas sagen wollte. Doch Kat seufzte nur hörbar auf, dann wandte sie sich an den Hund: »Also gut. Komm, Reggie.«

Dieser rührte sich nicht von Dorothys Schoß. Sie wollte ihn gerade händisch entfernen, als sich vor ihrem Fenster etwas bewegte. Vor Shelley House hatte ein Polizeiauto gehalten, und zwei Beamte stiegen aus. Einen von ihnen erkannte Dorothy als den Polizisten, der im Krankenhaus mit ihr gesprochen hatte, die andere war eine etwas ältere Frau mit dunklem Haar und Brille.

»Was glauben Sie, was die wollen?«, fragte Kat, als sie sich der Eingangstreppe näherten.

»Weiß Gott. Am Donnerstag hat dieser Herr deutlich gemacht, dass er nicht besonders geneigt ist, herauszufinden, wer in meine Wohnung eingebrochen ist. Daher vermute ich mal, dass sie nur hier sind, um mir zu sagen, dass ihre Ermittlungen gescheitert sind, und um mich daran zu erinnern, wie alt und gebrechlich ich doch bin.«

»Soll ich ihnen sagen, dass sie sich verziehen sollen?«

»Sie können sie auch hereinlassen und wir hören uns an, was sie zu sagen haben, wenn sie schon da sind. Aber bieten Sie ihnen keine Erfrischungen an.«

Kat prustete, ging zur Tür und drückte den Summer, um sie hereinzulassen. Beim Anblick der neuen Menschen bellte Reggie aufgeregt, was PC Reid, der offenbar kein Hundeliebhaber war, zu verunsichern schien. Noch ein Charakterfehler.

»Guten Morgen, Mrs Darling«, sagte die Beamtin beim Eintreten.

»*Ms* Darling«, entgegnete Kat, bevor Dorothy den Mund aufmachen konnte, um dasselbe zu sagen.

»Verzeihung. Ich bin Inspector Linda Hudson, und ich glaube, PC Elliot Reid kennen Sie bereits.«

Dorothy nickte den beiden auf eine, wie sie hoffte, angemessen herablassende Art zu. Die beiden standen unbeholfen neben ihrem Tisch und warteten offenbar auf eine Aufforderung, sich zu setzen, aber Dorothy schwieg.

»Tut mir leid, dass wir jetzt erst kommen. Wir hatten übers Wochenende Personalengpässe«, fuhr Inspector Hudson fort. »Aber wir sind hier, weil wir Sie über den neuesten Stand unserer Ermittlungen informieren wollen.«

Dorothy unterdrückte einen Seufzer. Der Moment war gekommen: Jetzt würden sie verkünden, dass sie nichts gefunden hatten.

»Wie Elliot Ihnen, glaube ich, im Krankenhaus bereits erklärt hat, haben wir in Ihrer Wohnung Fingerabdrücke gefunden, von denen wir glauben, dass sie dem Einbrecher gehören. Wir haben sie mit unserer Datenbank abgeglichen, um zu sehen, ob es eine Übereinstimmung mit unseren Akten gibt.«

»Ja, und er hat auch erklärt, wie unwahrscheinlich es ist, eine Übereinstimmung zu finden«, sagte Dorothy und widerstand der Versuchung, die Augen zu verdrehen. Mit der Polizei Small Talk zu führen, war wirklich das Letzte, was sie wollte.

»Richtig. Aber in diesem Fall freue ich mich, Ihnen mitteilen zu können, dass es sehr wohl eine Übereinstimmung gab.«

Dorothy zögerte. »Sie wissen, wer bei mir eingebrochen ist?«

»Also, das können wir natürlich nicht mit Sicherheit sagen. Meine Kollegen sind gerade auf dem Weg zur letzten bekannten Adresse der Person, um mit ihr zu sprechen. Aber wir wollten uns auch bei Ihnen melden, für den Fall, dass sie die Person kennen und sie sich ihre Fingerabdrücke in Ihrer Wohnung anderweitig erklären können.«

»Das ist sehr unwahrscheinlich«, sagte Dorothy. »Erstens verkehre ich mit niemandem, der ein Vorstrafenregister hat. Und zweitens hatte ich bis zu dieser Woche seit über dreißig Jahren keinen Besuch mehr.«

Falls Inspector Hudson überrascht war, konnte sie es gut überspielen.

»Wir haben ein Foto der verdächtigen Person, Ms Darling, und wir haben uns gefragt, ob Sie einen Blick darauf werfen könnten, um zu sehen, ob Sie sie wiedererkennen.«

»Natürlich.« Auf einmal wurde die Sache deutlich interessanter. Dorothy schaute zu Kat und sah ihr an, dass sie dasselbe dachte – wenn das der Mann war, der in ihre Wohnung eingebrochen war, dann hatte er vielleicht auch Joseph angegriffen und war der Fahrer des grünen Autos.

Mit viel Aufhebens zog PC Reid ein Blatt Papier aus seiner Tasche – offensichtlich war das sein großer Moment. Er reichte Dorothy das gefaltete Blatt Papier, und sie klappte es auf, um sich den Übeltäter anzusehen.

Nur war es kein Übeltäter, sondern eine Übeltäterin. Sie war vielleicht Mitte, Ende Sechzig, wenn nicht sogar älter. Das strähnige graue Haar hing ihr über die eingefallenen Wangen, und ihre dunklen Augen starrten ausdruckslos in die Kamera, als würde sie fernsehen, anstatt auf einem Revier Polizeifotos von sich machen zu lassen. Dorothy war sich nicht sicher, ob sie schon einmal einen Menschen in einem derart tragischen Zustand gesehen hatte, und es war schwer vorstellbar, dass diese Frau genug Kraft hatte, um durch ihr Fenster zu steigen, geschweige denn, um Joseph Chambers anzugreifen und beinahe umzubringen.

»Kennen Sie diese Frau?«, fragte Inspector Hudson.

»Gewiss nicht, und ich empfinde es als kränkend, dass Sie das für möglich halten.«

Sie wollte PC Reid das Foto zurückgeben, aber Kat streckte die Hand danach aus.

»Darf ich mal sehen?«

»Natürlich, aber machen Sie sich auf das Schlimmste gefasst. Sie ist recht unansehnlich.«

Kat nahm Dorothy das Blatt Papier ab und sah sich das Foto an. Dabei wich ihr die Farbe aus dem Gesicht, als hätte sie einen Geist gesehen. Inspector Hudson musste das ebenfalls registriert haben, denn ihr Gesicht hellte sich auf.

»Erkennen Sie die Frau?«

»Äh …«

Dorothy hatte Kat noch nie sprachlos erlebt. Liebe Güte, was war denn los mit ihr? »Kat?«

Sie starrte Dorothy an wie ein verschrecktes Reh im Scheinwerferlicht. »Sorry. Ich dachte kurz, sie sieht aus wie jemand, den ich mal kannte, aber ich hab mich getäuscht. Andere Augenfarbe.« Sie grinste und lachte kurz, aber überzeugend war das nicht.

»Und wie geht es jetzt weiter?«, fragte Dorothy und lenkte damit Inspector Hudsons Aufmerksamkeit von Kat auf sich selbst.

»Also, wie schon gesagt, meine Kollegen versuchen, die Frau aufzuspüren und herauszufinden, wo sie sich in der Nacht des Einbruchs aufgehalten hat. Sobald wir mehr wissen, melde ich mich wieder.«

»Na dann«, sagte Dorothy, ihr Blick ruhte immer noch auf Kats aschfahlem Gesicht. »Danke, dass Sie hergekommen sind. Ich freue mich darauf, bald mehr zu hören.«

Inspector Hudson und PC Reid wandten sich zum Gehen. Dorothy hievte sich hoch, um die Tür zu öffnen, aber Kat war bereits auf dem Weg.

»Ich begleite sie raus.«

»Danke.«

Dorothy musste dem armen Mädchen ein Glas Wasser geben; sie sah geradezu fiebrig aus. Während sie in die Küche schlurfte, hörte sie hinter sich, wie sich die beiden Polizisten verabschiedeten, und einen Moment später schlug die Tür zu.

»Ich hole Ihnen etwas zu trinken«, rief Dorothy, aber sie bekam keine Antwort. Als sie zur Wohnungstür sah, stellte sie fest, dass auch Kat weg war und Reggie zurückgelassen hatte.

KAPITEL 36

Dorothy

Den Rest des Tages saßen Dorothy und Reggie am Fenster und warteten darauf, dass Kat auftauchte. Dorothy wusste zwar nichts über die Vergangenheit ihrer Nachbarin, aber es hatte sie nicht sehr verwundert, dass Kat anscheinend ein paar zwielichtige Gestalten kannte. Ihre Reaktion auf das Foto war jedenfalls dramatisch gewesen.

Für gewöhnlich holte Kat Reggie um sechs ab, aber sechs Uhr kam und verstrich. Als um sieben immer noch jede Spur von Kat fehlte, trat Dorothy, den Hund bei Fuß, aus ihrer Wohnung und ging durch den Flur. Sie klopfte an und wartete, war aber nicht überrascht, dass niemand öffnete.

»Kat, sind Sie da?«, rief sie und drückte das Gesicht an die Tür. »Ich bin es. Dorothy Darling.«

Immer noch keine Antwort.

»Ich vermute, Sie sind da und ignorieren mich. Bevor ich gehe, werde ich noch ein letztes Mal anklopfen.«

Dorothy wartete eine weitere Minute, aber es geschah nichts. Na gut, sie hatte es versucht, aber das Mädchen wollte offenbar nicht gestört werden. Sie drehte sich um und wollte sich in Wohnung zwei zurückziehen, doch Reggie stieß ein schrilles Protestgeheul aus. Als sie zu ihm hinuntersah, starrte er sie mit großen, anklagenden Augen an.

»Es hat keinen Zweck, Reginald. Wenn sie nicht mit mir sprechen möchte, kann ich sie nicht zwingen. Das Mädchen ist stur wie ein Esel.«

Der Hund gab ein weiteres Winseln von sich, aber Dorothy ging bereits an ihm vorbei durch den Flur. Das war schon in Ordnung so, wirklich. Was, wenn Kat die Tür geöffnet und sie hereingebeten hätte? Seit jenem schicksalhaften Tag hatte Dorothy keinen Fuß mehr in Wohnung eins gesetzt, und sie hatte keinerlei Absicht, dies jetzt zu ändern. Außerdem wollte Kat offensichtlich in Ruhe gelassen werden, und wenn jemand wusste, dass man das zu respektieren hatte, dann Dorothy. Sie erreichte ihre Wohnungstür, blendete Reggies Proteste hinter sich aus und stieß sie langsam auf. Doch gerade als sie hineingehen wollte, kam ihr ein Erinnerungsfetzen.

Er stammte aus der Nacht, in der der Eindringling – diese Frau – in ihre Wohnung eingebrochen war. Zwischen dem Moment, in dem Dorothy fiel, Reggies vermaledeites Spielzeug am Boden liegen sah und ohnmächtig wurde, und dem Moment, in dem sie aufwachte und an die Krankenhausdecke starrte, war noch etwas passiert, woran sie sich erinnerte. Es war mehr ein Gefühl als eine Erinnerung: das Gefühl einer Hand, die ihre in der Dunkelheit hielt, sanft, aber bestimmt, und eine leise Stimme, die ihr sagte, dass alles gut werden würde. Dorothy war dieser Vorfall zum ersten Mal im Krankenhaus eingefallen, und sie hatte gedacht, sie habe von ihrer Mutter geträumt, die aus den Tiefen ihres Unterbewusstseins aufgestiegen war. Aber jetzt wurde ihr klar, dass sie nicht die Stimme ihrer Mutter gehört hatte, sondern die von Kat.

»Ich weiß, dass Sie da drin sind, junge Dame. Machen Sie sofort auf!«

Dorothy ging zurück zu Wohnung eins und hämmerte fest gegen die Tür.

»Sie können sich nicht ewig vor mir verstecken. Wenn es sein muss, bleibe ich die ganze Nacht hier.«

Immer noch keine Antwort, aber Reggie fand das alles höchst aufregend und scharrte an der Tür.

»Reginald hat Hunger, und ich habe kein Futter für ihn. Wenn Sie nicht aufmachen, muss das arme Tier Hunger leiden.«

Beim Klang seines Namens heulte Reggie laut auf.

»Zwingen Sie mich nicht, Tomasz zu holen, damit er die Tür aufbricht!«

»Schon gut, schon gut. Regen Sie sich nicht so auf. Ich komm ja schon.«

Dorothy hörte, wie auf der anderen Seite der Tür ein Riegel aufgeschoben wurde. Zufrieden sah sie hinunter auf Reggie.

»Ausgezeichnete Arbeit, mein kleiner Freund.« Sie zwinkerte ihm zu und setzte aber, als sich die Tür öffnete, eine neutrale Miene auf.

Eigentlich maß Dorothy es sich nicht an, über andere zu urteilen, aber Kat sah wirklich grauenhaft aus. Sie trug etwas, das ganz nach einer Männerunterhose aussah, ein schmuddeliges T-Shirt, und dem Zustand ihrer Haare nach zu schließen, hatte sie gerade geschlafen. Ihr Gesichtsausdruck allerdings war wach – und rebellisch.

Reggie beschnupperte flüchtig Kats Bein, dann huschte er in die Wohnung. Kaum war er drinnen, machte das Mädchen bereits Anstalten, die Tür wieder zuzuziehen, aber Dorothy stellte den Fuß dazwischen.

»Was soll das, Dorothy?«

»Wer war diese Frau?«

»Keine Ahnung.«

»Kommen Sie mir nicht so. Sie wissen ganz genau, wer sie ist.«

»Ich sagte, ich habe keine Ahnung.« Kat hatte bedrohlich die Stimme erhoben. »Wahrscheinlich ist sie irgendein Crack-Junkie und hat gehofft, Sie für ihr nächstes High ausrauben zu können. Aber ich bin mir sicher, die Polizei wird sie festnehmen und Sie bekommen Ihre Gerechtigkeit, falls das Ihre Sorge ist.«

»Ich pfeife auf Gerechtigkeit«, sagte Dorothy. »Im Moment mache ich mir nur Sorgen um Sie.«

Die Worte waren ausgesprochen, bevor Dorothy bewusst war, was sie da sagte. Einen Moment lang herrschte betretenes Schweigen und die beiden Frauen sahen sich an. Dann drehte sich Kat um und verschwand in der Wohnung.

Dorothy hätte sich in den Hintern beißen können. Warum hatte sie das gesagt? Offensichtlich hatte sie Kat damit verschreckt. Sie machte sich auf den Rückweg zu ihrer Wohnung, doch das Mädchen rief sie zurück.

»Eine Teekanne hab ich nicht, und der Tee ist in Beuteln, also beschweren Sie sich bloß nicht.«

Dorothy kehrte um und trat auf die Türschwelle von Joseph Chambers Wohnung.

Einmal hatte sie vor Kurzem einen Blick hineingeworfen, am Tag, an dem Sandra eingebrochen und Dorothy vorbeigekommen war, um Kat davon zu erzählen. Damals hatte in der Wohnung ein heilloses Durcheinander geherrscht, und Dorothy hatte auf kaum etwas anderes achten können als auf das Chaos. Doch jetzt war die Wohnung aufgeräumt und wirkte erschreckend vertraut. Die hohen Decken – der Stuck war hier schon immer schöner gewesen als der von Dorothy – und der prächtige Kamin. Ein paar Möbel waren ersetzt worden, aber derselbe Teppich lag noch genau an der Stelle, wo Dorothy und Joseph Seite an Seite gesessen und sich in die Augen gesehen hatten. Dorothy erfasste eine Welle schwindelerregender Übelkeit.

»Ja, dann kommen Sie halt rein«, sagte Kat und verschwand hinten in der Küche.

Dorothy blieb auf der Schwelle stehen, ihr Puls raste. Was würde Charlotte denken, wenn sie wüsste, dass ihre Mutter ihr Wort brach und im Begriff war, erneut die Wohnung von Joseph Chambers zu betreten? *Aber das ist für Kat*, sagte sie sich. *Sie hat dir geholfen, und im Gegenzug musst du ihr jetzt auch helfen.* Nach einem weiteren kurzen Zögern holte Dorothy tief Luft und trat ein.

Falls sie erwartet hatte, dass ein Blitz sie niederstrecken oder ein anderer göttlicher Eingriff erfolgen würde, wurde sie enttäuscht. Tatsächlich geschah überhaupt nichts Ungewöhnliches, als sie langsam durch das Zimmer ging. Es gab mehrere moderne Sofas, zwei Sessel, und an der Wand stand eine große Kommode mit Erinnerungsstücken aus Josephs Leben. Dorothy ging hin und fuhr mit dem Finger über ihre Oberfläche, um sie zu inspizieren. An ihrer Haut blieben ein paar Staubkörnchen hängen, aber völlig inakzeptabel war es nicht.

»Setzen Sie sich ruhig«, sagte Kat, die wieder ins Zimmer kam. Sie trug zwei Kaffeebecher – *Kaffeebecher* – mit Tee.

Dorothy hockte sich auf die Sesselkannte und gab sich Mühe, sich ihre Abscheu nicht anmerken zu lassen, als Kat ihr einen Becher reichte, dessen Inhalt eine fade Spülwasserfarbe hatte. Misstrauisch nahm Dorothy einen Schluck und war überrascht, dass sich ihr nicht der Magen umdrehte. Sie stellte die Tasse auf den Couchtisch – keine Untersetzer – und wartete darauf, dass Kat etwas sagte.

»Die Frau heißt Sylvia Mason. Sie ist meine Mutter.«

Dorothy schwieg. Der Gedanke war ihr auch schon gekommen, aber sie hatte ihn als lächerlich abgetan. Die Frau sah viel zu alt aus, um Kats Mutter zu sein.

»Ich hatte keine Ahnung, dass sie in der Gegend ist. Mein letzter Stand war, dass sie in der Nähe von Liverpool wohnt. Und es tut mir leid, ich hätte es der Polizei sagen sollen. Ich bin in Panik geraten.«

»Sie brauchen sich nicht zu entschuldigen – unter den gegebenen Umständen ist das durchaus verständlich. Wann haben Sie sie zuletzt gesehen?«

»Vor sechs Jahren. Ich habe meinen Namen geändert und sie aus meinem Leben gestrichen, deshalb war es so ein Schock, das Foto zu sehen.«

»Wie ein Geist aus der Vergangenheit«, sagte Dorothy und bereute ihre unbedachten Worte sofort, denn die Frau hatte tatsächlich wie ein Geist ausgesehen. Sie nahm noch einen Schluck Tee und wartete darauf, dass Kat weitersprach.

»Der Witz ist, dass ich dachte, sie sei inzwischen clean. Ich rede zwar nicht mit ihr, aber hin und wieder höre ich was von Bekannten über sie, und das Letzte war, dass sie wohl versuchen wollte, ihr Leben auf die Reihe zu kriegen. Ich hätte mir denken können, dass das nichts wird.«

Den letzten Teil sagte Kat mit der Erschöpfung von jemandem, der es eigentlich hätte besser wissen müssen.

»War Ihre Mutter schon immer süchtig?«

Sie zuckte die Achseln. »Denke schon. Aber es war nicht ganz so schlimm, als ich noch klein war. Ich meine, getrunken hat sie schon

immer viel zu viel, und sie war chaotisch und hat schreckliche Lebensentscheidungen getroffen, vor allem, was Männer anging. Aber so richtig mit den Drogen angefangen hat sie erst, als ich etwa neun war.«
Neun. Dorothy stellte sich Charlotte in diesem Alter vor, mit ihren Zöpfchen und Zahnlücken; sie hatte damals noch mit Puppen gespielt. »Hattest du sonst noch eine Bezugsperson in deinem Leben? Irgendwelche Erwachsenen, auf die du dich verlassen konntest?«
Kat atmete aus. »Ja, hatte ich, als ich jünger war. Meinen Großvater. Ich habe immer bei ihm gewohnt, wenn meine Mutter mal wieder von der Bildfläche verschwunden ist oder sich nicht um mich kümmern konnte. Aber mit zehn habe ich ...« Das Mädchen unterbrach sich, und Dorothy sah ihr an, dass sie mit sich rang. »Ich habe etwas Schlimmes getan, und das hat viel Aufsehen erregt, und dann hat er gesagt, dass er mich nie mehr wiedersehen will. Und danach gab es niemanden mehr, nur noch mich und Mum.«
»Das tut mir so leid, Kat.«
»Es ist, wie es ist.«
»Das muss eine sehr unglückliche Kindheit gewesen sein.«
Kat überlegte kurz. »Am schlimmsten war ihre Unberechenbarkeit. Es gab Phasen, da hat sie mir versprochen, dass sie jetzt wirklich aufhören will: Sie wird clean, wir ziehen in eine neue Stadt, um von dem ›schlechten Einfluss‹, wie sie es nannte, wegzukommen, sie sucht uns eine Wohnung und mir eine neue Schule. Aber das hielt nie länger als sechs Monate an. Und jedes Mal, wenn sie rückfällig wurde, war alles noch ein bisschen schlimmer.«
»Haben Sie deshalb den Kontakt zu ihr abgebrochen?«
»Ja, deshalb und aus anderen Gründen.« Kat zögerte und starrte auf die Tasse, die sie in den Händen hielt. »Als ich neunzehn war, habe ich in London gelebt und bei irgendwelchen Leuten auf dem Sofa oder Boden geschlafen. Damals hatte ich diesen verrückten Plan, mir selbst eine Wohnung zu mieten, ein richtiges Zuhause.« Kat schnaubte, als würde sie ihr früheres Ich dafür auslachen, dass es überhaupt zu träumen gewagt hatte. »Jedenfalls habe ich monatelang gespart, um das

Geld für die Kaution zusammenzukratzen. Man muss eine Kaution in Höhe der Miete für sechs Wochen hinterlegen, um überhaupt eine Wohnung zu bekommen. Und dann stand eines Abends meine Mutter weinend vor der Tür. Ich hatte schon lange nichts mehr von ihr gehört, aber sie meinte, sie habe die Nase voll von den Drogen und wolle endgültig clean werden. Sie hat gesagt, ihr Arzt hätte ein Rehazentrum in Devon für sie gefunden, wo sie einen Entzug machen könnte, aber sie bräuchte noch am gleichen Tag dreitausend Pfund, sonst würde sie den Platz verlieren. So viel hatte ich natürlich nicht, aber ich hab ihr jeden Penny gegeben, den ich für die Kaution meiner Wohnung angespart hatte.«

Kat nahm einen Schluck Tee, bevor sie fortfuhr.

»Natürlich war das alles gelogen. Zwei Tage später bin ich auf der Hauptstraße von Camden entlanggegangen und habe sie da sitzen sehen, zusammengesackt an einer Wand und high wie ein Komet. Und da habe ich beschlossen, dass ich nicht länger zulassen würde, dass sie mir das antut. Ich musste an mich selbst denken und sie aus meinem Leben streichen. Noch am gleichen Tag habe ich London verlassen und sie seitdem nicht mehr gesehen.«

Dorothy ließ die Schultern hängen. Die arme, arme Kat. Dorothy konnte sich nicht einmal im Ansatz vorstellen, wie schwer es gewesen sein musste, den Kontakt zur eigenen Mutter abzubrechen. »Ich kann mir vorstellen, dass es ein schrecklicher Schock gewesen sein muss, nach so vielen Jahren ein Foto von ihr zu sehen.«

»Ja. Und sie sah auch echt schlimm aus. Ich meine, wegen der ganzen Drogen hat sie schon immer älter ausgesehen, aber auf dem Bild hat sie auch krank gewirkt. Sie haben es ja selbst gesehen – es ist ein Wunder, dass sie überhaupt noch lebt, geschweige denn in der Lage ist, in Häuser einzubrechen.«

»Was das angeht … Sollte die Polizei sie tatsächlich finden und verhaften, wäre ich gern bereit, die Anklage fallen zu lassen. Ich möchte nicht dafür verantwortlich sein, dass Ihre eigene Mutter hinter Gitter muss.«

»Von mir aus können sie sie einsperren und den Schlüssel wegwerfen. Die Frau ist für mich gestorben.«

Kats Worte hatten solch eine Wucht, dass Dorothy zurückzuckte. Kein Wunder, dass das Mädchen immer so wütend war, wenn sie so viel Zorn auf ihre Mutter in sich trug.

»Würde mich nicht wundern, wenn sie auch hinter dem Überfall auf Joseph steckt«, sagte Kat und zupfte an einem losen Faden an der Armlehne des Sofas herum. »So wie ich sie kenne, hat sie wahrscheinlich die Hälfte der Wohnungen in dieser Gegend ausgeräumt, um ihre Sucht zu finanzieren.«

»Nun, wenn das stimmt, hoffen wir, dass die Polizei sie bald fasst.«

»Darauf trinken wir«, sagte Kat und hob die Tasse wie zu einem Toast in die Höhe.

Reggie, der sich neben Kat zusammengerollt hatte, hob den Kopf und gähnte.

»Ich sollte ihn wohl füttern«, sagte Kat, und Dorothy verstand das als ihr Stichwort, zu gehen.

Sie drückte sich aus dem Sessel hoch, und Kat begleitete sie zur Tür. Dorothy trat in den Flur, blieb dann aber stehen. Sie wollte etwas zu dem Mädchen sagen, etwas darüber, wie leid es ihr tat, was Kat durchgemacht hatte, und wie sehr sie ihren Mut bewunderte. Aber Kat starrte auf ihre Füße und wollte Dorothy offenbar schleunigst loswerden, nachdem sie ihr ihre traurige Geschichte anvertraut hatte. Und so sagte Dorothy nichts, sondern machte sich auf den Weg zu ihrer eigenen Tür.

»Dorothy?«

Sie drehte sich zu Kat um.

»Ja?«

»Danke.«

KAPITEL 37

Kat

Am nächsten Morgen hatte Kat eine Schicht im Café. Sie wollte nichts lieber, als den ganzen Tag im Bett liegen zu bleiben, aber um sieben Uhr zwang sie sich, aufzustehen und mit Reggie Gassi zu gehen. Während sie auf dem Pfad am Fluss entlang ihren Rhythmus fanden, dachte Kat an das Gespräch mit Dorothy gestern. Bisher hatte sie nie jemandem von ihrer Mutter erzählt, weil sie sonst keinen nah genug an sich heranließ, um solche Gespräche führen zu können. Wenn ein gelangweilter Kollege oder jemand Fremdes sie tatsächlich mal nach ihrer Familie fragte, sagte Kat immer, sie kenne ihren Vater nicht, was stimmte, und ihre Mutter sei tot, was ebenso gut hätte stimmen können. Warum also hatte sie gestern Abend auf einmal beschlossen, die Wahrheit zu sagen, ausgerechnet Dorothy Darling gegenüber? Vielleicht war es nur der Schock gewesen, den das Foto bei ihr ausgelöst hatte. Oder vielleicht lag es daran, dass Dorothy wusste, wie sehr es wehtat, jemanden zu verlieren, den man liebte. Daran, dass Dorothy wusste, wie man sich dafür schämte, mit einem so großen Geheimnis zu leben, und daran, dass sie diese Scham Kat gegenüber gezeigt hatte. Was auch immer es gewesen war, Kat stellte überrascht fest, dass sie die Entscheidung auch heute Morgen nicht komplett bereute. Im Gegenteil, auf eine seltsame Art und Weise fühlte sie sich ein bisschen leichter, als ob die Worte laut auszusprechen ihr eine Last von den Schultern genommen hätte.

Nach dem Spaziergang duschte sie und zog sich an, dann brachte sie Reggie rüber zu Dorothy. Über ein Guten Morgen hinaus nahmen sie sich keine Zeit für ein Gespräch, aber Kat registrierte Dorothys fragenden Blick, als sie ihr Reggie gab, und als Antwort nickte Kat ihr kurz zu.

In der ersten Hälfte der Schicht war viel los, aber gegen zwei wurde es ruhiger. Kat war gerade dabei, saubere Messer und Gabeln in einen Besteckhalter zu räumen, als die Tür aufging und ein vertrautes Gesicht hereinschaute.

»Dorothy?«

Die ältere Frau hatte Reggie an der Leine und trug ihre Regenhaube, obwohl es draußen vierundzwanzig Grad warm war. Sie sah sich im Café um, als wäre sie noch nie in einem gewesen.

»Alles okay?«, fragte Kat und ging zu ihr. »Stimmt was nicht?«

Dorothy verlagerte das Gewicht von einem Fuß auf den anderen, sie fühlte sich sichtlich unwohl.

»Kann ich Ihnen etwas zu trinken oder zu essen bringen?«

»Ich bleibe nicht«, sagte Dorothy und sah beunruhigt zum Nachbartisch. »Ich wollte Ihnen nur etwas sagen. Inspector Hudson hat mich angerufen.«

»Kommen Sie, wir gehen kurz raus«, sagte Kat und fasste sie am Arm. Das Letzte, was sie gebrauchen konnte, war, dass Dorothy vor den ganzen Leuten im Café über ihre Mutter plauderte. Sie führte Dorothy über die Straße zu einer Bank. »Also, was gibt's?«

Schon während sie das aussprach, war Kat die Antwort klar. Ihre Mutter musste von der Polizei gefunden und verhaftet worden sein. Damit hatte sie gerechnet, ihre Mutter war noch nie gut darin gewesen, ihre Spuren zu verwischen. Trotzdem war die Vorstellung, dass sie in einer Zelle eingesperrt war, auch nach all den Jahren wie ein Schlag ins Gesicht.

»Ihre Mutter wurde heute Morgen gefunden und zum Verhör aufs Revier gebracht«, sagte Dorothy.

»Okay. Danke für die Info.«

»Das ist noch nicht alles«, sagte Dorothy, und Kat hielt unwillkürlich die Luft an. Welche Verbrechen hatte ihre Mutter noch begangen?

»Ihre Mutter hat zugegeben, dass sie in meine Wohnung eingebrochen ist, aber sie behauptet, dass sie nicht die Absicht hatte, mich zu bestehlen.«

Kat lachte so laut, dass Dorothy zusammenzuckte. »Klar, natürlich nicht. Was war diesmal ihre Ausrede – dass sie die Zahnfee ist und sie sich bei der Arbeit verflogen hat?«

»Nein. Sie meinte, sie habe nach Ihnen gesucht.«

Kat erstarrte.

»Blödsinn«, zischte sie und konnte selbst hören, wie wütend sie klang. »Sie weiß gar nicht, dass ich hier wohne, das weiß niemand. Das ist einer der Gründe, warum ich so oft umziehe: damit sie mich nicht finden kann. Und selbst wenn sie das wüsste, warum bricht sie dann mitten in der Nacht *bei Ihnen* ein, anstatt wie ein normaler Mensch bei mir zu klingeln? Jemand auf dem Polizeirevier muss herausgefunden haben, dass wir verwandt sind. Er hat bestimmt meiner Mutter erzählt, dass ich dort wohne, und dann hat sie das als Ausrede benutzt, warum Sie bei Ihnen eingebrochen ist. Ich kann nicht fassen, dass die Bullen darauf reingefallen sind!«

Dorothy wartete, bis sie ausgeredet hatte. »Die genauen Einzelheiten kenne ich nicht. Ich weiß nur, was Inspector Hudson zu mir gesagt hat, und zwar dass Ihre Mutter behauptet, sie habe versucht, in Ihre Wohnung zu gelangen, und dabei versehentlich die falsche erwischt.«

»Das ist so typisch für sie, wie sie sich mal wieder aus der Affäre ziehen will.« Vor Wut zitterte Kat am ganzen Körper. Zur Hölle mit ihrer Mum. Schon wieder hatte sie es geschafft, dass Kat sich so fühlte.

»Tut mir leid«, sagte Dorothy behutsam. »Ich wollte Sie nicht aufregen. Ich dachte nur, Sie sollten das wissen.«

»Ich reg mich nicht auf.« Langsam atmete Kat aus. »Wo ist sie jetzt?«

»Auf dem Polizeirevier in Winton, glaube ich, aber es klang, als würden sie sie bald gehen lassen. Da nichts gestohlen wurde, werde ich keine Anzeige erstatten.«

»Was? Aber Sie sind wegen dieser verdammten Frau im Krankenhaus gelandet!«

»Ich bin gestolpert und über ein Hundespielzeug gefallen, Kat. Dafür kann Ihre Mutter ja wohl kaum etwas.«

»Trotzdem! Sie ist bei Ihnen eingebrochen!« Kat schäumte vor Wut. Gott, sie brauchte jetzt wirklich ihre Ruhe, bevor sie noch jemandem eine reinhaute.

»Ich bin nicht hier, um Sie aufzuwühlen. Ich dachte, vielleicht wollen Sie Ihre Mutter sehen.«

Kat sah Dorothy entsetzt an. »Wollen Sie mich verarschen? Ich habe Ihnen doch gestern gesagt, dass ich nichts mit ihr zu tun haben will.«

»Ich weiß. Aber ich habe die ganze Nacht darüber nachgedacht und mich gefragt, ob es Ihnen vielleicht helfen würde, sie zu sehen. Dieser ganze Zorn, den Sie in sich tragen, kann nicht gut für Sie sein. Vielleicht würde es Ihnen helfen, mit ihr zu reden.«

Kat stieß ein gehässiges Lachen aus. »Sie müssen gerade reden, Ms Geheime-tote-Tochter. Was wissen Sie schon?«

Dorothy antwortete nicht, und trotz ihrer Wut wusste Kat, dass sie zu weit gegangen war. »Tut mir leid, Dorothy. Das habe ich nicht so gemeint.«

»Sie müssen sich nicht entschuldigen. Sie hatten recht damit, dass ich in der Vergangenheit feststecke und nicht nach vorn sehen kann, aber mir scheint, dass es Ihnen ganz genauso geht, junge Dame. Es ist verständlich, dass die Fehlentscheidungen Ihrer Mutter und deren tiefgreifende Auswirkungen auf Ihre Kindheit Sie verfolgen. Aber was ist das denn für ein Leben, ständig alle paar Monate umzuziehen und niemandem zu vertrauen? Ich weiß, was das angeht, bin ich so ziemlich die Letzte, der es zusteht, Ratschläge zu erteilen, aber ich denke schon, dass es Ihnen guttun könnte, sich mit Ihrer Mutter zu treffen und mit ihr zu sprechen.«

»Wenn ich mich mit ihr treffen würde, würde ich nicht mit ihr reden, sondern ihr eine verpassen wollen.«

»Tja, dann müssen Sie vielleicht genau das tun.« Dorothy sah runter zu Reggie, der an Kats Schnürsenkel herumkaute. »Ich sollte den kleinen Lord hier nach Hause bringen, er braucht sein Mittagessen.«

Sie stand auf, aber Kat blieb sitzen.

»Ich wollte Sie wirklich nicht aufregen, Kat. Ich wollte Ihnen nur die Chance geben, Ihre Mutter zu sehen, das ist alles. Bis später.«

Kat sah Dorothy hinterher, die mit Reggie an ihrer Seite davonging. Genau deshalb erzählte sie nie jemandem von ihrer Mutter, denn dann steckte immer jemand seine Nase in Angelegenheiten, die ihn nichts angingen, und machte alles nur noch schlimmer. Kat hatte gehofft, Dorothy wäre anders, aber sie war genau wie die ganzen bescheuerten Sozialarbeiter, Lehrer und Gutmenschen aus Kats Kindheit. *Deine Mum will dich sehen. Sie sagt, sie hat sich geändert. Du solltest ihr eine zweite/dritte/hundertste Chance geben.*

Kat stand auf, stürmte zurück ins Café und knallte die Tür so heftig zu, dass ein Gast sein Wasser über sich verschüttete. Sie widmete sich wieder dem Besteck, aber bei jedem Messer, das sie in den Halter fallen ließ, verfluchte sie Dorothy. Kats erster Eindruck hatte sich als richtig erwiesen: Sie war eine alte Hexe, die sich überall einmischte. Wie konnte sie es wagen, Kat einen Vortrag übers Vergeben zu halten, wo sie doch selbst Joseph seit Jahrzehnten hasste? Kat stopfte eine Handvoll Messer in den Besteckhalter und begann mit den Löffeln.

»Wenn du so weitermachst, haben wir bald keine Kundschaft mehr.«

Remi funkelte sie über die Theke hinweg wütend an.

»Was?«

»Du siehst aus, als wolltest du jemandem an die Gurgel gehen, und du schmeißt die Löffel da rein, als wären es Wurfgeschosse.«

»Mir geht's gut.«

»Nein, offensichtlich nicht. Du bist sauer und mit den Gedanken woanders, und deine Stimmung zieht den ganzen Laden runter. Geh nach Hause.«

»Ich muss nicht ...«

»Das ist keine Bitte, sondern eine Anweisung. Geh nach Hause und komm morgen mit besserer Laune wieder, sonst bist du den Job los.«

Kat warf ihm einen zornigen Blick zu, pfefferte die letzten Löffel in den Halter und holte ihre Tasche. Vor dem Café drehte sie sich erst zur Bushaltestelle, änderte dann aber die Richtung. Das Letzte, was sie wollte, war, zurück zu Shelley House zu gehen und Dorothy zu begegnen.

Ohne groß darüber nachzudenken, wohin sie lief, machte sie sich auf den Weg ins Dorf. Sie musste im Freien sein, anonym unter Fremden, und frische Luft schnappen. Sie bog links in die Hauptstraße ein und ging am Bürogebäude von *Alexander Properties* vorbei. Die Tür war geschlossen, aber durch das Glas hindurch konnte sie die Empfangsdame an der Rezeption sitzen sehen. Kurz überlegte Kat, ob sie hineinstürmen und verlangen sollte, mit Fergus Alexander zu sprechen, um ihm dann eine Ohrfeige zu verpassen. Da würde es ihr gleich *deutlich* besser gehen. Sie holte tief Luft und ging weiter. Was interessierte sie das alles eigentlich? Joseph konnte nun jederzeit aus dem Krankenhaus entlassen werden, und sobald das passierte, würde Kat verschwinden und woanders hinziehen, weit weg von dieser beknackten Gegend und den ganzen schmerzhaften Erinnerungen.

Kat erreichte eine Ecke und schaute auf, um die Straße zu überqueren, blieb dann aber abrupt stehen. Unbewusst hatten ihre Füße sie zur Polizeiwache getragen. War ihre Mutter noch hier? Wahrscheinlich hatte man sie schon vor einer Ewigkeit gehen lassen. Trotzdem setzte sich Kat auf eine Mauer gegenüber dem Gebäude. Dorothy hatte sich geirrt; Kat hatte absolut kein Bedürfnis, jemals wieder ein Wort mit ihrer Mutter zu wechseln. Aber vielleicht wäre es gut, sie dieses eine Mal zu sehen, aus der Ferne, nur um sich daran zu erinnern, was für eine wandelnde Zeitbombe diese Frau war. Kat kramte einen Hoodie aus ihrem Rucksack, zog ihn sich über und die Kapuze tief ins Gesicht. Dann lehnte sie sich zurück und behielt die Tür des Polizeireviers im Blick.

Während der nächsten halben Stunde strömten langsam Menschen ins und aus dem Gebäude, aber keiner davon war ihre Mutter. Nach einer Stunde wurde Kats Hintern allmählich taub. Was hatte sie sich nur dabei gedacht? Das war die reinste Zeitverschwendung.

Gerade wollte sie aufstehen und gehen, als sie sie sah. Den Gang erkannte Kat als Erstes: die kleinen, zaghaften Schritte ihrer Mutter. Wie ein nervöser Vogel. Sie trug eine übergroße Strickjacke und blaue Leggings, die ihre dünnen Beine zeigten, ihr Haar war zu einem Pferdeschwanz zusammengebunden. Kat konnte das Gesicht ihrer Mutter nicht sehen, als sie die Rampe vor dem Revier hinunterging, aber sie konnte sich ihren Gesichtsausdruck vorstellen. Wie sie auf ihrer Lippe herumkaute, während sie sich den Kopf darüber zerbrach, wo sie den nächsten Schuss herbekommen sollte. Die Frau warf einen Blick in ihre Richtung, und Kat zog sich die Kapuze tiefer ins Gesicht. Sie stand auf und machte sich auf den Weg von der Polizeiwache weg. Aber sie war nur ein paar Schritte weit gekommen, als sie eine raue Stimme rufen hörte. »Leanne?«

KAPITEL 38

Kat

Kat erstarrte, als hätte man ihre Füße am Boden festgetackert. Wenn sie jetzt losrannte, konnte sie spielend leicht entkommen; ihre Mutter schaffte es höchstens ein paar Schritte zu joggen, bis sie zusammenbrach. Doch aus irgendeinem Grund rührten sich Kats Füße nicht vom Fleck. Wieder rief ihre Mutter nach ihr, diesmal war die Stimme näher. Jetzt oder nie, das war Kats letzte Chance. Der Bahnhof war gleich um die Ecke, sie könnte hinrennen, in den Zug springen und Hunderte Meilen weit von diesem Ort, Dorothy und ihrer Mutter wegfahren.

»Leanne?«

Kat drehte sich um.

Als Erstes fiel ihr auf, wie anders Sylvia aussah als auf dem Foto, das Kat gestern gesehen hatte. Ihre eingefallenen Wangen wirkten jetzt voller, und ihre Haut hatte statt des fahlen Graus einen natürlicheren Rosaton angenommen. Aber vor allem hatten sich ihre Augen verändert: Der leere Blick einer Süchtigen war einem wachen, hellen Ausdruck gewichen. Und diese Augen starrten Kat jetzt hoffnungsvoll an.

»Wie geht's dir, Ley-Ley?«

Kat stockte der Atem, als sie den Spitznamen aus ihrer Kindheit hörte. Aber sie war nicht mehr Ley-Ley, seit sechs Jahren war sie nicht einmal mehr Leanne. Diesen Menschen gab es nicht mehr.

»Warum bist du bei Dorothy eingebrochen?« Selbst in Kats eigenen Ohren klang ihre Stimme hart.

»Ich wollte sie nicht beklauen, ich schwör's. Ich habe nach dir gesucht.«

»Blödsinn. Lüg mich nicht an.«

»Mach ich nicht, ehrlich. Ich hab mal beobachtet, wie du mit einem kleinen Hund in das Haus gegangen bist, und dann habe ich ihn am Fenster gesehen, darum dachte ich, das wäre deine Wohnung. Und ich wusste, wenn ich klingeln oder dich auf der Straße ansprechen würde, dann würdest du mich zum Teufel schicken, also dachte ich, ich werf dir einfach einen Brief durch den Briefschlitz.«

»Und was ist dann passiert? Hast du vergessen, wie ein Briefkasten aussieht?«

»Als ich den Brief einwerfen wollte, habe ich gesehen, dass das Fenster halb offen stand – dasselbe Fenster, durch das ich deinen Hund gesehen hatte –, also habe ich gedacht, ich kletter einfach rein und leg dir den Brief hin. Ich dachte, so würdest du ihn vielleicht eher lesen und nicht gleich wegwerfen. Ich weiß, das klingt verrückt, aber mir ist sonst nichts eingefallen, wie ich mit dir in Kontakt treten könnte.«

Sylvia zog einen leicht zerknitterten Umschlag aus ihrer Handtasche, als wäre er der Beweis für ihre Unschuld.

»Ich glaube dir nicht. Dorothy hat gesehen, dass du einen Bilderrahmen in der Hand hattest, den du mitgehen lassen wolltest.«

»Nee, wollte ich nicht! Ich hab dir den Brief hingelegt, und dann habe ich das Foto mit dem Mädchen gesehen und mich gefragt, wer das ist. Einen Moment lang dachte ich, dass du vielleicht ein Kind hast – dass ich Oma geworden bin –, aber dann ist mir klar geworden, dass das Mädchen zu alt war. Und dann stand auf einmal die alte Frau hinter mir und hat geschrien. Sie ist gestolpert, und ich hab Angst bekommen, mir den Brief geschnappt und bin davongerannt.«

Kat verschränkte die Arme. »Ich glaube dir immer noch nicht.«

»Wie geht's der alten Frau? Ich hab mir Sorgen gemacht, dass sie sich verletzt hat.«

»Es geht ihr gut, aber das hat sie nicht dir zu verdanken.«

»Richtest du ihr bitte aus, dass es mir leidtut? Ich fühle mich schrecklich wegen dem, was passiert ist.«

»Wie hast du überhaupt rausgefunden, wo ich wohne? Niemand weiß, dass ich hier bin, ich habe sogar meinen Namen geändert.«

»Ich weiß. Aber dann hat Billy Walsh ... – kennst du den noch? Er wusste, dass ich nach dir suche, und er hat mir ein Video von einer alten Frau geschickt, die sich über irgendein Bauprojekt aufregt, und ich hab dich sofort erkannt. Du hast vielleicht eine andere Haarfarbe, aber dein Gesicht ist noch genau dasselbe wie damals, als du ein Kind warst. Und du hattest diesen Gesichtsausdruck, wie deine Oma Betty.«

Kat antwortete nicht. Sie hatte ihre Großmutter nie kennengelernt – sie war vor ihrer Geburt gestorben, aber Kat kannte Ians Frau von Fotos. Sie hatte wie eine Bulldogge ausgesehen.

»Na, jedenfalls stand in dem Artikel, dass es bei der Demo um Shelley House in Chalcot ging, und das kannte ich noch aus meiner Kindheit. Also bin ich, so schnell ich konnte, hergekommen. Ich habe bestimmt acht Stunden im Auto gewartet, bis ich dich habe reingehen sehen.«

»Und du hast beschlossen, mitten in der Nacht einzubrechen, statt einfach zu klingeln?«

»Hör zu, ich weiß, das war eine blöde Aktion. Aber ich hab gesehen, dass sich das Fenster leicht aufstoßen ließ, und ich wollte dir ja bloß den Brief dalassen und wieder gehen. Ich dachte, du könntest ihn lesen und dann entscheiden, ob du mich sehen willst oder nicht.«

»Okay, dann sage ich dir jetzt, dass ich dich nicht sehen will. Du kannst dich also wieder in die Crackhöhle verpissen, aus der du gekrochen bist.«

Kat hatte ihre Mutter verletzen wollen, aber Sylvia schenkte ihr nur ein kleines, trauriges Lächeln. »Touché. Mit der Antwort habe ich schon gerechnet, deshalb der Brief, statt bei dir zu klingeln.«

»Tja, also, wenn du das nächste Mal jemandem einen Brief schreiben willst, würde ich vorschlagen, du schickst ihn per Post, wie alle anderen auch.«

Das war eine schreckliche Idee gewesen; Kat hätte nicht herkommen sollen, sich nie wieder dem Bullshit und den Lügen ihrer Mutter aussetzen dürfen. Sie drehte sich weg und lief los.

»Was machst du wieder in Chalcot?«

Kat hörte die Schritte ihrer Mutter hinter sich.

»Hat das was mit Opa zu tun?«

Kat blieb abrupt stehen, drehte sich um und sah ihrer Mutter ins Gesicht. »Er ist tot. Wusstest du das? Dein Vater ist *tot*.«

Sylvia seufzte. »Ich weiß, Leanne. Es tut mir so leid.«

»Und man hat ihm die Farm weggenommen, wusstest du das auch?« Kat wurde bewusst, dass sie schrie, aber das war ihr egal. »Er wurde so heftig zusammengeschlagen, dass sie den Hof verkauft haben, und dann ist er gestorben.«

»Ich weiß. Die ganze Sache war furchtbar.«

Kat wollte wieder losbrüllen, stoppte sich aber. »Wer hat dir davon erzählt?«

»Er selbst.«

»Was?« Kat wurde übel, als sie begriff, was ihre Mutter da sagte. »Du hast Opa noch gesehen, bevor er gestorben ist?«

Da war ein Zucken in den Augen ihrer Mutter, das Kat aus ihrer Kindheit kannte. Ein Zucken, das verriet, wenn ihre Mutter nervös war. »Ja, vor ein paar Jahren haben wir wieder Kontakt aufgenommen. Ich war bei ihm, als er gestorben ist.«

Kat trafen die Worte wie Schläge. »Aber ich dachte …« Sie brach ab, brachte den Satz nicht über die Lippen.

»Du dachtest, er hätte mich verstoßen.«

»Uns beide! Als ich zehn war, hast du mir gesagt, dass er uns wegen dem, was ich getan habe, nie wiedersehen will. Ich habe mich die ganzen Jahre von Chalcot ferngehalten, von ihm, weil *du* mir gesagt hast, dass ich das muss!«

Einen Moment lang schwieg Sylvia und starrte Kat mit einem leidvollen Blick an. Als sie wieder etwas sagte, war ihre Stimme leise, beinahe ein Flüstern. »Es tut mir so leid, Leanne. Alles, was ich damals getan habe.«

»Wie meinst du das? Was hast du getan?«

»Ich habe dich angelogen, mein Schatz.« Sie unterbrach sich, als wollte sie es nicht aussprechen, holte dann aber tief Luft. »Dein Großvater hat dich nicht verstoßen. Ich habe den Kontakt zu ihm abgebrochen, nicht andersrum.«

Kat runzelte die Stirn und versuchte zu verarbeiten, was ihre Mutter gerade gesagt hatte. »Das stimmt nicht, das hast du falsch in Erinnerung. Ich habe das Feuer in der Schule gelegt, und dann hat Opa dich angerufen, damit du mich holen kommst. Er hat gesagt, ich soll mich von ihm und Chalcot fernhalten. Ich schwör's, ich kann mich daran erinnern, als wär es gestern gewesen.«

Noch während Kat sprach, lief die ganze Szene in ihrem Kopf ab, die Bilder gestochen scharf. Die Lehrerin, die sie aus dem Klassenzimmer geworfen hatte, weil sie mal wieder den Unterricht gestört hatte. Die Schulleiterin, die Kat angeschrien und dann in ihrem Büro allein gelassen hatte, um sich um etwas anderes zu kümmern. Kats Wut auf die Lehrerin, die Schulleiterin und ihre Mutter, lauter Erwachsene, die sich eigentlich um sie hätten kümmern sollen, ihr stattdessen aber das Leben schwer machten. Die Streichholzschachtel, die aus der Handtasche der Rektorin ragte, und der volle Papierkorb aus Metall. Die Genugtuung, als sie das brennende Streichholz hineinwarf und zusah, wie die Seiten Feuer fingen. Die Flammen, die plötzlich aus dem Eimer auf die Vorhänge übersprangen, der Rauch, der ihr die Sicht nahm, Kat, die so heftig würgte, dass sie kaum noch atmen konnte. Der Alarm und die Sirenen und die Feuerwehrleute, die sie retteten. Die schockierten Gesichter der Schüler und Lehrer auf dem Schulhof, die Polizei und das Gesicht ihres Großvaters, voller Kummer und Verwirrung. Und dann die plötzliche Ankunft ihrer Mutter in der Nacht, die gedämpfte Auseinandersetzung hinter der geschlossenen Küchentür und Kat, die auf den Rücksitz des Autos ihrer Mutter verfrachtet und von der Farm abtransportiert wurde, so aufgewühlt, dass sie sich nicht einmal umdrehte, um einen letzten Blick darauf zu erhaschen.

Sylvia guckte auf ihre Füße, als sie zu sprechen begann.

»Du hast recht, das habe ich dir erzählt. Aber ... das war anders damals. Dein Großvater hat dich nicht weggeschickt.«

»Was?« Das Wort war ein Keuchen.

»Das habe ich dir nur erzählt, damit du akzeptierst, dass wir ihn nicht mehr besuchen konnten. Ich weiß, das klingt grausam, aber ich war verzweifelt, und ich wusste, wenn ich dir die Wahrheit sage, würdest du zu ihm zurückgehen und ich würde dich für immer verlieren. Also habe ich mir überlegt …«

»Warte mal, was ist mit dem Brief?« Kat stockte. Sie verhaspelte sich beinahe, so schnell sprach sie jetzt. »Du hast ihn mir gezeigt. Den Brief, in dem Opa schreibt, ich wäre für ihn gestorben, das ganze Dorf wäre stinksauer auf mich wegen der Sachbeschädigung in der Schule, und wenn ich jemals wieder nach Chalcot käme, würde man mich direkt zur Polizei bringen und wegen Brandstiftung festnehmen. Ich weiß noch, dass ich das gelesen habe und …«

Kat unterbrach sich, als sie das niedergeschlagene Gesicht ihrer Mutter sah.

»Der Brief war auch nicht von ihm?«

»Es tut mir so leid, Leanne.«

Kat wurde schwindlig, und sie schloss kurz die Augen, während sie versuchte, sich einen Reim auf das zu machen, was sie gerade gehört hatte. »Aber warum hättest du dir das alles ausdenken sollen? Warum wolltest du verhindern, dass wir uns sehen?«

Anstatt zu antworten, drehte sich Sylvia um und ging ein paar Schritte zurück zu der Mauer, auf der Kat vorhin gesessen hatte. Sie lehnte sich dagegen, legte die Hände wie zum Gebet zusammen, und erst dann sprach sie weiter.

»Ich weiß nicht, woran du dich noch erinnerst, aber im Frühling, dem Frühling vor deinem zehnten Geburtstag, da ging es mir nicht gut. Ich habe mit diesem Typen zusammengewohnt, Ritchie, der …«

»Ich erinnere mich noch an diesen Scheißkerl.« Kat spuckte die Worte geradezu aus.

»Ja, der hat nur Probleme gemacht. Wegen ihm habe ich mit Heroin angefangen, und dann ging's ziemlich schnell bergab. Und da hat dein Großvater dann eingegriffen und dich zu sich auf die Farm geholt.«

»Nichts davon erklärt, warum du mich angelogen und mir verboten hast, ihn wiederzusehen.«

»Ich versuch's ja, Leanne. Dein Großvater hatte sich schon länger Sorgen um dich gemacht und mir mehrmals gedroht, dass er gerichtlich die Vormundschaft für dich erkämpfen würde, wenn ich mein Leben nicht in den Griff bekomme. Er hat das nie durchgezogen, aber in dem Jahr, als ich Ritchie kennengelernt habe, hat sich das geändert. Er hat sich einen Anwalt besorgt und wollte diesmal tatsächlich bei Gericht einen Antrag stellen, mit der Begründung, dass ich nicht in der Lage sei, mich um dich zu kümmern, und dass er als Sorgeberechtigter besser geeignet wäre.«

Ihr Großvater hatte das Sorgerecht für sie gewollt? Das hatte er Kat gegenüber nie erwähnt, da war sie sich sicher. Aber das hätte ja bedeutet …

»Ich hätte dauerhaft bei ihm leben können?«

»Genau, das wollte er. Dich auf der Farm behalten, weit weg von mir.«

Kat war sprachlos. Seit ihrer Kindheit war das ihr großer Traum gewesen: auf Featherdown Farm bleiben zu dürfen, in Sicherheit, unter der Aufsicht ihres Großvaters und Großonkels. Kein Leben mehr unter der ständigen Bedrohung von Zwangsräumungen und Obdachlosigkeit, keine Angst mehr, von der Schule nach Hause zu kommen und festzustellen, dass ihre Mutter verschwunden war oder Schlimmeres.

»Und was ist dann passiert?«, fragte sie heiser.

»Du musst verstehen, dass ich Angst hatte. Dein Großvater hatte sehr gute Argumente, das wusste ich, und ich konnte den Gedanken nicht ertragen, dich zu verlieren. Mein Leben war chaotisch und schwierig, und du warst das einzig Gute, das ich hatte. Als ich gehört habe, was er vorhatte, bin ich in Panik geraten.«

»Ich habe gefragt, was passiert ist.«

Sylvia stieß einen langen Seufzer aus und schaute auf ihre Füße. »Als ich davon erfahren habe, bin ich dich sofort abholen gekommen. Dein Großvater und ich hatten einen heftigen Streit, aber er hatte das vorläufige Sorgerecht noch nicht, also konnte er mich nicht daran hindern, dich mitzunehmen. Ich hab dich also ins Auto gesetzt und bin losgefahren, weit, weit weg von Chalcot und Ritchie und allem, was mich mit der Vergangenheit verbunden hat. Ich wollte einen Neuanfang, nur du und ich, irgendwo, wo uns niemand finden konnte.«

Kat erinnerte sich an das kleine feuchte Cottage in Schottland, in dem sie gewohnt hatten. Ihre Mutter hatte ihr erzählt, dass sie sich verstecken mussten, damit die Polizei Kat nicht fand und sie wegen Brandstiftung verhaftete. Wochenlang hatte sie sich in einer Ecke verkrochen und sich kaum aus dem Haus getraut, während ihre Mutter, die auf Entzug war, krank im Bett gelegen hatte. Danach waren sie für eine Weile nach Spanien gezogen, dann zurück nach Großbritannien und hatten einen kalten, grässlichen Winter in diversen Einzimmerapartments und schimmeligen Wohnungen im Nordosten verbracht. Nie länger als ein paar Monate am gleichen Ort. Und keine Ferien mehr auf der Featherdown Farm.

»Warum konntest du mir nicht einfach die Wahrheit sagen? Warum musstest du mir erzählen, dass wir wegen des Feuers weggezogen sind?«

Sylvia sah mit bedrückter Miene auf. »Es tut mir so leid. Von dem Feuer wusste ich gar nichts, als ich dich abgeholt habe; dein Großvater hat mir nichts davon gesagt. Aber dann hast du es im Auto erwähnt und gefragt, ob du deshalb aus Chalcot wegmusst, und ich fand, das war eine plausible Erklärung, warum wir nicht zurückkonnten, also habe ich die Gelegenheit genutzt. Mir war damals schon klar, wie scheiße das war, aber ich war verzweifelt. Ich hatte gehofft, wenn du glaubst, dein Großvater sei wütend auf dich, dann würde dir das die Trennung leichter machen und du würdest nicht ständig darum bitten, zurückzufahren, wie du es sonst immer getan hast.«

Kat schwieg, während sie die Worte ihrer Mutter sacken ließ. Fünfzehn lange, schmerzhafte Jahre hatte sie geglaubt, dass alles ihre Schuld gewesen sei – dass sie ihren Großvater so wütend gemacht habe, dass er sie nie wiedersehen wollte. Aber das Gegenteil war der Fall. Er hatte sie bei sich behalten und ihr ein dauerhaftes, sicheres und liebevolles

Zuhause auf der Featherdown Farm geben wollen. Und ihre Mutter hatte ihr das alles weggenommen.

»Und die ganze Sache mit der Polizei? Haben die wirklich einen Haftbefehl gegen mich erlassen?«

»Nein, das habe ich auch erfunden«, sagte Sylvia und vor Scham liefen ihre Wangen rot an. »Es tut mir so leid, Leanne. Ich hatte solche Angst, dich zu verlieren.«

»Fuck«, sagte Kat und rieb sich übers Gesicht. »Die ganze Zeit über habe ich mir selbst die Schuld gegeben, Mum. Fünfzehn Jahre Schuldgefühle und Selbsthass, weil ich dachte, ich hätte es mir mit meinem eigenen Großvater verdorben. Hast du auch nur die leiseste Ahnung, wie sich das anfühlt?«

»Ich habe keine Entschuldigung für mein Verhalten.« Sylvia sah jetzt noch kleiner aus, sie hatte sich an der niedrigen Mauer zusammengekauert. »Ich war eine Drogenabhängige – ich *bin* eine Drogenabhängige – und ich habe deine Kindheit versaut. Aber glaub mir, ich weiß, wie es ist, mit Schuldgefühlen und Selbsthass zu leben.«

Langsam atmete Kat aus. So vieles wollte sie ihrer Mutter an den Kopf werfen, aber auf einmal war sie erschöpft.

»Ich weiß, das wird dich jetzt nicht trösten, aber ich bin inzwischen clean«, sagte ihre Mutter, als Kat weiter schwieg. »Das war ich schon, bevor dein Großvater gestorben ist. Mit dem Geld, das ich von ihm geerbt habe, habe ich mir eine Wohnung in Birmingham gekauft, nichts Besonderes, nur ein kleines Einzimmerapartment, aber ich wohne jetzt seit zwei Jahren dort und habe einen Job. Ich putze Büros.«

»Wie schön für dich«, sagte Kat, aber ihr Sarkasmus lief ins Leere. Sie wollte nur noch zurück zu Shelley House und sich im Bett zusammenrollen, so wie sie es als Kind getan hatte, wenn ihr alles zu viel wurde.

»Ich bitte dich nicht um Vergebung – das würde ich nie tun. Ich bitte dich nur darum, dass du diesen Brief liest.« Sylvia hielt immer noch den Umschlag in der Hand und streckte in ihr entgegen. »Kein Kind sollte so aufwachsen müssen wie du, und kein bescheuerter Brief wird jemals wiedergutmachen, was ich dir genommen habe. Aber ich wollte –

musste – alles aufschreiben und dir erklären, was wirklich passiert ist. Ich war eine schlechte Mutter, Leanne, ich habe dich belogen und im Stich gelassen, und das werde ich mir nie verzeihen.«

Kat öffnete den Mund, um sich weiterzustreiten, aber dann dachte sie an Dorothy. Seit über dreißig Jahren quälte sich diese Frau mit Schuldgefühlen und war zur Gefangenen der eigenen Selbstverachtung geworden. Kat sah ihre Mutter an, die so klein und zerbrechlich wirkte, und die Wut wich aus ihrem Körper.

»Sucht ist eine Krankheit, Mum. Du warst krank. Du brauchst dich nicht mehr zu bestrafen, du musst dich darauf konzentrieren, gesund zu bleiben.«

Sylvia blinzelte, und Kat sah Tränen in ihren Augen.

»Danke«, sagte sie, und ihre Stimme zitterte. Sie hielt Kat wieder den Brief hin, auch ihre Hand bebte. Kat starrte ihn einen Moment lang an, dann streckte sie die Hand aus und nahm ihn.

»Tschüss, Mum. Pass auf dich auf.«

»Du auch. Ich hoffe, du hast ein glückliches Leben.«

Als Kat dieses Mal wegging, folgte Sylvia ihr nicht.

KAPITEL 39

Dorothy

Dorothy beobachtete Kat, die mit gesenktem Kopf die Straße entlang Richtung Shelley House ging. Den ganzen Vormittag hatte Dorothy am Fenster gesessen und nervös auf ihre Rückkehr gewartet. War es richtig gewesen, Kat Bescheid zu sagen, dass ihre Mutter auf dem Polizeirevier war? Sie hatte gehofft, dass das Mädchen ein paar Antworten bekommen würde oder vielleicht sogar Katharsis, aber ebenso gut bestand die Möglichkeit, dass ihr das nur noch mehr Schmerz und Wut beschert hatte. Daher hielt Dorothy die Luft an, als Kat die Treppe hinaufstieg, das Gesicht immer noch hinter ihren pinken Haaren verborgen. Dorothy erhob sich, humpelte zur Wohnungstür und zog sie im gleichen Moment auf, als ihre Nachbarin in den Hausflur trat.

Bei dem Geräusch drehte Kat den Kopf, und ihre Wangen waren tränennass. *Oh nein.* Offenbar hatte Dorothy die falsche Entscheidung getroffen.

»Es tut mir so leid, Kat.«

Ohne etwas zu sagen, wischte sich das Mädchen mit dem Ärmel ihres Kapuzenpullovers über die Augen.

»Ich lasse Sie in Ruhe. Ich wollte nur sehen ...«

»Sie haben nicht zufällig Lust auf eine Tasse Tee?«

Dorothy war so überrascht, dass sie nicht wusste, was sie antworten sollte, darum drehte sie sich um und eilte in die Küche, ließ aber die Haustür offen, damit Kat ihr folgen konnte. Es war Jahrzehnte her, dass sie zuletzt für jemand anderen Tee gekocht hatte. In einer der unteren Schubladen fand sie ein Spitzendeckchen und legte es auf einen Teller. Wenn sie gewusst hätte, dass sie heute einen Gast bewirten würde, dann hätte sie eine Packung von den guten Keksen bestellt, aber so mussten sie sich eben mit welchen mit Vanillecreme begnügen. Als Dorothy ein paar Minuten später das Teetablett herausbrachte, saß Kat auf dem Sofa, Reggie lag neben ihr. Niemand sagte etwas, während Dorothy das Tablett abstellte, den Tee durch das Sieb goss und Kat eine Tasse mit Untertasse reichte. Das Mädchen nahm sich einen Keks und aß ihn schweigend.

»Ich war bei der Polizei«, sagte sie schließlich und verfütterte das letzte Stückchen von ihrem Keks an Reggie.

»Haben Sie Ihre Mutter gesehen?«

»Hab ich.«

»Haben Sie mit ihr gesprochen?«

»Hab ich.«

»Haben Sie ihr eine reingehauen?«

Das entlockte Kat ein winziges Lächeln. »Hab ich nicht.«

Kat nahm sich noch einen Keks vom Teller, biss hinein und kaute langsam. Dorothy wartete darauf, dass sie weitersprach.

»Sie entschuldigt sich dafür, dass sie in Ihre Wohnung eingebrochen ist und Sie erschreckt hat. Anscheinend wollte sie wirklich zu mir.«

»Und sie kam nicht auf die Idee, die Haustür zu benutzen, wie man das für gewöhnlich tut?«

»Sie dachte, ich hätte nicht mit ihr reden wollen, wenn sie geklingelt hätte, womit sie, ehrlich gesagt, auch recht hat. Sie meinte, sie wollte mir den hier dalassen.« Kat griff in ihre Tasche und holte einen ziemlich in Mitleidenschaft gezogenen Umschlag hervor.

»Verstehe. Werden Sie ihn lesen?«

Kat zuckte unschlüssig die Achseln.

»Hat Ihre Mutter angedeutet, worum es in dem Brief geht?«

»Nicht so richtig. Aber sie hat mir ein paar Dinge erzählt …« Kat zögerte. Das war das erste Mal, dass ihr in Dorothys Gegenwart die

Worte fehlten. Dann holte sie tief Luft. »Als Kind habe ich oft für eine gewisse Zeit bei meinem Großvater in Chalcot gewohnt. Ihm hat die Featherdown Farm gehört, und ich war echt gern bei ihm und meinem Großonkel. Ich glaube, das war der einzige Ort, an dem ich wirklich glücklich war. Dann, als ich zehn Jahre alt war, hat mir meine Mutter erzählt, dass mein Großvater mich verstoßen hätte und nie wiedersehen wollte, weil ich etwas angestellt hatte. Sie hat gesagt, dass er mich für meine Taten verhaften lassen würde, wenn ich mich je wieder in Chalcot blicken lasse. Aber heute hat sie mir erzählt, dass das gelogen war. Er hat mich nicht verstoßen, ganz im Gegenteil. Er wollte, dass ich dauerhaft bei ihm wohne, und meine Mutter wollte das verhindern, also hat sie mich ihm weggenommen.«

Etwas Derartiges hatte Dorothy noch nie gehört, und sie musste sich zusammenreißen, damit ihr kein taktloser Kommentar herausrutschte. Was für eine Mutter tat dem eigenen Kind so etwas Entsetzliches an?

»Ich weiß einfach nicht, was ich jetzt mit dieser Info anfangen soll«, sagte Kat und zupfte an dem ausgefransten Bündchen ihres Ärmels herum. »Ein Teil von mir ist erleichtert, dass mein Großvater mich nicht gehasst und weggeschickt hat, wie ich immer gedacht habe. Aber ich bin auch so verdammt wütend auf meine Mutter, weil sie mir die Chance auf eine stabile Kindheit genommen hat; weil sie mir die Chance genommen hat, ein gutes Verhältnis zu meinem Großvater zu behalten. Was ich alles durchgemacht habe, als ich bei ihr gelebt habe – die Drogen und ihre beschissenen Partner und die Zwangsräumungen –, und ich hätte die ganze Zeit woanders hingekonnt.«

Kat blickte hinunter auf ihre Teetasse und kämpfte mit den Tränen.

»Das tut mir so leid, Kat. Es ist wirklich furchtbar, was Ihre Mutter Ihnen angetan hat.«

»Ich frage mich ständig, *was wäre, wenn?* Was wäre, wenn ich hier aufgewachsen wäre, anstatt alle paar Monate mit meiner Mutter umzuziehen? Was wäre, wenn ich in der Schule hätte bleiben können? Was wäre, wenn ...«

»Meine Liebe, auf dem Weg liegt Wahnsinn.«

Kat sah zu ihr hoch. »Wie meinen Sie das?«

»Ich meine: Vor dreiunddreißig Jahren wurde ich meiner perfekten Zukunft beraubt, so wie Sie Ihrer durch die Lüge Ihrer Mutter beraubt worden sind. Und seitdem lasse ich es zu, dass mich die *was wäre, wenns* quälen. Was wäre, wenn ich mich über die mangelnden Sicherheitsvorkehrungen auf dem Dach beschwert hätte und die Brandschutztür hätte verriegeln lassen? Was wäre, wenn ich besser auf meine Tochter aufgepasst hätte, anstatt mit Joseph zu flirten? Was wäre, wenn ich eine bessere Mutter gewesen wäre? Ich habe mich so sehr von diesen *was wäre, wenns* und dem Leben, das mir gestohlen wurde, verzehren lassen, dass ich aufgehört habe, das Leben zu leben, das ich noch habe.«

Dorothy zeigte auf das Zimmer um sie herum: die alten, verblichenen Möbel und die abblätternde Tapete, die seit Charlottes Tod nicht mehr erneuert worden war.

»Sie haben getrauert«, sagte Kat.

»Ja, genau wie Sie. Sie haben jahrelang geglaubt, dass Sie Ihren Großvater gegen sich aufgebracht haben.«

»Dank meiner verdammten Mutter«, murmelte Kat.

»Ich bin mir sicher, Ihre Mutter hatte ihre Gründe, wie irrsinnig die auch gewesen sein mögen. Aber vielleicht sollten Sie Ihre Energie nicht darauf verschwenden, wütend auf sie zu sein, Kat. Immerhin hat sie Ihnen heute ein Geschenk gemacht.«

»Was, diesen Brief?« Sie wedelte mit dem zerknitterten Umschlag, den sie immer noch in der Hand hielt.

»Nein. Sie hat Sie von einer schmerzhaften Lüge befreit, die Ihr ganzes Leben bestimmt hat. Jetzt steht es Ihnen frei, Ihr Leben so zu leben, wie Sie es möchten. Wie Sie es verdienen.«

»Genau wie Sie«, sagte Kat, aber Dorothy winkte ab.

»Sind Sie nach Chalcot zurückgekommen, weil Sie gehofft haben, sich mit Ihrem Großvater zu versöhnen?«

Kat atmete so laut aus, dass Reggie aufschreckte. »Ich bin mir ehrlich gesagt gar nicht so sicher, warum ich zurückgekommen bin. Ich habe mich mein Leben lang von ihm ferngehalten, weil ich dachte, dass er das so wollte und ich sonst in große Schwierigkeiten geraten würde. Aber in letzter Zeit habe ich oft an ihn und dieses Dorf gedacht. Ein kleiner Teil von mir hat wohl gehofft, dass er noch lebt und ich mich entschuldigen und Frieden schließen kann.«

»Es tut mir leid, dass Sie keine Gelegenheit dazu hatten und sich nicht von dem Mann, den Sie so geliebt haben, verabschieden konnten. Aber wenigstens wissen Sie jetzt, dass es nichts gab, wofür Sie sich hätten entschuldigen müssen. Sie haben sich all die Jahre für ein Verbrechen bestraft, das Sie gar nicht begangen haben.«

Als Antwort zog Kat nur eine Augenbraue hoch, und es war sonnenklar, wie sie das meinte.

»Hier geht es um Sie, Mädchen, nicht um mich«, sagte Dorothy und wandte den Blick ab.

Kat lächelte schief. »Na ja, so oder so, jetzt ist es eh zu spät. Mein Großvater ist nicht mehr da und seine Farm auch nicht, weil Fergus Alexander sie zerstört hat.«

Aha, *deshalb* also war Kat so fest entschlossen, ihren Vermieter zu Fall zu bringen. Dorothy hatte sich schon gefragt, warum Kat plötzlich so versessen darauf gewesen war, Beweise für Alexanders Verbrechen zu finden.

»Sie haben vielleicht nicht die Versöhnung bekommen, die Sie sich erhofft hatten, aber ich würde sagen, es ist noch nicht zu spät. Wir können immer noch kämpfen und Gerechtigkeit für das erwirken, was Fergus Alexander Ihrem Großvater angetan hat.«

»Schätze schon.« Kat fuhr sich über das blasse Gesicht.

»Sie können noch eine Tasse Tee vertragen«, sagte Dorothy und drückte sich aus ihrem Stuhl hoch.

»Mir geht's gut.«

»Unsinn. Ich mache uns rasch eine frische Kanne, dann können wir die nächsten Schritte besprechen. Ich werde nicht untätig herumsitzen und warten, bis Wills Artikel veröffentlicht wird. Und wer Joseph angegriffen hat, haben wir auch immer noch nicht herausgefunden. Ich habe meine Liste der Verdächtigen überarbeitet, wenn Sie sie sehen möchten?«

»Klar. Und noch ein paar von diesen Keksen wären nicht verkehrt, bitte. Ich bin am Verhungern.«

»Natürlich, Mylady.« Aus Spaß machte sie einen Knicks, den Kat mit einem kleinen Lacher belohnte.

Als Dorothy das Tablett in die Küche trug, dachte sie darüber nach, dass sie bei Kats Einzug vorschnell über sie geurteilt hatte. Unter den Tätowierungen und den lächerlichen Haaren steckte ein sensibles und freundliches Mädchen, das von dem Menschen, der sie eigentlich hatte beschützen sollen, schrecklich behandelt worden war. Allein schon der Gedanke an diese furchtbare Frau brachte Dorothys Blut in Wallung. Wie sie die eigene Tochter so hatte belügen können, wo es doch offensichtlich gewesen war, wie sehr das dem Kind schadete. Und dann hatte sie zugelassen, dass diese Lüge bis ins Erwachsenenalter gärte und Kats Leid immer länger andauerte. Am liebsten hätte Dorothy Sylvia Mason ausfindig gemacht und ihr ordentlich die Leviten gelesen.

»Bitte sehr«, sagte Dorothy, als sie das Tablett wieder ins Wohnzimmer trug. »Tee und Kekse, nur die mit Vanillecreme sind mir leider ausgegangen. Ich fürchte, wir müssen mit den guten alten *Digestives* vorlieb…«

Dorothy unterbrach sich, als sie Kats Gesicht sah. Das Mädchen saß immer noch auf dem Sofa, aufgeschlagen auf ihrem Schoß lag die aktuelle Ausgabe der *Dunningshire Gazette*. Dorothy hatte sie aus dem Postregal geholt, als sie heute Nachmittag von dem Besuch auf Kats Arbeit zurückgekehrt war, hatte aber noch keinen Blick hineingeworfen. Kat wohl schon, und was auch immer darin stand, hatte sie offenbar aufgewühlt.

»Was ist denn los?« Dorothy stellte das Tablett auf dem Tisch ab. »Sie sehen furchtbar aus.«

»Ich … Ich …«, stotterte Kat.

»Was ist denn? Steht da etwas über Ihre Mutter? Oder über Fergus Alexander, diese Ratte?«

Kat antwortete nicht, aber ihre Unterlippe bebte, als sie zu Dorothy aufsah.

»Kommen Sie, so schlimm kann es doch gar nicht sein.« Dorothy griff hinunter, um die Zeitung von Kats Schoß zu nehmen, aber das Mädchen hielt sie fest umklammert. »Was soll das?«

Kat ließ nicht los. »Bitte, Dorothy. Lesen Sie das nicht.«

»Aber warum denn nicht?«

Dorothy zog fester, und die Zeitung löste sich aus Kats Griff. Also wirklich, was für ein merkwürdiges Verhalten. Dorothy setzte sich wieder auf ihren Stuhl und sah sich die Seite an, die Kat gelesen hatte. Da waren Artikel über einen Zumbathon, was auch immer das sein mochte, der in Favering für einen guten Zweck stattfand, und über das bevorstehende Sommerfest in Chalcot, aber darüber konnte Kat doch sicherlich nicht derart aufgelöst sein? Dorothy überflog die nächste Seite. Darauf waren mehrere Artikel abgedruckt, aber ihr Blick fiel sofort auf ein vertrautes Foto. Es war eine Schwarz-Weiß-Aufnahme von Shelley House, die gleiche, die die Zeitung in dem Bericht über Josephs Ein-Mann-Protest verwendet hatte. Darüber stand die Schlagzeile: DROHENDE BAUMASSNAHMEN WECKEN SCHMERZHAFTE ERINNERUNGEN BEI HAUSBEWOHNERN.

»Ich hatte keine Ahnung, dass Will das schreibt«, sagte Kat, aber Dorothy las unbeirrt weiter.

Der Bauunternehmer Fergus Alexander hat eine historische Villa in Chalcot ins Visier genommen, um dort Luxuswohnungen entstehen zu lassen. Die Anwohner sollen zwangsgeräumt werden. Bereits in der Vergangenheit hat das in der Poet's Road gelegene Shelley House Tragödien erlitten, die durch die jüngsten Ereignisse wieder aufgewühlt wurden. Im Sommer 1991 wurde die Nachbarschaft durch den Tod von Charlotte Darling erschüttert, einer Fünfzehnjährigen, die bei einem Unfall im Haus ums Leben kam. Ihre Mutter, die siebenundsiebzigjährige Dorothy Darling, lebt noch immer in Shelley House und wurde die letzten dreißig Jahre von Schuldgefühlen geplagt, weil sie den Tod ihrer Tochter nicht hatte verhindern können. Nun ist Ms Darling gemeinsam mit den anderen Bewohnern fest entschlossen, die

Baumaßnahmen zu stoppen und das beeindruckende viktorianische Gebäude zu retten, das einst Charlottes Zuhause war.

Die Baupläne für Shelley House sind derzeit …

Dorothy hörte auf zu lesen und ließ die Zeitung auf ihren Schoß fallen. Sie sah Kat an, das Mädchen, das sie noch vor wenigen Augenblicken getröstet hatte.

»Wie konnten Sie nur?« Ihre Stimme war ein Krächzen.

»Es tut mir so leid. Das habe ich Will im Vertrauen erzählt, ich hatte keine Ahnung, dass er darüber schreiben würde.«

»Sie haben versprochen, das für sich zu behalten.«

»Ich weiß. Und ich habe es Will nur erzählt, weil ich mir Sorgen um Sie gemacht habe und …«

»Jetzt wissen es alle.« Dorothy schnappte nach Luft, als ihr die Tragweite bewusst wurde. Ayesha. Omar. Gloria. Ganz Chalcot, ganz Dunningshire würde das lesen und von Charlottes Tod und Dorothys Schuldgefühlen erfahren. Bei dem Gedanken verkrampfte sich ihr Magen und sie krümmte sich vor Schmerz.

»Das ist keine so große Sache, wie Sie denken«, sagte Kat, obwohl ihr panischer Tonfall etwas anderes suggerierte. »Wenn die Leute das von Charlotte lesen, werden sie sicher Mitgefühl mit Ihnen haben, und …«

»Wagen Sie es ja nicht, den Namen meiner Tochter in den Mund zu nehmen!« Aus dem Krächzen ihrer Stimme war ein Brüllen geworden.

»Es tut mir leid, ich wollte bloß …«

»Ich kann nicht fassen, dass ich so dumm war, ausgerechnet Ihnen mein Geheimnis anzuvertrauen.«

Kat zuckte zusammen, aber Dorothy wollte dem Mädchen wehtun, genauso sehr wie Kat sie verletzt und gedemütigt hatte.

»Als ich Sie zum ersten Mal gesehen habe, wusste ich gleich, dass Sie nur Probleme machen. Joseph hat sich vielleicht von Ihnen täuschen lassen, aber ich wusste vom ersten Tag an, wie verdorben Sie sind.«

Kats Augen funkelten gefährlich und sie ballte die Hände zu Fäusten.

»Kein Wunder, dass Ihr Großvater nichts mit Ihnen zu tun haben wollte, wenn Sie allen immer nur Schmerz und Zerstörung bringen.«

»Hören Sie auf, Dorothy. Bitte.«

Aber das konnte sie nicht, sie war berauscht von der Wut, die durch ihre Adern strömte, der Wut auf das Mädchen, das ihre Schuld in die Welt hinausposaunt hatte. »Ich wette, Sie haben auch Joseph angegriffen, nicht wahr? Sie und Ihre verrückte, nichtsnutzige Junkie-Mutter ...«

Dorothy kam nicht dazu, den Satz zu beenden. Kat sprang so abrupt auf, dass das Teetablett vom Tisch flog und das Geschirr zu Boden krachte und zerbrach.

»Gerade Sie brauchen mir keine Vorträge über schlechte Mütter zu halten!«, zischte das Mädchen, das inzwischen am ganzen Körper zitterte. »Meine Mutter mag ihre Fehler haben, aber wenigstens hat sie es geschafft, mich am Leben zu halten.«

Dorothy schwankte, als hätte man ihr eine Ohrfeige verpasst, und Bedauern blitzte in Kats Gesicht auf.

»Tut mir l–«, begann Kat, aber Dorothy war inzwischen ebenfalls auf den Beinen.

»Wie können Sie es wagen, Charlotte da hineinzuziehen. Verschwinden Sie!«

»Mit Vergnügen!« Kat griff nach ihrer Tasche, und Dorothy hörte das Porzellan unter ihren Schuhen knirschen.

»Ich will Sie nie wiedersehen«, rief Dorothy, als das Mädchen an ihr vorbei zur Tür stürmte. »Verschwinden Sie aus Chalcot und kommen Sie ja nie wieder zurück!«

»Ich hoffe, die walzen das ganze Haus mit Ihnen drin platt«, sagte Kat, und man hörte ihr an, dass sie den Tränen nahe war. Einen Augenblick später schwang die Wohnungstür auf, und Kat war weg.

Jetzt war die Wohnung still, nur Dorothys Schnaufen war zu hören. Sie schaute wieder auf die Zeitung auf dem Couchtisch, die vom verschütteten Tee feucht war, und stöhnte leise auf. Kat hatte recht, im Grunde hatte sie ihre eigene Tochter auf dem Gewissen, und jetzt stand für alle sichtbar in der Zeitung, welche Schuld sie auf sich geladen hatte.

Dorothy wandte den Blick von der *Dunningshire Gazette* ab und ging durch das Zimmer, als sie einen stechenden Schmerz im Fuß spürte. Eine Scherbe ihrer geliebten Teekanne, ein Weihnachtsgeschenk von Phillip und Charlotte, hatte sich durch die Sohle ihres bestrumpften Fußes gebohrt. Wimmernd ging Dorothy weiter, zuckte aber jedes Mal zusammen, wenn sie den Fuß belastete. Als sie die am weitesten entfernte Tür erreichte, blickte sie zurück und sah eine Blutspur auf dem Eichenboden. Aber dafür war jetzt keine Zeit. Dorothy verließ das Wohnzimmer, und während sie am Bad und an ihrem Schlafzimmer vorbeihumpelte, wurde ihr schwindelig vor Schmerz. Als sie die letzte Tür erreichte, stieß sie sie auf und taumelte hinein.

Wie der Rest der Wohnung war auch Charlottes Zimmer in all den Jahren unverändert geblieben. Dieselben Poster von Nirvana und R.E.M. zierten die Wände, im Kleiderschrank hingen dieselben Kleider, und auf dem Schminktisch lag dieselbe silberne Bürste, mit der Dorothy jeden Morgen Charlottes langes braunes Haar entwirrt hatte, bis sie alt genug gewesen war, das selbst zu tun. Einmal wöchentlich wurde jeder Gegenstand sorgfältig abgestaubt und dann wieder an exakt die Stelle zurückgelegt, wo Charlotte ihn damals, an ihrem letzten Morgen, gelassen hatte.

Dorothy zog ihren blutenden Fuß über den Teppich nach, bis sie das Bett erreichte. Decke und Kissen waren mit Charlottes Lieblingsbettwäsche bezogen, die mit den blassrosa Blumen. Charlottes Teddybär saß auf dem Kissen und wartete auf sie. Dorothy schob ihn beiseite, ließ sich auf dem Bett nieder und versuchte, nicht aufzustöhnen, als sie mit dem Fuß an die Bettkante stieß. Als Charlotte gestorben war und Phillip sich von Dorothy abgewendet hatte, hatte sie viel Zeit in diesem Bett verbracht. Wochenlang hatte sie darin geschlafen und ihren Mann sich im Schlafzimmer allein in seiner Bitterkeit suhlen lassen. Als er sie verlassen hatte, war sie zurück ins Elternschlafzimmer gezogen und hatte sich seitdem nicht mehr auf dieses Bett gelegt. Jetzt ließ Dorothy den Kopf auf Charlottes Kissen sinken, drückte sich den Teddy an die Brust, schloss die Augen und wartete darauf, dass der Schlaf sie übermannte.

KAPITEL 40

Kat

Kat stürmte durch die Wohnung, riss Türen und Schränke auf und knallte sie wieder zu. Wie hatte Will ihr nur so in den Rücken fallen können? Wie hatte sie nur so naiv sein können, sich ihm gegenüber zu öffnen, ihm Dinge aus ihrem Leben zu erzählen, die sie sonst niemandem erzählte, während er sie die ganze Zeit nur nach Tratsch für seine Artikel ausgehorcht hatte? Sie dachte an ihren Kuss im Archiv und schleuderte ein Kissen quer durchs Wohnzimmer.

Und dann war da noch Dorothy. Noch nie hatte Kat so viel Hass in den Augen eines Menschen gesehen, und wer konnte Dorothy das verübeln? Sie hatte Kat ihr tiefstes, dunkelstes Geheimnis verraten, und Kat hatte ihr Vertrauen missbraucht. Das würde Dorothy ihr nie verzeihen. *Verschwinden Sie aus Chalcot und kommen Sie ja nie wieder zurück!* Kat lief es eiskalt den Rücken runter, als sie an Dorothys Worte dachte. Es waren die gleichen gewesen, die auch ihr Großvater vor fünfzehn Jahren angeblich gesagt hatte.

Es klopfte an der Tür, Kat eilte hin und betete, dass es Dorothy war. Aber als sie sie öffnete, stand stattdessen Will im Flur.

»Hey!« Er schenkte Kat sein schiefes Grinsen, aber es erlosch sofort, als er ihr Gesicht sah. »Was ist denn los? Hab ich mich in der Zeit vertan?«

Kat schaute durch den Flur zu Wohnung eins; das Letzte, was sie jetzt gebrauchen konnte, war, dass Dorothy sie zusammen mit Will sah. Sie zog ihn rein und schlug die Tür zu.

»Wie konntest du nur!« Die Worte brachen aus ihr heraus, halb als Schrei, halb als Schluchzen.

»Was?« Will sah ehrlich überrascht aus.

»Der Artikel, den du über Dorothy geschrieben hast. Wie konntest du ihr das antun? Und mir?«

»Ich versteh gar nicht, was du hast. Ich dachte, ihre Geschichte als Aufhänger weckt vielleicht Mitgefühl für die Bewohner und Aufmerksamkeit für das, was hier abgeht. Ich dachte, du freust dich!«

»Willst du mich verarschen?« Kat drehte sich um und ging im Zimmer auf und ab, um sein dummes, hübsches Gesicht nicht sehen zu müssen. »Das habe ich dir im Vertrauen erzählt, Will. Und nicht, damit du das in die verdammte Zeitung schreibst.«

»Aber warum denn nicht? Alles, was in dem Artikel stand, war sowieso schon bekannt – über Charlottes Tod wurde früher schon berichtet.«

»Aber das war vor dreiunddreißig Jahren. Und selbst da stand in dem Artikel bloß, dass Charlotte gestorben ist, aber nicht, dass Dorothy sich die Schuld daran gibt. Jetzt hast du das alles wieder aufgewühlt, und die Leute werden sich die Mäuler darüber zerreißen. Hast du gar nicht daran gedacht, wie sich Dorothy dabei fühlt?«

»Aber ich habe doch nichts Schlechtes über sie geschrieben.«

Kat wirbelte herum. »Du hast geschrieben, dass sie sich schuldig fühlt, du Idiot. Dass sie seit über dreißig Jahren mit Schuldgefühlen zu kämpfen hat, und das macht jetzt alles noch tausendmal schlimmer.«

»Ich weiß, du bist angepisst, aber du kannst nicht alles auf mich schieben.« Seine Stimme bekam einen verteidigenden Unterton. »Du hast nie gesagt, dass Dorothys Geschichte ein Geheimnis ist. Und du meintest, du willst ihr helfen, Shelley House zu retten. Genau das habe ich versucht.«

Kat sackte auf dem Sofa in sich zusammen. Sie wollte Will anschreien, aber er hatte recht, sie konnte ihm nicht die ganze Schuld in die Schuhe schieben. Sie war diejenige, die dumm genug gewesen war, einem anderen Menschen zu vertrauen. Sie hatte ihre Deckung fallen lassen und jemandem erlaubt, ihr nahezukommen. Warum hatte Kat nach all den Jahren voller Lügen und falscher Versprechungen ihrer Mutter tatsächlich geglaubt, sie könne sich auf jemanden verlassen, ohne verletzt zu werden?

»Kann ich irgendwas tun, um das wieder in Ordnung zu bringen?«, fragte Will und hockte sich neben sie. »Soll ich rüber zu Dorothy und mich entschuldigen?«

»Nein!« Kat sprang wieder auf. »Halt dich bloß von ihr fern. Sie hasst uns, und damit würdest du alles nur noch schlimmer machen.«

»Sie wird sich schon wieder einkriegen. Und bis dahin können wir weiter versuchen, ihr Haus zu retten.«

»Dreiunddreißig Jahre lang hat Dorothy für Charlottes Tod Buße getan, und du und ich haben das gerade in der Zeitung veröffentlicht, und jetzt weiß das ganze Dorf darüber Bescheid. Ich glaube nicht, dass sie mir das jemals verzeihen wird.«

»Tut mir leid, Kat. Ich dachte wirklich, ich würde euch damit helfen.«

»Tja, nun, das hast du definitiv nicht.« Kat ging zur Tür und riss sie auf. »Du solltest jetzt gehen.«

»Ernsthaft? Kat, ich habe mich entschuldigt.«

»Ich will dich nicht mehr sehen, Will.«

»Aber ich dachte, wir würden was trinken gehen und über den Artikel sprechen. Ich habe mich heute mit einem ehemaligen Mieter von Alexander unterhalten, der mir ein paar ...«

»Das ist mir scheißegal. Und jetzt lass mich in Ruhe.«

Mit irritiertem Blick ging Will an ihr vorbei und hinaus in den Flur. Er drehte sich um, weil er noch etwas sagen wollte, aber Kat schlug ihm die Tür vor der Nase zu. Sie hatte gehofft, dass sie sich dadurch besser fühlen würde, aber wenn überhaupt, ging es ihr nur noch schlechter. Kat dachte an Dorothys gekränkten Gesichtsausdruck, den Zorn in ihren Augen und die Worte, die sie ihr an den Kopf geworfen hatte. *Kein Wunder, dass Ihr Großvater nichts mit Ihnen zu tun haben wollte, wenn Sie allen immer nur Schmerz und Zerstörung bringen.*

Kat kamen die Tränen, und sie wischte sie wütend weg. Dann drehte sie sich um und marschierte ins Schlafzimmer, um mit dem Packen zu beginnen.

KAPITEL 41

Dorothy

Sechs Monate später

Um sechs Uhr dreißig wurde Dorothy von dem monotonen Klopfen der uralten Rohre geweckt. Ein paar Minuten lang blieb sie im Bett liegen und bemühte sich, durch Willenskraft wieder in ihren Traum zurückzufinden. Darin war Charlotte nicht nur am Leben gewesen, sondern auch eine erwachsene Frau mit Lachfältchen um die Augen und einem Hauch von Grau im Haaransatz. Sie hatte in einem Bus gesessen und gelesen, und Dorothy hatte sich zwar nicht mit ihr unterhalten können, aber sich am Anblick ihrer schönen Tochter erfreut. Doch leider kroch, jetzt, wo Dorothy wach war, die Kälte in ihre Knochen zurück, und jegliche Chance, in den Traum zurückzukehren, war weg.

Sie stand auf, zuckte zusammen, weil ihr alles wehtat, und tastete sich im Dunkeln zum Bad. Ihr war der Strom abgestellt worden und seit über einer Woche gab es kein Warmwasser mehr, also ließ Dorothy eiskaltes Wasser ins Waschbecken laufen und versuchte nicht aufzukreischen, als sie ihren Körper damit bespritzte. Ohne Strom konnte sie sich weder Tee noch ein Ei kochen, daher schenkte sie sich nur ein Glas Wasser ein und trug es zum Kartentisch.

Während sie es trank, beobachtete sie das morgendliche Geschehen vor dem Fenster. Die weißen Vans kamen um kurz vor acht, parkten vor Shelley House und spuckten ihre Passagiere auf den frostigen Bürgersteig. Heute waren es vier Bauarbeiter, die sich grunzend grüßten, während sie ihre Zigaretten fertig rauchten und ihre Geräte ausluden. Vor zehn Tagen waren sie zum ersten Mal aufgetaucht und hatten sich sichtlich unbehaglich gefühlt, als sie Dorothy beim Betreten des Hauses zugenickt hatten. Bisher schien ihre einzige Aufgabe zu sein, die übrig gebliebenen Gegenstände aus den anderen Wohnungen zu entfernen: Dorothy hatte beobachtet, wie Küchenspülen, Lampen und eine Schranktür, an der noch immer ein Kalender mit Klausurterminen klebte, kurzerhand in einen Container geworfen worden waren.

Ein gewaltiger Krach aus dem oberen Stockwerk signalisierte, dass es acht Uhr war und für die Bauarbeiter der Arbeitstag begann. Dorothy stand auf, um sich anzukleiden: ein Rock und ein Pullover über der Thermounterwäsche sowie ein Hut, fingerlose Handschuhe und ihre Perlen. Sobald sie damit fertig war, bezog sie die Betten frisch, fegte die Eichenböden und staubte die Bilder und Ziergegenstände auf dem Kaminsims ab. Währenddessen spielte sie Wagners *Parsifal* so laut auf dem CD-Player ab, dass es den Lärm der Vorschlaghämmer übertönte.

Um zehn Uhr hatte sie sich gerade hingesetzt, um sich noch ein Glas Wasser zu genehmigen, als sie von weiter oben in der Poet's Road Tumult vernahm. Erst dachte Dorothy, sie hätte sich wegen des Lärms der Bauarbeiter verhört, doch als sie aus dem Fenster sah, rannte ein kleiner braun-weißer Hund aufgeregt kläffend über den Bürgersteig auf Shelley House zu. Dorothy lächelte, erhob sich aber nicht von ihrem Platz. Stattdessen wanderte ihr Blick zu dem Menschen, der dem Hund die Stufen hinauffolgte.

Wenige Augenblicke später hörte sie, wie sich ihre Wohnungstür öffnete, und Reggie kam hereingesprungen.

»Hallo, mein braver Junge«, sagte Dorothy, als ihr das Tier auf den Schoß sprang und das Gesicht ableckte. Sie schloss die Augen und ließ zu, dass er sie mit Küssen überhäufte. »Ja, ich hab dich ja auch vermisst, Reginald.«

Als sie die Augen öffnete, stand Joseph Chambers in der Tür und beobachtete sie.

»Steh nicht rum wie bestellt und nicht abgeholt«, blaffte Dorothy, woraufhin Joseph tat, als würde er salutieren, und dann die Küche ansteuerte.

Dorothy widmete ihre Aufmerksamkeit wieder Reggie und kraulte ihn unter dem Kinn. Im Oktober hatte Joseph damit angefangen, sie mit dem Hund zu besuchen. Bis dahin hatte auch er noch in Shelley House gewohnt, und Dorothy hatte das Tier so gut wie jeden Tag gesehen. Aber nachdem Fergus Alexanders Bauantrag genehmigt worden war und die Räumungsbefehle eingetroffen waren, hatten Joseph und die anderen Bewohner beschlossen, dass der Kampf vorbei war, und er war in einen Bungalow in einer Seniorenwohnanlage in Little Whitham gezogen. Wochenlang hatte Dorothy sich geweigert, mit dem alten Mann zu sprechen, so empört war sie über seinen Verrat, aber er war immer wieder mit Reggie in der Poet's Road aufgetaucht, und schließlich hatte sie nachgegeben. Inzwischen brachte Joseph den Hund zweimal die Woche vorbei, montags und donnerstags. Anfangs hatte er Reggie an ihrer Wohnungstür abgesetzt, war spazieren gegangen und hatte ihn eine Stunde später wieder abgeholt. Aber als der Herbst in den Winter übergegangen und das Wetter immer rauer geworden war, hatte Dorothy sich verpflichtet gefühlt, Joseph hereinzubitten. Die ersten Male hatte er schweigend auf dem Sofa gesessen, und beide hatten ihre Aufmerksamkeit ausschließlich auf Reggie gerichtet. Und dann war Joseph eines Tages mit einer Tüte aufgetaucht, in der Küche verschwunden und mit zwei Schinkensandwiches zurückgekehrt.

»Ich habe Hunger«, war alles, was er sagte, als er sich zum Essen auf das Sofa setzte. Entsetzt hatte Dorothy auf ihr Sandwich gestarrt, bis Reggie auf den Tisch sprang und es auffraß.

Beim nächsten Besuch servierte Joseph zwei Bacon-Sandwiches. Dorothy hatte sich geschworen, keinen Bissen von etwas zu essen, was Joseph Chambers zubereitet hatte, aber es hatte so gut gerochen und sie war so hungrig gewesen, dass sie ihr Sandwich, sobald er weg war, schließlich doch vollständig verschlang. Beim nächsten Besuch kredenzte er ihr eine Art herzhaft gefüllter Brötchen, die sie schweigend aßen. Und somit war das Eis gebrochen.

Heute gab es selbst gekochte Hühnersuppe, die Joseph aus einer Thermoskanne in zwei Schüsseln goss und auf einem Tablett hereinbrachte.

»Ich dachte, nach dem Essen könnte ich ins Gartencenter fahren und dir einen Tannenbaum besorgen«, sagte er, als er sich neben sie an den Kartentisch setzte. »Wenn du willst, kann ich dir beim Schmücken helfen.«

Dorothy schnaubte. »Ich habe dir doch gesagt, dass ich Weihnachten nicht feiere. Und dieses Jahr schon gar nicht.«

»Du solltest wenigstens einen kleinen Baum haben. Ich kann dir ein paar Kugeln leihen, falls du keine hast.«

Sie hatte sehr wohl Weihnachtsdekoration, irgendwo war eine ganze Kiste voll verstaut. Früher hatte Phillip sie jedes Jahr mit viel Tamtam hervorgeholt, und die drei hatten gemeinsam die Wohnung geschmückt. In dem Jahr, als sie in Shelley House eingezogen waren, hatten sie einen ein Meter achtzig hohen Plastikbaum gekauft, den Phillip im Fenster aufgestellt hatte, wo Dorothy jetzt saß. Es war das einzige Weihnachten, das sie hier als Familie gefeiert hatten. Im folgenden Dezember waren Charlotte und Phillip nicht mehr da gewesen, und seitdem waren Baum und Deko im Schrank geblieben.

»Was machst du an Weihnachten?«, fragte Joseph.

Dorothy schluckte einen Löffel Suppe, dankbar für die wärmende Stärkung. Seit Josephs letztem Besuch vor vier Tagen hatte sie keine warme Mahlzeit mehr zu sich genommen.

»Dasselbe wie an jedem anderen Tag im Jahr auch. Aber wenigstens bleibt mir dann mal dieser höllische Lärm erspart.« Sie nickte Richtung Decke, durch die das unaufhörliche Brummen einer Bohrmaschine zu hören war.

»Du weißt, dass du Weihnachten gern bei mir feiern kannst, oder?«, sagte Joseph leise und beinahe entschuldigend. »In der Wohnanlage gibt es ein Mittagessen mit allem Drum und Dran, und nach der Rede des Königs singen wohl alle zusammen Weihnachtslieder. Das macht bestimmt Spaß.«

Dorothy verzog das Gesicht, und Joseph schmunzelte.

»Na gut, nach *soo* viel Spaß klingt das auch wieder nicht. Aber ich könnte bei mir zu Hause einen Truthahn zubereiten. Und bei aller Bescheidenheit: Meine Ofenkartoffeln sind der Hammer.«

»Ich habe noch nie verstanden, was an Truthahn so toll sein soll. Furchtbar trockener Vogel.«

»Dir ist schon klar, dass die an Weihnachten keinen Gerichtsvollzieher schicken? Du könntest das Haus also ohne Weiteres mal für einen Tag verlassen.«

»Weihnachtslieder kann ich auch nicht ausstehen. Schreckliches Gejammer, und den Ton trifft auch nie jemand.«

»Apropos, haben sie dir schon einen Räumungstermin genannt?«

»Die Suppe ist überraschend gut. Hast du Thymian dazugegeben?«

»Du kannst nicht jedes Mal das Thema wechseln, wenn ich das anspreche, Dorothy. Die Bulldozer rücken an – im wahrsten Sinne des Wortes. Du müsstest doch schon längst einen Räumungsbescheid bekommen haben.«

»Und ich glaube, Lauch ist auch drin.«

»Dorothy ...«

»Hör auf, Joseph.«

Von oben ertönte ein lauter Knall, vermutlich verursacht durch einen Vorschlaghammer, und Dorothys Tisch wackelte bedenklich. Sie sah den Wellen auf ihrer Suppe zu, bis sie sich gelegt hatten.

»Ich mache mir nur Sorgen um dich«, sagte Joseph sanft. »Einen Räumungsbefehl hast du bereits missachtet. Als Nächstes werden sie dir einen Termin für die Zwangsräumung schicken, und wenn dieser Tag kommt, stehen die Gerichtsvollzieher bei dir auf der Matte, ob du das willst oder nicht. Du kannst nicht ewig den Kopf in den Sand stecken.«

»Vielleicht haben sie beschlossen, Wohnung zwei zu verschonen?«

Dorothy sah Joseph nicht an, aber sie wusste, dass er den Kopf schüttelte.

»Ach, Dorothy.« Mehr sagte er nicht.

Zum Nachtisch hatte er zwei Stück Apfelkuchen mitgebracht, selbst gebacken, wie Dorothy anerkennend feststellte.

»Und, ist am Wochenende irgendwas Interessantes passiert?«, fragte er, während er beide Kuchenstücke mit einem großzügigen Klecks Sahne garnierte.

Dieses Gespräch führten sie jedes Mal, wenn Joseph zu Besuch kam, und Dorothy griff auch heute nach ihrem Tagebuch, schlug es auf und überflog die letzten Einträge.

»Das Paar aus Hausnummer 18 hat sich am Samstag wieder gestritten.«

»Oje, nicht schon wieder.«

»Sie hat ihm vorgeworfen, ein armseliges, schlecht bestücktes Exemplar von einem Mann zu sein, das nicht mal wüsste, wie man eine Frau beglückt, wenn sein Leben davon abhinge.«

»Das hat sie wirklich so gesagt?«

»Na ja, so nicht, ich habe ein wenig paraphrasiert. Ihre Wortwahl war deutlich vulgärer.«

Joseph schmunzelte. »Da steht bestimmt eine Scheidung ins Haus.«

»Und gestern ist der Mann aus Nummer 27 mit seinem Van beim Rückwärtsfahren am Auto der Familie aus Nummer 24 hängen geblieben. Es gab keinen sichtbaren Schaden, aber natürlich habe ich dafür gesorgt, dass er ihnen trotzdem Bescheid gibt.«

»Wie sich das gehört. Und was ist das?«

Das Tagebuch war auf einer abgegriffenen Seite aufgeschlagen liegen geblieben. Dorothy klappte es zu. »Nichts.«

Joseph seufzte leise. »Dorothy, wir haben das doch schon zigmal besprochen. Keiner von unseren Nachbarn war für meinen Sturz verantwortlich, du kannst also aufhören, dich in deine Liste der Verdächtigen hineinzusteigern.«

»Ich steigere mich in überhaupt nichts hinein. Vielen Dank auch.«

»Nach allem, was jeder von uns durchgemacht hat, kannst du doch nicht immer noch ernsthaft glauben, dass Gloria mich angegriffen hat?«

»Nur weil eine Frau ein hübsches Gesicht hat und mir Donuts ins

Krankenhaus bringt, heißt das nicht, dass sie unschuldig ist. Hast du noch nie etwas von einer Femme Fatale gehört?«

»Na, jedenfalls kann ich schon mal mit Sicherheit sagen, dass es nicht Tomasz war. Ich habe dir doch erzählt, dass wir inzwischen befreundet sind? Wir waren ein paarmal zusammen im Pub. Ich bin mir ziemlich sicher, dass er mir keine Pints kaufen würde, wenn er versucht hätte, mich kaltzumachen.«

»Siehst du, genau das ist dein Problem. Du bist viel zu vertrauensselig«, sagte Dorothy und schnalzte missbilligend mit der Zunge. »Ist dir schon mal in den Sinn gekommen, dass er sich vielleicht genau deshalb mit dir angefreundet hat, damit du ihn nicht verdächtigst? Und ich habe dir doch von meiner Theorie erzählt, dass er der Postdieb war.«

»Oje, nicht das schon wieder. Du …«

Sie hob die Hand, um ihn zum Schweigen zu bringen. Diese Diskussion hatten sie schon mehrfach geführt, und sie wusste, dass sie sich nie einig werden würden. Am Ende des Sommers, bevor die Räumungsbefehle eintrafen, hatte Dorothy herausgefunden, dass jemand die Post stahl. Diese Entdeckung hatte sie nur dank ihrer gewissenhaften Verwaltung des Postregals gemacht, durch die sie ganz genau wusste, was jeden Tag für welchen Bewohner ankam. Dann hörte sie eines Nachmittags zufällig mit, wie Gloria sich darüber beschwerte, dass ein Amazon-Paket nicht geliefert worden war, obwohl Dorothy genau wusste, dass sie das Paket noch am selben Morgen eingehend inspiziert hatte. Ein paar Tage später erzählte Ayesha Dorothy, dass ihre Prüfungsergebnisse nicht an dem Termin eingetroffen waren, an dem sie hätten eintreffen sollen, und in den Folgetagen murrten allmählich auch die übrigen Bewohner des Hauses über fehlende Post. Bis auf einen …

»Tomasz ist immer noch höchst verdächtig«, sagte Dorothy und verschränkte die Arme vor der Brust.

»Dann sag mir aber bitte, dass du wenigstens Sandras Namen gestrichen hast«, sagte Joseph und ließ die Augenbrauen hochschnellen, als Dorothy nicht antwortete. »Ich habe dir schon hundertmal gesagt, dass meine Ex-Frau nicht versucht hat, mich umzubringen!«

»Von allen Leuten auf der Liste ist sie diejenige, gegen die wir am meisten in der Hand haben. Immerhin hat sie deine Wohnung auf den Kopf gestellt – das habe ich mit eigenen Augen gesehen.«

»Sie hat meine Wohnung nicht auf den Kopf gestellt – das war Reggie.«

»Aber warum war sie am Tag nach dem Überfall überhaupt hier? Und warum hat sie sich so rein- und rausgeschlichen? Sie wollte offensichtlich nicht gesehen werden. Was hatte sie zu verbergen?«

»Ach, Dorothy«, sagte Joseph und schüttelte den Kopf. »Was, wenn ich dir mit hundertprozentiger Sicherheit versprechen kann, dass sie es nicht war?«

»Du weißt ganz genau, dass du das nicht kannst. Du hast selbst gesagt, dass du sie seit Jahren nicht mehr gesehen oder gesprochen hast. Also wie …« Dorothy unterbrach sich, als sie einen seltsamen Ausdruck über Josephs Gesicht huschen sah. »Was? Warum guckst du mich so an?«

Er antwortete nicht, aber seine Wangen hatten sich lachsrosa gefärbt.

»Was ist denn? Was weißt du darüber?«, hakte Dorothy nach.

»Ich … äh …«

»Joseph Chambers, entweder du sagst mir auf der Stelle die Wahrheit, oder ich werfe dich aus meiner Wohnung und rede nie wieder ein Wort mit dir.«

Er musste begriffen haben, dass das ihr voller Ernst war, denn er stieß einen Seufzer aus und fragte: »Wenn ich es dir sage, versprichst du mir dann, dass du mir nicht böse bist?«

»Ich werde nichts dergleichen versprechen.«

Joseph schluckte, und Dorothy sah seinen Adamsapfel auf- und abhüpfen.

»Sandra war nicht in meiner Wohnung, um sie zu durchwühlen. Sondern, um ihren Regenschirm zu holen.«

Dorothy schnaubte. »Also wirklich, Joseph, wenn du das kriminelle Verhalten dieser Frau vertuschen willst, dann solltest du dir einen besseren Vorwand einfallen lassen. Ein Regenschirm, also bitte!«

»Das ist kein Vorwand, ehrlich. Am Tag vor meinem Sturz haben Sandra und ich uns getroffen. Es hat geregnet und ich hatte meinen Mantel vergessen, also hat sie mir ihren Regenschirm geliehen. Und als sie dann gehört hat, dass ich im Krankenhaus liege, ist sie in die Wohnung gegangen, um ihn sich zurückzuholen.«

Dorothy kniff die Augen zusammen. »Aber du hast doch gesagt, ihr hättet euch seit Jahren weder gesehen noch gesprochen, und Sandra hat mir genau dasselbe erzählt. Warum habt ihr mich beide angelogen? Habt ihr etwa ...« Dorothy brachte es nicht über sich, den Satz zu beenden.

»O Gott, nein, so war das nicht«, sagte Joseph schnell. »Sandra hat ... also, sie hat mir mit etwas geholfen. Aber ihr Verlobter ist ein eifersüchtiger Typ, und sie wollte nicht, dass er herausfindet, dass wir Kontakt haben, also musste ich ihr versprechen, es niemandem gegenüber zu erwähnen, und das musste ich respektieren. Deshalb hat sie sich auch so hereingeschlichen: Niemand sollte mitbekommen, dass sie hier war, damit Carlos keinen Wind davon bekam.«

Etwas an Josephs Tonfall verriet Dorothy, dass er die Wahrheit sagte. Trotzdem passte noch nicht alles zusammen.

»Warum hattet ihr überhaupt wieder Kontakt? Die Frau hat dich betrogen und dir das Herz gebrochen. Wobei um Himmels willen sollte sie dir helfen können?«

Joseph biss sich auf die Lippe und schwieg. So unsicher hatte Dorothy ihn noch nie gesehen. Was um alles in der Welt würde er ihr gleich gestehen?

»Ich hatte Krebs, Dorothy.«

Das Wort traf sie wie eine Kugel in die Brust. Sie starrte Joseph an und wartete darauf, dass er sein albernes Lächeln aufsetzte und sagte, er habe einen Scherz gemacht.

»Er war in meiner Prostata. Die ersten Symptome hatte ich vor achtzehn Monaten, und die Diagnose wurde kurz vor Weihnachten gestellt.«

»Aber bist du ... Ist er ...« Dorothy fehlten die Worte.

»Es geht mir gut. Ich hatte das große Glück, dass er früh erkannt wurde und die Behandlung gut angeschlagen hat. Aber nach meiner Diagnose habe ich Sandra angerufen und sie gebeten, es Debbie zu sagen. Meine Tochter und ich haben zwar seit Jahren nicht mehr miteinander gesprochen, aber ich war der Meinung, sie sollte wissen, was los ist.«

Dorothy sah Joseph an, während er sprach. *Krebs.* Dabei war er doch immer so voller Elan – wie ein verflixter Springteufel. Wie konnte das sein?

»Danach haben Sandra und ich uns ein paarmal auf einen Kaffee getroffen, das letzte Mal am Tag vor dem Unfall. Sie war mir eine große Stütze, daher bin ich mir sicher, dass sie niemals versucht hätte, mich zu verletzen.«

Dorothy behielt Joseph weiter im Blick. Sagte er die Wahrheit oder war auch das nur ein Versuch, Sandra zu beschützen? Und warum war er nicht von Anfang an ehrlich zu ihr gewesen? Dorothy öffnete den Mund, um ihn zu tadeln, aber dann dachte sie an das, was er ihr gerade erzählt hatte. Sie schloss den Mund wieder. Plötzlich fehlte ihr die Kraft, um ihm böse zu sein.

»Lüg mich nie wieder an.« Mehr sagte sie nicht.

Joseph nickte, und da flackerte etwas in seinen Augen auf, vielleicht Erleichterung. Sie widmeten sich wieder ihrem Apfelkuchen.

Nach dem Mittagessen beschäftigte sich Dorothy mit Reggie, während sich Joseph um den Abwasch kümmerte.

»Ich bringe den Müll raus, bevor ich gehe«, rief er aus der Küche.

Dorothy wollte ihm sagen, dass sie dazu durchaus selbst in der Lage war, aber sie ließ es bleiben. Offenbar machte er sich gern nützlich. Er holte den Papierkorb aus dem Wohnzimmer und trug ihn in die Küche. Reggie war zu Dorothys Füßen eingeschlafen, und sie sah zu, wie sich die Brust des Hundes beim Schnarchen hob und senkte. Es war ein beruhigender Anblick, und nun, da Dorothy eine warme, gute Mahlzeit im Bauch hatte, wurden ihr die Augen schwer. Vielleicht könnte sie ein wenig dösen, während die Bauarbeiter Mittagspause machten? Nur ganz kurz ...

»Dorothy, was ist das?«

Sie riss die Augen auf. Joseph stand mit einem braunen Umschlag in der Hand vor ihr.

»Woher soll ich das wissen? Wahrscheinlich Werbung.«

»Nein, der ist an dich adressiert. Schau.« Er legte den Umschlag vor ihr auf den Tisch. »Du musst ihn aufmachen.«

»Falls das die Stromrechnung ist: Die werde ich nicht bezahlen. Ich habe schon seit einer Woche keinen Strom mehr, die Bauarbeiter müssen ein Kabel durchgeschnitten haben.«

»Bitte, Dorothy. Lies einfach den Brief.«

Sie seufzte, aber er hatte die Hände in die Hüften gestemmt und war offenbar nicht bereit, nachzugeben. Sie griff nach ihrem Brieföffner, schlitzte das Kuvert auf und zog die Seiten heraus.

»Und, was habe ich dir gesagt? Werbung«, sagte sie und warf sie beiseite.

»Das ist keine Werbung.« Joseph schnappte sich den Brief.

»Entschuldige mal, das ist privat!«

Joseph überflog die ersten Zeilen und seine Pupillen weiteten sich.

»Dorothy, das ist dein Räumungsbefehl.«

Natürlich war er das. Das war ihr sofort klar gewesen, als der Brief eingetroffen war, und sie hatte ihn ganz unten in den Papierkorb gestopft.

»Wann ist der angekommen? Er ist auf den sechsten Dezember datiert, das ist zehn Tage her.«

»Der muss wohl unter den ganzen Flugblättern vom Lieferservice untergegangen sein.«

Joseph las ihn zu Ende und sah dann wieder zu ihr auf.

»Deine Zwangsräumung ist diesen Donnerstag, am neunzehnten.«

»Der neunzehnte Dezember?« Das Datum schrillte in ihrem Kopf wie eine Alarmglocke.

»Ja. Hier steht, dass all deine Sachen bis zum Mittag aus dem Haus sein müssen, damit der Gerichtsvollzieher das Gebäude übernehmen kann. Was machst du mit deinem ganzen Kram?«

Dorothy antwortete nicht. Bis zum Neunzehnten waren es nur noch drei Tage. Bis dahin hatte sie noch viel zu tun.

»Du musst mit dem Packen anfangen. Ich habe noch ein paar Kartons von meinem Umzug. Die bringe ich dir heute Nachmittag vorbei.«

»Nicht nötig.«

»Außerdem musst du mit der Stadtverwaltung sprechen und darum bitten, dass sie dich auf die Liste für Notunterkünfte setzen. Wenn du es noch länger hinauszögerst, werden die sagen, dass du die Obdachlosigkeit bewusst in Kauf genommen hast, und dir die Hilfe verweigern. Ich kann dich direkt hinbringen.«

»Ich sagte, das ist nicht nötig.«

»Was soll das heißen: Das ist nicht nötig? Du hast weniger als zweiundsiebzig Stunden, um alle deine Sachen zusammenzupacken und dir eine Wohnung zu suchen. Du brauchst einen Plan.«

»Ich *habe* einen Plan.«

Frustriert seufzte er auf. »Gerichtliche Dokumente in den Mülleimer zu werfen, ist kein Plan, Dorothy. Wir müssen dich sofort runter zur Stadtverwaltung schaffen.«

Seine Stimme klang so verzweifelt, dass sie sich ein Lächeln nicht verkneifen konnte. »Ich weiß deine Hilfe zu schätzen, wirklich. Aber ich werde die Wohnung nicht verlassen, um zur Stadtverwaltung zu gehen. Ich werde die Wohnung überhaupt nicht verlassen.«

»Aber …«

»Joseph, ich wohne seit vierunddreißig Jahren hier. Es ist das Zuhause meiner Familie, der Ort, an dem meine Tochter gestorben ist, und der Ort, an dem auch ich zu sterben gedenke. Ich werde erst gehen, wenn man mich in einem Sarg hinausträgt, und keinen Augenblick früher.«

KAPITEL 42

Kat

»Ey, mach die Scheißmusik leiser. Mach leiser, hab ich gesagt, oder ich ruf die Polizei!«

Kat drehte die Musik lauter. Der Nachbar, der gegen die Wand klopfte – ein Typ namens Chaz –, war ein Drogendealer mit rasiertem Schädel, ein kleines Licht in der Szene, und Kat wusste, dass er niemals die Polizei rufen würde. Außerdem war es siebzehn Uhr dreißig an einem Montag, also hielt sie ja wohl kaum jemanden wach.

Sie stand vom Bett auf, um sich einen Kaffee zu machen. Dazu musste sie nur vier kurze Schritte durch ihr Zimmer gehen, bis sie in der »Kitchenette« war, wie der Vermieter die Ecke mit dem kleinen Kühlschrank und der einzelnen Kochplatte großzügig bezeichnet hatte. Eine Spüle gab es nicht, also musste sie ihr Wasser immer im Gemeinschaftsbad am Ende des Flurs holen, das Chaz' Kunden oft belegten, um dort ihren Stoff zu konsumieren. Ideal war das nicht, aber so widerlich diese Bleibe auch war, so war sie doch eine Verbesserung im Vergleich zur letzten Einzimmerwohnung, die sie im Juni gemietet hatte. In der ersten Nacht dort war Kat um vier Uhr morgens von einem seltsamen Rascheln geweckt worden, und als sie das Licht angeknipst hatte, hatte sie Kakerlaken über ihre Schlafzimmerwand marschieren sehen. Ihr Schrei war so laut gewesen, dass einer ihrer Nachbarn *tatsächlich* die Polizei gerufen hatte.

Kat trank ihren Kaffee, zog die Arbeitsuniform aus und Jeans und

Pulli an, dann schloss sie die Tür ab und verriegelte das Vorhängeschloss. Ihr Zimmer lag in der obersten Etage, was bedeutete, dass sie, um zum Ausgang zu gelangen, vier Stockwerke hinuntergehen und den Spießrutenlauf mit ihren Nachbarn in Kauf nehmen musste. Dazu gehörten Grusel-Ken aus dem dritten Stock, der stets im Bademantel herumlief und zu viel starrte, die schräge Sue aus dem zweiten Stock, die fünf Schlangen in großen Terrarien hielt, obwohl Haustiere verboten waren, und Shane, der Koch aus dem Erdgeschoss, der mit seinen nächtlichen Kochsessions im Suff regelmäßig den Feueralarm auslöste. Im Vergleich zu ihnen waren die Nachbarn in Shelley House die reinsten Engel gewesen, aber als Kat heute hinuntereilte, war zum Glück niemand zu sehen, und sie schaffte es unbehelligt raus auf den Bürgersteig.

Es war nur ein kurzer Spaziergang zur Bushaltestelle, wo sie in die Linie 88 einstieg und sich auf den Weg ins Londoner Stadtzentrum machte. Es war Mitte Dezember, und in den Fenstern, an denen der Bus vorbeiruckelte, funkelte die Weihnachtsdekoration. Kat war nie ein Weihnachtsfan gewesen, zu oft waren ihre Erwartungen als Kind enttäuscht worden, und so hatte sie zugestimmt, an Weihnachten im Pub eine Doppelschicht zu übernehmen. Aber letzte Woche hatte ihre Mutter ihr eine SMS geschickt und sie zum Weihnachtsessen eingeladen. Kat war sich nicht sicher, was sie tun sollte, und hatte immer noch nicht geantwortet. Vor drei Monaten hatte sie endlich den Brief ihrer Mutter gelesen, nachdem sie den Umschlag seit ihrer Begegnung vor der Polizeiwache mit sich herumgetragen hatte. Eine Woche nachdem Kat ihn gelesen hatte, schrieb sie eine SMS an die Handynummer, die in dem Brief angegeben war, und seitdem schickten sie sich alle paar Tage Nachrichten. Es war nie etwas Weltbewegendes; meistens nur ein Kommentar zu etwas, das sie im Fernsehen gesehen hatten, oder was es zum Abendessen gab. Ein-, zweimal hatte ihre Mutter vorgeschlagen, sich auf einen Kaffee zu treffen, und bisher hatte Kat immer eine Ausrede gefunden. Aber die Einladung zu Weihnachten fühlte sich anders an, bedeutsamer, und sie hatte Kat mehr aus der Bahn geworfen, als sie zugeben wollte. Sie wünschte, sie hätte jemanden, mit dem sie darüber sprechen könnte, aber natürlich gab es niemanden. Das Desaster in Shelley House hatte Kat eine Lektion erteilt, und sie hatte es seitdem bei flüchtigen Bekanntschaften belassen.

Es war fast sieben, als der Bus an ihrer Haltestelle hielt, Kat ausstieg und den Mantel fester um sich zog, um sich gegen die kalte Luft zu schützen. In dem Gebäude vor ihr brannte Licht, und sie stieg eilig die Treppe hinauf und betrat das Foyer. Der Wachmann grunzte zur Begrüßung, als Kat an ihm vorbeiging, und das Quietschen ihrer Schuhe war das einzige Geräusch, das sie hörte, als sie dem langen Flur folgte, bis sie die Tür von Zimmer 16 erreichte und stehen blieb.

Bei Kats erstem Besuch hier, damals im September, hatte sie es nicht einmal bis zur Eingangstreppe geschafft, bevor sie es sich anders überlegte und wieder verschwand. Beim zweiten Mal war sie bis zu dieser Tür gekommen und hatte starr vor Angst mit der Hand auf dem Türknauf dagestanden, bis sie Stimmen im Flur hinter sich hörte, sich umdrehte und floh. Als sie es bei ihrem dritten Anlauf schließlich bis in den Raum geschafft hatte, hatte sie schweigend in der letzten Reihe gesessen und jeden, der sie ansprach, so lange ignoriert, bis er sie in Ruhe ließ. Aber heute stieß Kat die Tür auf und ging hinein, ohne auch nur mit der Wimper zu zucken. Sie setzte sich in die Mitte des Zimmers, nickte dem Mann auf dem Platz neben sich ein stilles Hallo zu, schaltete ihr Handy aus und schaute nach vorn.

»Gut, wenn alle da sind«, rief die klare, ruhige Stimme von Vanessa, die vor den Anwesenden stand. »Wie ihr wisst, ist heute Abend unsere letzte Stunde vor den Weihnachtsferien, daher dachte ich, wir bringen alles so schnell wie möglich hinter uns und gehen dann im Pub was trinken. Na, wie klingt das?«

Zustimmendes Gemurmel ging durch die Reihen. Kat lächelte, obwohl sie natürlich keinerlei Absicht hatte, sich ihnen anzuschließen.

»Okay, wenn das so ist, dann fangen wir doch mal an. Letzte Woche haben wir über die männlichen Figuren in *Jane Eyre* gesprochen und über die Unterschiede in der Charakterisierung von Rochester und St. John. Heute möchte ich, dass wir uns Gedanken über Jane selbst und über ihre Beziehung zu Bessie machen. Wer möchte zuerst seine Überlegungen dazu äußern?«

Wie immer vergingen die zwei Stunden wie im Flug. Am Ende jeder Vorbereitungsstunde auf das Englisch-Abitur taten Kat die Hände weh, weil sie so fleißig mitgeschrieben hatte, und ihr Kopf war voller neuer Ideen. Sie packte ihre Tasche bewusst langsam, damit die anderen schon mal gehen konnten, und als Vanessa an ihrem Tisch vorbeikam und fragte: »Kommst du mit in den Pub, Kat?«, nickte sie und sagte, sie würde nachkommen. Sobald alle weg waren, huschte Kat aus dem Gebäude und bog in die entgegengesetzte Richtung nach rechts ab. Im Bus nach Hause nahm sie sich noch einmal *Jane Eyre* vor, setzte das Gelesene in Bezug zu dem, was sie im Unterricht besprochen hatten, und machte sich Notizen am Rand. Erst als sie wieder in ihrem engen Zimmer saß, holte sie ihr Handy heraus und schaltete es ein. Sofort erschien eine Nachricht auf dem Display.

> Hi Kat, hier ist Joseph Chambers. Ich hoffe, es geht dir gut.
> Am Donnerstag wird Dorothy zwangsgeräumt.
> Sie weigert sich das Haus zu verlassen, und ich mache mir Sorgen um sie. Ruf mich bitte an, wenn du das liest.

Dorothy. In den letzten sechs Monaten hatte Kat sich bemüht, nicht an ihre alte Nachbarin zu denken; hatte versucht, an nichts von dem zu denken, was in Chalcot passiert war. Aber manchmal war doch überraschend die ein oder andere Erinnerung hochgekommen: wenn in einem alten Film jemand Tee in einer Porzellankanne serviert oder ein unausstehlicher Gast im Pub sie »Mädchen« genannt hatte. Und jedes Mal spürte Kat denselben Schwall von Gefühlen: Wut, Schuld und Reue. Aber wenn sie etwas gut konnte, dann war das, unerwünschte Gefühle zu verdrängen. Wenn ihr alles zu viel wurde, stellte Kat die Musik lauter, lief etwas schneller und redete sich ein, dass das alles Schnee von gestern sei.

Sie las Josephs Nachricht noch einmal. Fergus Alexander musste also seinen Willen bekommen haben, und Shelley House wurde abgerissen. Dorothy Darling war die letzte Bastion des Widerstands. Das war nicht weiter überraschend; sie war schon immer verdammt stur gewesen. Trotzdem konnte Kat sich nicht vorstellen, dass es in Shelley House jetzt, da alle anderen weg waren, besonders schön war. Was stellte Dorothy den ganzen Tag an, wenn sie kein Auge mehr auf ihre Nachbarn haben musste? Machte sie immer noch ihre morgendliche Inspektionsrunde durchs Haus? Und jetzt würden auch noch die Gerichtsvollzieher kommen. Na, dann mal viel Glück; Kat würde nicht mit der armen Sau tauschen wollen, die Dorothy verklickern durfte, dass sie ihr Zuhause verlassen musste. Ob sie wohl allein sein würde, wenn sie am Donnerstag auftauchten? Offenbar stand Joseph in irgendeiner Form mit ihr in Kontakt, aber die anderen waren sicher schon längst über alle Berge. Kat stellte sich vor, wie der Van des Gerichtsvollziehers vor Shelley House vorfuhr, Dorothy gewaltsam aus dem Haus geführt wurde, und niemand außer den Tauben auf dem Dach etwas davon mitbekam. Kurz überlegte sie, ob sie anbieten sollte, nach Chalcot zu fahren, aber sie schob den Gedanken schnell wieder beiseite. Der letzte Mensch, den Dorothy jetzt sehen wollte, war Kat, der Judas, der sie derart verraten hatte. Nein, das Beste, was Kat tun konnte, war, sich von ihr fernzuhalten. Sie las Josephs Nachricht noch einmal und drückte auf Löschen.

KAPITEL 43

Dorothy

Am Donnerstag schlief Dorothy aus und wachte erst nach acht Uhr auf. Es war wieder ein bitterkalter Morgen, aber sie ließ sich Zeit beim Anziehen. Ganz hinten im Schrank fand sie ein altes Cocktailkleid, ein dunkelviolettes Teil mit Puffärmeln, das sie sich irgendwann in den Achtzigern auf der King's Road gekauft hatte, bürstete die Spinnweben ab und zog es über ihre Thermounterwäsche. Vor dem kleinen Spiegel im Bad trug sie Puder und einen alten rosa Lippenstift auf. Er bröckelte ein bisschen, aber sie wollte sich heute besonders schick machen.

Es war schon nach neun, als Dorothy sich ans Fenster setzte. Heute waren keine Bauarbeiter da; sie mussten wohl extra freibekommen haben. Sie hatte die Männer, die im Gebäude um sie herum gelärmt und gepoltert hatten, auf seltsame Weise lieb gewonnen; nachdem sie wochenlang allein gewesen war, war es schön gewesen, hier in Shelley House wieder etwas Gesellschaft zu haben. Sobald Dorothy ihr Glas Wasser ausgetrunken hatte, legte sie ihre CD der *Walküre* auf – seit der Strom abgeschaltet worden war, benutzte sie Charlottes alten, batteriebetriebenen CD-Player –, holte die Kiste mit den Fotos aus dem Schrank und setzte sich mit ihnen aufs Sofa.

In den ersten Tagen nach Charlottes Tod hatte Dorothy sich die Fotos ununterbrochen angesehen und sich mit den Erinnerungen gequält. Im Laufe der Jahre war in ihr allerdings die Sorge aufgekeimt, dass zu häufiges Anfassen die alten Abzüge beschädigen könnte, und daher erlaubte sie sich nur noch, sie zu besonderen Anlässen hervorzuholen. Da war Charlottes erstes Weihnachten, ihre neugeborene Tochter trug ein mit Sternen verziertes Kleid, das Dorothy selbst genäht hatte. Da war Charlottes erster Schultag, an dem sie stolz auf der Eingangstreppe ihrer alten Wohnung in London stand, und der Urlaub in Frankreich, wo sie zum ersten Mal *Escargots* probiert hatte. Lächelnd ging Dorothy die verblassten Bilder durch. Manche waren fast fünfzig Jahre alt, doch jedes von ihnen rief eine so starke Erinnerung hervor, dass Dorothy beinahe die Seeluft riechen und den Schokoladenkuchen schmecken konnte.

Nach ein paar Stunden fand sie das Foto, das sie suchte. Es war an Charlottes fünfzehntem Geburtstag aufgenommen worden. Sie waren erst einige Monate zuvor in Shelley House eingezogen, und Charlotte hatte ein paar neue Klassenkameradinnen zu einer Übernachtungsparty eingeladen. Dorothy hatte sie alle zur Videothek gefahren, wo die Mädchen sie überredet hatten, ihnen die VHS *Dirty Dancing* auszuleihen, und zu Hause hatten sie sich mit Tellern voller Partysnacks aufs Sofa gekuschelt und den Film angesehen. Das Foto hatte Dorothy geschossen: ihre Teenagertochter, die mit ihren neuen Freundinnen kicherte, während Patrick Swayze mit einer jungen Jennifer Grey anbandelte. Wie erwachsen Charlotte auf einmal gewirkt hatte. *Was kommt als Nächstes,* erinnerte sich Dorothy gedacht zu haben. *Wie wird mein kleines Mädchen mit sechzehn, achtzehn und einundzwanzig sein?* Doch das hatte sie nie herausfinden dürfen.

Dorothy legte das Foto zurück zu den anderen in die Kiste. Es brachte nichts, sentimental zu werden – außerdem war heute ein Tag zum Feiern. Dorothy sah auf ihre Armbanduhr. Es war elf Uhr dreißig – Zeit, mit dem Mittagessen zu beginnen. Gestern hatte sie eine Supermarktlieferung mit allem erhalten, was sie für ein Büfett mit Charlottes liebsten Snacks brauchte: Käse-Gurken-, Eier-Mayo- und Schinken-Senf-Sandwiches – alle ohne Kruste –, Würstchen im Schlafrock, außerdem Chips und Kekse. Dorothy holte ihre Tortenspitze und richtete das

Essen hübsch auf Tellern an, die sie auf dem Kartentisch verteilte. Als Letztes holte sie die Champagnerflasche und trug sie zusammen mit einem Sektglas ins Wohnzimmer. Als die Reiseuhr auf dem Kaminsims zwölf schlug, ließ Dorothy den Korken knallen, füllte ihr Glas und streckte es in die Höhe.

»Herzlichen Glückwunsch zum Geburtstag, meine liebe Charlotte.«

Sie sprach die Worte laut ins leere Zimmer hinein und nahm einen Schluck Champagner. Es wäre wesentlich schöner gewesen, wenn der Kühlschrank funktioniert hätte und der Sekt kalt gewesen wäre, aber so oder so, auf diese Tradition würde Dorothy niemals verzichten. Am Nachmittag von Charlottes Geburt hatte Phillip eine Flasche Champagner ins Krankenhaus mitgebracht, und seitdem hatten sie ihren Geburtstag immer mit einem Gläschen gefeiert. Dorothy lächelte, als ihr einfiel, wie sie Charlotte an ihrem fünfzehnten Geburtstag einen Schluck erlaubt hatten und wie sie das Gesicht verzogen und ihn wieder ausgespuckt hatte. Aber jetzt würde er ihr schmecken, da war sich Dorothy sicher. Ihre Tochter hätte einen anspruchsvollen Gaumen entwickelt.

Dorothy trank noch einen Schluck und nahm sich ein Sandwich. Sie wollte gerade abbeißen, hielt dann aber mit offenem Mund inne. An diesem Vormittag war sie so mit den Fotos und den Vorbereitungen von Charlottes Geburtstagsessen beschäftigt gewesen, dass sie gar nicht darauf geachtet hatte, was auf der Poet's Road vor sich ging. Aber als sie jetzt aus dem Fenster schaute, konnte sie nicht glauben, was sie da sah. Halluzinierte sie etwa? Dorothy schloss die Augen, atmete tief durch und öffnete sie wieder, doch der Anblick vor ihr blieb unverändert.

Auf dem Bürgersteig hatte sich eine Gruppe von Menschen versammelt, sie liefen herum und unterhielten sich miteinander. Darunter waren viele unbekannte Gesichter, doch einige erkannte Dorothy auf den ersten Blick. Gloria, die einen leuchtend roten Mantel und eine Weihnachtsmannmütze trug und mit Tomasz Händchen hielt, der aussah, als wäre das für ihn wie Weihnachten und Ostern zusammen. Auch Omar und Ayesha waren da und unterhielten sich mit dem jungen Paar aus der Poet's Road, das damals zur Demo gekommen war. Dorothy betrachtete die anderen Gesichter, und bei genauerem Hinsehen stellte sie fest, dass es gar keine Fremden waren. Sie erkannte die beiden Frauen, die vor zehn Jahren in Wohnung vier gewohnt hatten und deren schreiendes Baby Dorothy monatelang wachgehalten hatte. Außerdem stand da Glorias Vormieter aus Wohnung sechs, mit dem Dorothy sich ständig über seine Katze gestritten hatte, weil sie Mäuse ins Haus schleppte. Was wollten die denn alle hier?

Ihr Blick fiel auf ein vertrautes Gesicht. Mitten in der Gruppe stand Joseph und plauderte mit der Frau im Afghanenmantel, die Dorothy ebenfalls von der Demo kannte, doch als Joseph Dorothy bemerkte, brach er das Gespräch ab und stieg die Treppe hinauf, Reggie folgte ihm auf dem Fuße. Dorothy wurde bewusst, dass sie immer noch ihr Sandwich in der Hand hielt, legte es ab und eilte zur Tür. Sie zog sie auf, als Joseph gerade den Hausflur betrat.

»Tag, Dorothy, gut siehst du aus. Tut mir leid, wenn wir dich beim Mittagessen stören.«

»Was in Gottes Namen ist da draußen los?«

»Sie sind alle wegen deiner Zwangsräumung hier.«

Dorothy wurde flau im Magen. Sollte das eine Art kranker Scherz sein? Sie wusste, dass sie keine beliebte Nachbarin gewesen war, ganz im Gegenteil, aber waren all diese Leute wirklich hier, um bei ihrer Zwangsräumung zu gaffen? War das ein spontanes Straßenfest, um ihren Untergang zu feiern? Eine Mischung aus Scham und Wut durchflutete ihren Körper.

»Nun, wenn sie sich Unterhaltung auf meine Kosten erhoffen, dann verschwenden sie ihre Zeit. Ich gehe nirgendwohin, also kannst du ihnen ausrichten ...«

»Es ist nicht so, wie du denkst«, unterbrach Joseph sie. »Sie sind nicht hier, um deinen Rauswurf zu feiern. Sie sind hier, um dir zu helfen.«

»Was?«

»Nachdem ich am Montag von dir weg bin, habe ich ein paar Leuten geschrieben und ihnen erzählt, was los ist. Gloria hat vorgeschlagen, dass wir heute herkommen und dich unterstützen sollten. Ich hatte mit einer Handvoll Menschen gerechnet, aber offenbar hat es sich rumgesprochen, und es sind sogar noch mehr auf dem Weg.«

Dorothy war sprachlos, und als Joseph ihren Gesichtsausdruck sah, musste er lachen.

»Guck nicht so verdutzt, Dorothy. Du hast Shelley House und den Menschen, die hier gewohnt haben, dein Leben gewidmet. Es war an der Zeit, dass wir uns revanchieren.«

Hinter Joseph war die Eingangstür erneut aufgegangen und Ayesha, Omar, Gloria und Tomasz traten in den Hausflur. Sie sahen Dorothy besorgt an.

»Sind Sie wirklich alle hier, um mich zu unterstützen?«, fragte sie und versuchte nicht einmal, die Überraschung in ihrer Stimme zu verbergen.

»Selbstverständlich«, sagte Gloria. »Fergus, diesem Pisser, würde ich gern mal die Meinung geigen.«

»Wir konnten Sie das nicht allein durchstehen lassen«, fügte Tomasz hinzu.

»Fatima hätte das so gewollt«, sagte Omar, und Ayesha streckte die Hand aus, um den Arm ihres Vaters zu drücken.

Dorothy schluckte und versuchte angestrengt, nicht vor versammelter Mannschaft in Tränen auszubrechen. Joseph musste das gespürt haben, denn er trat einen Schritt von ihrer Tür zurück.

»Dann gehen wir mal wieder raus und lassen dich in Ruhe. Wir wollten nur Hallo sagen.«

»Danke«, murmelte Dorothy heiser. Sie sah zu, wie sich ihre Nachbarn wieder auf den Weg machten, als ihr ein Einfall kam.

»Halt, stopp!« Sie drehten sich wieder um. »Wenn man bedenkt, was gleich passiert, klingt das jetzt vielleicht komisch, aber heute ist Charlottes Geburtstag. Ich feiere ihn immer mit einem besonderen Mittagessen mit den Dingen, die sie am liebsten gegessen hat. Ich habe mich gefragt, ob Sie sich vielleicht anschließen möchten?«

Ayesha lächelte sie an. »Liebend gern, danke.«

Dorothy führte ihre ehemaligen Nachbarn hinein und schloss die Tür. Wie seltsam es sich anfühlte, so viele Menschen in ihrer Wohnung zu haben, aber nicht auf eine schlechte Art. Sie bat Joseph, ein paar Stühle wegzuräumen, während sie in die Küche ging, um weitere Teller und Gläser zu holen. Zurück im Salon schenkte sie jedem ein Glas warmen Champagner ein.

»Wir sollten einen Toast aussprechen«, sagte Tomasz.

»Allerdings. Auf Shelley House!«, verkündete Omar und hob sein Glas.

»Und auf gute Nachbarn, auch wenn wir alle ein bisschen gebraucht haben, um dahinterzukommen«, sagte Ayesha, und alle lachten.

»Auf Sie, Dorothy, und auf alles, was Sie im Laufe der Jahre für uns getan haben«, ergänzte Gloria mit einem Lächeln.

»Und auf Charlotte«, sagte Joseph mit einem Blick auf Dorothy. Er hatte Tränen in den Augen. Sie hob ihr Glas und stieß mit ihm an.

»Auf Charlotte.«

Im Laufe der nächsten Stunde entwickelte sich das Treffen in Dorothys Wohnung zu einer Art Party. Es gab so viel zu essen, dass sie auch die anderen draußen auf dem Bürgersteig einluden, und schon bald herrschte in der Wohnung ein ziemliches Gedränge. Jemand musste einkaufen gewesen sein, denn es wurden Wein- und Bierflaschen herumgereicht, außerdem hatte jemand die CD ausgetauscht und nun schallte Popmusik statt Wagner durch den Raum. Joseph und Tomasz schoben Dorothys Möbel beiseite, um mehr Platz zu schaffen, und bald entstand in der Mitte des Zimmers eine improvisierte Tanzfläche. Dorothy lehnte Aufforderungen zum Tanzen ab, beobachtete das Geschehen aber zufrieden, vor allem als sie sah, dass Omar und Ayesha fröhlich miteinander herumhopsten und Tomasz Gloria heiter und ausgelassen in die Luft warf. Auch Reggie amüsierte sich prächtig und tippelte durchs Zimmer, um sich von allen mit Partysnacks versorgen zu lassen.

Aber die größte Freude waren die Überraschungsgäste. Dorothy war erstaunt, als eine elegante Frau Mitte vierzig zu ihr kam und sich als die Alison Gregory vorstellte, die noch ein kleines Mädchen gewesen war und in Wohnung sechs gewohnt hatte, als Dorothy in Shelley House eingezogen war. Ebenso verblüfft war sie, dass der ausgelassene Junge, der jetzt auf den Knien über den gewienerten Fußboden rutschte, das Baby war, das sie vor zehn Jahren ständig wachgehalten hatte. Sogar der Journalist Will war da und sah nicht mehr ganz so verlegen aus wie im Sommer, als sie ihn zuletzt gesehen und er sich ausgiebig für den Artikel entschuldigt hatte.

Nur eine fehlte. Es überraschte Dorothy zwar nicht, aber trotz der harten Worte, die zwischen ihnen gefallen waren, wünschte sie sich, Kat wäre auch hier. In den letzten sechs Monaten hatte sie oft an das Mädchen gedacht, und jedes Mal war ihre Wut etwas weiter abgeflaut, sodass Dorothy jetzt nur noch Reue wegen der grausamen Dinge empfand, die sie Kat gegenüber gesagt hatte. Wo mochte sie jetzt sein? Hatte sie sich mit ihrer Mutter versöhnt? Und die wichtigste Frage: War sie glücklich? Dorothy wünschte sich, es gäbe eine Möglichkeit, das herauszufinden, aber Joseph und Will hatten ihr bestätigt, dass sie auch zu ihnen jeglichen Kontakt abgebrochen hatte. Anscheinend war Kat wieder einmal von der Bildfläche verschwunden und wollte auf keinen Fall gefunden werden.

»Tolle Party«, sagte Ayesha und ließ sich mit gerötetem Gesicht auf den Stuhl neben Dorothy fallen.

»Allerdings. Und es freut mich, dass du und dein Vater euch wieder besser versteht.«

»Ja, es läuft gut. Klingt vielleicht komisch, aber es ist besser geworden, seit wir aus Shelley House ausgezogen sind. Dad hat jetzt sogar akzeptiert, dass ich nicht Jura studieren will. Ich glaube, wir hatten beide einen Neuanfang nötig, weit weg von dem Haus hier und den ganzen traurigen Erinnerungen an Mum.« Die Jugendliche verzog das Gesicht, als ihr klar wurde, was sie gesagt hatte. »Tut mir leid, ich wollte nicht … Ich weiß, dass Sie hier auch viele traurige Erinnerungen haben.«

»Ist schon gut, Liebes.« Dorothy tätschelte ihr die Hand. »Ich bin froh, dass ihr beide neu anfangen konntet. Deine Mutter würde das sicher auch freuen.«

»Ich denke, ein Neuanfang tut Ihnen auch gut. Ich weiß, am Anfang ist das komisch, aber ich glaube, Sie werden glücklich in einer neuen Umgebung. Und ich komme Sie auch weiter besuchen, versprochen.«

»Danke.« Dorothy lächelte, aber für sie würde es keinen Neuanfang geben. Dessen war sie sich sicher.

»Ayesha, möchtest du tanzen?« Tomasz trat zum Tisch und reichte ihr die Hand.

»Gern, aber zuerst muss ich dir was sagen.« Die Wangen des Mädchens waren noch röter angelaufen. »Tomasz, es tut mir so leid, aber ich war diejenige, die Princess bei der Demo losgebunden hat.«

Seine Augen flackerten, und Dorothy machte sich auf einen Wutausbruch gefasst.

»Ich weiß, das war gemein, und seitdem habe ich ein ganz schlechtes Gewissen«, fügte Ayesha schnell hinzu. »Ich war sauer, weil Princess Reggie immer solche Angst gemacht hat und du allen gegenüber immer so aggressiv warst. Aber gleich nachdem ich sie losgemacht hatte, wurde mir klar, dass das ein Fehler war. Tut mir leid. Das war so dumm von mir.«

Einen Moment lang sagte Tomasz nichts, und sowohl Dorothy als auch Ayesha beobachteten ihn und warteten auf seine Reaktion. Dann ließ er die Schultern hängen. »Schon okay, Ayesha. Ich bin dir nicht böse.«

»Echt nicht?«

»Ich weiß, Princess und ich waren manchmal schwierige Nachbarn. Ich geh jetzt mit ihr zur Hundeschule, und sie macht sich super. Und ich arbeite auch an mir selbst. Da habe ich eine gute Lehrerin.«

Tomasz sah zu Gloria, als er das sagte, und sein Gesichtsausdruck wurde ganz sanft.

»Na, wenn das so ist, tanz ich gern!«, sagte Ayesha und sprang auf.

Dorothy sah ihnen lächelnd hinterher und schaute sich dann in dem überfüllten Zimmer um. Vierunddreißig Jahre lang hatte sie unter diesen Menschen gewohnt und ihre Leben beobachtet, ohne dass ihr Kontakt je über Beschwerden hinausgegangen war, und jetzt waren sie alle hier: für Shelley House und für sie. Dorothys Blick fiel auf das gerahmte Bild von Charlotte auf dem Kaminsims, von dem ihre Tochter in den Raum hinausstrahlte. *Gefällt dir deine Geburtstagsparty?*, fragte Dorothy stumm, dabei kannte sie die Antwort. Charlotte hätte das alles sicher gutgeheißen, vor allem das Tanzen. Aber hätte sie auch gutgeheißen, was Dorothy später zu tun gedachte? Das war weniger klar. Obwohl es in dem vollen Zimmer warm war, fröstelte es Dorothy plötzlich, und sie richtete ihre Aufmerksamkeit wieder auf die Tanzfläche.

KAPITEL 44

Kat

Kat lag in ihrem schmalen Einzelbett und starrte auf einen Schimmelfleck über ihrem Kopf. Fünfzig Meilen entfernt würde Dorothy heute zum letzten Mal in Shelley House aufwachen. Hatte sie es geschafft, ihre Sachen rechtzeitig zusammenzupacken? Die Wohnung war vollgestellt mit Möbeln und Deko, die sie über ihr ganzes Leben hinweg angesammelt hatte; was zum Teufel wollte Dorothy mit dem ganzen Kram anstellen? Und hatte sie ein neues Zuhause gefunden? Der Gedanke, dass sie irgendwo anders leben würde als in Wohnung zwei in Shelley House, gab Kat ein mulmiges Gefühl.

Um neun wurde Kat so unruhig, dass sie ihre Turnschuhe anzog und sich auf den Weg zum Parliament Hill machte. Seit sie sich um Reggie hatte kümmern müssen, hatte sie sich angewöhnt, jeden Morgen einen langen Spaziergang zu machen, um frische Luft zu schnappen und den Kopf frei zu bekommen. Heute musste sie nicht arbeiten, darum wollte sie den restlichen Vormittag in der Bibliothek verbringen und mit der Lektüre für das nächste Halbjahr vorankommen, wie Vanessa es empfohlen hatte. Kat lächelte in sich hinein. Wer hätte das gedacht, sie als Musterschülerin! Wenn Dorothy sie jetzt nur sehen könnte.

Bei dem Gedanken an ihre alte Nachbarin verschwand das Lächeln aus Kats Gesicht. Die Frau mochte eine Schreckschraube sein, aber Kat hatte hinter ihre harte Fassade geblickt und den Schmerz in Dorothys

Augen gesehen, als sie über Charlotte gesprochen hatte. Heute aus Shelley House auszuziehen, bedeutete für sie, das Zuhause ihrer Tochter aufzugeben – die eine Sache, die sie sich niemals zu tun geschworen hatte. Arme Dorothy, das brach ihr sicher das Herz.

Kat blieb so abrupt stehen, dass jemand in ihren Rücken hineinlief. Er fluchte, aber Kat beachtete ihn nicht und sah auf die Uhr. Es war fast zehn, und sie wusste aus Erfahrung, dass Gerichtsvollzieher normalerweise am Nachmittag kamen. Kat blieben also nur noch ein paar Stunden, um mit der U-Bahn quer durch London zu fahren, einen Zug nach Winton zu nehmen und dann mit dem Bus weiter nach Chalcot zu kommen. Das war nicht genug Zeit, oder? Andererseits wusste sie besser als jeder andere, wie schlimm sich eine Zwangsräumung anfühlte. Egal, wie sehr Dorothy sie derzeit hasste, Kat konnte sie das nicht allein durchstehen lassen. Sie drehte sich um und sprintete los.

Die U-Bahnen waren voll mit Menschen, die Weihnachtseinkäufe machten, der Zug hatte Verspätung und der Bus fuhr eine Umleitung, sodass es bereits halb eins war, als Kat in Chalcot ankam. War sie zu spät? War Dorothy schon vor die Tür gesetzt worden? An der Bushaltestelle vor dem Postamt stieg sie aus und lief los in Richtung Shelley House. Normalerweise ging Kat den Hügel hinunter und durch die Siedlung, aber heute war sie so in Eile, dass sie beschloss, stattdessen die Abkürzung über den Friedhof zu nehmen. Es war ein kalter Tag, und auf dem Kiesweg war noch Frost. Kat vergrub das Kinn in ihrem Mantelkragen und wünschte, sie hätte sich etwas Wärmeres angezogen. Sie joggte um die alte Kirche herum und zu dem kleinen Tor an der Rückseite, das auf die Fellows Road hinausführte. Aber als sie sich dem Tor näherte, fiel ihr etwas ins Auge. Ein Grabstein zu ihrer Rechten, der neuer schien als die meisten anderen und vor dem ein Strauß leuchtend gelber Narzissen lag.

Kat blieb stehen. Sie musste sich beeilen, wenn sie es noch rechtzeitig zu Dorothy schaffen wollte, und außerdem konnte dieses Grab jedem gehören. Viele Leute mochten Narzissen. Trotzdem wandte sie sich unwillkürlich nach rechts und ging auf die Blumen zu. Das Grab krönte ein eleganter grauer Stein, und als Kat näher kam, konnte sie die eingemeißelte Inschrift erkennen.

Ian Patrick Mason, 1939–2020
Ehemann, Bruder, Vater und Großvater
Er liebte Chalcot und Chalcot liebte ihn.

Kat stand vor dem Grab ihres Großvaters und kämpfte gegen den Impuls an, sich umzudrehen und davonzulaufen – weg von dem Friedhof und den Gefühlen, die in ihr miteinander rangen. All die Jahre hatte sie dieses Dorf und diesen Mann gemieden, weil sie dachte, dass er sie nicht sehen wollte, dabei hätte sie die ganze Zeit hier bei ihm sein können. Wie wäre ihr Leben verlaufen, wenn ihr Großvater weiter Teil davon gewesen wäre? Wenn sie ihn bei seinem Kampf um die Farm und während seiner Krankheit hätte unterstützen können? Kat bedauerte die verpassten Chancen so sehr, dass sie die Fäuste ballen musste, um nicht laut loszuschreien.

Sie atmete tief ein. Was hatte Dorothy zu ihr gesagt? *Ich habe mich so sehr von diesen* was wäre, wenns *und dem Leben, das mir gestohlen wurde, verzehren lassen, dass ich aufgehört habe, das Leben zu leben, das ich noch habe.* Kat würde nicht zulassen, dass ihr das Gleiche passierte. Sie warf einen letzten Blick auf den Grabstein, drehte sich um und ging.

Kat hatte sich immer noch nicht beruhigt, als sie die Poet's Road erreichte. Wie oft war sie als Kind auf dem Weg von der Featherdown Farm zur Schule hier vorbeigekommen? Sie konnte sich noch gut an die Angst erinnern, die sie empfunden hatte, wenn sie an Shelley House vorbeiging und hoffte, dass die Hexe darin nicht herausspringen und sie schnappen würde. Aber wie sich herausgestellt hatte, gab es hier keine Hexe, sondern nur eine einsame, trauernde Frau, die auf ihre Nachbarn aufpasste. Eine Frau, die heute vor die Tür gesetzt werden sollte.

Von dem Van des Gerichtsvollziehers war noch keine Spur zu sehen, und die Straße war verdächtig ruhig. Doch als Kat näher kam, hörte sie Musik aus der Richtung von Shelley House. Seltsamerweise war es weder eine von Dorothys üblichen Opern noch der dröhnende Bass aus Wohnung vier. Stattdessen lief *Last Christmas* von *Wham!*. Wer um alles in der Welt hörte sich das denn an? Kat hatte angenommen, dass alle anderen schon weggezogen waren, aber vielleicht war doch noch jemand da. Sie ging weiter, blieb jedoch auf der gegenüberliegenden Straßenseite, damit sie notfalls schnell verschwinden konnte. Als sie auf Höhe des Hauses war, ließ sie vor Überraschung fast ihre Tasche fallen.

Trotz der Dezemberkälte war Dorothys Fenster weit geöffnet, und Kat konnte nicht nur die Musik hören, sondern auch Gelächter und Stimmengewirr. Außerdem waren die Gardinen, die sonst den Blick in die Wohnung versperrten, zurückgezogen, und Kat konnte Dutzende von Menschen in der Wohnung sehen. Sah ganz so aus, als würde Dorothy eine Party feiern.

Ein paar Minuten lang sah Kat zu und ließ die fröhliche Szene auf sich wirken. Hinter dem Fenster erkannte sie deutlich Dorothys Hinterkopf und ihr charakteristisches silbernes Haar, das im Takt der Musik wippte. Hinter ihr tanzten Ayesha und Tomasz, und auch Joseph mit Gloria. Bei dem Anblick, wie ihr alter Vermieter Gloria herumwirbelte, machte Kats Herz einen Hüpfer. Als sie Joseph das letzte Mal gesehen hatte, war er immer noch im Krankenhaus gewesen, aber inzwischen schien er wieder wohlauf zu sein. Die Musik wurde von Reggies unverwechselbarem Bellen übertönt, und Kat lächelte in sich hinein. Sie hatte den Hund mehr vermisst, als sie zugeben wollte.

Kat blieb noch einen Moment länger stehen und genoss einen letzten Blick auf ihre alten Nachbarn. Sie hatte nicht damit gerechnet, dass sie heute alle herkommen würden, um Dorothy zu unterstützen. So etwas hatte nie jemand für Kat und ihre Mutter getan, keines der Male, als sie hinausgeworfen worden waren. Aber dass sie alle hier waren in Dorothys Stunde der Not ... Kat spürte einen ungewohnten Kloß im Hals, drehte sich um und machte sich auf den Rückweg die Poet's Road entlang, weg von Shelley House.

»Kat!«

Sie zuckte zusammen. Als sie sich umdrehte, sah sie Will die Eingangstreppe von Shelley House hinunterjoggen. Er sah genauso aus, wie sie ihn in Erinnerung hatte, dasselbe dunkle Haar und dieselben großen Augen, aber anstatt wie üblich zu grinsen, guckte er nervös.

Kats Magen machte einen Purzelbaum, und sie musste sich schnell in Erinnerung rufen, dass das hier derselbe Mann war, der sie und Dorothy im Sommer so schwer hintergangen hatte. Schweigend ging sie weiter.

»Hey, warte, Kat! Bleib stehen!« Er lief schneller, um sie einzuholen. »Ich hatte gehofft, dass du heute kommst. Heißt das, du hast meine Nachricht gekriegt?«

»Nein.« Kat hatte keine Ahnung, welche Nachricht er meinte. Sie hatte seine Nummer blockiert, als sie Chalcot verlassen hatte.

»Falls du hier bist, um Dorothy zu unterstützen, dann solltest du reingehen. Sie freut sich bestimmt, dich zu sehen.«

Kat schnaubte, was ihm hoffentlich deutlich machte, wie lächerlich diese Vermutung war.

»Heute ist Charlottes Geburtstag«, fuhr Will fort. »Dorothy schmeißt zur Feier des Tages eine Party.«

Kat hielt inne. O Gott: Dorothy sollte am Geburtstag ihrer Tochter aus ihrem Zuhause geworfen werden. Die Arme. Aber Dorothy hatte Menschen um sich, Menschen, die sie auch wirklich um sich haben wollte.

»Wie geht es ihr?«, fragte Kat, bevor sie sich zurückhalten konnte.

»Weigert sich immer noch, Shelley House zu verlassen. Sie meint, sie hat einen Plan, will aber nicht sagen, welchen.«

Das klang nicht gut. Vielleicht sollte Kat versuchen, mit ihr zu sprechen? Aber dann dachte sie wieder daran, was sie und Dorothy sich im Juni an den Kopf geworfen hatten und dass Dorothy klipp und klar gesagt hatte, dass sie Kat nie wiedersehen wollte.

»Kommst du mit rein?«, fragte Will.

»Ich muss zurück nach London.«

Sie hörte ihn neben sich seufzen.

»Hör zu, Kat, ich weiß, damals im Sommer, das habe ich echt verbockt, und es tut mir leid. Das war ein reines Missverständnis, ehrlich. Ich wollte Dorothy und Shelley House nur helfen.«

»Tja, also, angesichts der Tatsache, dass sie heute vor die Tür gesetzt wird, dürfen wir deinen Plan wohl als gescheitert betrachten.« Kats Ton war schärfer als beabsichtigt. »Ich nehme mal an, du hast deinen Artikel über Fergus Alexander nicht veröffentlicht?«

»Doch, und die Polizei hat gesagt, sie geht der Sache nach, aber es hat anscheinend leider nicht gereicht, um Shelley House zu retten.«

»Bei mir musst du dich nicht entschuldigen«, sagte Kat und sah zurück zum Fenster von Wohnung zwei.

»Bei Dorothy habe ich mich schon entschuldigt, und sie hat mir verziehen.«

Tatsächlich? Das war eine Überraschung. Kat hatte sich nicht vorstellen können, dass die alte Frau Will jemals verzeihen würde. Vielleicht war sie nur noch auf Kat wütend, weil sie diejenige war, die Dorothys Vertrauen missbraucht hatte.

»Hör zu, du kannst sauer auf mich sein, wenn du willst, aber …«

»Ich bin nicht sauer auf dich, Will. Ich will das alles einfach nur hinter mir lassen.«

»Wenn du nicht sauer auf mich bist, warum hast du dann auf keine meiner Nachrichten geantwortet?«

»Ich hab deine Nummer blockiert.«

»Ach so, klar.« Will sah geknickt aus. »Dann hast du meine SMS über das grüne Auto wahrscheinlich nicht gelesen?«

Kat blieb stehen. »Welche SMS?«

»Ich hab endlich herausgefunden, wem es gehört. Es hat Monate gedauert, aber ich hab's geschafft, den Namen und die Adresse herauszubekommen, auf die das Auto zugelassen ist. Das habe ich dir gestern geschrieben.«

»Und wem gehört es? Hast du ihn schon gefunden?«

Will schüttelte den Kopf. »Dazu hatte ich noch keine Gelegenheit. Bisher habe ich nur den Namen – Amy Edwards – und die Adresse in einem Dorf auf der anderen Seite von Winton.«

»Aber dir ist schon klar, dass damit endlich geklärt sein könnte, wer Joseph angegriffen hat?«

»Ich weiß, daher ja die SMS«, sagte Will mit einem Hauch von Frustration in der Stimme. Er warf einen Blick auf seine Armbanduhr. »Wir könnten gleich hinfahren? Mein Auto steht hier, und es sind nur zwanzig Minuten dorthin.«

Kat schluckte. Eigentlich war sie zurückgekommen, um Dorothy bei der Zwangsräumung zu unterstützen, aber ihre Hilfe wurde ja nun doch nicht benötigt. Sie sollte also besser den Bus zum Bahnhof nehmen und direkt nach London zurückfahren, weg von Chalcot und dem ganzen Ärger, den dieser Ort ihr bereitet hatte. Was mit Shelley House geschah, war nicht mehr ihr Problem. Doch dann erinnerte sie sich an den Grabstein, vor dem sie vorhin gestanden hatte, und an die Worte, die darauf eingraviert waren.

Kat sah zu Will auf. »Also gut, gehen wir.«

Auf der Fahrt nach Winton sagten sie nicht viel. Will hatte das Radio eingeschaltet, und Weihnachtslieder füllten die Stille im Auto, aber seinem rhythmischen Trommeln auf dem Lenkrad zufolge war er genauso nervös wie sie. Den Fahrer des grünen Autos zu finden, würde Dorothys Zuhause nicht mehr retten, das war Kat klar, aber nach den ganzen Monaten, in denen sie versucht hatten, den Angreifer zu identifizieren, wollte sie unbedingt eine Antwort auf die Frage, was an diesem Tag mit Joseph geschehen war.

Am Dorfrand schaltete Will das Radio auf einmal aus und unterbrach Mariah Carey mitten im Satz.

»Das mit dem Zeitungsartikel über Dorothy tut mir echt leid.«

»Schon gut, du musst dich nicht noch mal entschuldigen«, sagte Kat.

»Doch, muss ich. Ich hab's gut gemeint, aber ich weiß, dass ich dein Vertrauen missbraucht habe.«

»Solange Dorothy dir verziehen hat, ist alles gut. Immerhin ging es dabei um sie.«

Kat beugte sich vor und wollte das Radio wieder einschalten, aber Will legte seine Hand auf ihre, um sie davon abzuhalten. Die Berührung durchfuhr Kat wie ein elektrischer Schlag, und sie zog die Hand abrupt zurück.

»Da ist noch was, das ich sagen möchte«, setzte Will wieder an. »Das ist weder der richtige Zeitpunkt noch der richtige Ort, das ist mir schon klar, schließlich sind wir gerade auf dem Weg, um einen potenziell gewalttätigen Einbrecher zu konfrontieren, aber da du meine Nummer blockiert hast, will ich die Gelegenheit nutzen, solange ich kann.«

»Will ...«

»Nein. Lass mich bitte ausreden. Ich weiß, wir hatten nicht viel Zeit, um uns besser kennenzulernen, aber es hat mir echt Spaß gemacht, im Sommer mit dir abzuhängen. Ganz ehrlich, einer der Hauptgründe, warum ich mich so für die ganze Shelley-House-Sache interessiert habe, war, weil ich dadurch Zeit mit dir verbringen konnte.«

Wovon redete er da? Will hatte nur deshalb Zeit mit ihr verbracht, damit er Insiderinfos über Shelley House bekommen konnte, nicht umgekehrt.

»Und ich weiß, du bist aus Chalcot weggezogen und willst wahrscheinlich nichts mehr mit diesem kleinen, verschlafenen Dorf und seinen langweiligen Bewohnern zu tun haben ...«

»Chalcot ist ja wohl alles andere als langweilig«, fiel Kat ihm ins Wort. »Versuchte Morde, Einbrüche, Verfolgungsjagden auf der Landstraße ... das entspricht nicht gerade meiner Vorstellung von einem verschlafenen Dorf.«

Will grinste sie an, und wieder zog sich Kats Magen zusammen, was nicht ganz unangenehm war. »Stimmt, lass mich das umformulieren. Du willst wahrscheinlich nichts mehr mit diesem gefährlichen Dorf und seinen gewalttätigen Bewohnern zu tun haben. Aber ich wollte dir sagen, dass ich gerne mehr mit dir zu tun hätte, wenn du das möchtest. Ich weiß, ich bin ein bekennendes Landei, aber ich bin durchaus dazu in der Lage, in einen Zug zu steigen und nach London zu fahren. Wenn du dich also mal auf einen Drink oder eine Demo treffen willst, wäre ich alles andere als abgeneigt.«

Kat schaute aus dem Fenster, als sie die Hauptstraße von Winton hinauffuhren, damit Will ihren verwirrten Blick nicht sah. *Er hat dich verraten,* sagte sie sich. *Vor vielen Jahren hast du gelernt, dich nicht auf andere zu verlassen, und sieh nur, was passiert ist, als du doch mal jemandem vertraut hast. Lass dich nicht ...*

Sie unterbrach sich und dachte daran, was sich gerade in Shelley House abspielte. Dorothy Darling, praktisch eine Einsiedlerin, die über dreißig Jahre lang alle aus ihrem Leben ausgeschlossen hatte, schmiss eine Party für ihre Nachbarn, für Leute, die sie bis vor ein paar Monaten noch gehasst hatte – und denen es mit ihr nicht anders gegangen war. Wenn Dorothy sich ändern konnte, warum nicht auch sie selbst?

»Okay.«

Kat sah Will nicht an, als sie das sagte, aber sie wusste, dass er lächelte.

»Super. Heißt das, dass du meine Nummer jetzt entsperrst?«

Kat lächelte ebenfalls. »Wahrscheinlich schon, ja, solange ...«

Sie hielt mitten im Satz inne. Das konnte doch nicht wahr sein?

»Solange was? Komm schon, jetzt hast du mich neugierig gemacht.«

»Ich fass es nicht«, murmelte Kat und drehte den Kopf, um sich zu vergewissern, dass sie tatsächlich gesehen hatte, was sie gesehen zu haben glaubte. Aber ja, daran bestand kein Zweifel.

»Was ist los?«, fragte Will und schaute ebenfalls zurück.

»Ich glaube, ich habe gerade unser fehlendes Puzzleteil gefunden«, antwortete Kat. »Aber wir müssen uns beeilen.«

KAPITEL 45

Dorothy

Um vierzehn Uhr fehlte immer noch jede Spur von den Gerichtsvollziehern, und allmählich fragte sich Dorothy, ob man ihr das falsche Datum genannt hatte. Nicht, dass ihr der Fehler etwas ausmachte – immerhin war die Party um sie herum nach wie vor in vollem Gange. Auf wundersame Weise waren noch mehr alkoholische Getränke aufgetaucht, von denen offenbar ebenso viel auf Dorothys Fußboden landete, wie konsumiert wurde, und die Gäste sangen jetzt lautstark Weihnachtslieder, begleitet von Reggies ausgelassenem Jaulen. Als sie inbrünstig eine Interpretation von *Good King Wenceslas* anstimmten, stand Dorothy vom Tisch auf und bahnte sich einen Weg durch die Menschenmenge zur Küche, um sich ein Glas Wasser zu holen. Dort fand sie Gloria und Tomasz in einer leidenschaftlichen Umarmung vor. Als Dorothy eintrat, lösten sie sich voneinander und guckten schuldbewusst wie zwei Jugendliche.

»Sehen Sie mal, was ich von Tomasz bekommen habe!« Gloria streckte die linke Hand aus, und an ihrem Ringfinger funkelte ein kleiner Diamant.

»Ist es das, wofür ich es halte?« Dorothys Frage wurde von dem albernen Grinsen auf ihren Gesichtern beantwortet.

»Ich wollte ihr den Antrag eigentlich an Heiligabend machen, aber wir haben getanzt, und da habe ich mich ein wenig von der Stimmung mitreißen lassen«, sagte Tomasz und wurde rot.

»Das ist so romantisch«, schwärmte Gloria. »Schließlich haben wir uns in Shelley House kennengelernt.«

»Ich gratuliere euch von ganzem Herzen«, sagte Dorothy und lächelte die beiden an.

»Ich rufe meine Mutter an, um ihr die guten Neuigkeiten zu erzählen.« Tomasz strahlte.

Er küsste seine Verlobte und verließ die Küche, während Gloria ihm verträumt hinterhersah. Dorothy hüstelte erst höflich und dann nicht mehr ganz so höflich, bis die Frau sich wieder fasste und beiseitetrat, sodass Dorothy zur Spüle gelangen konnte.

»Wir heiraten nächsten Sommer in der Kirche von Chalcot«, sagte Gloria, während Dorothy nach einem Glas griff. »Sie werden natürlich unser Ehrengast sein.«

»Danke, aber das ist nicht nötig.« Dorothy würde an keiner Hochzeit teilnehmen, aber es war trotzdem eine großzügige Einladung.

»Nein, das meine ich ernst. Ohne Sie wären Tomasz und ich nie zusammengekommen.«

»Das ist doch sicher nicht wahr.«

»Doch! Sie erinnern sich bestimmt nicht mehr daran, aber Sie und ich, wir haben uns im Sommer gestritten und Sie haben mir gesagt, dass ich mir immer Männer aussuche, die mir nicht das Wasser reichen können. Sie meinten, ich soll lernen, mit mir allein zurechtzukommen, anstatt immer einen nutzlosen Kerl um mich herum zu brauchen.«

Hatte Dorothy das wirklich gesagt? Wie anmaßend von ihr.

»Tja, offensichtlich haben Sie nicht auf meinen Rat gehört«, sagte sie, deutete auf den Ring an Glorias Finger und hoffte, dass ihr Lächeln ihren Scherz deutlich machte.

»Doch, habe ich. Davor war ich so traurig, weil Barry mich verlassen hatte, und ich wollte ihn unbedingt zurück. Aber Ihre Worte haben bei mir einen Nerv getroffen. An dem Tag habe ich beschlossen, ihm nicht mehr hinterherzuheulen und mich stattdessen mehr auf meine Selbstliebe zu fokussieren. Und kaum hatte ich diese Entscheidung getroffen, ist Tomasz in mein Leben getreten.«

»Gloria, meine Liebe, Sie können ja wohl kaum behaupten, dass er erst da in Ihr Leben getreten ist. Er hat zwei Jahre lang gegenüber von Ihnen gewohnt.«

»Ja, aber hätten Sie nicht gesagt, dass ich etwas Besseres verdiene, hätte ich es weiter mit Mistkerlen wie Barry versucht. Aber nach unserem Streit habe ich mir geschworen, mich nicht schon wieder in eine Beziehung mit dem nächstbesten Lederjacke tragenden Schwachkopf zu stürzen. Und da ist mir klar geworden, dass die ganze Zeit ein guter, netter Mann direkt vor meiner Nase war. Und er ist Schütze.«

»Nun, da bin ich aber froh, dass Sie Ihren Traumpartner gefunden haben«, sagte Dorothy. »Ich mag früher meine Vorbehalte gegenüber Tomasz gehabt haben, aber wie sich herausgestellt hat, ist er ganz anders als die ganzen anderen ›Lederjacke tragenden Schwachköpfe‹, wie Sie sich so treffend ausgedrückt haben.«

»Haben Sie nicht auch Ihren Traumpartner gefunden?«, fragte Gloria augenzwinkernd.

Dorothy brauchte einen Moment, um zu begreifen, wen sie meinte. »Reden Sie nicht so einen Unsinn.«

»Für die Liebe ist es nie zu spät, Dorothy. Welches Sternzeichen haben Sie eigentlich? Oh, lassen Sie mich raten. Wassermann? Wann haben Sie Geburtstag?«

»Am fünfundzwanzigsten April.«

»Stier!« Gloria lachte. »Natürlich sind Sie das. Und Joe ist Jungfrau, das passt also perfekt.«

»Habe ich da gerade meinen Namen gehört?« Joseph war in der Küchentür aufgetaucht.

»Dorothy und ich haben uns gerade über Astrologie unterhalten«, erklärte Gloria, und Joseph zog die Augenbrauen hoch.

»Ich habe nicht den blassesten Schimmer, wovon sie gesprochen hat. Völliger Kokolores«, sagte Dorothy, woraufhin die beiden anderen lachen mussten.

Aus dem Wohnzimmer war das Klirren von splitterndem Glas zu hören, und Joseph zuckte zusammen.

»Tut mir leid, Dorothy, ich fürchte, das Ganze ist ein wenig aus dem Ruder gelaufen. Ich hoffe, wir haben deine Party für Charlotte nicht verdorben.«

»Verdorben? Ganz im Gegenteil, das ist die perfekte Geburtstagsfeier. Sie wäre begeistert gewesen – Weihnachtslieder hat sie geliebt. An ihrem Geburtstag hat sie immer darauf bestanden, dass wir welche singen.«

Joseph lächelte, als Dorothy das sagte, aber in seinen Augen lag eine Traurigkeit, die sie nicht von ihm kannte. Vielleicht erinnerte er sich an Weihnachtsfeste aus seiner eigenen Vergangenheit?

»Du hast mir nie erzählt, was zwischen dir und Deborah vorgefallen ist.« Als sie den Namen seiner Tochter aussprach, schnappte Joseph nach Luft. »Tut mir leid, du musst mir das nicht erzählen, wenn du nicht möchtest.«

»Nein, schon gut«, sagte Joseph.

Gloria entschuldigte sich, ging aus der Küche und ließ Dorothy und Joseph allein zurück.

»Debbies und meine Beziehung war schon immer ziemlich angespannt«, sagte Joseph. »Ich glaube, ich habe dir erzählt, dass sie mir nie richtig verziehen hat, dass wir nach Chalcot gezogen sind. Sie hat sich entwurzelt gefühlt und als Folge etwas daneben benommen. Und dann, nachdem Charlotte gestorben ist ...« Er sah zu Dorothy auf, und sie gab ihm mit einem Nicken zu verstehen, dass er weitersprechen sollte. »Um ehrlich zu sein, ich bin mit der ganzen Situation ziemlich schlecht umgegangen. Natürlich war sie am Boden zerstört, und ich hätte sie besser unterstützen müssen. Aber ich glaube, ich war auch wütend auf sie, habe ihr sogar ein bisschen die Schuld an dem Vorfall gegeben.«

»Oh, aber Deborah konnte nichts dafür«, sagte Dorothy schnell. »Sie war doch selbst noch ein Kind.«

»Jetzt ist mir das natürlich auch klar. Aber damals war das alles so ein Schock, und ich habe vermutet, dass Debbie Charlotte zum Trinken verleitet hatte. Das habe ich Debbie zwar nie gesagt, aber wahrscheinlich hat sie es gespürt. Und ich glaube nicht, dass sich unsere Beziehung jemals richtig davon erholt hat. Sie ist zum Studieren weggezogen und dann nach Australien ausgewandert, und das war's.«

Er machte ein trauriges Gesicht, und es sah ganz so aus, als kämpfte er mit den Tränen. Der Arme. All die Jahre hatte sie ihn gehasst, während er seinen eigenen Verlust zu betrauern hatte.

»Das tut mir so leid«, sagte sie leise. »Das muss sehr schwer sein.«

»Na ja, nicht so schwer wie für dich«, sagte Joseph und wischte sich über die Augen. »Wenigstens lebt Debbie noch, und wir sind auf Facebook miteinander befreundet, ich kann also immerhin sehen, was sie und die Kinder so treiben.«

»Du hast Enkel?«

Er nickte, und da war es wieder, dieses melancholische Lächeln. »Zwei Jungs, vierzehn und elf. Ich habe sie nie kennengelernt, aber Sandra meinte, sie sind toll.«

»Ach, Joseph«, sagte Dorothy, denn es gab wirklich keine passenden Worte dafür.

»Schon gut, ich brauche kein Mitleid«, wehrte er ab und blinzelte die Traurigkeit weg.

»Vielleicht solltest du deine Tochter dieses Jahr an Weihnachten anrufen«, schlug Dorothy vor und bereute es sofort, als sie Joseph die Stirn runzeln sah. Hatte sie etwas Falsches gesagt? Ungefragt Ratschläge zu erteilen, war nie eine gute Idee, und was wusste sie schon über die Beziehung von Eltern zu ihren erwachsenen Töchtern.

»Weißt du was, vielleicht werde ich das.« Joseph sah sie an. »Danke, Dorothy.«

Etwas an der Art, wie er ihren Namen aussprach, ließ Dorothys Haut kribbeln. Sie wollte wegschauen, aber Josephs Blick hielt sie fest wie ein Magnet, so wie damals schon, vor all den Jahren.

»Sie sind da!«

Ein Schrei aus dem Salon übertönte die Musik und riss Dorothy aus ihren Tagträumen. Einen Moment später schaltete jemand abrupt den CD-Player aus, und die ganze Wohnung versank in Stille. Josephs Mimik hatte sich verändert, in ihr spiegelte sich Dorothys Angst. Sie starrten sich noch einen Augenblick länger an, dann drehte sich Joseph um und marschierte aus der Küche.

»Also gut, Leute, gehen wir!«

Seine Stimme schallte durch den stillen Raum, und dann hörte Dorothy nebenan eine Vielzahl von Schritten.

»Was ist los?«, fragte sie und folgte ihm ins Wohnzimmer. Die Partygäste zogen bereits ihre Mäntel, Hüte und Schals an, und die freudige Stimmung war grimmigen Gesichtern gewichen.

»Sie müssen noch nicht gehen«, sagte Dorothy und blickte in die Runde. »Nur weil die Gerichtsvollzieher hier sind, muss die Party noch lange nicht zu Ende sein.«

Omar, der in der Nähe stand, schenkte Dorothy ein kleines Lächeln. O Gott, da war es wieder. *Mitleid.*

Die Wohnungstür stand offen, und nach und nach brachen die Gäste auf. Niemand blieb stehen, um sich bei Dorothy zu bedanken oder sich zu verabschieden; offenbar konnten sie es alle kaum erwarten, hier wegzukommen, jetzt, da die Gerichtsvollzieher da waren. Dorothy sah zu, wie Gloria und Tomasz hinausgingen, ohne sich noch einmal zu ihr umzudrehen, und ihr wurde schwer ums Herz. Sie hatte gedacht, diese Leute wären ihre Freunde – so viel dazu. Andererseits konnte sie ihnen kaum vorwerfen, dass sie gingen. Warum sollten sie auch bleiben und mit ansehen wollen, was gleich geschehen würde?

Joseph ging als Letzter. An der Tür hielt er inne und sah Dorothy noch einmal an.

»Kommst du?« In seinem Blick lag ein Flehen, in seinen Worten nicht.

»Darauf kennst du die Antwort.«

»Du hast einen unglaublichen Kampf geliefert, Dorothy. Du kannst erhobenen Hauptes aus diesem Haus gehen, in dem Wissen, dass du alles getan hast, was in deiner Macht stand, um hierzubleiben.«

»Aber wohin soll ich denn gehen? Das hier ist mein Zuhause.«

»Du würdest schon was finden, ich kann dir beim Suchen helfen. Oder du könntest …« Joseph unterbrach sich und guckte auf den Boden.

»Ich könnte was?«

Es dauerte einen Moment, dann sah er wieder zu ihr auf. »Du könntest bei mir einziehen.«

Dorothy schwieg, und der Vorschlag blieb unbeantwortet in der Luft hängen.

»An dem Tag, an dem ich dich zum ersten Mal gesehen habe, habe ich mich in dich verliebt, Dorothy Darling. Die Wochen, in denen wir zusammen die Gartenparty geplant haben, gehören zu den glücklichsten in meinem Leben. Und ich weiß …« Er zögerte und schluckte. »Ich weiß, dass du auch mir Schuld an dem gibst, was passiert ist, aber meine Gefühle für dich haben sich nicht geändert. Ich liebe dich seit dreiunddreißig Jahren. Und ich glaube, auf eine gewisse Art liebst du mich auch.«

Dorothy klappte den Mund auf, um etwas zu sagen, aber Joseph fuhr fort.

»Du hast dich für etwas bestraft, das weder deine noch meine oder Debbies oder sonst jemandes Schuld war. Es ist an der Zeit, sich davon zu lösen und nach vorn zu sehen. Wir sind noch nicht so alt, Dorothy, und es ist noch nicht zu spät für ein Happy End. Bitte, komm mit mir.«

Einen Moment lang ließ sie es zu, dass die Worte sich in ihrer Brust ausbreiteten und sie mit Wärme erfüllten. Dann blickte sie zum Kaminsims.

»Tut mir leid, Joseph, aber es gibt noch etwas, das ich tun muss. Das habe ich versprochen, als Charlotte gestorben ist, und ich muss mich daran halten.«

Dorothy wartete darauf, dass er etwas unternahm, dass er sie bitten würde, es sich noch einmal zu überlegen, oder dass er sie bei der Hand nehmen und aus Shelley House ziehen würde. Aber stattdessen sah er sie nur noch einen Moment länger mit großen Augen an. Dann drehte er sich wortlos um und verließ die Wohnung.

Jetzt war das Zimmer, in dem es eben noch so heiß und voll gewesen war, kalt und leer. Dorothy ließ den Blick über die leeren Gläser und die achtlos stehen gelassenen Teller schweifen – die Spuren dessen, was sich hier abgespielt hatte. Schwere, drückende Stille lag in der Luft. Sie ging zum CD-Player, nahm die CD mit den Weihnachtsliedern heraus und ersetzte sie mit der, die sie zuvor gehört hatte. Als Wagners *Walküre* den Raum erfüllte, atmete Dorothy tief durch und trat ans Fenster.

Jemand hatte die Gardinen zurückgezogen und das Fenster stand offen, sodass sie freien Blick auf die Poet's Road hatte. Am Bordstein gegenüber hatte ein austauschbarer blauer Lieferwagen geparkt, und zwei stämmige Männer und eine Frau standen davor. Die Frau trug einen unförmigen schwarzen Mantel und wenig schmeichelhafte Schuhe, hielt ein Klemmbrett in der Hand und studierte das darauf befindliche Blatt Papier. Die Männer, die aussahen, als läge ihr gemeinsamer IQ unter achtzig, starrten Shelley House an und die Menschenmenge, die aus dem Gebäude auf den Bürgersteig geströmt war. Dorothys ehemalige Nachbarn trödelten herum, wahrscheinlich verabschiedeten sie sich voneinander, bevor sie ihrer jeweiligen Wege gingen. Joseph stieg die Eingangstreppe von Shelley House hinunter und gesellte sich zu ihnen, den Blick wandte er nicht von den Gerichtsvollziehern auf der anderen Straßenseite ab. Auch Dorothy richtete ihre Aufmerksamkeit wieder auf sie und sah, wie die Frau, die vermutlich das Sagen hatte, den fleischnackigen Männern etwas mitteilte. Die drei drehten sich um und gingen zielstrebig über die Straße auf Shelley House zu.

»Jetzt!«, rief Joseph.

Als er das tat, setzte sich auch die Gruppe vor Shelley House in Bewegung. Dorothy beobachtete, wie sie sich verteilten, und rechnete damit, dass sie das Weite suchen würden. Doch stattdessen bildeten sie eine Reihe vor dem Gebäude. Genau genommen waren es zwei – nein, drei – Reihen, eine vor der anderen, jede aus gut zehn Leuten, die in Formation nebeneinanderstanden. Sobald alle ihre Plätze eingenommen hatten, hob Joseph einen Arm in die Luft, und jeder nahm seinen Nebenmann bei der Hand. Völlig verwirrt sah Dorothy zu. Was in Gottes Namen taten sie da? Mit einem Schlag begriff sie und schnappte nach Luft.

Ihre Nachbarn bildeten einen menschlichen Schutzschild vor dem Gebäude. Sie beschützten Shelley House – und sie beschützten sie.

KAPITEL 46

Dorothy

Erstaunt beobachtete Dorothy das Geschehen. Offenbar völlig unbeeindruckt marschierten die Gerichtsvollzieher weiter über die Straße direkt auf die menschliche Barrikade zu. Joseph stand in der Mitte der ersten Reihe, und als die Gerichtsvollzieherin ihn erreichte, sagte sie etwas zu ihm. Dorothy versuchte die Worte zu verstehen, aber die Frau sprach zu leise, und nur einzelne Gesprächsfetzen drangen zu ihr durch. *Gerichtsvollzieher … Räumungsbefehl … Mrs Darling muss das Gebäude räumen.*

»Ms Darling möchte das Gebäude nicht räumen«, antwortete Joseph, seine Stimme war laut und deutlich.

Die Frau murmelte weiter vor sich hin. *Doch bitte vernünftig … machen nur unsere Arbeit … notfalls Polizei.*

»Tun Sie sich keinen Zwang an – rufen Sie die Polizei«, sagte Joseph und straffte die Schultern. »Aber bevor die an Ms Darling rankommen, werden sie uns alle festnehmen müssen.«

Die Frau beriet sich mit ihren beiden Handlangern, dann zog sie sich zurück und zückte ihr Handy. Bestimmt rief sie die Polizei! Dorothy lehnte sich aus dem Fenster.

»Joseph. Joseph!«

Von der ersten Reihe aus grinste er sie fröhlich an, bevor er seine Aufmerksamkeit wieder auf die Straße richtete.

»Mensch, was machst du denn? Ihr werdet noch alle verhaftet.«
Joseph hielt es offenbar für eine gute Idee, so zu tun, als könnte er sie nicht hören. Große Güte, er benahm sich unmöglich.

»Gloria! Tomasz!«

Keine Antwort.

»Oh, um Himmels willen, nicht auch noch Sie zwei. Ich weiß, dass Sie mich alle hören können, und ich werde nicht zulassen, dass Sie sich meinetwegen einsperren lassen.«

Keiner nahm auch nur Notiz von ihr.

»Omar, Sie sind doch sicher vernünftig. Wollen Sie wirklich, dass Ayesha einen Eintrag im Vorstrafenregister bekommt? Das könnte ihr die Zukunft verbauen.«

Endlich blickte Ayesha über die Schulter zu Dorothy.

»Schon okay, Ms Darling. Wir sind Elefanten.«

»Was?« Dorothy schrie inzwischen – die waren doch alle betrunken.

»Das war Dads Idee. Er hat erzählt, dass Elefantenmütter einen Ring um ihre Kälber bilden, um sie vor Fressfeinden zu schützen. Und genau so beschützen wir Sie jetzt vor Ihren Fressfeinden.« Ayesha grinste ihren Vater an, und Dorothy sah den Stolz in den Augen des Mädchens.

»So etwas Lächerliches habe ich ja noch nie gehört! Ich bin nicht irgendein erbärmliches Elefantenkalb, das beschützt werden muss. Ich bin Dorothy Darling, und ich bin durchaus in der Lage, mich selbst zu verteidigen, herzlichen Dank auch. Und jetzt verschwinden Sie, und zwar Sie alle, oder ich rufe selbst die Polizei.«

Aber Dorothys Worte stießen auf taube Ohren, und niemand rührte sich. Auf der anderen Straßenseite hatte die Gerichtsvollzieherin ihr Telefongespräch beendet, und alle drei saßen wieder im Kleintransporter. Offenbar warteten sie auf Verstärkung. Dorothy trat vom Fenster zurück und ging in ihrer Wohnung auf und ab. Was sollte sie jetzt tun? Sie hatte einen gut durchdachten Plan. Er stand seit dem Tag fest, an dem sie von dem Bauantrag für Shelley House erfahren hatte; dem Tag, an dem sie zum ersten Mal seit dreißig Jahren vollständig bekleidet auf ihrem Bett gelegen und geweint hatte. Aber dieser sorgfältig ausgearbeitete Plan umfasste weder eine Liebeserklärung ihres alten Erzfeindes noch über vierzig Nachbarn, die eine menschliche Barrikade um ihr Haus errichteten und die eigene Verhaftung riskierten. Das alles kam ihr überaus ungelegen.

Vor dem Haus hörte man ein Auto vorfahren. War das schon die Polizei? Dorothy lief die Zeit davon; sie musste in die Gänge kommen. Ihre Handtasche, die sie zur Vorbereitung schon vor ein paar Tagen gepackt hatte, stand inmitten der Party-Überreste auf dem Tisch. Dorothy holte sie und warf dabei noch einen Blick nach draußen.

Der Wagen, der vor Shelley House geparkt hatte, war kein Polizeiauto, sondern ein dunkelgrüner BMW. *Der* grüne BMW. Dorothy spürte Wut in ihrer Brust aufsteigen. Fergus Alexander, dieser Mistkerl, musste seinen Handlanger geschickt haben, um den Gerichtsvollziehern zu helfen. Denselben Handlanger, der auch an dem Tag, als Joseph angegriffen wurde, hier gewesen und nach dem Protest vor ihnen geflohen war. Tja, wenn er glaubte, dass er Dorothys Nachbarn auch nur ein Haar krümmen konnte, hatte er sich aber gewaltig getäuscht. Sie schnappte sich ihre Handtasche – eine Waffe, die sie dieses Jahr schon einmal erfolgreich eingesetzt hatte – und sammelte sich, um hinauszumarschieren. Doch dann flog die Beifahrertür des BMWs weit auf und mit ihr auch Dorothys Mund.

Ein ausgeblichener rosa Schopf tauchte aus dem Wagen auf, und die Person sprach mit jemandem auf dem Fahrersitz, den Dorothy nicht sehen konnte. Was um Himmels willen hatte *die* denn hier zu suchen? Dorothy blinzelte und versuchte, sich einen Reim darauf zu machen. Bedeutete das, dass Kat mit dem Fahrer des grünen Autos und Josephs möglichem Angreifer in Verbindung stand? Oder war *sie* etwa *selbst* die Angreiferin? Aber falls das stimmte, wer hatte dann das grüne Auto gefahren, als Kat, Dorothy und Will es durch die Landschaft von Dunningshire gejagt hatten? Ach, das war alles höchst verzwickt und ganz und gar nicht das, worauf sich Dorothy im Moment konzentrieren sollte. Dennoch konnte sie ihren Blick nicht von dem Fahrzeug lösen, als auch die anderen Türen aufgingen.

Als Nächstes stieg eine unbekannte Frau auf der Beifahrerseite aus. Sie war Ende vierzig und trug einen scheußlichen Weihnachtspullover mit unglücklich platzierten Kugeln auf der Brust. Sie ging zur hinteren Tür, um einem weiteren Fahrgast beim Aussteigen zu helfen. Es musste jemand Älteres sein, denn sowohl die Frau im Weihnachtspullover als auch Kat griffen auf den Rücksitz, um ihm herauszuhelfen. Es schien sich um einen älteren Herrn zu handeln. Sein Kopf war so kahl wie der eines Babys, und er hatte offenbar große Schwierigkeiten beim Aufstehen. Als er sich schließlich aufgerichtet hatte, hob er den Kopf und betrachtete Shelley House. Eine Sekunde lang trafen sich ihre Blicke durch das Fenster, und vor Schreck hätte Dorothy beinahe aufgeschrien.

Phillip.

KAPITEL 47

Dorothy

Ihren Ex-Mann hatte sie zuletzt an dem Morgen gesehen, an dem er mit seiner Aktentasche in der Hand zur Arbeit gegangen und nicht mehr zurückgekehrt war. Er hatte keine Nachricht hinterlassen und auch nie einen Brief geschickt. Acht Jahre später hatte Dorothy von einem Londoner Anwalt Scheidungspapiere erhalten, die sie unterschrieben und ordnungsgemäß zurückgeschickt hatte, aber darüber hinaus hatte es keinerlei Kommunikation gegeben. Und da war er nun, am Tag ihrer Zwangsräumung, und wurde aus dem Wagen zum Haus geführt.

»Hey, Sie dürfen da nicht rein!« Die Gerichtsvollzieherin war aus ihrem Kleintransporter ausgestiegen und stürmte über die Straße. »Niemand darf das Grundstück betreten – Anweisung des Eigentümers!«

Sofort öffneten sich die Reihen vor Shelley House und schlossen Kat, Phillip und die Frau in ihren Schutzring mit ein.

»Sie betreten unbefugt ein Privatgrundstück!«, rief die Gerichtsvollzieherin, als das Trio die Treppe hinaufstieg.

Dorothy sah Phillip zusammenzucken – Konfrontationen hatte er schon immer gehasst. Trotzdem stieg er, auf die Frauen links und rechts von ihm gestützt, weiter hinauf. Als sie die Eingangstür erreichten, verschwanden sie aus dem Blickfeld. Dorothy strich sich die Haare glatt und bemerkte, wie sehr ihre Hand zitterte.

An der Tür ertönte ein leises Klopfen, und einen Moment später wurde sie geöffnet. Kat betrat als Erste die Wohnung und ließ die beiden anderen im Flur warten.

»Hallo, Dorothy.«

Das Mädchen sah gut aus, zumindest besser als vor sechs Monaten. Sie hatte ein bisschen Gewicht zugelegt, was ihr gut stand, und ihre Wangen hatten etwas Farbe bekommen. Aber ihre Miene war untypisch schüchtern.

»Würden Sie mir bitte erklären, was hier los ist?« Dorothy war sich bewusst, dass das alles andere als eine freundliche Begrüßung war, aber jetzt war nicht die richtige Zeit für Höflichkeiten.

»Ich habe jemanden mitgebracht, der Sie sprechen möchte.«

»Wie Sie sehen können, ist gerade kein guter Zeitpunkt für Besuch.« Dorothy deutete auf die Gerichtsvollzieher, die wie Aasgeier auf der anderen Straßenseite lauerten.

»Bitte, Dorothy. Phillip möchte Ihnen etwas sagen.«

Dorothy seufzte. Was konnte dieser Mann ihr nach dreiunddreißig Jahren noch zu sagen haben, und dann ausgerechnet heute? Wie sie Phillip kannte, war ihm wahrscheinlich nicht einmal bewusst, dass heute Charlottes Geburtstag war. Außerdem tickte die Uhr; die Polizei konnte jede Minute eintreffen, und ihre Nachbarn draußen würden sie nicht ewig aufhalten können.

»Ich möchte nicht ...«

»Bitte, Dorothy.« Der Ausdruck des Mädchens hatte sich verändert – er war nun flehend statt nervös. »Es dauert nur eine Minute, und ich denke, Sie sollten sich wirklich anhören, was er zu sagen hat.«

Dorothy seufzte. Sie konnte genauso gut einwilligen und die Sache hinter sich bringen, anstatt noch mehr Zeit mit Diskussionen zu verschwenden. Sie nickte und Kat trat beiseite, um Phillip hereinzulassen. Mit gekrümmten Rücken durchquerte er das Zimmer, konzentrierte sich auf seine langsamen Schritte, und als er sich aufs Sofa fallen ließ, entwich seinen Lippen ein leises Stöhnen. Erst dann blickte er zu ihr auf.

»Hallo, Dotty.«

Sie versuchte, nicht zusammenzuzucken, als er den Kosenamen aussprach, den er früher immer für sie verwendet hatte. Diesen Namen hatte sie schon seit vielen Jahren nicht mehr gehört.

»Wir lassen Sie allein, damit Sie sich in Ruhe unterhalten können«, sagte Kat und ging zur Tür.

Die andere Frau sah Phillip an. »Ist das okay, Dad? Ich warte draußen im Auto, falls du mich brauchst.«

Dad. Das Wort traf sie wie ein Dolch mitten ins Herz.

Kat und die Frau gingen, schlossen die Tür hinter sich, und in der Wohnung breitete sich Totenstille aus. Im Laufe der Jahre hatte Dorothy sich oft vorgestellt, was sie sagen würde, sollte sie ihrem Ex-Mann jemals wieder begegnen. Sie hatte sich Schreie und Anschuldigungen, Flüche und Drohungen ausgemalt. Aber nicht ein einziges Mal war sie auf die Idee gekommen, dass ihre ersten Worte lauten würden …

»Mein Gott, bist du alt geworden.«

Phillip schenkte ihr ein schiefes Lächeln. »Du bist auch kein junger Hüpfer mehr.«

»Und du hast noch eine Tochter.« Sie bemühte sich um einen lockeren Tonfall, um sich den Sturm der Gefühle, der in ihr toste, nicht anmerken zu lassen.

»Stieftochter«, korrigierte Phillip sie. »Sie heißt Amy. Seit meine Frau gestorben ist, lebe ich bei ihr und ihrer Familie.«

Er hatte also wieder geheiratet, hatte sogar Enkelkinder? Der Dolch drehte sich einmal herum, und Dorothy blieb beinahe die Luft weg.

»Wie geht's dir, Dotty? Immer noch in der alten Wohnung, wie ich sehe.«

»Ich habe keine Zeit für Small Talk, Phillip. Ich weiß nicht, ob Kat dir davon erzählt hat, aber ich werde heute zwangsgeräumt.«

»Ich habe davon gehört. Tut mir leid, dass du …«

»Dein falsches Mitleid kannst du dir sparen. Bist du hier, um mir zu erklären, warum ich dein Auto genau zu dem Zeitpunkt draußen parken gesehen habe, als Joseph Chambers angegriffen wurde? Oder warum du am Tag unserer Demonstration in Winton vor uns geflohen bist?«

»Kat hat mir vorhin die gleichen Fragen gestellt. Ich hatte nichts mit dem Angriff zu tun, ehrlich. Warum sollte ich auch? Ich habe Joseph immer gemocht.«

Dorothy musste schlucken. Offensichtlich war Phillip nie dahintergekommen, was an jenem Tag zwischen ihr und Joseph vorgefallen war. »Warum bist du dann hier? Sag mir bitte: Was hast du mit der ganzen Sache zu tun?«

Phillip seufzte. »Eins nach dem anderen. Fangen wir mit Winton an. Ich bin ins Dorf gefahren, um bei *Petersons* neue Angelausrüstung zu kaufen, aber es war so viel los, dass ich nirgends parken konnte. Irgendwann habe ich dann doch eine Parklücke gefunden, angehalten und versucht herauszufinden, ob ich dort ohne Anwohnerausweis parken darf. Du weißt ja, wie das in Winton ist. Die Stadtverwaltung drückt dir ein Bußgeld auf, wenn du ...«

»Du schweifst ab, Phillip.«

Er verzog das Gesicht. »Entschuldigung. Ich wollte also parken, aber dann habe ich dich plötzlich auf der anderen Straßenseite stehen sehen. Du hast mich so wütend angestarrt. Und ja, ich gebe es zu, da bin ich in Panik geraten. Das letzte Mal, dass wir uns gesehen haben, war so lange her, und du hast so zornig gewirkt, dass ich nach all der Zeit keinen Streit mit dir riskieren wollte. Also bin ich weggefahren. Es tut mir leid, Dotty, ehrlich. Das war feige von mir.«

Dorothy antwortete nur mit einem verächtlichen Schnauben.

»Kat hat mir erzählt, dass ihr mich verfolgt habt, aber ich habe das gar nicht bemerkt. Meine Augen lassen mich in letzter Zeit ein bisschen im Stich, und meine Reflexe sind auch nicht mehr das, was sie mal waren. Amy lässt mich inzwischen nicht mehr mit ihrem Auto fahren – sie meint, ich bin kein sicherer Fahrer mehr.«

»Du warst an dem Tag also nicht im Büro unseres Vermieters?«

»Natürlich nicht.«

»Und was ist mit dem siebenundzwanzigsten Mai? Ich führe Buch über die Aktivitäten in der Poet's Road und bin mir sicher, dass ich dein Nummernschild hier noch nie zuvor gesehen hatte. Wie willst du erklären, dass du genau zu dem Zeitpunkt hier aufgetaucht bist, als Joseph überfallen wurde?«

Phillip schaute auf seinen Schoß, und es dauerte einen Moment, bis er etwas sagte.

»Ich habe in der *Dunningshire Gazette* einen Artikel über Joseph und die Räumung von Shelley House gesehen. Als ich gelesen habe, dass Fergus Alexander seine Finger im Spiel hat, war mir sofort klar, dass er das Haus abreißen würde. Also wollte ich es noch ein letztes Mal sehen.«

»Papperlapapp! Du hast Shelley House noch nie gemocht. Ich musste dich überreden, hier einzuziehen. Und da soll ich dir wirklich glauben, dass du hergekommen bist, um dem Gebäude deinen Respekt zu erweisen? Du bist ein Lügner, Phillip.«

»Ich bin nicht hergekommen, um Shelley House meinen Respekt zu erweisen. Sondern Charlotte.«

Es war das erste Mal, dass er den Namen ihrer Tochter ausgesprochen hatte, und Dorothy klammerte sich an der Tischkante fest, um das Schluchzen zu unterdrücken, das ihr aus der Kehle hervorzubrechen drohte.

»Sie hat so gern hier gewohnt«, fuhr Phillip fort und ließ den Blick langsam durchs Zimmer schweifen. »Deshalb habe ich die ganzen Jahre die Miete weitergezahlt, weil ich den Ort erhalten wollte, an dem sie so glücklich war. Und deshalb bin ich an dem Tag hergekommen. Ich wollte das Zuhause unserer Familie ein letztes Mal sehen, bevor es komplett verschwindet.«

Dorothys Augen füllten sich mit Tränen, und einen Moment lang war sie sprachlos.

Phillip beobachtete sie. »Heute ist Charlottes Geburtstag, weißt du?«

»Natürlich weiß ich das. Sie war auch meine Tochter.«

»Entschuldige, Dotty, ich wollte nicht … Ich konnte es einfach nicht fassen, als Kat mir erzählt hat, dass man dich ausgerechnet heute vor die Tür setzt.«

»Tja, nun, es gibt wohl keinen idealen Zeitpunkt, um aus dem eigenen Zuhause geworfen zu werden.«

»Kat hat mir auch gesagt, dass du dir die Schuld an dem Unfall gibst.« Phillip musste bemerkt haben, wie sie sich verkrampfte, denn er fing plötzlich an zu stottern. »Ich wollte nicht ... Ich wollte dich nicht aufwühlen. Tut mir leid, ich war nur so schockiert, als ich das gehört habe.«

»Was ich tue und wie ich mich fühle, geht dich rein gar nichts an. Eigentlich wäre es mir jetzt ganz recht, wenn du gehst.« Dorothy wies zur Tür, aber Phillip schien noch tiefer ins Sofa gesunken zu sein.

»Tut mir leid, Dotty. Ich mach alles nur noch schlimmer, genau wie damals.«

Dorothy zögerte. Phillip blickte auf seine Hände, und es dauerte einen Moment, bis er weitersprach.

»Ich kann das nicht so gut, über meine Gefühle reden. Amy sagt immer, dass ich besser darin werden muss, aber das liegt mir einfach nicht. Und ich bin mir auch nicht sicher, ob dir das liegt.«

Er sah Dorothy an, als würde er auf ihre Zustimmung warten, aber sie wandte den Blick ab. Sie wollte ihm nicht die Genugtuung verschaffen, zuzugeben, dass er recht hatte.

»Ich glaube, das war ein Teil unseres Problems«, fuhr Phillip fort. »Keiner von uns hat dem anderen gesagt, was er fühlt – wir haben einfach dichtgemacht.«

»Ich denke, deine Gefühle sind recht deutlich geworden.«

»Wie meinst du das?«

»Ich meine, dass du nie versucht hast zu verstecken, wie sehr du mich hasst. Dass du mich für Charlottes Tod verantwortlich gemacht hast.«

Phillip starrte sie mit offenem Mund an. »Ich habe dich nicht gehasst.«

»Du lügst doch schon wieder. Du hast mich monatelang aus unserem Schlafzimmer verbannt.«

»Nein, *du* bist in Charlottes Schlafzimmer gezogen. Das war deine Entscheidung.«

»Du hast nicht mehr mit mir gesprochen.«

»Ich habe getrauert. Jedes Mal, wenn ich versucht habe, mit dir zu sprechen, dachte ich, ich würde gleich in Tränen ausbrechen.«

»Du konntest mich nicht einmal ansehen, Phillip.«

»Weil ich dich nicht anschauen konnte, ohne zu sehen, wie sehr du leidest, und das hat mich fertiggemacht. Ich war dein Mann, ich hätte dich unterstützen müssen, aber ich hatte nicht die leiseste Ahnung, wie ich dir helfen sollte. Und die Schuldgefühle haben mich zerfressen.«

»Und dann hast du mich verlassen. Vier Monate nach dem Tod unserer Tochter bist du eines Morgens zur Arbeit gegangen und nicht mehr nach Hause gekommen. Keine Erklärung, keine Nachricht, nichts. Versuch ruhig, die Geschichte so sehr zu verdrehen, wie du willst, aber ich war dabei, Phillip. Ich habe die Wut in deinen Augen gesehen, deinen Hass auf mich wegen meiner Rolle bei Charlottes Tod. Wenn du etwas anderes behauptest, beleidigst du das Andenken unserer Tochter.«

Als Phillip wieder etwas sagte, war seine Stimme leise. »Was war deine Rolle bei Charlottes Tod, Dotty?«

»Ich hätte sie retten müssen.«

»Aber du hättest nichts tun können. Weißt du noch, was im Bericht des Gerichtsmediziners stand? Sie ist beim Aufprall gestorben. Man konnte sie nicht retten.«

»Ich hätte sie davon abhalten müssen, aufs Dach zu steigen.«

»Sie und Debbie waren den ganzen Sommer da oben; ich habe sie selbst auf dem Dach gesehen. Charlotte hat nichts getan, was sie nicht zuvor schon zigmal getan hätte.«

»Aber trotzdem ...«

»Charlottes Tod war ein schrecklicher Unfall. Aber er war eben genau das: ein Unfall.«

Dorothy seufzte. Es war an der Zeit, dass sie ihm die Wahrheit sagte, damit er verstand, wie groß ihre Schuld wirklich war.

»An dem Nachmittag, als Charlotte auf dem Dach getrunken hat, war ich bei Joseph Chambers.«

»Ich weiß, ihr habt diese Party zusammen organisiert.«

»Ja, aber es war mehr als das. Ich war in ihn verliebt.«

Die Worte waren Dorothy herausgerutscht, bevor sie darüber nachdenken konnte, und vor Erleichterung hätte sie beinahe aufgelacht. Joseph hatte völlig recht gehabt – natürlich war sie in ihn verliebt gewesen. Wie hatte sie das bisher nicht erkennen können?

Phillip schluckte und ließ die Information sacken.

»Hattet ihr eine Affäre?«

»Nein, noch nicht. Aber während Charlotte fiel, habe ich mir genau das vorgestellt. Ich habe von einem anderen Mann und einem anderen Leben fantasiert, während ich mich eigentlich um unsere Tochter hätte kümmern sollen.«

Dorothy wartete – auf das wütende Brüllen, vielleicht sogar auf die Gewalt, von der sie immer gewusst hatte, dass sie sie verdiente. Aber stattdessen schenkte Phillip ihr ein kleines, trauriges Lächeln.

»Nichts von dem, was passiert ist, war deine Schuld, Dorothy. Ich habe dir damals keine Vorwürfe gemacht, und das mache ich auch jetzt nicht.«

Dorothy spürte, wie sich ihre Schultern entspannten. Jetzt, da die Wahrheit laut ausgesprochen war, hatte sie auf eine Art Vergeltung gehofft, aber stattdessen hatte Phillip ihr etwas gegeben. Etwas Unerwartetes.

Sie warf einen Blick aus dem Fenster. Ihre Nachbarn standen immer noch Hand in Hand als vereinte Front vor dem Haus, um sie zu beschützen. Kat und Joseph unterhielten sich gerade mit Phillips Stieftochter, aber Joseph musste Dorothys Blick gespürt haben, denn er drehte sich um und erwiderte ihn. »Alles in Ordnung?«, schien er still zu fragen, und sie nickte.

»Tut mir leid, dass ich dich verlassen habe«, sagte Phillip hinter ihr. »Es wurde mir alles zu viel: meine Trauer, deine Trauer, die Schuldgefühle, weil ich dir nicht helfen konnte. Mir war, als würde ich ertrinken. Aber anstatt mich mit dir hinzusetzen und darüber zu sprechen, war ich ein Feigling und bin weggelaufen. Ich habe es immer bereut, dass ich dich auf diese Weise verlassen habe.«

Dorothy holte tief Luft. Phillip hatte ihr heute etwas geschenkt, und es schien, als könnte sie sich jetzt revanchieren.

»Schon in Ordnung, Phillip, ich verzeihe dir. Wie du schon sagtest, wir wussten damals beide nicht, wie wir miteinander sprechen sollten.«

»Ich hatte keine Ahnung, dass du dir die Schuld an dem Vorfall gibst. Ich wünschte, ich hätte das gewusst, damit ich dir hätte versichern können, dass du nichts dafür konntest.«

»Um ehrlich zu sein, selbst wenn du das getan hättest, ich weiß gar nicht, ob ich dir hätte glauben können. Aber danke, dass du das sagst.«

In der Ferne hörte Dorothy eine Sirene heulen.

»Ich glaube, das ist für mich«, sagte sie und drehte sich noch einmal zum Fenster.

»Wir sollten los«, sagte Phillip, und Dorothy konnte die Angst in seiner Stimme hören. »Ich lass mich nicht verhaften, nicht mit meinem Ischias. Hilfst du mir hoch?«

Dorothy antwortete nicht. Ihr Blick wanderte von den Gerichtsvollziehern zu Joseph, der entschlossen vor Shelley House stand, seine Haltung aufrecht und stolz. In diesem Mann steckte keinerlei Angst, nur Mitgefühl und Güte, und vielleicht ein wenig gespielte Tapferkeit. Dorothy erinnerte sich an seine Worte vorhin, wie behutsam er ihr eine gemeinsame Zukunft angeboten hatte. Einen Moment lang gab sie sich der Vorstellung hin, wie diese aussehen könnte: nicht nur die Gesellschaft von Joseph, sondern auch die von Reggie, die Spaziergänge und Gespräche und die selbst gekochten Mahlzeiten vor einem gasbetriebenen Kamin. Es war eine glückliche Vorstellung.

»Dorothy?« Wieder die Stimme von Phillip, diesmal etwas dringlicher.

Sie wandte sich vom Fenster ab, stand auf und half Phillip vom Sofa auf. Er war erstaunlich schwer, dafür, dass er so gebrechlich wirkte. Als er auf den Beinen war, trat sie einen Schritt zurück. »Schaffst du es allein nach draußen, oder soll ich deine Tochter rufen?«

»Ich komm schon zurecht.« Er steuerte bereits die Tür an, und zwar überraschend schnell, wenn man bedachte, dass er bei seiner Ankunft die Hilfe zweier erwachsener Frauen benötigt hatte.

Dorothy sah wieder aus dem Fenster. Ihre Nachbarn standen immer noch in Reih und Glied, die Hände ineinander verschränkt wie bei einem Kettenhemd. Dorothy wünschte sich, sie hätte noch Zeit, zu bleiben und das alles zu beobachten, diese außergewöhnliche Geste der Solidarität der Menschen, mit denen sie so lange zusammengelebt hatte. Aber die Uhr tickte wirklich.

»Nimmst du denn nichts mit?« Phillip hatte sich an der Tür zu ihr umgedreht. »Wenn du alles hierlässt, weiß Gott, was dann damit passiert.«

Dorothy sah sich in dem Zimmer um und betrachtete die vielen Besitztümer, die sie im Laufe ihres Lebens angesammelt hatte. »Nicht nötig. Wo ich hingehe, brauche ich nichts davon.«

Phillip zuckte mit den Schultern. »Na, dann komm, wir sollten jetzt wirklich gehen.«

Dorothy nahm ihre Handtasche und wunderte sich über das Gewicht, aber dann fiel ihr wieder ein, was sich darin befand. Sie hängte sie sich über den Arm und ging zur Tür. Dort angekommen, hielt sie inne und warf einen letzten Blick auf ihr geliebtes Zuhause. Charlottes Zuhause. Dann trat sie in den Hausflur.

Phillip hatte bereits den Eingangsbereich durchquert und stand an der Haustür. »Gut gemacht, Dotty«, sagte er, als er sie in den Flur treten sah. »Wenn du jetzt ohne viel Theater gehst, kriegst du bestimmt keine Schwierigkeiten.«

»Hoffentlich hast du recht.« Am Postregal blieb sie stehen. »Ach, ich habe noch was vergessen. Geh schon mal vor, ich komme gleich nach.«

Dorothy blieb, wo sie war, und wartete, bis Phillip aus dem Gebäude geschlurft war und die Eingangstür hinter ihm zufiel. Erst dann setzte sie sich in Bewegung.

KAPITEL 48

Kat

Von ihrem Platz zwischen Joseph und Tomasz auf dem Bürgersteig aus behielt Kat Dorothys Fenster im Blick, konnte aber nur den Hinterkopf der Frau sehen. Was dauerte denn da drin so lange?

Kat hatte gewusst, dass es riskant gewesen war, Phillip heute herzubringen. Aber nachdem sie herausgefunden hatte, wer er war und warum er im Sommer in der Poet's Road gewesen war, hatte sie ihn überredet, mitzukommen und mit Dorothy zu sprechen. Sie hoffte, dass er Dorothy endlich davon überzeugen konnte, dass sie keine Schuld an Charlottes Tod trug. Vielleicht würde ihr das dabei helfen, Shelley House mit einem halbwegs ruhigen Gewissen zu verlassen. Aber so stur, wie die alte Dame war, hielt Kat es genauso gut für möglich, dass Phillips Besuch genau das Gegenteil bewirken würde.

Kat sah sich nach Will um, aber auch von ihm war weit und breit nichts zu sehen. Er hatte sie bei Phillip und Amy gelassen und war sofort zurück nach Winton gerast, um der Sache nachzugehen, die Kat auf der Fahrt beobachtet hatte. Sie hatte ihm geschrieben, dass sie Phillip zu Shelley House bringen würde und er sie hier treffen sollte, aber bisher keine Antwort bekommen. Würde er es rechtzeitig schaffen? Kat spürte einen Anflug von Nervosität.

»O Gott, er ist es.«

Kat wirbelte herum, als sie Josephs Stimme hörte. Mit einem selbstzufriedenen Lächeln im Gesicht kam eine vertraute Gestalt die Straße entlang auf sie zu. Wie Feuer loderte die Wut in Kat auf.

»Versuch, ruhig zu bleiben«, hörte sie Joseph neben sich murmeln, aber seinem schraubstockartigen Griff um Kats Hand zufolge war er selbst alles andere als entspannt.

»Sie haben ja Nerven, sich heute hier blicken zu lassen«, sagte er, als Fergus Alexander näher kam.

»Ich bin nur hier, um mich zu vergewissern, dass die Arbeit anständig erledigt wird.«

»Sie meinen, Sie sind hier, um Ihre Schadenfreude darüber auszukosten, dass eine Siebenundsiebzigjährige aus ihrer Wohnung geworfen wird.«

»Es hätte nicht so enden müssen. Mrs Darling hat mehrfach die Gelegenheit bekommen, das Haus selbstständig zu verlassen.«

»Ms Darling möchte das Haus nicht verlassen«, sagte Joseph. »Und sie möchte auch nicht, dass Sie Shelley House zerstören. Niemand von uns möchte das.«

Fergus blickte an dem Gebäude hinter ihnen hoch. »Ich bitte Sie, das Haus hätte schon vor Jahren abgerissen werden müssen. Es ist ja geradezu eine Gefahr für Leib und Leben.«

»Es ist nur deshalb eine Gefahr für Leib und Leben, weil Sie es so haben verfallen lassen«, sagte Joseph, aber Alexander schnaubte.

»Die Probleme mit diesem Haus haben schon lange, bevor ich es übernommen habe, angefangen. Geld in die Reparatur zu investieren, wäre, als würde man einen gebrochenen Staudamm mit einem Pflaster reparieren wollen. Aussichtslos.«

Kat klappte den Mund auf, um zu widersprechen, doch in diesem Moment knarrte die Tür hinter ihr. Als sie herumwirbelte, sah sie Phillip hinaus auf die oberste Stufe von Shelley House treten. Sofort ließ Kat Josephs und Tomasz' Hände los, duckte sich unter den Menschenreihen hindurch und lief die Treppe zu ihm hoch.

»Ist mit Dorothy alles okay?«, fragte sie, als sie Phillip erreichte.

»Ich denke schon. Wir haben endlich reinen Tisch gemacht.«

»Wo ist sie jetzt?«

»Sie kommt gleich, sie war direkt hinter mir.«

Phillip stieg die Stufen zum Bürgersteig hinunter, aber Kat blieb, wo sie war, die Augen auf die geschlossene Tür gerichtet.

»So Leute, die Party ist vorbei!«, dröhnte Fergus Alexander. »Indem Sie hier eine öffentliche Straße blockieren, verstoßen Sie alle gegen das Gesetz. Die Polizei ist unterwegs, und wenn Sie jetzt nicht gehen, werden Sie verhaftet.«

Kat drehte sich nicht um, doch die Stille hinter ihr verriet, dass sich niemand bewegt hatte. Sehr gut – für solche Rebellen hatte sie ihre ehemaligen Nachbarn gar nicht gehalten. Aber wo blieb Dorothy? Wenn sie direkt hinter Phillip gewesen war, hätte sie schon längst draußen sein müssen. Ohne auf die Rufe von Alexander und den Gerichtsvollziehern zu achten, stieß Kat die Haustür auf. Sie steckte den Kopf in den Hausflur: Dorothy war nicht da. Allerdings stand ihre Wohnungstür offen, und so betrat Kat Shelley House, ging zu Wohnung zwei und atmete den vertrauten Geruch von Staub und Feuchtigkeit ein. Sie wurde beinahe nostalgisch.

»Dorothy, sind Sie hier?«

Sie spähte durch den Türspalt. Die Wohnung war nicht wiederzuerkennen. Die Möbel waren beiseite gerückt worden, und überall standen leere Teller, Gläser und Flaschen, aber von der Bewohnerin war nichts zu sehen.

»Dorothy?«, rief Kat erneut, und ihre Stimme hallte durch das Zimmer. Wenn sie nicht in der Wohnung war, wo war sie dann? Sie hatte Shelley House jedenfalls nicht verlassen, dessen war sich Kat sicher.

Sie trat zurück in den Flur, und ein kalter Luftzug wehte ihr ins Gesicht. Wie seltsam – die Haustür war zu, woher kam er also? Kat sah sich verwirrt um, bis sie ihn wieder spürte. Und dann schwenkte ihr Blick zur Treppe.

In Sekundenschnelle, immer zwei Stufen auf einmal nehmend, rannte sie die Treppe hinauf. Dorothy würde doch nicht etwa …? Aber wo sollte sie sonst sein? Kat legte noch einen Zahn zu, als sie an Omars

Tür vorbei zum obersten Treppenabsatz flitzte. Dort angekommen bestätigte sich ihre schlimmste Befürchtung: Die Feuerschutztür zum Dach stand weit offen. Kat stürmte hinaus, und ihre Schritte schallten auf den Metallstufen. Außer Atem erreichte sie das obere Ende der Treppe und trat auf das Flachdach.

Dorothy stand auf der gegenüberliegenden Seite und blickte über die niedrige Brüstung hinunter – das musste die Rückseite von Shelley House sein. Sie trug ein violettes Kleid, und ihre langen silbernen Haare wehten frei im Wind. Ansonsten rührte sie sich nicht.

»Dorothy?«

Keine Antwort. Vorsichtig trat Kat ein paar Schritte vor. Dorothy hielt etwas in der Hand, aber von hier aus konnte Kat nicht erkennen, was es war.

»Dorothy?«

»Gehen Sie weg.«

Der Knoten in Kats Magen zog sich zusammen. Sollte sie auf Dorothy zustürmen, sie wie eine Rugbyspielerin zu Boden reißen und hoffen, dass ihre Schreie laut genug waren, damit die Leute unten mitbekamen, dass sie Hilfe brauchte? Oder sollte sie lieber versuchen, Dorothy in ein Gespräch zu verwickeln, sie ablenken, bis sie sie durch gutes Zureden von der Kante weglocken konnte? Sie holte tief Luft.

»Dorothy, ich glaube, ich habe herausgefunden, wer hinter dem Angriff auf Joseph steckt.«

Die Frau bewegte sich nicht, und Kat ging noch ein paar Schritte näher. Bald wäre sie nahe genug, um sie, falls nötig, zu packen.

»Haben Sie mich gehört, Dorothy? Ich glaube, ich bin dahintergekommen. Und außerdem bin ich mir ziemlich sicher, dass wir Fergus Alexander damit einen Strich durch die Rechnung machen können. Ich habe vorhin gesehen …«

»Hier geht es nicht um Fergus Alexander«, fiel Dorothy ihr leise ins Wort.

»Wie meinen Sie das?«

»Selbst wenn man ihn aufhält, dann kommt eben ein anderer Bauunternehmer und reißt Shelley House ab. Ich werde es nicht retten können.«

Kat öffnete den Mund, um zu widersprechen, verkniff es sich aber. Jetzt war nicht der richtige Zeitpunkt für falsche Versprechungen.

»Vielleicht wird Shelley House abgerissen, Dorothy. Aber letzten Endes ist es nur ein Gebäude. Will hat mal zu mir gesagt, ein Zuhause besteht nicht aus Ziegeln und Mörtel, sondern aus den Menschen, die dort leben, und ich weiß jetzt, dass das stimmt.«

Einen Moment lang schwieg Dorothy, und Kat fragte sich, ob ihre Worte zu ihr durchdrangen.

»Bitte«, sagte sie und traute sich kaum zu atmen. »Gehen wir runter, weg von Shelley House und …«

Kat kam nicht dazu, den Satz zu beenden, denn mit einer plötzlichen Bewegung war Dorothy Darling auf die Brüstung gestiegen und hatte die Arme weit ausgebreitet in den Himmel gestreckt.

KAPITEL 49

Dorothy

Sie erhob sich in die Luft, und einen Moment lang schien sie in der kühlen Dezemberbrise über Shelley House zu schweben. Dann erfasste sie ein Windstoß, riss sie mit einem Mal mit, und sie taumelte und wirbelte wie eine Tänzerin durch den Himmel.

Auf dem Dach von Shelley House sah Dorothy zu, wie sich Charlottes Asche verteilte, eine Million winziger Körnchen, die vor dem klaren Winterhimmel leuchteten, bevor sie innerhalb eines Wimpernschlags verschwunden waren. Dorothy schaute in die kleine verzierte Dose, die sie in der Hand hielt und die dreiunddreißig Jahre lang neben dem Bilderrahmen auf ihrem Kaminsims gestanden hatte. Die Hälfte der Asche war noch übrig, und einen Moment lang war sie versucht, sie wieder in ihre Handtasche zu stecken, um die letzten Überreste ihrer Tochter aufzubewahren, wie sie es all die Jahre getan hatte. Doch sie streckte die Arme aus und schüttelte die Urne leicht, sodass auch die restliche Asche herausfiel. Sie wurde vom Wind erfasst, und mit einem Mal war Charlotte weg.

Dorothy schloss die Augen und ließ zu, dass der Wind auch sie erfasste, ihr Rock und ihre Haare wehten wild um sie herum. Im Laufe der Jahre hatte sie sich diesen Augenblick oft vorgestellt, sich ausgemalt, wie es sich anfühlen würde, zu fliegen. Es brauchte nichts weiter als einen winzigen Schritt nach vorn, und sie wäre endlich frei.

Noch ein Windstoß, stärker diesmal, und Dorothy geriet ins Schwanken. Sie sah auf die Betonfläche unter ihr, wo früher der Garten von Shelley House gewesen war. Wie lange würde es dauern, bis man unten ankam? Zwei Sekunden, vielleicht drei? Die Sanitäter hatten ihr gesagt, dass Charlotte beim Aufprall gestorben sei und keinerlei Schmerz gespürt habe. Wie sehr sich Dorothy seither genau danach gesehnt hatte – keinerlei Schmerz mehr zu spüren.

»Dorothy.«

Kats Stimme hinter ihr war leise und zaghaft.

»Horchen Sie mal. Können Sie das hören?«

Wieder schloss Dorothy die Augen, aber sie hörte nur den Wind in ihren Ohren pfeifen. Moment mal, da war doch noch etwas anderes, ein entferntes Geräusch, das von der Brise zu ihr getragen wurde. War das Ayeshas Stimme, die sie da hörte, und die von Joseph? Sangen sie etwa? Die Wörter konnte Dorothy nicht verstehen, aber sie lächelte, ließ sich von der Melodie und der Harmonie der Stimmen ihrer Nachbarn umfangen wie von einem Wiegenlied, das sie in den Schlaf lullte. Denn Schlaf war genau das, was sie jetzt wollte. Einen traumlosen Schlaf, aus dem sie niemals erwachen musste.

»Rettet Shelley House! Rettet Shelley House!«

Dorothy öffnete die Augen. Das war kein Wiegenlied, sondern ein Sprechgesang. Nein, ein Schlachtruf. Und hörte sie da auch eine Sirene, deren durchdringendes Geheul immer lauter wurde, je näher sie kam?

Ihre Knie gaben nach, und sofort spürte sie Kats Hand an ihrem Arm. Dorothy sah noch einmal in den Himmel, aber von Charlotte gab es keine Spur mehr.

Inzwischen war die Sirene ohrenbetäubend laut, und auch die Rufe von Dorothys Nachbarn waren angeschwollen und aufsässiger geworden. Sie spürte sie in ihrem Körper – ein Rhythmus wie ein Herzschlag. Ein lebendiger Herzschlag.

Dorothy holte tief Luft und stieg von der Brüstung auf das Dach hinunter. Als sie mit beiden Füßen fest auf dem Boden stand, drehte sie sich um und sah Kat an, deren Gesicht aschfahl war. Einen Moment lang starrten sie sich an, dann tat Kat etwas völlig Unerwartetes. Sie breitete die Arme aus und zog Dorothy in eine wortlose Umarmung.

Dorothy war sich nicht sicher, wann sie zuletzt jemand im Arm gehalten hatte, und sie ließ sich gegen Kats kleinen Körper sinken und spürte das Gewicht ihrer Arme um den Rücken. Ein paar Sekunden lang verharrten sie so, bis plötzlich ein spitzer Schrei die Luft durchschnitt.

Gemeinsam drehten sie sich um und eilten auf die andere Seite des Dachs, um auf die Straße hinunterzusehen. Ein Polizeiauto hatte vor Shelley House gehalten. Dorothys Nachbarn standen immer noch in drei Reihen, die Hände fest ineinander verschränkt, aber von hier oben sahen sie klein und ziemlich verletzlich aus. In der Mitte der vorderen Reihe konnte Dorothy einen Kopf mit weißem Haar erkennen. *Joseph.*

Sie drehte sich um und eilte zur Treppe.

»Was machen wir jetzt?«, rief Kat, die ihr folgte.

»Ich habe nicht die leiseste Ahnung«, sagte Dorothy, und das war die Wahrheit. Das war nicht Teil ihres Plans gewesen.

»Ich sollte Sie warnen, Fergus Alexander ist hier«, sagte Kat, als sie den ersten Stock erreichten.

»Natürlich ist er das, diese Kröte.« Wenn er den ganzen Weg auf sich genommen hatte, weil er sie geschlagen und in Tränen aufgelöst sehen wollte, dann würde er lange warten müssen.

Sie waren im Eingangsbereich angekommen, und vor ihrer Wohnungstür zögerte Dorothy.

»Alles okay?«, fragte Kat und stellte sich neben sie.

War es das? Dorothy warf einen Blick in ihre Wohnung und spürte einen fast körperlichen Sog dorthin. Sie sah ihren Kartentisch am Fenster, wo sie stets gesessen und ihren Nachbarn beim Kommen und Gehen zugesehen hatte. Dieselben Nachbarn standen jetzt draußen und waren kurz davor, verhaftet zu werden, weil sie sie beschützen wollten.

»Einen Moment noch.«

Dorothy ging in die Wohnung und durch den Salon zum Kaminsims, nahm Charlottes gerahmtes Bild und steckte es in ihre Handtasche. Sie holte auch ihre Kiste mit den Fotos vom Tisch und kehrte dann zu Kat zurück.

»Soll ich Ihnen beim Tragen helfen?«, fragte Kat, und Dorothy reichte ihr die Kiste. »Bereit?«

Dorothy atmete tief durch und widerstand der Versuchung, einen letzten Blick auf ihr Zuhause zu werfen. »Ja, bin ich.«

Sie stieß die Eingangstür von Shelley House etwas schwungvoller auf als beabsichtigt, sodass sie mit einem gewaltigen Knall gegen die Wand schlug. Auf der Suche nach der Quelle des Lärms fuhren rund vierzig Köpfe zu ihr herum. Dorothys Blick suchte Joseph, der sie mit ernster Miene betrachtete. Hinter ihm stand Fergus Alexander, seine groteske Fratze von einem schmierigen Lächeln erleuchtet. Zwei Polizeibeamte kletterten aus ihrem Wagen, und als sie sich Shelley House zuwandten, erkannte Dorothy sie als Inspector Hudson und PC Reid. Außerdem hatte dort hinten ein rotes Auto geparkt, aus dem jetzt Will ausstieg. Ganz schön viel Publikum für ihren Abgang.

»Sie können einfach an Fergus vorbeigehen, Sie müssen sich nicht mit ihm herumschlagen«, flüsterte Kat Dorothy ins Ohr.

Sie nickte und wollte die erste Stufe hinuntersteigen, als ihre Knie wieder weich wurden und sie zur Seite kippte. Sofort streckte Kat die Hand aus und griff nach Dorothys. Dorothy nahm sie, und sie gingen Hand in Hand weiter. Als sie die letzte Stufe erreichten, begannen sich die Reihen aus ihren Nachbarn zu teilen wie das Rote Meer, um Dorothy und Kat durchzulassen. Vor ihr standen Joseph, Omar, Ayesha, Gloria und Tomasz, die ihr alle auf ihrem Weg zusahen. Reggie, der zu Josephs Füßen gesessen hatte, bellte und lief auf sie zu, um sie zu begrüßen.

»Dorothy«, sagte Joseph, als sie sie erreichte. »Ich bin so …«

»Sind Sie also doch endlich zur Vernunft gekommen, was?« Das war die aalglatte Stimme von Fergus Alexander. »Sie hätten uns allen eine Menge Ärger ersparen können, wenn Sie das schon vor Monaten getan hätten.«

Dorothy öffnete den Mund, um etwas zu erwidern, doch Kat griff beschwichtigend nach ihrer Hand. Fergus grinste, als ihre Antwort ausblieb.

»Wollen wir gehen?«, fragte Joseph, seinen Blick immer noch auf Dorothy gerichtet.

Sie nickte, obwohl sie nicht den blassesten Schimmer hatte, wohin.

»Officers, es tut mir sehr leid, dass Sie die Reise umsonst angetreten sind«, verkündete Fergus den Polizisten mit dröhnender Stimme. »Mrs Darling hat das Gebäude endlich geräumt. Ihre Unterstützung wird also nicht mehr benötigt. Es sei denn, Sie wollen mir helfen, Shelley House abzureißen?« Er lachte schallend über seinen eigenen Witz.

»Lassen Sie sich nicht darauf ein«, zischte Kat Dorothy zu, als sie an ihm vorbeigingen.

»Eigentlich sind wir nicht wegen Ms Darling hier«, sagte Inspector Hudson. »Gehe ich recht in der Annahme, dass Sie Fergus Alexander sind?«

»Allerdings«, sagte Alexander. »Fergus Alexander, Geschäftsführer von *Alexander Properties*, Vermieter und Bauunternehmer. Ich bin der Eigentümer von Shelley House, aber lange wird es hier nicht mehr stehen.«

Dorothy stoppte, drehte sich um und beobachtete, wie Inspector Hudson ihr Notizbuch konsultierte.

»Mr Alexander, wir haben soeben Informationen erhalten, die nahe legen, dass Sie die Mieter von Shelley House behelligt haben. Das ist ein Vergehen nach Abschnitt 1 des Räumungsschutzgesetzes von 1977.«

»Da liegt sicher ein Missverständnis vor«, sagte Fergus. »Ich habe einen Gerichtsbeschluss für die Räumung dieses Hauses. Die Räumung ist völlig legal.«

»Sir, Zeugenaussagen zufolge hatten Sie einen Helfer, der in Ihrem Auftrag über Monate hinweg den Hausfrieden der Bewohner von Shelley House gestört hat.«

»Wie bitte?« Er wurde rot. »Ich habe keine Ahnung, wovon Sie da reden.«

Das ging Dorothy ganz genauso. Was für ein Helfer?

»Sparen Sie sich die Lügen«, sagte Will und trat von seinem Platz neben dem Auto hervor. »Und diese Strategie haben Sie schon oft eingesetzt, nicht wahr? In Kombination mit verbalen Belästigungen, Drohungen und körperlicher Gewalt.«

»Das ist Verleumdung!« Inzwischen war seine Haut beinahe purpurn. »Sie haben keine Beweise, das sind alles nur Gerüchte, die meine Konkurrenz in die Welt gesetzt hat. Das bringt mein Erfolg bedauerlicherweise mit sich.«

»Es sind nicht nur Gerüchte«, sagte PC Reid.

»Doch, natürlich. Sagen Sie mir auf der Stelle, welche Beweise Sie haben, oder ich rufe meinen Anwalt.«

»Sie haben mich.«

Dorothy wusste nicht, woher diese Worte gekommen waren, und die anderen offenbar auch nicht, denn alle schauten sich verwirrt um. Nur Will und die Polizeibeamten wussten anscheinend Bescheid, denn sie hatten sich alle zu Wills Auto umgedreht. Auf der Beifahrerseite stieg jemand aus, der eine braune Lederjacke trug und sich eine Baseballkappe tief ins Gesicht gezogen hatte. Erst im Stehen nahm die Person die Kappe ab, und Dorothy stieß einen Schrei aus.

»Hi, Dad«, sagte der Störenfried aus Wohnung vier.

KAPITEL 50

Dorothy

»Vincent, was zum Teufel machst du da?« Fergus Alexanders Gesicht war inzwischen nicht mehr burgunderrot, sondern eierschalenblass. Anscheinend war Reggie ebenso außer sich über den Neuankömmling, denn er hatte angefangen, wie wild zu bellen.

»Mr Alexander, Ihr Sohn wurde vorhin zu uns aufs Revier gebracht und hat einige sehr schwerwiegende Anschuldigungen erhoben«, sagte Inspector Hudson. »Er hat ausgesagt, dass Sie ihn mit dem Auftrag in Wohnung vier von Shelley House haben einziehen lassen, die Mieter zu stören und sie aus dem Haus zu vertreiben. Unter anderem hat er uns erzählt, dass Sie von ihm verlangt haben, nachts laute Partys zu veranstalten, die Post der Bewohner zu stehlen und vorsätzlich eine Überschwemmung in der unter seiner liegenden Wohnung zu verursachen.«

Mein Gott, der ganze Krach war also Absicht gewesen? Und der Wasserschaden im Bad! Dorothy wurde zornig, aber sie hielt den Mund.

»So ein Unsinn«, sagte Fergus. »Ich habe keine Ahnung, warum er sich diese Lügen ausdenkt, aber nichts davon ist wahr. Und kann jemand diesen verdammten Hund zum Schweigen bringen? Da kriegt man ja Kopfschmerzen!«

»Ruhig, Reggie«, ermahnte Joseph das Tier, dessen Bellen daraufhin zu einem leisen Knurren abflaute.

»Komm schon, Dad, bringt doch nichts, das jetzt abzustreiten«, sagte Vince traurig. »Die Masche lässt du mich schon seit Jahren in verschiedenen Häusern durchziehen.«

»Vincent, warum versuchst du uns mit diesen hinterhältigen Geschichten zu zerstören? Das ist auch dein Geschäft, dein Lebensunterhalt. Was ist nur los mit dir?«

Vince fuhr sich durch die fettigen Haare und stieß einen langen Seufzer aus. »Ich habe dir das schon mal gesagt: Ich bin es leid, anderen Leuten das Leben schwer zu machen, nur damit wir ein paar Pfund mehr Miete rausholen können. Hast du eine Ahnung, wie schwer es ist, ständig der Nachbar aus der Hölle zu sein? Ich würde gern mal irgendwo wohnen, wo mich meine Nachbarn nicht hassen.«

»Ich habe nie von dir verlangt, jemandem das Leben schwer zu machen, du verlogener kleiner Scheißer«, zischte Fergus. Dann wandte er sich an Inspector Hudson. »Madam, wem wollen Sie hier glauben? Meinem Sohn, einem arbeitslosen, nichtsnutzigen Junkie, oder mir, einem aufrechten Mitglied der Gemeinde und einem langjährigen Unterstützer des *Dunningshire Police Wohltätigkeitsfonds*?«

Vermutlich sollte das Inspector Hudson beeindrucken, aber anscheinend hatte es eher den gegenteiligen Effekt. »Mr Alexander, ich nehme Sie fest aufgr–«

»Was? Das ist nicht Ihr Ernst?«

»Aufgrund des Verdachts der Belästigung. Sie haben das Recht zu schweigen, aber es könnte Ihrer Verteidigung schaden, wenn Sie bei der Befragung etwas verschweigen, auf das Sie sich später vor Gericht berufen.«

»Ich will meinen Anwalt!«, rief Fergus, aber PC Reid war bereits vorgetreten und hatte den Mann fest am Ellbogen gepackt.

»Alles, was Sie sagen, kann vor Gericht gegen Sie verwendet werden«, endete die Beamtin und ergriff Fergus' anderen Arm.

Fergus sah aus, als wollte er sich wehren, besann sich dann aber eines Besseren und ließ sich zum Polizeiauto führen. Er würdigte seinen Sohn keines Blickes, als er an ihm vorbeiging, und der junge Mann ließ den Kopf hängen. Schweigend beobachteten die Anwesenden, wie man ihn auf den Rücksitz bugsierte.

»Vince, wir werden uns bald bezüglich weiterer Einzelheiten über die Geschäfte Ihres Vaters melden«, sagte Inspector Hudson, während sie sich auf den Fahrersitz setzte. »Ich rate Ihnen dringend, erreichbar zu sein, wenn wir Sie brauchen.«

Alle sahen schweigend zu, wie das Polizeiauto davonfuhr. Erst als es um die Ecke verschwunden war, wandte sich Dorothy an Will.

»Wie um alles in der Welt haben Sie herausgefunden, dass Vince mit Fergus Alexander verwandt ist?«

»Das war nicht ich, sondern Kat«, sagte Will, und Dorothy nahm Bewunderung in seiner Stimme wahr.

»Ich habe die beiden vor Alexanders Büro gesehen, als wir vorhin dort vorbeigefahren sind«, sagte Kat. »Sie haben sich gestritten, und als ich sie nebeneinander gesehen habe, ist mir sofort die Ähnlichkeit aufgefallen.«

Vince verzog das Gesicht, als würde ihn der optische Vergleich mit seinem Vater kränken.

»Während Kat bei Phillip war, habe ich Vince ausfindig gemacht, und er hat gleich gestanden und sich bereit erklärt, mit mir zur Polizei zu gehen«, sagte Will.

»Ganz ehrlich, mir ist ein Stein vom Herzen gefallen.« Vince zuckte mit den Schultern. »Ich habe keinen Bock mehr, immer der Böse zu sein. Das ist anstrengend.«

»Sie sind nicht der Böse, Vince«, sagte Joseph etwas zu großmütig nach Dorothys Geschmack. »Immerhin haben Sie maßgeblich zu Dorothys Rettung beigetragen, als sie gestürzt ist.«

Reggie, der während des gesamten Gesprächs leise vor sich hin geknurrt hatte, bellte plötzlich laut los und stürzte sich auf Vince' Knöchel, um hineinzubeißen.

»Reggie, lass das!«, schimpfte Joseph.

Gerade wollte Dorothy das Tier ebenfalls zurechtweisen, als ihr etwas klar wurde, und sie hielt den Atem an.

»Ach du meine Güte, Reginald, du hast recht!«

Sie wandte sich an Vince, der nervös vor dem Hund zurückwich. »*Sie* haben Joseph angegriffen, nicht wahr? Deshalb ist Reginald so aufgebracht – er hat gesehen, wie Sie Joseph niedergeschlagen haben.«

Vince schüttelte vehement den Kopf. »Nein, das war ich nicht, ich schwör's!«

»Sie lügen. Warum sonst reagiert Josephs Hund so auf Sie?«

»Was weiß ich. Ich schwör's, ich war's nicht. Im Auftrag meines Vaters hab ich ein paar üble Nummern abgezogen, aber verletzt habe ich nie jemanden.«

»Das glaube ich Ihnen nicht. Bei niemandem sonst verhält sich Reginald s–« Dorothy unterbrach sich. Was sie gerade hatte sagen wollen, stimmte streng genommen nicht. Sie hatte schon mehrmals mitbekommen, wie Reggie grundlos aggressiv wurde. Reggie hatte sehr empfindlich auf ein Paar reagiert, das an ihnen vorbeigegangen war, als sie vor der Bücherei Flugblätter verteilt hatten, und auf einen Mann, der unten am Fluss mit seinem Hund spazieren gegangen war. Und beide Male hatten die Männer, auf die sich Reggies Aufmerksamkeit gerichtet hatte, etwas mit Vince gemeinsam gehabt.

Dorothy wandte sich an ihre ehemaligen Nachbarn, denen die Verwirrung ins Gesicht geschrieben stand.

»Gloria, als wir uns vorhin unterhalten haben, wie haben Sie da die Art von Männern beschrieben, zu denen Sie sich hingezogen fühlen?«

Gloria errötete. »Dorothy, ich bin mir nicht sicher, ob jetzt der richtige Zeitpunkt ist, um über mein Sexleben zu diskutieren.«

»Sie haben gesagt, Sie stehen auf ›Lederjacke tragende Schwachköpfe‹, habe ich recht?«

»Ich trage keine Lederjacke«, sagte Tomasz und sah gekränkt aus.

»Ich weiß, dass du das nicht tust, mein Schatz, darauf wollte ich ja hinaus.« Gloria legte ihm versöhnlich die Hand auf den Arm. »Die Typen vor dir waren alle vom gleichen Schlag: kleine Männer mit großen Egos, die mich beschissen behandelt haben. Aber du bist anders, du bist nett und sanft und liebenswert, nicht wie meine Ex-Freunde.«

Tomasz lächelte und beugte sich vor, um Gloria einen feuchten Kuss zu geben, den sie nur allzu eifrig erwiderte. Dorothy wandte den Blick ab.

»Sorry, ich komm nicht ganz mit. Was hat das mit Shelley House und allem zu tun?«, fragte Omar.

Dorothy griff in ihre Tasche und zückte ihr getreues Tagebuch. Sie klappte es schwungvoll auf und blätterte, bis sie die richtige Seite fand. »Mittwoch, 15. Mai, 11.32 Uhr Häuslicher Streit in Wohnung sechs. Wollte G.B. Unterstützung anbieten, wurde von männlichem Bewohner in Lederjacke verbal angegriffen und bedroht.« Sie blätterte auf eine andere Seite. »Samstag, 18. Mai, 19.18 Uhr Streit zwischen G.B. und ihrem Lederjacke tragenden Liebhaber auf Eingangstreppe. Habe ans Fenster geklopft, um höflich zu bitten, den Lärm zu reduzieren. Wurde als Antwort beschimpft.« Dorothy blickte von der Seite zur versammelten Menge auf. »Ich könnte ewig weitermachen, es gibt noch unzählige solcher Einträge.«

Einen Moment lang herrschte fassungsloses Schweigen, von dem Dorothy hoffte, dass es eher Bewunderung als Sorge ausdrückte.

»Mein Gott, es war Barry!«, kreischte Gloria und half damit allen auf die Sprünge, die noch immer nicht eins und eins zusammengezählt hatten. »Barry hat Joe angegriffen!«

»Ich glaube, ja. Und seitdem hat der liebe Reginald versucht, uns darauf aufmerksam zu machen, indem er Männer in Lederjacken angebellt hat. Stimmt's, mein braver Junge?«, sagte Dorothy, die sich jetzt direkt an den Hund gewandt hatte.

»Ich fass es nicht«, jammerte Gloria, ließ sich auf den Bordstein sinken und stützte den Kopf in die Hände.

»Ich kann ihn umlegen, wenn du willst«, schlug Tomasz vor, beugte sich hinunter und legte schützend den Arm um sie.

»Nein, Babe, schon in Ordnung. Aber ich weiß das Angebot zu schätzen.«

Dorothy sah zu Joseph, der wie betäubt wirkte.

»Erinnerst du dich an eine Auseinandersetzung mit Barry an dem Tag?«, fragte sie ihn, aber Joseph schüttelte den Kopf.

»Gar nicht, leider. Aber wir sind immer mal aneinandergeraten, möglich ist es also schon. Ich war nicht begeistert von Barry und habe Gloria meine Meinung über ihn nicht verheimlicht.«

»Ja, er dachte immer, dass du mich gegen ihn aufhetzen wolltest, und im Grunde hatte er ja recht«, sagte Gloria, die immer noch auf dem Bordstein saß. »Aber das ist keine Entschuldigung für das, was er dir angetan hat.«

»Was hat er an dem Tag überhaupt in Shelley House gemacht?«, fragte Dorothy und blätterte in ihrem Tagebuch. »Ich habe keine Aufzeichnungen darüber, dass er nach Samstag, den 18. Mai, noch einmal im Haus war. Das war neun Tage vor dem Angriff.«

Auf einmal wurde Gloria verlegen. »Ja, also, wir hatten uns getrennt, aber dann bin ich ihm zufällig im Pub begegnet und eins führte zum anderen, wie das eben manchmal so ist …« Sie warf Tomasz einen Blick zu und wurde rot. »Jedenfalls ist mir am nächsten Tag klar geworden, dass das ein Fehler war, und ich habe mich endgültig von ihm getrennt. Als er an dem Nachmittag gegangen ist, war er richtig sauer. Er muss Joseph auf dem Weg nach unten getroffen haben und hat wahrscheinlich seine Wut an ihm ausgelassen.«

»Sie müssen das alles der Polizei melden«, sagte Dorothy. »Ich werde denen auch mein Tagebuch geben, das sollte ihnen alle Informationen liefern, die sie brauchen, um Barry zu verhaften.«

»Mach ich. Und es tut mir so leid, Joe.«

Joseph klopfte ihr auf die Schulter. »Sei nicht albern, ist ja nicht deine Schuld.«

»Ich muss mich auch bei Ihnen allen entschuldigen«, sagte Vince und fing Dorothys Blick auf. »Tut mir echt leid, dass Dad und ich Ihnen allen so viel Ärger gemacht haben, besonders Ihnen, Ms Darling. Ich weiß, das ist jetzt auch kein Trost, aber ich fand es immer schrecklich, allen das Leben so schwer zu machen. Das hat keiner von Ihnen verdient.«

»Wenigstens wurde Ihr Vater jetzt festgenommen und kann keinem mehr schaden«, sagte Joseph. »Es hört sich ganz so an, als wären wir nicht die Einzigen, die unter seinen Gaunereien gelitten haben.«

Bei diesen Worten fiel Dorothy Kats Großvater ein.

»Vince, hatten Sie etwas mit dem Kauf der Featherdown Farm vor ein paar Jahren zu tun?«

Der junge Mann schüttelte den Kopf. »Nicht persönlich, aber ich erinnere mich an den Deal. Er wollte das Land unbedingt haben, und ich glaube, er hat Bob auf den Fall angesetzt.«

»Bob?«

»Bei so was habe ich mich rausgehalten, aber Dad hat Bob immer dann engagiert, wenn er ein bisschen mehr Körpereinsatz brauchte.«

Kat war ziemlich blass geworden und verhielt sich ungewöhnlich still. Das Mädchen hatte einen recht heftigen Tag gehabt, mit der Sache auf dem Dach und allem.

»Würden Sie der Polizei bitte alles erzählen, was Sie über die Ereignisse auf der Featherdown Farm und über diesen Gentleman Bob wissen?«, bat Dorothy Vince. »Diese Verbrecher müssen unbedingt auch für das bezahlen, was sie dort angerichtet haben.«

Vince nickte. »Mach ich. Und nochmals: Es tut mir leid.«

Er sah zu Dorothy auf, aber sie erwiderte seinen Blick nicht, also drehte er sich um und ging. Dennoch konnte sie nicht anders, als ein klein wenig Mitleid für den jungen Mann zu empfinden. Er mochte ein krimineller Nachbar aus der Hölle mit einem entsetzlichen Mangel an häuslicher Reinlichkeit gewesen sein, aber Fergus Alexander als Vater verdiente niemand.

Nun, da das Drama vorbei war, begann sich die Menge zu lichten. Die Gerichtsvollzieher hatten sich aus dem Staub gemacht, sobald die Polizei gefahren war, und viele von Dorothys ehemaligen Nachbarn waren ebenfalls gegangen. Sie sah in die Runde. Gloria war vom Bürgersteig aufgestanden und Tomasz hatte den Arm um sie gelegt. Omar und Ayesha standen nebeneinander, die Jugendliche lehnte an der Schulter ihres Vaters. Kat und Joseph stand der Schock noch immer ins Gesicht geschrieben. Einzig Reggie wirkte komplett unbeeindruckt von den Ereignissen der letzten Stunden und leckte sich munter die Genitalien.

»Alles okay, Kat?«, fragte Dorothy ihre ehemalige Nachbarin.

Kat fuhr sich durch die Haare. »Ja. Es ist schon ein komisches Gefühl, dass sich jetzt alles bestätigt hat, oder? Aber ich bin froh, dass dieser Kerl endlich für das bezahlen muss, was er Ihnen und meinem Großvater angetan hat.« Sie seufzte und sah auf einmal viel jünger aus als ihre fünfundzwanzig Jahre. Will, der sich neben sie gestellt hatte, streckte die Hand aus und legte sie Kat auf den Rücken. Dorothy rechnete damit, dass sie sie wütend abschütteln würde, aber zu ihrer Überraschung sah das Mädchen mit einem kleinen Lächeln zu ihm auf.

»Was wird jetzt aus Shelley House?«, fragte Ayesha und sprach damit aus, was Dorothy schon lange durch den Kopf ging.

»Wenn Fergus wegen seiner Verbrechen angeklagt wird, dann bedeutet das doch sicher das Ende der Baumaßnahmen«, sagte Omar.

Kat sah wieder zu Dorothy. »Da hat er nicht unrecht. Vielleicht ist Shelley House jetzt gerettet. Vielleicht können Sie doch in Ihrer Wohnung bleiben.«

Dorothy spürte, dass alle Blicke auf sie gerichtet waren, während sie das Gesagte sacken ließ. Schweigend drehte sie sich zu ihrem geliebten Shelley House um. Die roten Ziegel waren inzwischen verblasst, der einst weiße kunstvolle Außenstuck war grau und bröckelte. Die Fassade war eine ganz andere als die, vor der Dorothy vor über dreißig Jahren gestanden und beschlossen hatte, dass das hier ihr Zuhause sein würde. Und doch stand das Gebäude trotz seines Verfalls immer noch stolz und stark da – so wie Dorothy selbst. Und was auch immer als Nächstes geschah, sie war zuversichtlich, dass alles gut werden würde, für sie beide.

Sie wandte sich an Joseph. Er beobachtete sie mit einem nervösen Lächeln auf den Lippen. Es war das gleiche Lächeln wie vor dreiunddreißig Jahren, als er an ihre Tür geklopft und verkündet hatte, dass er eine Niete im Backen sei. Zu seinen Füßen saß Reggie und schaute Dorothy erwartungsvoll und mit hoch erhobenem Schwänzchen an.

»Hast du eine Teekanne?«, fragte sie Joseph.

»Ja. Und English Breakfast Tea natürlich auch, und eine ausgezeichnete Auswahl an Keksen. Und das gesamte Werk von Wagner.«

Dorothy zog die Nase kraus. »Wie sieht es mit einem Garten aus?«
»Den habe ich auch. Er ist zwar klein, aber ich habe vor, ein Gemüsebeet anzulegen.«
»Und ein ...«
Sie unterbrach sich. *Ein Zuhause besteht nicht aus Ziegeln und Mörtel, sondern aus den Menschen, die dort leben.*
»Also gut, ich schätze, das wird schon gehen.« Dorothy gab Kat ihr Tagebuch, da sie es nun nicht mehr benötigte, und hakte sich bei Joseph unter. »Gehen wir nach Hause.«

EPILOG

Von ihrem Sessel am Fenster aus genoss Dorothy den Ausblick, der sich ihr bot. Die Narzissen blühten in voller Pracht, ihre grellgelben Köpfe verneigten sich und nickten in der Maibrise wie eine Schar schnatternder Hausfrauen. Vor Hausnummer 14 jätete Hilary Armitage auf Händen und Knien ihre Blumenbeete, während nebenan, in Hausnummer 15, Vikram Singh seine Kletterrosen beschnitt. Die beiden standen in einem heftigen Konkurrenzkampf um ihre Gärten. Letzte Woche erst waren Dorothy und Joseph, als sie von einer Aufführung im Bewohnerzentrum nach Hause gekommen waren, Zeugen eines Streits geworden, bei dem Mr Singh Mrs Armitage beschuldigt hatte, seinen Magnolienbaum zurückgeschnitten zu haben, während er in Benidorm im Urlaub gewesen war. Die Auseinandersetzung war so hitzig geworden, dass Joseph eingreifen musste, um die beiden zu beschwichtigen, sehr zu Dorothys Belustigung. Seitdem tauschten Armitage und Singh passiv-aggressive Grüße und tödliche Blicke aus.

Ein Bellen von weiter oben in der Sackgasse zog Dorothys Aufmerksamkeit auf sich, und als sie sich umdrehte, sah sie Reggie auf seinen kurzen Beinchen über den Bürgersteig hüpfen, dicht gefolgt von Princess. Joseph und Tomasz schlenderten hinter ihnen her, ein ungleiches Paar, denn Tomasz nahm in jede Richtung doppelt so viel Raum ein wie Joseph. Der junge Mann kam fast jeden Samstagnachmittag vorbei, wenn Gloria bei der Arbeit war, und er und Joseph machten zusammen mit ihren Hunden einen langen Spaziergang. Dorothy hatte keine Ahnung, worüber sie sich immer unterhielten – einmal hatte sie Joseph gefragt, aber der hatte sich nur auf die Nase getippt und auf empörende Art »Männerkram« geantwortet.

Die beiden hatten Hausnummer 7 erreicht, und Dorothy winkte zum Abschied, als Tomasz mit Princess in seinen Van stieg und davonfuhr.

Einen Moment später öffnete sich die Haustür mit einem Klicken, und Reggie bellte zur Begrüßung, als er hereingelaufen kam. Wie immer sprang er auf Dorothys Schoß und schlabberte sie ab, als hätte er sie nicht nur zwei Stunden, sondern zwei Monate lang nicht gesehen.

»Reginald, du stinkst«, sagte Dorothy, nachdem er sein Wiedersehensritual beendet hatte.

»Ich glaube, er hat sich in Fuchskacke gewälzt«, sagte Joseph, als er das Zimmer betrat. Dorothy rümpfte die Nase und schob den Hund sanft von ihrem Schoß.

»Wie geht es Tomasz?«

»Gut. Er und Gloria haben am Montag ihr Ersttrimesterscreening.«

»Wie aufregend. Ich frage mich, ob es ein Mädchen oder ein Junge wird.«

Die beiden hatten die Schwangerschaft letzten Freitag bekannt gegeben, als die ehemaligen Bewohner von Shelley House gemeinsam Ayeshas siebzehnten Geburtstag gefeiert hatten. Der Raum war in Jubel ausgebrochen, und Dorothy hatte sich davon so mitreißen lassen, dass sie ganz vergessen hatte, eine Bemerkung über den Familienstand des bislang noch unverheirateten Paares zu machen. Im Nachhinein war sie froh, nichts gesagt zu haben. Schließlich spielten solche Dinge heutzutage keine so große Rolle mehr. Man brauchte sich nur sie selbst und Joseph anzusehen.

»Was habe ich verpasst, während ich unterwegs war?« Joseph hatte sich neben sie gestellt und sah aus dem Fenster.

»Die große Gartenschlacht hat die Vorstufe zum Nuklearkrieg erreicht«, sagte Dorothy und nickte Richtung Mr Singh, der Mrs Armitage über den Zaun hinweg mürrisch beäugte. »Es würde mich nicht wundern, wenn er sich heute Nacht hinausschleicht und ihre geliebten Kamelien köpft.«

»Ich bin vorhin dem Einrichtungsleiter über den Weg gelaufen, und der hat mir erzählt, dass sich Mrs Armitage beschwert hat, weil Mr Singhs Zypressen ihr Grundstück überschatten.«

»Tatsächlich?« Dorothy schüttelte ungläubig den Kopf. »Die Leute können sich wirklich über die albernsten Kleinigkeiten aufregen.«

Joseph antwortete nicht, aber er erwiderte ihren Blick mit einem trockenen Lächeln.

»Was willst du mit diesem Grinsen andeuten, Joseph Chambers?«

»Nichts, meine Liebe. Überhaupt nichts.« Schmunzelnd beugte er sich vor, um ihr einen Kuss auf den Kopf zu drücken. Dorothy tat, als wollte sie ihn wegschieben, aber auch sie konnte sich ein Lächeln nicht verkneifen.

»Ich geh mal nach dem Essen sehen«, sagte Joseph und richtete sich auf. »Wann kommen Kat und Will?«

»In ihrer letzten Nachricht hieß es, sie besuchen heute Nachmittag ihren Großonkel Ted und sollten dann so gegen sieben bei uns sein, aber dieses Mädchen ist ja immer zu spät. Machst du zu dem Eintopf *Gratin dauphinois*?«

»Selbstverständlich. Und den Apfelkuchen, den du so gern magst«, sagte Joseph, und Dorothy nickte zustimmend.

Er ging in die Küche, und Dorothy stand auf, um das gute Porzellan aus dem Büfettschrank zu holen. Es war erst das zweite Mal, dass Kat sie besuchen kam, seit Dorothy vor fünf Monaten hergezogen war. Das Mädchen war so mit ihrem Studium und dem Job in der Bar beschäftigt, dass sie schon seit Wochen keinen freien Tag mehr gehabt hatte, aber sie telefonierten regelmäßig. Sie und Will sahen sich anscheinend ziemlich oft, was Dorothy guthieß, und Kat stand auch mit ihrer Mutter in Kontakt, was Dorothy deutlich weniger guthieß. Doch sie musste akzeptieren, dass sie Kat nicht vor den Launen ihrer Mutter beschützen konnte, so sehr sie das auch wollte. Kat war eine erwachsene Frau, der es gestattet sein musste, Risiken einzugehen und Fehler zu machen. Und was auch immer geschah, Dorothy und Joseph würden, falls nötig, für sie da sein.

Dorothy deckte den Tisch für vier Personen, dann setzte sie sich wieder ans Fenster. Die Sonne war fast untergegangen, und Mr Singh und Mrs Armitage hatten sich in ihre jeweiligen Bungalows zurückgezogen. Die einzigen Geräusche, die Dorothy hören konnte, waren Josephs melodisches Pfeifen, das aus der Küche zu ihr herübergetragen wurde, und das leise Schnarchen von Reggie zu ihren Füßen. In der Luft lag der köstliche Duft von *Boeuf bourguignon*, und in Dorothys Brust breitete sich ein zutiefst friedliches Gefühl aus. Vielleicht konnte sie ja noch ein kurzes Nickerchen machen, bevor Kat und Will eintrafen, damit sie für ihre Gäste in Bestform war? Sie atmete tief ein und gestattete es sich, die Augenlider zufallen zu lassen.

Eine knallende Haustür ließ Dorothy hochschrecken. Sie schlug die Augen auf, blickte aus dem Fenster und sah Mrs Armitage unter dem Gewicht eines großen Müllsacks aus dem gegenüberliegenden Haus schlurfen. Sie blieb an ihrem Tor stehen und schaute auf dem Bürgersteig nach links und rechts, um sicherzustellen, dass keine Passanten vorbeikamen. Dann, als sie sich vergewissert hatte, dass die Luft rein war, ging sie in den Vorgarten von Hausnummer 15, hob den Deckel von Mr Singhs Mülltonne an und warf den Sack hinein.

Dorothy schnappte nach Luft. Hatte Mrs Armitage da gerade etwa bewusst und mutwillig gegen Regel 37b der *Fieldhouse Retirement Community* verstoßen, indem sie ohne Erlaubnis fremde Müllentsorgungsanlagen benutzt hatte? Oder war es vielleicht sogar schlimmer als das? Immerhin deutete das offensichtlich hohe Gewicht des Sacks darauf hin, dass es sich nicht um gewöhnlichen Hausmüll handelte. Befand sich womöglich etwas Verdächtiges in dem Sack, und wenn ja, versuchte Mrs Armitage etwa, Mr Singh ein Verbrechen anzuhängen?

»Möchtest du ein Glas Sherry, meine Liebe?«, ertönte Josephs Stimme aus der Küche.

Aber Dorothy antwortete nicht, denn sie war damit beschäftigt, ein neues Notizbuch und einen Bleistift zu suchen.

DANKSAGUNG

Oft ist die Rede von dem »schwierigen« zweiten Album oder Buch, aber für mich war es das hier, mein dritter Roman, der sich als die bislang größte Herausforderung (und die lohnendste Erfahrung) erwiesen hat. Deshalb möchte ich meine ewige Liebe und Dankbarkeit an die folgenden wunderbaren Menschen zum Ausdruck bringen, die alle dazu beigetragen haben, dass dieses Werk von der ersten Idee bis zu dem Buch, das Sie jetzt in der Hand halten, heranwachsen konnte.

Erstens danke ich, wie immer, meiner fabelhaften Agentin Hayley Steed. Manche Agentinnen sind großartige Lektorinnen, andere haben ein Händchen für das Geschäftliche, aber ich habe das große Glück, dass Hayley beides kann. Danke, dass du mich immer dazu gepusht hast, das Beste aus meinen Ideen zu machen, für deine Geduld und harte Arbeit und für deine grenzenlose Unterstützung. Danke auch an die wunderbare Elinor Davies, mit der die Zusammenarbeit eine echte Freude ist, und an Liane-Louise Smith, Valentina Paulmichl und das Rechteteam für alles, was ihr für mich und meine Bücher getan habt.

Danke an meine fantastischen britischen Lektorinnen: Sarah Bauer für deine unendliche Kreativität und deinen Sinn für Spaß, und Melissa Cox dafür, dass du dieses Buchprojekt mit so viel Begeisterung angegangen bist. Danke auch an die wunderbare Bonnier-Zaffre-Familie einschließlich Ellie Pilcher, Beth Whitelaw, Salma Begum, Misha Manani, Natalie Perman, Vincent Kelleher und das gesamte Vertriebsteam sowie an die geniale Jenny Richards, die wieder einmal ein hervorragendes Coverdesign entworfen hat.

In Nordamerika danke ich Kerry Donovan dafür, dass sie mir die Möglichkeit gegeben hat, mehr Geschichten zu schreiben, und mich ermutigt hat, als Autorin zu wachsen. Ich kann mich wirklich glücklich schätzen, dass ich weiterhin mit dir und dem Dreamteam bei Berkley zusammenarbeiten darf, insbesondere mit den Legenden Tara O'Connor, Chelsea Pascoe, Jessica Plummer, Hillary Tacuri, Mary Baker, Christine Legon und Liz Gluck. Und vielen Dank an die megatalentierte Lila Selle für das großartige amerikanische Buchcover.

An die ganzen tollen Buchcheerleader da draußen: die Buchhändler*innen, Bibliothekar*innen, Rezensent*innen, Blogger*innen und Bookstagrammer*innen, die sich unermüdlich für uns Autor*innen und unsere Arbeit einsetzen. Leider habe ich keine Gelegenheit, mich persönlich bei euch allen zu bedanken, aber ihr sollt wissen, dass ich jedes Mal sehr dankbar bin, wenn ich einen eurer Posts sehe oder einen eurer Artikel lese. Ihr rockt, und zwar alle.

An meine befreundeten Schriftsteller*innen auf der ganzen Welt, die mir so viel Hilfe, Ermutigung und (mehr als einmal) eine Schulter zum Ausweinen angeboten haben. An die Berkletes, die dafür gesorgt haben, dass ich nicht den Verstand verliere, und mich immer zum Lachen gebracht haben. An meine Faber Academy-Gang für das ganze Brainstorming, Workshopping und Schreiben per Zoom. Und an die ganzen fantastischen Autor*innen, die sich für meine Bücher eingesetzt haben, indem sie sie gelesen und sich so lieb und großzügig darüber geäußert haben. Ich werde euch nicht alle aufzählen, weil ich Angst habe, jemanden zu vergessen, aber vielen Dank!

An Marcus Sedgwick, Wibke Brueggemann, Tamzin Cuming und Geoff Mamdani – vier Autor*innen, mit denen ich eine unglaubliche Woche auf einer Schreibklausur in Frankreich verbracht habe, als mein Vertrauen in dieses Buch am Tiefpunkt war. Danke für die Inspiration und Ermutigung, die ihr mir in dieser Woche gegeben habt, und dafür, dass ihr mir geholfen habt, mich wieder in meine Figuren zu verlieben.

Marcus, ich werde dich und diesen magischen Ort, den du geschaffen hast, vermissen, und ich empfinde es als Privileg, dich kennengelernt zu haben, auch wenn es nur kurz war.

Und schließlich an meine wunderbare Familie und meine Freund*innen. Es tut mir leid, wenn ich euch beim Schreiben dieser Geschichte die Ohren vollgejammert habe, aber ich danke euch für euer anhaltendes Vertrauen in mich. Ich bin so stolz auf diese fertige Geschichte, und ohne eure Liebe und Unterstützung hätte ich das nie geschafft.

Von Freya Sampson sind bei DuMont außerdem erschienen:
Die letzte Bibliothek der Welt
Menschen, die wir noch nicht kennen

Das bei der Produktion dieses Buches entstandene CO$_2$
wurde durch die Finanzierung von Klimaschutzprojekten kompensiert:
climate-id.com/17531-2110-1001/de

Die englische Originalausgabe erschien 2024 unter dem Titel
›Nosy Neighbours‹ bei Bonnier Zaffre, London.
Copyright © 2024 Sampson Writes Ltd

1. Auflage 2025
© 2025 für die deutsche Ausgabe: DuMont Buchverlag GmbH & Co. KG,
Amsterdamer Straße 192, 50735 Köln, info@dumont-buchverlag.de
Alle Rechte vorbehalten.
Die Nutzung dieses Werks für Text- und Data-Mining im Sinne
von § 44b UrhG behalten wir uns explizit vor.
Übersetzung: Claudia Voit
Umschlaggestaltung: Lübbeke Naumann Thoben, Köln
Umschlagillustration außen: © Carlo Stanga/2 Agenten
Umschlagabbildungen innen: Tagebuch: © daboost/istockphoto;
Zeitungen: © johnnyscriv/istockphoto
Satz: Fagott, Ffm
Gesetzt aus der Aldus Nova Pro
Druck und Verarbeitung: CPI books GmbH, Leck
Gedruckt auf säurefreiem und chlorfrei gebleichtem Papier
Printed in Germany
ISBN 978-3-8321-6851-3

www.dumont-buchverlag.de